Rita Mae Brown
& Sneaky Pie Brown

DIE KATZE RIECHT LUNTE

Ein Fall für Mrs. Murphy

Roman

Deutsch von
Margarete Längsfeld

Rowohlt

Die Originalausgabe erschien 1999
unter dem Titel «Cat on the Scent» bei
Bantam Books, New York
Umschlaggestaltung Büro Hamburg
(Illustration: Gerd Huss)

1. Auflage März 2000

Satz aus der Bembo PageOne
Gesamtherstellung: Clausen & Bosse, Leck
Printed in Germany
ISBN 3 498 00610 x

Die Schreibweise entspricht den Regeln
der neuen Rechtschreibung.

Für Elizabeth Putnam Sinsel,
eine Katzenkönigin

Personen der Handlung

Mary Minor Haristeen (Harry),
die junge Posthalterin von Crozet

Mrs. Murphy,
Harrys graue Tigerkatze

Tee Tucker,
Harrys Welsh Corgi, Mrs. Murphys Freundin und Vertraute

Pewter,
Markets unverschämt fette graue Katze, die jetzt bei Harry und ihrer Familie lebt

Pharamond Haristeen (Fair),
Tierarzt, ehemals mit Harry verheiratet

Mrs. George Hogendobber (Miranda),
eine Witwe, die zusammen mit Harry im Postamt arbeitet

Market Shiflett,
Besitzer von Shiflett's Market neben dem Postamt

Susan Tucker,
Harrys beste Freundin

Big Marilyn Sanburne (Mim),
die unbestrittene Queen der Gesellschaft
von Crozet

Tally Urquhart,
eine Frau, älter als Lehm, die sagt, was sie denkt, und
das sogar zu ihrer Nichte Mim, der Erhabenen

Rick Shaw,
Sheriff

Cynthia Cooper,
Polizistin

Herbert C. Jones,
Pastor der lutherischen Kirche von Crozet

Blair Bainbridge,
ein attraktives Model, Harrys Nachbar

Sir H. Vane-Tempest,
ein moderner Midas, der lebende Beweis dafür,
dass nichts die Habgier der Reichen übertrifft

Sarah Vane-Tempest,
die erheblich jüngere, umwerfend schöne Ehefrau
des gebieterischen H. Vane

Archie Ingram,
als Bezirksbeauftragter ein glühender Befürworter der kontrollierten Landerschließung und der Umwelterhaltung. Bedauerlicherweise in der Eheerhaltung weniger erfolgreich

Tommy Van Allen,
groß, dunkel und gut aussehend, schon seit seiner Kindheit ein ziemlicher Draufgänger

Ridley Kent,
ein umgänglicher Herr, der genug Geld geerbt hat, um damit alle Neuerungen im Keim zu ersticken. Er meint es gut.

1

Betörender Fliederduft waberte über das Weidegras. Mrs. Murphy war auf Rose Hill, der Farm der alten Tally Urquhart, in den verlassenen Nebengebäuden auf nächtlicher Jagd. Das Herzstück der Farm, die früher ein bedeutendes Gut gewesen war, befand sich nach wie vor in tadellosem Zustand. Aufgrund ihres hohen Alters sowie steigender Steuern und Löhne sah sich Thalia «Tally» Urquhart wie so viele ihresgleichen gezwungen, die abseits gelegenen Gebäude sich selbst zu überlassen.

Eine große aus Stein errichtete Scheune, deren Mittelgang so breit war, dass vier Heuwagen nebeneinander Platz fanden, stand inmitten kleiner anderthalbstöckiger Steinhäuser mit Schieferdächern. Die Gebäude, wenngleich von zerbrochenen Fensterscheiben zernarbt, waren so solide konstruiert, dass sie trotz der in ihren Schornsteinen nistenden Vögel Bestand haben würden. Die Scheune mit ihren Stützbalken aus ganzen Baumstämmen würde dieses Jahrhundert überstehen und das nächste ebenfalls.

Von den Gebäuden blätterte die Farbe ab und legte ein warmes Grau darunter frei, das hie und da einen rosagrauen Schimmer aufwies.

Die Tigerkatze schnupperte in der Luft; tiefe Wolken und Nebel näherten sich rasch von Westen; sie glitten die Blue Ridge Mountains hinab wie Karamellsirup auf einem Eisbecher.

Gewöhnlich ging Mrs. Murphy nahe ihrer eigenen Farm auf Jagd. Oft wurde sie von Pewter begleitet, die ungeachtet ihres Umfangs eine eifrige Mäusefängerin war. Heute Abend wollte Murphy allein jagen. Dabei konnte sie so richtig abschalten. Sie liebte es, regungslos auf die Mäuse zu warten, die in den verrottenden Jutefuttersäcken umherhuschten und deren winzige Krallen auf den Balken des Heubodens umhertappten.

Da sich niemand um die urquhartschen Scheunen kümmerte, war die Mäusejagd ausgesprochen ergiebig. Getrocknete Maiskörner und anderes Getreide zogen die kleinen Räuber ebenso an wie die Scheune selbst, die sich bestens für die Aufzucht junger Mäuse eignete.

Ein modriges Kummet aus den späten 1930er Jahren hing vergessen an der Wand der Gerätekammer; die Maultiere, die es einmal getragen hatten, waren längst in die ewigen Maultiergründe eingegangen.

Mrs. Murphy brach die Mäusejagd ab, um die Anfang des neunzehnten Jahrhunderts erbaute Scheune zu inspizieren. Wie schön die Farm einst gewesen sein musste. Mrs. Murphy war stolz auf ihre

Kenntnisse der Menschengeschichte, die von den Zweibeinern in ihrem Aktualitätsbestreben oft vernachlässigt wurde. Außerdem, sinnierte sie, was heute aktuell ist, ist morgen aus der Mode.

Wie die meisten ihrer Artgenossen blickte die Tigerkatze über den Tag hinaus.

Ihr ureigener Mensch, Mary Minor Haristeen, genannt Harry, die junge, hübsche Posthalterin von Crozet, Virginia, interessierte sich sowohl für Geschichte als auch für das Verhalten der Tiere. Sie verschlang Bücher und hatte ihre Tierkenntnis am Virginia Polytechnic Institute in Blacksburg und dem Marion-DuPont-Scott-Zentrum für Pferdeforschung in Leesburg, Virginia, vertieft. Harry studierte sogar die Etiketten auf den Trockenfutterpackungen, um sich zu vergewissern, dass die Katzen mit genügend Nährstoffen versorgt wurden. Sie kümmerte sich mit Liebe und Sachverstand um ihre zwei Katzen, einen Hund und drei Pferde.

Rings um die Gebäude brachen wie eh und je die Blumen hervor. Die riesigen Fliedersträucher erblühten jedes Frühjahr. So wurde der traurige Anblick der verfallenden alten Stätte durch die kräftige Flora gemildert.

Die Katze trat aus der Scheune, betrachtete die zunehmenden Abendwolken und beschloss, nach Hause zu eilen, ehe der Nebel dichter wurde. Zwei Bäche und ein mittelhoher Hügelkamm bildeten die größten Hindernisse. Sie konnte die sechs Kilometer trabend in einer Stunde zurücklegen; in noch kürzerer Zeit, wenn sie rannte. Mrs. Murphy konnte mühelos sechs Kilometer rennen. Ein gesunder Jagdhund brachte es auf sechzig Kilometer am Tag. So gern sie rannte, sie war heilfroh, kein Jagdhund zu sein. Oder überhaupt ein Hund. Mrs. Murphy konnte Hunde gut leiden, betrachtete sie jedoch meistenteils als niedere Spezies, mit Ausnahme der Corgihündin Tucker, mit der sie zusammenlebte und die einer Katze beinahe ebenbürtig war. Das würde sie Tucker natürlich nicht auf die Nase binden ... niemals.

Sie trabte fort von dem magischen Ort, über die lang gestreckte, flache Weide, die Tally Urquhart einst als Flugplatz gedient hatte. In ihren Sturm- und Drangjahren hatte sie die Bewohner von Mittelvirginia damit schockiert, dass sie Flugzeuge flog. Dass sie nichts vom Heiraten hielt, hatte ein Übriges getan.

Tally Urquhart war Mim Sanburnes Tante. Mim war in den Rang der unangefochtenen Anführerin der Gesellschaft von Crozet aufgestiegen, als ihre Tante diese Stellung vor zwanzig Jahren aufgegeben hatte. Mrs. Murphy sagte Mim gern kichernd ins Gesicht: *«Ah, willkommen, Ritterin der Schwafelrunde.»* Da Mim kein Kätzisch verstand, empfand die Grande Dame ihre Worte nicht als Beleidigung.

Auf der anderen Seite des Flugplatzes erstreckte sich ein Haferfeld, dessen Halme soeben durch die Erde spitzten, bis hin zum ersten Bach.

Dort blieb die Katze stehen. Die Wolken senkten sich, die Feuchtigkeit war fühlbar. Mrs. Murphy meinte ein Grollen zu hören. Die Sinne rasiermesserscharf, blickte sie in jede Richtung, auch nach oben. Eulen waren tödlich bei dieser Witterung.

Das Grollen kam näher. Mrs. Murphy kletterte auf einen Baum – nur für alle Fälle. Über ihr tauchten zwei Räder aus den Wolken auf. Sie sah ein einmotoriges Flugzeug landen, nachsetzen und dann zur Scheune rollen. Unmittelbar vor dem mächtigen Tor blieb es stehen, vierhundert Meter von Mrs. Murphy entfernt.

Eine schlanke Gestalt sprang aus dem Flugzeug, um das Scheunentor zu öffnen. Der Pilot blieb im Cockpit, und als das Tor aufging, tuckerte das Flugzeug in die Scheune. Der Motor wurde abgestellt. Mrs. Murphy sah jetzt zwei Gestalten, eine bedeutend größer als die andere. Sie konnte ihre Gesichtszüge nicht erkennen; sie hatten die Kragen ihrer Trenchcoats hochgeschlagen und waren halb abgewandt, während sie mit den Windstößen kämpften. Gerade als die Menschen sich gegen je eine Torhälfte stemmten und sie schlossen, öffnete der Himmel seine Schleusen.

Ein dicker Regentropfen platschte auf Mrs. Murphys Kopf. Nass zu werden war ihr zuwider, trotzdem wartete sie, um die beiden Menschen die Straße hinunterrennen zu sehen, an den Häusern vorbei. In der Ferne meinte sie einen Motor starten zu hören.

Verärgert, weil sie nicht den Farmweg entlanggelaufen war und so womöglich etwas verpasst hatte, kletterte sie hinunter und rannte im Eiltempo nach

Hause. Sie hätte in der urquhartschen Scheune übernachten können, aber Harry wäre außer sich, wenn sie aufwachte und Mrs. Murphy nicht auf ihrem Bett vorfand.

Als sie eine Dreiviertelstunde später die hintere Veranda erreichte, war sie völlig durchnässt. Sie schob sich durch die Tierpforte, schüttelte sich zweimal in der Küche, und als die Schränke hinreichend bespritzt waren, setzte sie ihren Weg ins Schlafzimmer fort.

Tucker schnarchte auf dem Boden am Fußende des Bettes. Pewter hatte sich neben Harry gekuschelt. Die beleibte graue Katze schlug ein leuchtend grünes Auge auf, als Mrs. Murphy aufs Bett sprang.

«Leg dich bloß nicht neben mich. Du bist ganz nass.»

«Es hat sich gelohnt.»

Da gingen beide Augen auf. *«Was hast du gefangen?»*

«Zwei Feldmäuse und eine Spitzmaus.»

«Lügnerin.»

«Wozu sollte ich mir das wohl ausdenken?»

Pewter schloss beide Augen und schnippte ihren Schwanz über die Nase. *«Weil du immer in allem die Beste sein musst.»*

Die Tigerkatze ignorierte diesen Hinweis, schlich ans Kopfende des Bettes, hob die Wolldecke an und schlüpfte darunter, blieb aber auf der Steppdecke. Wenn sie sich unter alle Decken direkt aufs Laken gelegt hätte, wäre Harry womöglich beim Umdrehen auf das nasse Betttuch und die nasse Katze gestoßen. In der Mitte war Mrs. Murphy besser aufgehoben, und schneller trocknen würde sie auf diese Weise sowieso.

Pewter sagte nichts, doch sie hörte ein gedämpftes «*Hihi*», bevor sie wieder einschlief.

2

Die schrägen Strahlen der Nachmittagssonne ergossen sich über die Weiden von Harrys Farm. Die weit offene Tür zum Heuboden rahmte die schlafende Mrs. Murphy ein. Die Katze hatte sich auf den Rücken plumpsen lassen, ihr creme-beiger Bauch sog die Sonnenwärme ein. Ihr Schwanz wiegte sich sachte von einer Seite zur anderen, als würde er in einer Flut von Sonnenlicht treiben.

Simon, das Opossum, schlief zu einer grauen Kugel zusammengerollt am Eingang seines aus alten Heuballen errichteten Nests. Eine abgetragene Kinnkette glitzerte im Innern seiner Höhle. Simon schleppte gern glänzende Gegenstände ab, aber auch Bänder, Handschuhe, sogar alte Zeitungsfetzen.

Tucker schlief unten im Mittelgang des Stalls. Bei jedem Ausatmen flog eine Traube winzig kleiner Insekten auf und ließ sich dann wieder auf ihren Schultern nieder.

Der Mai, neben dem farbenfrohen Oktober gewöhnlich der schönste Monat in Mittelvirginia, blieb dieses Jahr bemerkenswert kühl; die Temperatur hielt sich bei zehn, fünfzehn Grad. Vor einer Woche, in den letzten Apriltagen, war ein Schneesturm von den Blue Ridge Mountains herabgefegt; er hatte die schwellenden Knospen zugedeckt und die Narzissen und Tulpen erfrieren lassen. Das alles war vergessen, als die Judasbäume blühten und der Hartriegel saftig weiß oder rosa auszuschlagen begann. Das Gras wurde grün.

An diesem Nachmittag konnten die Tiere die Augen nicht offen halten. Zuweilen brachte ein abrupter Jahreszeitenwechsel sämtliche Lebewesen vollkommen aus dem Tritt. Sogar Harry, sonst vor Tatendrang kaum zu bremsen, döste in der Sattelkammer. Sie war besten Willens, das Sattelzeug zu reinigen, ein eintöniges Unterfangen, das dem Jahreszeitenwechsel vorbehalten war. Harry hatte viel vor an diesem Morgen, aber sie war eingeschlafen, bevor sie noch das Zaumzeug auseinander genommen hatte.

Die Farm, die ihre verstorbenen Eltern ihr vermacht hatten, betrieb Harry allein – sofern es als «allein» durchging, wenn man geschieden war und den Exmann häufig um sich hatte. Die Farmarbeit, heutzutage durch behördliche Vorschriften erschwert, warf genug Geld ab, um die Steuern abzudecken. Für Essen und Kleidung war Harry auf ihre Anstellung im Postamt von Crozet angewiesen.

Harry, eine Frau in den Dreißigern, war sich ihrer

Reize nicht bewusst. Ihr einziges Zugeständnis an weibliche Eitelkeit war ein ordentlicher Haarschnitt. Sie lebte in Jeans, T-Shirts und Cowboystiefeln. Ihre Cowboystiefel trug sie sogar zur Arbeit. Da das Postamt von Crozet klein und abgelegen war, brauchte sie kein Karriere-Outfit.

Harry maß Erfolg am Lachen, nicht am Geld. Sie war ungemein erfolgreich. Wenn sie nicht mit anderen Menschen lachte, dann lachte sie mit der allzeit geistreichen Mrs. Murphy, mit Tucker oder mit Pewter, der Katze, die zum Essen kam.

Pewter, die sich auf Harrys Schoß zusammengerollt hatte, träumte von Crème brûlée. Andere Katzen träumten von Mäusen, Maulwürfen, Vögeln, der gelegentlichen Spinne. Pewter beschwor Bilder von Filet Wellington, Kartoffelbrei, frischem Brot mit Butter und ihrer absoluten Lieblingsspeise, Crème brûlée. Sie hatte die Kruste gern dünn und knusprig.

Ein leises Surren in der Ferne veranlasste Mrs. Murphy, ihr Ohr in diese Richtung zu schnippen. Das wunderliche Geräusch kam näher. Sie schlug ein Auge auf und ließ den Blick über die lange Lehmstraße schweifen, die mit Wasserpfützen vom nächtlichen Regen gesprenkelt war. Sie streckte sich, stand aber nicht auf.

Das kehlige Dröhnen klang nach einer großen Katze, die ihr Territorium absteckt. Murphy hörte deutlich das Knirschen von Reifen auf grobem Kies. Neugierig hob sie den Kopf, richtete sich dann auf, streckte sich von vorne nach hinten und blinzelte im Sonnenlicht.

Auch Pewter hob den Kopf.

Tucker verharrte im Tiefschlaf.

Mrs. Murphy kniff die Augen zusammen und erblickte einen glänzenden schwarzen Wagen, der die ferne Kurve nahm.

«Wir kriegen Besuch.»

Unten hörte niemand auf sie. Mrs. Murphy beugte sich vor und streckte den Kopf vom ersten Stock herunter, als Harrys Nachbar, Blair Bainbridge, am Steuer eines schwarzen Porsche 911 Turbo in die Zufahrt einbog.

Tucker bellte. Mrs. Murphy lachte in sich hinein – *«Hunde!»* –, als sie zur Leiter schlenderte. Das Erklimmen und Herabsteigen von Leitern war eine ihrer Paradeübungen. Letzteres war schwerer zu lernen gewesen. Der Trick bestand darin, nicht nach unten zu gucken.

Sie trottete durch den staubigen Mittelgang zu Blair hinaus. Harry wachte auf, als Pewter ihr das Gesicht abschleckte. Tucker schnaubte, entrüstet über diese Ruhestörung, und trat ins Sonnenlicht.

Blair grinste. «Hallo, Mrs. Murphy.»

«Hallo.» Sie rieb sich an seinem Bein.

«Jemand zu Hause?», rief Blair.

«Bin sofort da», antwortete Harry schlaftrunken.

Die Tigerkatze schritt um das niedrige, schnittige Gefährt herum. *«Das hat eine Katze entworfen.»*

«Wieso?» Tucker beäugte das Auto ohne große

Begeisterung, aber Tucker bekundete nie große Begeisterung, wenn man sie gerade aufgeweckt hatte.

«Weil es wunderschön und kraftvoll ist.»

«Du hast Minderwertigkeitskomplexe, stimmt's?»

Harry ging hinaus, dann blieb sie abrupt stehen. «Wunderschön!»

«Soeben geliefert.» Blair lehnte sich gegen den abgeschrägten vorderen Kotflügel. «Dafür lohnt sich der ganze Mist, den ich mache.»

«Das Leben als Model kann nicht so schrecklich sein.»

«Aber auch nicht so toll. Es ist nichts ...» – er hielt inne – «Solides. Es ist oberflächlich.» Er wedelte abschätzig mit der Hand. «Und früher oder später bin ich weg vom Fenster. Es ist gnadenlos.»

«Ich weiß nicht. Du bist zu streng mit dir. Immerhin hast du dir diesen Wagen damit verdient. Ich glaube, etwas so Schönes habe ich noch nie gesehen. Nicht mal der Aston Martin Volante kann da mithalten.»

«Du magst den Aston Martin?» Er hob die dunklen Augenbrauen.

«Und wie. Nicht so sehr wie Pferde, aber ich liebe ihn. Der Volante ist schmuck, aber man sollte gleich einen Mechaniker dazu kaufen. Der hier ist zuverlässiger.»

«Deutsch.»

«Eben.» Sie lächelte.

«Lust auf eine Spritztour?»

«Ich dachte schon, du fragst mich gar nicht.» Sie

wandte sich an die beiden Katzen und den Hund: «Ihr haltet die Stellung.»

«Ja, ja», murrte Mrs. Murphy. *«Ich finde, wir sollten alle eine Spritztour machen.»*

«Kein Platz», bemerkte die vernünftige Tucker.

«Ich brauch nicht viel Platz – im Gegensatz zu dir.»

«Was willst du damit sagen?»

«Nichts.» Mrs. Murphy streckte den Schwanz senkrecht in die Höhe und tänzelte zum Haus, während Blair zurücksetzte. Mrs. Murphy fand das Baritongeräusch perfekt, nicht zu tief und schön samtig.

«Nur hundert Turbos werden jedes Jahr für den US-Markt produziert», sagte Blair, als er das Lenkrad ausrichtete.

Pewter watschelte zum Haus. Sie würdigte den 110 000-Dollar-Verbrennungsmotor kaum eines Blickes. *«Lauf nicht so schnell»*, schalt sie ihre Gefährtin.

Um sie zu ärgern, sprang die Tigerkatze anmutig auf die umzäunte Veranda und stieß mit der Pfote die unverriegelte Fliegentür auf.

«Ich hasse sie», murmelte Pewter.

«Ich auch.» Tucker ging neben der grauen Katze her. *«Die größte Angeberin seit dem großen Zampano.»*

«Das hab ich gehört.»

«Uns doch egal», meinte Tucker.

«Langweilig.» Mrs. Murphy duckte sich durch das Tiertürchen in die Küche.

«Hat sie gesagt, ich bin langweilig?»

«Nein, Pewter, sie hat gemeint, uns ist langweilig.»

«Im Mai passiert aber auch nie was.»

Mrs. Murphy steckte den Kopf heraus. *«Blair Bainbridge hat einen Porsche Turbo gekauft. Das nenne ich ein bedeutendes Ereignis.»*

Pewter und Tucker, die jetzt flotter gingen, erreichten die Fliegentür. Die Corgihündin setzte sich, während die Katze die Tür öffnete.

«Das zählt nicht.» Pewter stieß die Tür weit auf.

Mrs. Murphy verdrückte sich in die Küche. Pewter sauste als Erste durch die Tierpforte.

«Was für ein Ereignis würdet ihr euch denn wünschen?», fragte Mrs. Murphy.

«Dass ein Fleischtransporter vor dem Postamt umkippt.» Tucker wedelte mit ihrem nicht vorhandenen Schwanz.

«Wisst ihr noch, wie an Halloween der Menschenkopf in einem Kürbis steckte?» Pewters Pupillen weiteten sich.

«Ekelhaft!» Mrs. Murphy erinnerte sich an das grausige Ereignis, das ein paar Jahre zurücklag.

«Wieso ekelhaft? Ich hab ihn gefunden, nicht du.»

«Ich mag nicht daran denken.» Mrs. Murphy leckte hingebungsvoll ihre Vorderpfoten, dann fuhr sie sich damit übers Gesicht.

Sie betrachtete die Nordseite des Stalls, die breite, flache Seite, von der die Farbe abplatzte. Eine gemalte Coca-Cola-Reklame mit schwarzem Hintergrund blätterte stellenweise ab.

«Komisch.»

«Was?» Pewter beugte sich vor, um ihre Freundin zu putzen, die sie liebte, auch wenn Mrs. Murphy sie oft ärgerte.

«Wie die Vergangenheit durchbricht – überall um uns rum. Diese alte Coca-Cola-Reklame – die wurde bestimmt in den 20er oder 30er Jahren an den Stall gemalt. Die Vergangenheit bricht durch die Gegenwart.»

«Tot und begraben», sagte Tucker lakonisch.

«Die Vergangenheit ist niemals tot.»

«Für dich vielleicht nicht. Du hast neun Leben.»

«Haha.» Mrs. Murphy zog die Nase kraus.

«Bestimmt war es in der Vergangenheit nicht so langweilig wie heute», stöhnte Pewter.

«Die Gegenwart wird noch aufholen», erklärte Tucker. Wahrere Worte wurden nie gesprochen.

3

Blair glitt mit hundert Sachen die Route 250 Richtung Greenwood entlang. Er war erst im zweiten Gang und der Drehzahlmesser noch nicht annähernd im roten Bereich.

Harry staunte über dieses Kraftpaket und die leichte Handhabung. Sie beschleunigten in 4,4 Sekunden von null auf hundert. Die gute Straßenlage des Wagens verblüffte sie. Die alte Farm Misfit wischte vorüber, dann Mirador (Misfits große Schwester), dann schaltete Blair herunter, bog rechts ab und steuerte auf die Schule von Greenwood zu. Es war eine gewundene Straße, und das Auto nahm alle scharfen

Kurven, ohne zu schwanken, zu schlingern oder zu rutschen.

Blair lachte laut auf. «Ist das nicht traumhaft?»

Sie seufzte. «Ein Traum.»

Eine kurze ebene Strecke lockte. Blair schaltete geschmeidig. Die Tachonadel überschritt die Hundertsechzig; als dann eine Rechtskurve heranrollte, schaltete er gekonnt herunter.

Leider rollte auch Sheriff Shaw heran, und zwar aus der Einfahrt von Sir H. Vane-Tempest. Er schaltete die Sirene und das Blaulicht ein.

«Verdammt», flüsterte Blair.

«Was macht der hier draußen in der Pampa? Der ist doch sonst auf der Route 29.» Harry sah in den Rückspiegel.

«Ist es Rick oder Cynthia?»

«Rick. Cynthia behält nicht im Streifenwagen ihren Hut auf.»

«Sehr vernünftig. Einmal den Kopf drehen, und die Krempe klebt an der Scheibe.»

«Du darfst nicht vergessen, dass Rick allmählich kahl wird.»

«Stimmt.» Blair lächelte halb, als er an den Rand fuhr. Butterweich kam der Porsche zum Stehen. Blair ließ das Fenster herunter und griff in der Seitentasche der Tür nach den Zulassungspapieren, als Rick langsam herangeschritten kam.

«Da sieh mal einer an – Blair Bainbridge.» Rick beugte sich vor. «Und unsere verehrte Posthalterin. Führerschein, bitte», trällerte er.

«Oh.» Blair fingerte in seiner Gesäßtasche herum, zog seine Krokodillederbrieftasche heraus und reichte Rick den Führerschein.

«Blair, haben Sie eine Ahnung, wie schnell Sie gefahren sind?»

«Äh – ja.»

«Aha. Und natürlich wissen Sie, dass die Höchstgeschwindigkeit in diesem unserem Staate Virginia neunzig Stundenkilometer beträgt. Ich halte dies zwar nicht für die sinnvollste aller Vorschriften, aber ich muss dafür sorgen, dass sie eingehalten wird.»

«Ja, Sir.»

«Seit wann haben Sie diesen Wagen?»

«Seit heute Morgen.»

«Aha. Steigen Sie mal eben aus.»

Solidarisch klinkte Harry ihren Sicherheitsgurt auf und stieg ebenfalls aus.

«Lassen Sie mal den Motor sehen.»

Rick klappte die hintere Haube auf und gab den Blick auf ein riesiges Gebläse frei, das den Motor verbarg.

«Das ist ja 'n Ding», grummelte der Sheriff.

«Das ist das Kühlgebläse, es fördert Kühlluft zu den Zylindern» – Blair zeigte nach unten. «Hier sind links und rechts die beiden Abgasturbolader. Sie steigern die Leistung auf vierhundertacht PS.»

«Vierhundertacht PS?», flüsterte Rick ehrfürchtig.

Blair lächelte, wusste er doch, dass er den Sheriff am Haken hatte. «Die Abgasluft wird in die Turbolader gesaugt, verdichtet und strömt dann an den

Drosselklappen vorbei direkt zu den Einlassventilen in den Zylinderköpfen.» Er hielt inne, als er merkte, dass er zu technisch wurde. «Der Schadstoffausstoß bleibt unter den behördlichen Vorschriften, und das ist gut so. Wer einen Turbo fährt, tut etwas für die Umwelt.»

«Aha.» Rick fuhr mit der Hand über den hinteren Kotflügel, der eine leichte Ähnlichkeit mit einem Pferdehintern aufwies, dann steckte er den Kopf auf der Fahrerseite hinein. «Nicht viel Platz da hinten.»

«Es reicht für Mrs. Murphy, Tucker und Pewter.» Endlich sagte Harry etwas.

«Erstaunlich, dass sie nicht bei Ihnen sind.» Rick schob sich den Hut wieder auf den Kopf. «So, um die Dinge richtig einschätzen zu können, muss ich ein bisschen mehr über diesen Wagen wissen. Passen wir alle rein?»

«Klar», sagte Blair.

«Wisst ihr was, Jungs, ich bleib beim Streifenwagen. Fahrt ihr mal los», sagte Harry.

Rick sah sich verstohlen um. «Hm –»

«Niemand wird es merken. Wenn jemand anhält, sage ich, Sie sind einem Viehdiebstahl auf der Spur und ich bin mit Ihnen rausgefahren. Sie sind draußen auf der Weide.»

«Schön – in Ordnung», sagte Rick. «Wenn H. Vane-Tempest zufällig vorbeikommt, sagen Sie kein Wort.»

«War er mal wieder von der Rolle?», fragte Harry beiläufig.

Rick grunzte. «Er ist ein bisschen eigen.»

«Eigen!» Harry kicherte. «Er hat mehr Geld als Gott, und er benimmt sich, als *wäre* er Gott.»

«Er und Archie Ingram nerven mich mit mehr Anrufen als irgendwer sonst in diesem Bezirk, der sowieso schon voll von Irren ist.»

Der Bezirksabgeordnete Ingram, ein gut aussehender Mann, der die Frauen stets hofierte, stand in derart heftiger Opposition zu den meisten Erschließungsvorhaben, dass er radikale Kritiker und ebenso radikale Anhänger auf den Plan gerufen hatte.

«H. Vane hat in der Umweltgruppe eine große Klappe. Ich nehme an, er und Archie müssen eng zusammenarbeiten.»

«Ideen sind eine Sache. Temperament eine andere.» Rick hakte seinen Daumen in den Pistolengürtel. «Ich prophezeie, die beiden können nicht lange am gleichen Strang ziehen.»

«Sheriff, möchten Sie fahren?», fragte Blair.

«Hm –»

«Nur zu.»

Rick rutschte hinters Lenkrad.

Blair blinzelte Harry zu, dann faltete er sein Einsneunzig-Gestell auf den Beifahrersitz. «Mit diesem Knopf können Sie den Sitz vor- oder zurückschieben. Ja, so. Und Sie können ihn auch höher oder tiefer stellen.»

«So was.» Rick würde vollends verloren sein, sobald er das Gaspedal berührte. Er griff rechts nach dem Zündschlüssel.

«Links.»

«Wie eigenartig.»

«Ein Überbleibsel aus der großen Zeit der Autorennen, als die Fahrer zu ihren Wagen sprinten mussten. Wenn der Zündschalter auf der linken Seite saß, hatten sie einen Vorsprung von einem Sekundenbruchteil. Der Fahrer konnte den Wagen anlassen und zugleich den Gang einlegen.»

«Ich fass es nicht.» Rick drehte den Zündschlüssel herum. Die Kolben erwachten aus ihrem Dornröschenschlaf.

Rick würgte den Motor ab.

«Es dauert ein bisschen, bis man sich an die Kupplung gewöhnt hat. Alles ist viel empfindlicher, als Sie oder ich es gewöhnt sind – es hat nicht so sehr mit Technik zu tun als vielmehr mit Gefühl.»

«Tja.» Rick kuppelte ein, gab Gas und schoss die Straße entlang.

Harry verschränkte die Arme und sah, wie das Auto in den zweiten Gang ruckelte. Rick brauchte noch ein paar Versuche.

Sie ging zum Streifenwagen, setzte sich hinein und schaltete die Funksprechanlage ein.

Milden Hall, das Gut von Sir H. Vane-Tempest, lag unmittelbar hinter ihr. Das überdimensionale Schild, verziert mit einem goldenen Greif auf blutrotem Feld, schwang leicht im Wind.

Harry stellte die Sprechanlage ab, schwenkte die Beine hinaus und schloss die Tür. Der Tag war zu schön, um im Wagen zu sitzen. Sie ging zu dem

Schild. Ein Auto, das von der 250 abgebogen war, kam um die Ecke.

Harry winkte und Susan Tucker hielt ihren Audi am Straßenrand.

«Was machst du hier draußen?»

Harry ging zu ihrer besten Freundin hinüber. «Eine Vergnügungsfahrt. Blair hat sich einen Porsche Turbo gekauft, und wie es das Schicksal wollte, kam Rick Shaw aus H. Vanes Zufahrt, gerade als wir auf hundertdreißig runtergingen.»

«Wo ist Blair jetzt? Im Kittchen?»

«Nein. Er lässt Rick den Turbo fahren.»

Susan lachte. «Das gefällt mir!»

«Was machst du hier draußen?»

«Ich bin auf dem Weg zu Chris Middleton, Bücher vorbeibringen. Ich will ihn überreden, am Berufsberatungstag in der Highschool einen kleinen Vortrag zu halten.»

Chris war Kleintierarzt, einer der Besten.

«Gute Idee.»

«Und dann muss ich mich mit Mim, Ihrer königlichen Nervensäge, im Club treffen. Sie macht Theater wegen der Ausschusssitzung zur Wasserversorgung. Der Bezirk kämpft schon so lange um das Reservoir, ich weiß gar nicht, warum sie sich deswegen immer noch aufregt.»

«Wir müssen etwas tun für die Erschließung der Nordwestecke des Bezirks. Die brauchen Wasser.»

«Richtig, aber der Plan für das Reservoir ist schon überholt, dabei ist es noch gar nicht gebaut worden.»

Susan zog einen Flunsch. «Archie Ingram will wie gewöhnlich die Uhr auf 1890 zurückdrehen.»

«Mach 1840 draus. Dann könnte er Sklaven halten.» Harry hatte viel für Natur- und Umweltschutz übrig, aber Archie Ingram ging zu weit.

«Eins zu null, Harry.» Susan lächelte. «Oh, da fällt mir ein, das Reenactment – die Nachstellung der Schlacht am Oak Ridge – du musst unbedingt mitmachen.»

«Nein.»

«Doch, du musst, Ned braucht Gefolge.»

Ned war Susans Ehemann, Rechtsanwalt von Beruf, der am Wochenende Schlachten des Bürgerkriegs nachstellte. Letzteres hatte sich zu einer Passion entwickelt.

«Susan, ich kann dieses Kriegszeug nicht ausstehen.»

«Geschichte zum Anfassen.»

«Ich denk drüber nach.»

«Harry ...» Susan senkte die Stimme.

«Susan ...»

«Du machst es.»

«Dein Mann braucht wohl neuerdings zwei Frauen zu seinem Glück.»

«Ganz genau, meine Liebe. Und ich hab sogar ein Kostüm für dich.»

«Susan, ihr seid beide verrückt.»

«Du wirst reizend aussehen im Schutenhut.»

«Ich zieh keine historischen Kleider an – und damit basta!»

Harry hörte das ferne, unverkennbare Surren des Porsche. «Fahr weiter, Rick ist es sicher peinlich, wenn er zurückkommt und dich hier antrifft. Wir wollen doch nicht, dass Blair einen Strafzettel kriegt.»

«Richte Blair aus, dass Ned ihn in der First Virginia erwartet.» So hieß Neds Einheit. Die Nachsteller der historischen Schlachten achteten fanatisch auf jedes kleinste Detail, bis hin zum letzten Knopf.

«Mach ich.» Harry küsste sie auf die Wange. Susan revanchierte sich mit einem Luftkuss, dann fuhr sie los.

Als der Porsche in Sicht kam, lehnte Harry wieder am Streifenwagen. Rick Shaw saß strahlend am Steuer.

«Sie hätten so einen Wagen verdient, Sheriff.»

«So was habe ich in meinem ganzen Leben noch nicht gefahren», sagte Rick mit Verzückung in der Stimme. Er wollte gar nicht aussteigen. Er war wie ein kleiner Junge, der unter dem Christbaum sein Lieblingsgeschenk an sich drückt.

«Ich musste ihn einfach haben.» Blair lächelte. «Das Kind im Manne, wie Harry sagen würde.»

«Ich mag mich gar nicht von dem Schätzchen trennen.» Rick riss sich endlich vom Lenkrad los. Er schritt die Vorderseite des Wagens ab und fuhr mit dem Finger über die anmutigen Kurven. «Bisschen wie ein Ei, das auf der Seite liegt.»

«Stimmt.»

Rick öffnete die quietschende Tür des Streifenwagens. «Blair, halten Sie sich an die Geschwindigkeitsbegrenzung.»

«Ja, Sir.»

«Harry, kein Sterbenswörtchen darüber.»

«Okay.» Sie lächelte Rick zu, den sie mochte, obwohl er sie immer in die Schranken wies, wenn sie sich als Amateurdetektivin betätigte. Er nannte sie *Wühlmaus*.

Rick schaltete das Funkgerät ein.

«Wagen eins. Wagen eins.»

«Wagen eins», antwortete er.

«Wo sind Sie gewesen, Chef?» Cynthia Coopers Stimme knackte.

«Bei Sir H. Vane-Tempest. Seine Frau sagt, Archie Ingram habe ihrem Mann mit Körperverletzung gedroht. H. wimmelt ab. Er sagt, es handele sich bloß um eine Auseinandersetzung über heikle Umweltangelegenheiten.»

«Oh, là, là!», ließ Coop sich vernehmen.

«Wir sehen uns in zehn Minuten. Ende.» Rick ließ den Motor an und Harry trat von seinem Fenster zurück. Rick blinzelte ihr zu, wendete und fuhr auf die 250.

Blair verschränkte die Arme vor der muskulösen Brust. «Der Mann hat sich direkt vor meinen Augen verknallt.»

«Tun das nicht alle?» Harry gefiel die zweideutige Anspielung. Blair war so umwerfend attraktiv, dass es den Frauen den Atem verschlug – und übrigens auch einigen Männern.

«Und nun zu dir!» Er hielt die Tür auf der Fahrerseite auf und schob Harry hinein.

Sie saß da und atmete den üppigen Lederduft ein, während sie nach dem Schlüssel zu ihrer Linken griff. Blair schloss die Beifahrertür.

«Dann mal ran, Mann.» Sie drehte den Zündschlüssel um.

«Lass den Tiger aus dem Sack.»

«Wie bitte?»

Blair lachte. «Vielleicht war's auch ‹Lass den Tiger aus dem Tank›.»

Gesagt, getan. Sie röhrten nach Greenwood hinein, um die kleine Stadt herum und auf jeder abgelegenen Bergstraße, auf die Harry sich besinnen konnte, wieder zurück nach Crozet.

Als sie schließlich in Harrys Zufahrt einbogen, stürmte Tucker aus der Tierpforte, dann stieß sie die Fliegentür auf und begrüßte freudig ihre Mutter.

Mrs. Murphy wandte sich Pewter zu; sie ruhten beide auf dem Küchentisch, der ihnen verboten und damit umso verlockender war. *«Dieser Hund lernt's nie.»*

Pewter tippte sich mit einer ausgefahrenen Kralle an den Schädel. *«Hundeverstand.»*

Mrs. Murphy sprang zum Fenster über der Küchenspüle. *«Sie kommen. Runter vom Tisch.»*

Pewter wartete, bis sie die Fliegentür zuschlagen hörte, bevor sie den Tisch verließ.

«Hallo, Kinder», begrüßte Harry ihre Katzen, die sie ignorierten.

«Sie soll leiden, weil sie uns hier gelassen hat.» Mrs. Murphy schlich ins Wohnzimmer.

Pewter, die wusste, dass irgendetwas Essbares auf den Tisch kommen würde, entschied sich für moderate Freundlichkeit.

Harry erspähte die Katzenhaare auf dem Tisch und wischte sie mit einem nassen Spültuch weg. «Ihr wart auf dem Tisch.»

«War ich nicht», rief Mrs. Murphy aus dem Wohnzimmer.

«Warst du wohl», petzte Tucker.

«Halt's Maul, du kleine Schleimscheißerin», brüllte Mrs. Murphy den Hund an.

«Blair, danke nochmal für die traumhafte Spritztour.» Harry machte den Kühlschrank auf, holte Maisbrot und Butter heraus. Das Brot hatte sie durchaus nicht selbst gebacken; Miranda hatte ihr am Freitag nach der Arbeit einen Laib mitgebracht.

«Gern geschehen.»

«Ach, fast hätte ich es vergessen: Susan kam vorbei, als ich auf Rick und dich gewartet habe. Sie sagte, Ned erwartet dich in der First Virginia zum Reenactment am Oak Ridge.»

«Ich ruf ihn an.»

«Ich wusste gar nicht, dass du bei dem Schlachtenkram mitmachst.»

«Mach ich auch nicht. Sie sind knapp an Leichen.»

«Ist die Ausrüstung nicht teuer?»

«Ja, aber darf ich mich beklagen, wo ich mir gerade einen Turbo gekauft habe?» Er lachte. «Ein paar von diesen Burschen sind ein bisschen extrem, aber ich freu mich drauf.»

«Extrem?», wiederholte Mrs. Murphy sarkastisch, als sie in die Küche zurückging, wobei sie Harry betont mit Missachtung strafte. *«Die sind plemplem.»*

«Ich find's faszinierend.» Tucker setzte sich auf Blairs Fuß.

«Du findest alles faszinierend, was mit Leichen zu tun hat.»

«Tja, Hunde essen Aas. Das ist wohl ihre Aufgabe im Leben.» Pewter drückte sich an die Kühlschranktür. *«Die Müllabfuhr der Natur.»*

«Menschen hängen Wild tagelang nach draußen», gab Tucker zurück.

«Am besten nimmt man es gleich nach dem Töten aus, sonst schmeckt es grässlich.» Mrs. Murphy war nicht scharf auf Wildfleisch, aber sie aß es, wenn es in Buttermilch zubereitet war.

Pewter bewegte sich wieder auf den Tisch zu. *«Beim Reenactment gibt es gar keine Leichen, bloß Menschen, die so tun, als wären sie tot.»*

Tucker kicherte. *«Wie die Dinge stehen, könnte es bei der kommenden Ausschusssitzung ein paar Tote geben.»*

Pewter wandte ihre volle Aufmerksamkeit Harry zu, die ein paar dünn geschnittene Scheiben Roastbeef aufgetischt hatte.

«Bleib auf dem Boden.» Harry las ihre Gedanken, was unter den gegebenen Umständen nicht schwierig war.

«Ein winziges Stückchen», bettelte Pewter.

«Mir auch.» Tucker hatte sich in Miss Allerliebst verwandelt.

«Nein», sagte Harry ohne große Überzeugung.

«Sie wird schwach, wenn du dich neben den Stuhl setzt.» Pewter eilte auf Harrys rechte Seite.

«Das sagst du jedes Mal.» Die Tigerkatze lachte, eilte aber an Blairs Seite, weil sie damit rechnete, dass er eher schwach werden würde als Harry.

«Ich hatte keine Ahnung, dass Sir H. Vane-Tempest Sheriff Shaw so oft nervt.»

«Sturm im Wasserglas, wie Miranda immer sagt.» Harry steckte ihr Messer in einen Topf mit cremigem hausgemachtem Senf. «Aber Archie legt sich mit allen an. Auch wenn es so aussieht, als wären er und H. Vane in einer Phase politischer Einigung. Er legt sich sogar mit Mim an.»

«Sehr unklug.»

«Sich auf die falsche Seite von Sir H. zu stellen ist auch nicht klug. Sein Nettovermögen ist höher als das Bruttosozialprodukt von Chile.»

«Mrs. Murphy, was weißt du über H. Vane?» Tucker ließ Harrys Hände nicht aus den Augen.

«Er hat weder Katzen noch Hunde, was auf ein leeres Dasein schließen lässt.»

Blair warf ihr eine Scheibe Roastbeef hin, die sie manierlich verzehrte.

«Gehst du zu der Ausschusssitzung?», fragte Harry ihren Gast.

«Darauf kannst du wetten. Das wird die beste Show dieses Frühjahrs.»

4

Archie Ingram, ein gut aussehender Mann Anfang vierzig, lächelte den Versammelten zu. Lediglich das Zucken in seinen Wangenmuskeln verriet seine Anspannung. Das Klassenzimmer in der Highschool von Crozet quoll über von Menschen, viele standen im Flur. An einem Anschlagbrett hinter dem Lehrerpult hing eine topographische Karte des Bezirks.

«Ich habe Ihnen doch gesagt, wir sollten in die Aula gehen», beschwerte sich Archie bei Jim Sanburne, dem Bürgermeister von Crozet und Mims Ehemann. Als Bürgermeister hatte er den Vorsitz über die Bezirksversammlung in seiner Stadt.

«Archie, an diesen Versammlungen nehmen gewöhnlich drei Personen teil, die eine Nutzungsänderung für einen Wohnwagen, ein Geschäft oder ein Pflegeheim beantragen wollen. All die Leute sind einzig und allein deshalb hier, weil Sie in ein Wespennest gestochen haben.»

«Schwachsinn», blaffte Archie den großen jovialen Mann an.

Jim beachtete ihn nicht weiter und winkte Reverend Herbert Jones zu.

«Jim, ich habe meine Wünschelrute mitgebracht.» Herb hielt die hölzerne Rute in die Höhe, die sich allen Unkenrufen zum Trotz bestens bewährte.

«Auch das noch», murmelte Archie vor sich hin. Sein Blick schweifte forschend durch den Raum und verweilte eine Sekunde bei der schönen Sarah Vane-Tempest, bevor er schleunigst weiterwanderte.

«Was?», fragte Jim.

«Wo bleibt Tommy Van Allen?», erkundigte sich Archie. «Ich werde diese Versammlung nicht noch einmal seinetwegen verschieben.»

«Ich weiß es nicht. Ich habe angerufen, aber er war nicht bei der Arbeit.»

«Typisch.» Archie klopfte mit seinem Bleistift auf die Tischplatte. «Diesen undankbaren Job wollte er doch ausschließlich, um herauszufinden, wann und wo wir Straßen erschließen und kommerzielle Baugenehmigungen erteilen. Das gibt ihm mehr Zeit für die Erstellung eines günstigen Kostenvoranschlags.»

«Kommen Sie, Archie, das glauben Sie doch selbst nicht.»

«Und ob ich das glaube.» Archie klappte den Mund zu wie eine Schildkröte.

Harry, Mrs. Murphy, Tucker und Pewter saßen in der Mitte neben Miranda Hogendobber, Harrys Mitarbeiterin im Postamt. Auch Susan und Ned Tucker, Harrys Exmann Fair Haristeen und Boom Boom Craycroft waren da. Für die Witwe Craycroft hegte Harry keinerlei freundschaftliche Gefühle.

Blair war als Begleiter von Mims Tochter Marilyn mitgekommen.

Little Mim, wie sie genannt wurde, stand vorn bei ihrer Mutter, die sich bereits in die große Karte des Bezirks vertieft hatte.

Sir Henry Vane-Tempest – von allen H. oder H.

Vane genannt – saß an der Seite; seine Hornbrille war ihm auf die lange Nase heruntergerutscht. Er hatte die Vorsichtsmaßnahme getroffen, die Büros sämtlicher Bezirksabgeordneten zu verwanzen. Einmal die Woche wurden ihm die Abschriften von Tareq Said, dem Firmenchef von Said and Trumbo Investigations, diskret auf die Farm gebracht. Vane-Tempest sorgte dafür, dass seine Frau nichts davon erfuhr. Niemand wusste davon, und so wollte H. es auch weiterhin halten. Neben ihm saß Ridley Kent, ein reicher Taugenichts, dessen Hauptbeschäftigung darin bestand, den Frauen auf die Oberweite zu starren. Zufällig saß er neben einem ansehnlichen Exemplar. Sarah Vane-Tempest war H. Vanes eheliche Trophäe, eine elegante Blondine, die ihre kühle Schönheit kaum ihrer teuren Garderobe zu verdanken hatte.

«Die ganze Bande ist hier», sagte Susan zu Harry.

«Beängstigend, nicht?», erwiderte Harry spöttisch.

«Negative Gefühle fressen den Menschen auf und zerstören die Gesundheit», girrte Boom Boom.

«Halt den Mund, Boom.»

«Genau das meine ich.» Boom Boom richtete ihre violetten Augen auf Harry.

Archie bemerkte Mrs. Murphy, die zur Karte schlenderte. «Schaffen Sie die Katze hier raus.»

«Ich muss doch sehr bitten.» Mrs. Murphy starrte ihn an.

«Mary Minor Haristeen, die Tiere haben hier nichts zu suchen.» Archie zeigte auf Pewter auf ihrem

Schoß und Tucker, die zu Fairs cowboygestiefelten Füßen saß.

«Hey, Murphy, spring aufs Pult und blas ihm einen Thunfischfurz mitten ins Gesicht», rief Pewter ihr zu.

«Wie ungehobelt.» Mrs. Murphy kicherte, sprang aber aufs Pult und sah Archie direkt in die Augen.

«Murphy –», rief Harry.

«Du bist ein armseliges Exemplar von einem Säugetier», teilte sie Archie mit, der sie bloß anblinzelte.

«Sie sagt, sie ist eine Einwohnerin von Albemarle County, und die Wasserversorgung betrifft auch sie.» Mims vornehme Stimme schuf Ruhe im Raum.

«Sehr richtig, Herzelchen», sagte der bodenständigere Jim.

Alles lachte.

«Dann behalten Sie die Katze wenigstens bei sich», sagte Archie zu Harry.

Mrs. Murphy, die sich in der vollen Aufmerksamkeit aller Anwesenden sonnte, warf sich auf die Seite und hob herausfordernd den Kopf.

«Ist sie nicht entzückend! Sie weiß, dass wir von ihr sprechen», rief eine ältere Dame aus.

«Mir wird schlecht», zeterte Pewter.

«Mrs. Murphy, komm hierher», befahl Harry. Mrs. Murphys Allüren verärgerten sie, aber insgeheim freute sie sich auch über Archie Ingrams Missbehagen. Der Mann konnte so aufgeblasen sein.

Natürlich warf sich Mrs. Murphy nun auf die andere Seite und blickte wieder ihre Fans an. Sie stieß ein honigsüßes Maunzen aus.

«Wie niedlich», gurrte eine andere Stimme.

Sogar Tucker sah inzwischen peinlich berührt zu Boden.

Harry übergab Pewter an Fair, stand auf und schritt an einer Reihe von Schulbänken vorbei zum Mittelgang. «Madame, runter vom Pult.»

«Auf die Plätze, fertig, los», trällerte die Tigerkatze, setzte sich auf, schnappte sich mit den Zähnen Archies Bleistift und sprang vom Tisch.

«Hey!», donnerte Archie, der von der ganzen Versammlung ausgelacht wurde. «Hey, ich will meinen Stift wiederhaben!»

Mrs. Murphy tänzelte zu Sarah Vane-Tempest und ließ den Bleistift vor ihre edel beschuhten Füße fallen.

«Ich fass es nicht», rief Pewter ihr zu.

«Achtung.» Sie schlitterte, Beinen ausweichend, auf den Flur hinaus und setzte sich unter den Trinkbrunnen. Als Harry sie einholte, putzte sie sich hingebungsvoll die Schwanzspitze.

«Scheusal.»

«Brokkolifresserin.»

«Wenn du auch nur die Augenbrauen bewegst, bring ich dich raus in den Wagen.»

«Bring mich in Blairs Porsche. In deinem Transporter will ich nicht hocken.»

«Sei bloß nicht frech zu mir», warnte Harry.

«Zu wem soll ich denn sonst frech sein?»

Harry überlegte, ob sie Mrs. Murphy wieder mit in die Versammlung nehmen oder gleich in den

Transporter verfrachten sollte. Da sie ihr destruktives Temperament nur zu gut kannte, befand sie, dass die Katze in Sichtweite besser aufgehoben war als außerhalb. Sie hob das seidige Geschöpf hoch und hielt es am Gesäß fest. An Harrys Schulter geschmiegt, zwinkerte Murphy Entgegenkommenden zu.

Als Harry wieder ins Klassenzimmer kam, war ihr Platz besetzt. Pewter stand auf Fairs Schoß, die Pfoten auf seinen Schultern, und hielt nach ihrer Gefährtin Ausschau. Als sie Mrs. Murphy erblickte, sprang sie hinunter und ging nach hinten.

Unterdessen erklärte Archie den Versammelten, warum der Plan für das Reservoir überholt sei. Er konnte es sich nicht verkneifen, sie daran zu erinnern, dass er schon immer ein Gegner unkontrollierten Wachstums gewesen war. Doch die Bevölkerung hatte zugenommen, die Wasserversorgung dagegen nicht, und als Staatsbeamter musste er eine Lösung finden. Bevor er seine Darlegungen beenden konnte, ließ der Bezirksabgeordnete neben ihm seine Klemmtafel fallen. Sie schlug mit lautem Geklapper auf dem Boden auf.

Archie warf Donald Jackson, der sich bückte, um die Tafel aufzuheben, das Gleichgewicht verlor und mitsamt seinem Stuhl nach vorn kippte, einen wütenden Blick zu. Jim Sanburne sprang rasch auf, um Don beizustehen, was Archie, der direkt über dem Gestürzten stand, wie ein Ekel aussehen ließ.

Verärgert fuhr Archie fort, seine Berechnungen vorzulesen.

Don versuchte, ihn abzulenken. «Archie, das kennen wir doch alles schon.»

«Kennen alle im Raum die Kosten für den Bau eines neuen Reservoirs?» Er schlug mit der Hand auf den Tisch, die Papiere in seiner anderen Hand zitterten.

«Ja. Es steht auf dem Handzettel. Den müssen Sie nicht vorlesen. Falls jemand keinen Handzettel abbekommen hat, ein neues Reservoir im nordwestlichen Planquadrat wird uns zweiunddreißig Millionen Dollar kosten.»

«Wieso kann man Sugar Hollow nicht sanieren?», erkundigte sich eine Stimme aus der Mitte des Saals.

In dem Gelände von Sugar Hollow lag ein altes Reservoir.

«Nach dem, was der Hurrikan Fran angerichtet hat?», tat Archie die Frage barsch ab.

«Nicht so voreilig, Archie.» Ned Tucker ergriff das Wort. «Angesichts der Tragweite dieses Themas ist eine Machbarkeitsstudie zur Sanierung von Sugar Hollow kein so abwegiger Vorschlag.»

«Vielleicht brauchen wir beide Reservoire», ließ sich Sir H. Vane-Tempest in seinem beschwichtigenden Tonfall vernehmen.

«Und woher soll das Geld kommen?» Little Mim stellte diese nahe liegende Frage, handelte sich damit jedoch ein Stirnrunzeln ihrer Mutter ein. Big Mim zog es vor zu sprechen, bevor ihr Sprössling es tat, wobei sie erwartete, dass Little Mim alles, was sie sagte, mit Brief und Siegel bestätigte. Tante Tally, auf ihren Stock mit Silbergriff gestützt, warf ihren Verwandten einen strengen Blick zu. Der Griff hatte die Gestalt eines Hundekopfes. Er war Tallys Markenzeichen geworden.

«Aus meinem Portemonnaie», rief Miranda zur Aufheiterung.

Einige lachten. Andere nickten.

«Die Bevölkerungszahl des Bezirks hat die 112 000 überschritten», sagte Jim mit tiefer, dröhnender Stimme. Er faltete die Hände. «Der ursprüngliche Plan für das Reservoir zwischen Free Union und Earlysville wurde 1962 aufgestellt, als die Zahl halb so groß war wie heute und die Schätzungen unsere gegenwärtige Wachstumsrate nicht annähernd trafen.»

«Das ist das Problem. Ungehemmtes Wachstum», sagte Archie wieder.

«Wir können die Menschen nicht rauswerfen.» Jim seufzte. Insgeheim war ihm das Problem wohl bewusst.

«Nein, aber wir können der Erschließung einen Riegel vorschieben.»

«Auf dem Gebiet haben Sie ganz allein eine Menge geleistet», warf Sir H. Vane-Tempest amüsiert ein.

«Mit wenig Unterstützung seitens meiner Kollegen.» Archies Augenbrauen schnellten in die Höhe, als er den Engländer ansah. «Sie waren gegen das Wachstum, H. Vane, und ich schätze Ihre Ansicht.»

«Unkontrolliertes Wachstum. Ein Gesamtplan für diesen Bezirk würde diese Missstände weitestgehend

beheben.» Sir H. Vane-Tempest schien politisch eine kaum merkliche Wende zu vollziehen.

«Wir haben keinen Gesamtplan!» Archie runzelte die Stirn. Worauf wollte Vane-Tempest hinaus?

«Dieser Plan für das Reservoir ist das Papier nicht wert, auf dem er gedruckt ist.» Don Jackson schüttelte den Kopf. «Frühere Ausschüsse haben weder diesen Bevölkerungszuwachs noch die Verbrauchsspitzen in Richmond und sogar Washington an den Wochenenden vorausgesehen. Unsere Infrastruktur ist erbärmlich unzureichend, einschließlich unserer Wasserversorgung.»

«Wäre es nicht vernünftig, unsere sämtlichen Wasserressourcen aufzulisten?» Fair Haristeen erhob sich. «Wir haben den Abfluss von den Blue Ridge Mountains, der, wenn ich das richtig sehe, in den ursprünglichen Reservoirplan mit einbezogen wurde. Wir haben die Reste des Reservoirs von Sugar Hollow. Wir haben die Flüsse Rivanna, Mechum und James, die sich noch als brauchbar erweisen dürften.»

«Er hat Recht.» Boom Boom lächelte, was den anwesenden Männern ihrerseits ein Lächeln entlockte.

«Peinlich», flüsterte Harry Mrs. Murphy und Pewter zu.

«Und wenn wir versuchen, die Flüsse zu stauen, wissen wir, was der Staat mit uns macht? Ha!» Archie hob die Hände. «Ganz zu schweigen von der katastrophalen Umweltzerstörung.»

«Wir können nicht der einzige Bezirk sein, der bereit ist, Zuzügler aufzunehmen.» Jetzt stand Sir H.

Vane-Tempest auf. Er war Anfang siebzig, strotzte von Vitalität und kleidete sich gut, wenngleich die breite Krawatte für diesen Anlass zu protzig wirkte. «Ein Hauptreservoir, das uns und auch den tiefer gelegenen Bezirken, etwa Buckingham, dient, ist kein abwegiges Konzept.»

«Und was ist mit dem Grundwasserspiegel?», warf Dr. Larry Johnson ein. «Was wir auch tun, wir müssen eventuelle Auswirkungen im Auge behalten. Es geht nicht bloß um den Bau eines Reservoirs.»

Archie setzte sich und verschränkte die Arme.

Don beugte sich vor. «Das ist genau der Grund für diese Bezirksversammlungen. Unser Ausschuss muss dem Staat Ihre Vorstellungen unterbreiten. Albemarle County kann kein Reservoir finanzieren. Selbst wenn wir die Steuern verdoppeln würden, könnten wir es nicht bezahlen.»

«Also müssen wir nach Richmond, so oder so?» Halb fragte, halb informierte Jim Sanburne die Zuhörer.

«Zu viel staatliche Einflussnahme! Richmond wird es nur noch schlimmer machen. Guckt euch doch die Umgehungsstraße an.» Tante Tally sprach von einem festgefahrenen Verkehrschaos, das der Staat nicht beheben konnte; jeder Plan war schlechter als der vorhergehende.

Beifälliges Nicken im Publikum.

«Unterirdisch muss genug Wasser da sein. Es muss.» Ridley Kent schüttelte den Kopf.

«Ridley, wenn du ein Gehirn hättest, wärst du gefährlich.» Vane-Tempest lachte schallend über seinen eigenen Witz.

Ridley, der so leicht nichts persönlich nahm, lachte mit. «Ich meine es ernst. Es gibt unterirdische und überirdische Flüsse.»

«Genau. Man muss die Wasserressourcen auflisten», wiederholte Fair.

Endlich meldete sich Blair zu Wort. «Der Meinung bin ich auch. Aber sind diese Machbarkeitsstudien nicht auch teuer?» Als relativer Neuankömmling in Crozet hatte er gelernt abzuwarten, bis er an der Reihe war. Natürlich konnte man sich nicht einreihen, ehe man seinen Platz in der Gemeindehierarchie kannte, und der wurde ihm allmählich klar. Dank seines Einkommens und seines unverschämt guten Aussehens pendelte er sich in der Mitte ein, viel höher, als wenn er ohne diese Eigenschaften dastünde. Weil er kein Südstaatler war, wuchsen ihm zuweilen die fest gefügten, unausgesprochenen Regeln über den Kopf. In dem Fall erläuterte Harry sie ihm.

«Entsetzlich teuer.» Archie beugte sich wieder vor.

«Wir wissen, dass es eine Menge Wasser gibt, eine ganze Menge.» Herb Jones' raue Stimme erfüllte den Raum. «Doch egal, wie viel, egal, wo, wir können es nicht stauen oder heraufpumpen, ohne irgendjemandes heilige Kuh zu schlachten.»

Archie sprang auf. «Das verbitte ich mir!»

«Setzen Sie sich, Arch», befahl Jim ruhig.

Archie hörte nicht auf ihn. «Sie deuten an, weil meine Farm dem Reservoir im Weg ist, hätte ich bestimmt etwas zu gewinnen. Ich meine, ich habe etwas zu verlieren!»

«Ach, Archie, ich habe gar nichts angedeutet, aber Sie haben mich bestätigt.» Allgemeines Gelächter, dann wurde es still, als der allseits beliebte alte Pastor fortfuhr: «Ein Projekt wie dieses kann unmöglich auf den Weg gebracht werden, ohne die einen zu bereichern und anderen zu schaden. Sobald der Staat einschreitet und Land für das so genannte Allgemeinwohl requiriert, ist alles nur noch reine Bauernfängerei.»

«Sehr richtig», warf Ned ein.

«Und was ist mit den Voranschlägen für die Arbeiten? Wer würde das Reservoir bauen? Finden Sie etwa, dass das keine politische Angelegenheit ist?» Vane-Tempest stand wieder auf.

«H. Vane, ich bin nicht im Baugeschäft.» Archie funkelte seinen ehemaligen Kollegen böse an, da er irrtümlich annahm, seine Kritik richte sich gegen ihn.

«Nein, aber Tommy Van Allen.» Vane-Tempest triumphierte sichtlich.

«Er ist nicht gerade mein bester Freund.» Archie räusperte sich. «Was wollen Sie damit andeuten?»

«Meine Herren, Van Allen hat nichts zu verbergen. Ich kenne ihn schon mein ganzes Leben.» Jim Sanburne wollte diese Versammlung hinter sich bringen.

«Das heißt, Sie kennen auch Archie schon sein ganzes Leben. Mein Beileid», stichelte Vane-Tempest, der Archies Überempfindlichkeit satt hatte. Einige lachten. Sarah stieß ihren Mann an, damit er sich zusammennahm.

«Wissen Sie was, wenn ich nicht in offizieller Funktion hier wäre, würde ich Ihnen die Fresse einschlagen.» Archie ballte zur Verwunderung der Anwesenden die Fäuste. Er war gereizt und fühlte sich beleidigt, wo doch nur eine humorvolle Auflockerung beabsichtigt war.

«Das reicht.» Mim erhob sich und stellte sich vor die Versammlung. «Wir brauchen mehr Informationen. Wenn wir den Staat um eine weitere Studie bitten, dann ist das zu seinem Vorteil und geht auf unsere Kosten. Wir sind durchaus imstande, die Wasserquellen selbst aufzulisten. Sobald wir das getan haben, können wir unseren eigenen Plan aufstellen und dem Staat unterbreiten, ein Präventivschlag, wenn Sie so wollen. Archie und Donald, Sie nehmen sich das Keswick-Cismont-Gebiet vor.»

«Moment mal. Darüber müssen wir abstimmen.» Archies Gesichtsfarbe wechselte von Rot zu Kalkweiß.

«Zur Abstimmung», sagte Miranda.

«Es liegt kein Antrag vor», sagte Jim.

«Ich beantrage, dass die Bezirksabgeordneten vor unserer nächsten Versammlung alle möglichen Wasserquellen in Albemarle County auflisten.» Boom Boom formulierte den Antrag kurz und bündig.

«Ich unterstütze den Antrag», sagte Vane-Tempest.

«Zur Abstimmung», wiederholte Miranda.

«Alle, die dafür sind, sagen ja.» Jim ließ seinen Blick durch den Raum schweifen.

«Ja», erschallte die Antwort.

«Gegenstimmen.»

«Ich», sagte Archie. «Ich habe genug Arbeit.»

«Wenn Sie in den Bezirksausschuss wieder gewählt werden wollen, sollten Sie Ihre Einstellung lieber ändern», warnte Mim. Aus ihrem Mund war es keine leere Drohung.

Als die Versammlung sich auflöste, schob sich Boom Boom durch das Gedränge nach hinten. «Harry, vergiss nicht, dass du Donnerstagabend mit mir zu Lifeline gehen wolltest.»

«Ich weiß.» Harry zeigte keine Begeisterung.

«Acht Uhr an der Kirche.»

«Acht Uhr.»

«Haha», kicherte Mrs. Murphy. *«Boom Boom hat sie festgenagelt.»*

«Sie hat's versprochen. Arme Mom. Das hat sie nun davon.» Tucker fand es aber auch lustig. Lifeline war eine Gruppe, die Nabelschau betrieb, eine geistige Erweckung mit Unmengen von Psychogelaber. Harry würden von der ersten bis zur letzten Minute die Haare zu Berge stehen, aber sie hatte sich da vergangenen Herbst in Gegenwart ihrer Freundinnen hineinziehen lassen, und nun, da ein neuer Lifeline-Zyklus begann, musste sie ihr Versprechen halten.

Miranda eilte hinaus, von ihren Kirchenfreundinnen umringt. Sie sangen im Chor der Kirche Zum Heiligen Licht. «Bis morgen, Harry.»

«Frisch und munter.» Harry lächelte.

Fair holte sie ein und beugte sich zu ihr herunter. «Glaubst du, jemand hat Archie dafür bezahlt, sich so quer zu stellen? Es ergibt keinen Sinn. Er ist so reizbar.»

«Er blockiert alles, was den Zuzug weiterer Personen in den Bezirk ermöglicht. Ein Reservoir würde das bewirken. Zumindest glaube ich, dass es darum geht. Er sagt das eine und tut das andere.»

Fair lächelte über die hellsichtige Analyse seiner Exfrau, aber er fragte sich, was mit Archie Ingram los war, zwar kein besonders sympathischer, aber stets ein prinzipientreuer Mensch.

Boom Boom, die Harry den Rücken zugekehrt hatte, sprach mit Blair über seinen Porsche.

Sir H. Vane-Tempest und Sarah hasteten vorüber und blickten über die Schulter. Archie folgte ihnen gemächlich. Sie entkamen aus dem Haupteingang, doch Archie wurde von Ridley Kent abgefangen, der wissen wollte, wann die nächste Versammlung stattfand.

«Ich weiß es nicht.» Archie schob ihn zur Seite.

Don Jackson trat zusammen mit Jim Sanburne zu Archie. «Herrgott, Arch, was ist los mit dir?»

«Nichts. Die Studien werden sich eine Ewigkeit hinziehen. Ich bin ein alter Mann, bevor wir zu irgendeinem Beschluss kommen, und der Staat wird tun, was er will, und das bedeutet, dass Albemarle County seiner natürlichen Ressourcen, seiner ungewöhnlichen Schönheit und seiner historischen Werte beraubt wird.»

«So schlimm kann es nicht sein.» Jim runzelte die Stirn. Er sorgte sich um Archie, der eine viel versprechende politische Zukunft vor sich hätte, wenn er lernen könnte, sein Temperament zu zügeln.

«Es wird sich ewig hinziehen. Herrgott nochmal, bis dahin haben einige von uns längst ins Gras gebissen.» Darauf stürmte er zur Tür hinaus.

«Er hat Angst», sagte Mrs. Murphy zu ihren Freundinnen. Auch sie konnten die Angst riechen.

5

Harry warf die Post in die Messingschließfächer. Mrs. Murphy saß auf dem Sims unter dem oberen Postfächerbereich. Der untere Bereich enthielt die großen Fächer, die so geräumig waren, dass Mrs. Murphy sich hineinsetzen konnte. Harry summte vor sich hin, während Miranda mit dem Computer auf der rechten Seite des offenen Schalters zugange war.

Sosehr Miranda Computer hasste, das kleine Postamt hatte endlich einen bekommen, und Miranda hatte sich mit der mitgelieferten Anleitung befasst. Da sie eine intelligente Frau war, hatte sie den Umgang mit dem Gerät schnell erlernt, aber leiden konnte sie es nicht. Die grünen, leicht flimmernden Buchstaben auf dem Monitor taten ihren Augen weh.

Und jedes Mal, wenn der Strom ausfiel, was auf dem Land oft geschah, stürzte der Computer ab. Mit ihrem zuverlässigen Taschenrechner kam sie viel schneller ans Ziel. Egal, was der Computer sagte, sie prüfte es immer mit dem Taschenrechner nach.

Beide Frauen waren Frühaufsteherinnen. Sie kamen um sieben zur Arbeit. Gewöhnlich war die meiste Post sortiert, wenn die Bewohner von Crozet durch den Haupteingang traten – außer in den Ferien. Im Spätfrühling trudelten ein paar Liebesbriefe ein, ein paar Postkarten von Frühurlaubern und Rechnungen ohne Ende. Harrys heimlicher Wunsch war es, aller Leute Rechnungen zu verbrennen, zu verkünden, was sie getan hatte, und abzuwarten, was passieren würde. In der Nacht zum 15. April, wenn sich am Bahnübergang Schlangen bildeten, weil die Menschen noch schnell ihre Steuerformulare in den Briefkasten werfen wollten, flammte ein noch größeres Verlangen auf – sie wollte jedes einzelne Finanzamt in Amerika niederreißen. Sie vermutete, dass alle Postangestellten dasselbe empfanden.

Tiefe Wolken und ein leichter Nieselregen vermochten ihre Laune nicht zu trüben. Die Frühjahrswärme brachte Harry in Hochform.

Der Computer quiekte. «Ich weiß, dass ich alles richtig gemacht habe, wieso spricht er mit mir?», wunderte sich Miranda.

«Schalten Sie aus und versuchen Sie's nochmal.»

«Keine Lust.» Hoch erhobenen Hauptes wandte sich Miranda von dem unbotmäßigen Gerät ab.

Ein Klopfen an der Hintertür weckte Tee Tucker auf. Ehe sie bellen konnte, hastete Susan, ihre Züchterin, herein. Sie hielt ihren Regenschirm zur Tür hinaus, schüttelte ihn kräftig, dann schloss sie die Tür und stellte den Schirm rechts daneben ab.

«Trüber Tag heute, Mädels.»

«Gut für meine Iris», erwiderte Mrs. Hogendobber, eine passionierte Gärtnerin.

«Miranda, haben Sie wieder Orangenteilchen gemacht?» Susan schnupperte den verführerischen Duft.

«Allerdings. Greifen Sie zu.»

Susan hatte bereits eins verzehrt, bevor Miranda den Satz beendet hatte.

«Schweinchen», sagte Harry lachend zu ihrer besten Freundin.

«Ich weiß.» Susan leckte sich seufzend die Lippen. «Ist dein Ruf erst ruiniert ...» Sie aß noch eins.

«Sie wird sich ein Rudergerät zu Weihnachten wünschen», bemerkte Mrs. Murphy.

«Aber sie wird es nicht benutzen. Kein Mensch benutzt diese Dinger», sagte Tucker.

«Boom Boom benutzt ihrs.» Pewter schlug ein Auge auf. Sie hatte auf dem Stuhl an dem kleinen Tisch im Hinterzimmer ein Nickerchen gemacht.

«Natürlich.» Mrs. Murphy steckte ihre Pfote in ein offenes Schließfach. *«Ist es nicht köstlich, wenn die Couvertfenster der Rechnungen so knistern, wenn man sie berührt?»*

«Beiß rein», stachelte Pewter sie an.

«Lieber nicht. Mom ist immer noch böse auf dich wegen deiner schamlosen Vorführung auf der Versammlung gestern Abend», hielt Tucker, die stets Folgsame, ihr vor.

«Hihi.» Mrs. Murphys Schnurrhaare schnellten nach vorn.

Susan ging zu ihr und kraulte sie am Ohr. «Du warst der Hit auf dem Ausschuss.»

«Apropos, war Archie nicht eine Nulpe?» Mrs. Hogendobber, die über sechzig war, ihr genaues Alter jedoch verschwieg, benutzte gern Ausdrücke aus ihrer Jugend.

Harry lachte. «Nulpe? Der war ein komplettes Arschloch.»

«Seien Sie nicht so vulgär, Harry. Das ist das Problem mit euch jungen Leuten. Fluchen verrät einen Mangel an Phantasie.»

«Sie haben Recht.» Harry lächelte. «Sagen wir lieber, Archie war mit Schaum gekrönt.»

«Mundschaum oder Meerschaum?» Susan küsste Murphy auf den Kopf.

«Das hab ich gern», schnurrte Murphy.

«Wieso Meerschaum?», fragte Mrs. Hogendobber. «Was ist das eigentlich genau?»

«Weiß ich nicht. Hat sich halt schön angehört.» Susan lachte über sich selbst.

«Auf zum Lexikon, Mädels.» Miranda zeigte auf den alten Webster. Der blaue Leineneinband war blank gerieben, an den Ecken kam die Pappe durch.

Susan setzte sich an den Tisch und blätterte. Die Orangenteilchen vor ihrer Nase riefen nach ihr. Sie langte noch einmal zu. «*Meerschaum*, Mineral von rein weißer Farbe. Wird zur Herstellung von Pfeifen verwendet.»

«Man lernt nie aus», staunte Miranda.

Reverend Herbert Jones schritt zum Schalter, auf dessen anderer Seite sich die drei Damen befanden. «Ich rieche, rieche Orangenduft.»

«Kommen Sie.» Harry hob die Trennklappe.

Er nahm sich ein Orangenteilchen. Pewter aß eins, als niemand hinsah. Danach war die Katze so voll gefressen, dass sie sich nicht mehr rühren konnte. Die Menschen wunderten sich, dass Pewter gar nicht bettelte, bis Miranda die Orangenteilchen zählte.

«Susan, haben Sie vier Stück gegessen?»

«Drei.»

«Ah-ha.» Miranda warf der Katze einen strengen, vorwurfsvollen Blick zu.

Er blieb ohne jede Wirkung.

«Diese ganze Wassergeschichte beunruhigt mich.» Herb leckte sich die Finger ab, dann fand er eine Serviette. «Ich weiß nicht, warum Archie sich so aufführt. Die alte Studie ist ihm seit Jahren bekannt.» Er hob plötzlich die Stimme. «Die diversen Naturschutzgruppen im Bezirk stecken dahinter. Allerdings gibt es dringlichere politische Anliegen.»

«Zum Beispiel?»

«Zum Beispiel eine neue Grundschule in Greenwood.»

«Ja, die ist wirklich wichtig», stimmte Harry zu.

«Dieser Fatzke, Sir H. Vane-Tempest – wenn der ein Ritter oder ein Lord oder dergleichen ist, dann bin ich Johannes der Täufer –» Herb zog eine Augenbraue hoch, «der ist zu mir gekommen und hat mich abgekanzelt, weil ich zu viel Blech an meiner Feldmütze habe.»

«Was?» Die drei Frauen starrten ihn an.

«Ich Idiot habe mich breitschlagen lassen, bei diesem Reenactment mitzumachen. Also, Mädels» – er nannte sie immer Mädels, und es war zwecklos, darauf hinzuweisen, dass dies vielleicht nicht erwünscht war –, «ich bin nicht darauf versessen. Ich habe mich bereit erklärt, weil die Truppe noch nicht vollzählig war. Er will mich aber hundertprozentig perfekt haben. Er sagt, ein echter Soldat hätte nie so viel Blech an der Mütze, weil er dann bloß mehr zu putzen hätte.»

«Was haben Sie denn alles an Ihrer Mütze?», fragte Miranda.

«VA 1st – die Bezeichnung meines Regiments –, und er hat gesagt, ich bräuchte einen Nackenschutz; das ist ein Stück weißes Leinen, das auf die Mütze geknöpft wird. Er sagte, es könnte heiß werden, und ein echter Soldat würde sich vor der Sonne schützen wollen. Ich sagte ihm, ich hätte schon genug Geld ausgegeben, und wenn ich nicht hundertprozentig perfekt sei, dann sei das eben Pech. Er hat geschnaubt vor Wut. Schließlich habe ich ihm gesagt, er sei ja nicht mal Amerikaner und, noch schwerwiegender, nicht aus Virginia, und er hätte einem hiesigen Urgewächs nicht vorzuschreiben, wie es sich anzuziehen hat. Mein Urgroßvater hat im Krieg *gekämpft*. Seiner dagegen hat in Saus und Braus in England gelebt. Er hat noch ein bisschen rumgestammelt und gesagt, die Nationalität hätte nichts damit zu tun. Es handele sich um lebendige Geschichte.» Er schüttelte den Kopf. «Der Mann weiß mit seinem Leben offenbar nichts Besseres anzufangen.»

«Wie ist es bei Ned?», wandte sich Harry an Susan. «Ist er auch so besessen?»

«Angefangen hat er wie der Reverend.» Dabei lächelte sie Herb zu. «Jetzt kniet er sich richtig rein. Was glaubst du wohl, warum ich dabei mitmache?»

«Damit ist die Sache besiegelt. Ich mach auch mit.» Mrs. Murphy sprach aus der Tiefe des Postkarrens.

«Keine Chance», erwiderte Tucker.

«Ich mach aber mit, und ich sag dir auch, warum, du Fettzwerg.»

«Ich bin nicht fett.»

«Bei deiner Bodenhaftung ist das schwer zu erkennen.» Die Tigerkatze gluckste. *«Ich mach mit, weil es konföderierte Katzen gab. Sie waren lebenswichtig für die Kriegsanstrengungen. Wir haben die Mäuse von den Getreidevorräten fern gehalten.»*

«Wie steht's mit Unionskatzen?», fragte Pewter, eine glorreiche konföderierte Graue.

«Die erwähnen wir mit keinem Wort.»

«Worüber unterhaltet ihr euch?», fragte Susan, die ein Gespür für Tiere hatte.

«Über das Reenactment», bekam sie zur Antwort.

«Blair Bainbridge hat eine authentische Ausrüstung gekauft, keine Nachahmungen, lauter echte Sachen. Muss ihn ein Vermögen gekostet haben», sinnierte Herb.

«Für seinen Porsche würde ich einen Mord begehen.» Harrys Augen trübten sich.

«Das müsstest du auch.» Susan stieß sie an. «Du kannst dir ja nicht mal einen neuen Transporter leisten.»

«Ist das nicht schrecklich?» Harry ließ in gespielter Verzweiflung den Kopf hängen.

«Dein Ex geht als Kavallerieoffizier. Eine Jacke in seiner Größe ist nicht aufzutreiben, also zieht er ein historisches Musselinhemd und eine graue Hose an.»

«Ich hoffe, er hat die nicht unerhebliche Tatsache bedacht, dass die meisten unserer Pferde nicht an permanente Gewehrsalven und Kanonendonner gewöhnt sind.»

«Das hat er erwähnt.» Herb verschränkte die Arme, um sich nicht noch ein Orangenteilchen zu schnappen. Er machte mal wieder eine Diät und hatte bereits geschummelt.

«Ich betrachte diese Nachstellungen mit gemischten Gefühlen. Ich finde, damit verherrlichen wir die Gewalt», sagte Harry. «Ich kann mir nicht helfen, ich meine, das Ganze hat einen hässlichen reaktionären Beigeschmack.»

«Darüber habe ich nie nachgedacht.» Susan runzelte die Stirn. «Ich habe es einfach für lebendige Geschichte gehalten, wie es immer heißt. Außerdem lässt Ned sich von mir zu so vielen Sachen mitschleppen, da muss ich ihm den Gefallen tun und mitmachen.»

«Schön, wenn es lebendige Geschichte ist, warum spielen wir dann nicht die Erfindung der Mähmaschine oder der Baumwollentkörnungsmaschine nach? Warum machen wir stattdessen das Furchtbarste lebendig, das diesem Land je widerfahren ist? Sechzig Prozent des Bürgerkrieges wurden auf dem Boden von Virginia ausgefochten. Man sollte doch meinen, dass gerade wir davon absehen würden, das zu verherrlichen.»

«Vielleicht ist es noch nicht vorbei.» Herb blickte zur Decke.

«Er hat den Nagel auf den Kopf getroffen.» Mrs. Murphy spielte mit ihrem Schwanz.

6

Am Spätnachmittag wurden die Wolken noch düsterer.

Cynthia Cooper kam zum Hintereingang herein. «Hey.»

«Hey», antwortete Harry.

«Wo ist Miranda?»

«Mal kurz nach Hause gegangen.» Harry wies auf einen Stuhl. «Setz dich.»

«Hast du Tommy Van Allen gesehen?»

«Nein.»

Die beiden Katzen, die in dem leinenen Postkarren dösten, wachten auf und steckten die Köpfe über die Kante.

«Er wird seit zwei Tagen vermisst – zwei Tage, soviel wir wissen –, und sein Flugzeug auch.»

Mrs. Murphy legte die Pfoten auf die Kante des Karrens; sie war ganz Ohr.

«Cynthia, wie kann das Flugzeug zwei Tage weg sein, ohne dass man es am Flugplatz merkt?»

«Sie dachten, die Maschine sei in Hangar C, dem Hangar für Reparaturen. Offenbar hatte Tommy für Montagmorgen einen Wartungstermin vereinbart.»

«Wie konnte die Maschine starten und nicht zurückkehren, ohne dass es irgendjemandem auffiel?»

«Das habe ich mich auch gefragt. Der Flugplatz schließt um Mitternacht. Tommy hätte danach starten können, und er hat die Gewohnheit, ein, zwei Nächte am Zielort zu bleiben. Trotzdem, es ist seltsam.»

«Ich weiß, wo das Flugzeug ist!», rief Mrs. Murphy.

«Still.» Harry drohte ihr mit dem Finger.

Die Katze sprang aus dem Karren und auf Cynthias Schoß. *«Ich weiß nicht, wo Tommy ist, aber ich weiß, wo das Flugzeug ist.»*

«Sie ist so anhänglich.» Cynthia kraulte ihr die Ohren.

«Vergeude deine Zeit nicht», riet Pewter Mrs. Murphy.

«Weißt du wirklich, wo das Flugzeug ist?», fragte Tucker.

«In Tally Urquharts alter Scheune. Ich geh mit dir hin.»

Regen prasselte an die Fensterscheibe.

Pewter machte es sich wieder im Postkarren gemütlich. *«Warte, bis die Sonne scheint.»*

Mrs. Murphy sprang von Cynthias Schoß zurück in den Postkarren, wo sie sich über Pewter wälzte. *«Du glaubst mir nicht.»*

«Mir ist das Flugzeug völlig schnuppe.»

«Als ich Sonntagnacht nass ins Bett kam – da hatte ich das Flugzeug gesehen.» Sie versetzte der gleichgültigen Pewter einen Klaps.

«Wutanfall.» Harry stand auf und trennte die beiden.

«Hat jemand Tommys Post abgeholt?», fragte Cooper.

«Seine Sekretärin.» Harry drückte Mrs. Murphy an ihre Schulter.

Miranda kam durch den Hintereingang. Cynthia fragte sie nach Tommy.

«Der taucht schon wieder auf. Ein Mann von eins fünfundneunzig ist schwer zu verstecken», meinte Miranda. «Er macht so was öfter.»

«Er trinkt aber nicht mehr», erinnerte sie Harry.

Miranda runzelte die Stirn. «Vielleicht ist er rückfällig geworden.»

«Ich weiß, wo das Flugzeug ist!», brüllte die Katze.

«Gott, Murphy, mir platzt gleich das Trommelfell.» Harry setzte sie auf den Boden.

7

Die längeren Tage ermöglichten es Harry, ihre Farmarbeit zu erledigen, wenn sie vom Postamt nach Hause kam. Sie zog Johnny Knatterton, ihren 1958er John-Deere-Traktor – so zuverlässig wie an dem Tag, als er gebaut worden war –, in den Schuppen.

Jedes Mal, wenn sie den Choke zog, knatterte der Auspuff, und dann musste sie lachen. Sie säuberte die Pferdeboxen und warf den Mist in den Dungstreuer. Da es regnete, musste sie warten, bis der Boden getrocknet war, bevor sie mit dem Ausstreuen beginnen konnte.

Harry brachte ihre Geräte immer in den Schuppen. Ihr Dad hatte ihr beigebracht, dass dies unumgänglich sei. Gute Qualität und gute Pflege sorgten dafür, dass die Dinge Jahrzehnte hielten.

Sie vermisste ihre Eltern. Sie waren lebhafte, tüchtige Leute gewesen. Mit zunehmendem Alter war ihr klar geworden, was für gute Menschen sie waren. Als sie ein Teenager war, hatten sie einen Schäferhund gehabt. King hatte ein hohes Alter erreicht, und als ihre Mutter starb, war King ihr bald darauf gefolgt. Harry wollte sich irgendwann wieder einen Schäferhund anschaffen, aber bisher hatte sie es noch nicht getan, vielleicht, weil er sie an ihre Mutter erinnern und den Verlust noch deutlicher machen würde.

Tucker hatte sie als sechs Wochen alten Welpen von Susan geschenkt bekommen, einer der besten Corgizüchterinnen in Virginia. Eigentlich mochte Harry keine kleinen Hunde, aber sie hatte den kräftigen, zähen Corgi lieben gelernt. Sie dachte sich, dass ein Schäferhundwelpe Tucker verstimmen könnte – ein weiterer Grund, noch zu warten.

Dabei würde ein Schäferhund eher die Katzen verstimmen. Tucker, die in der Minderzahl war, würde sich vielleicht über hündische Verstärkung freuen.

Harry sauste zurück in den Stall; der Regen lief am Kragen ihrer alten Barbourjacke hinunter. «Ich muss das Ding neu wachsen.» Das Wasser sickerte durch den Rücken.

In der Sattelkammer klingelte das Telefon. «Hallo.»

«Harry, ich bin's, Ridley Kent. Ich helfe Archie, die Landbesitzer zu bearbeiten. Ich sehe mir gerade eine topographische Karte an. Sie haben einen Bach an Ihrer Westgrenze.»

«Stimmt.»

«Starke Strömung?»

«Im Frühjahr ja, aber auch im Sommer trocknet er nie ganz aus. Das Wasser kommt vom Little Yellow Mountain herunter.»

«Wie sieht's mit Quellen aus?»

«Eine, an der Ostecke.»

«Nord oder Süd?»

«Nordosten.»

«Ist Ihr Brunnen während einer Dürre jemals ganz ausgetrocknet?»

«Nein. Auch bei Mom und Dad nicht, und sie sind in den vierziger Jahren hierher gezogen.»

«Danke.»

«Keine Ursache.» Sie legte auf.

«Mutter, in der Senke im Maisfeld ist eine unterirdische Quelle», klärte Tucker sie auf. *«Ich kann sie hören.»*

Harry streichelte das weiche Fell des Hundes. «Ich hab nichts zum Naschen bei mir.»

Die Pferde, die in ihren Boxen Heu mampften, hoben die Köpfe, als Mrs. Murphy vom Heuboden auf die Boxentrennwand sprang. Pewter, die auf der Satteltruhe saß, ihrem Lieblingsplatz, beobachtete ihre behände Freundin. Sie könnte genauso springen, wenn sie wollte, aber sie wollte nie; es bekam ihren Knochen nicht.

«Simon hat einen Vierteldollar gefunden», verkündete Murphy.

«Nicht verraten», klagte ein kleines Stimmchen.

«Ich will deinen Vierteldollar nicht», rief Tucker hinauf, als die kleinen Perlaugen des Opossums über den Heubodenrand lugten.

Harry schaute zu ihm hoch. «’n Abend, Simon.»

Er blinzelte, dann huschte er zurück in sein Nest. Simon hatte sich anfangs gar nicht zeigen wollen, doch mit der Zeit hatte er Zutrauen zu Harry gefasst. Was nicht hieß, dass er mit ihr sprach. Bei den Menschen konnte man nicht vorsichtig genug sein.

Der Regen prasselte herab.

Harry sah nach dem Barometer in der Sattelkammer. Die Nadel pendelte Richtung stürmisch. Sie ging im Gang auf und ab. Sie hatte alle Wasserkübel gefüllt, Heu ausgeworfen, frische Salzwürfel auf die Böden der Futtereimer gelegt. Aber Harry prüfte lieber alles noch einmal nach. Dann zog sie den Stecker der Kaffeemaschine in der Sattelkammer heraus, rollte das Kabel zusammen und schob es in die obere Schublade der hohen, schmalen Kommode. Sie verwahrte allerlei Kram in den Schubladen, auch Hufkratzer, kleine, flache Teile. Sie hatte ihre Lektion gelernt, als Mäuse ihre erste Kaffeemaschine ruiniert hatten, indem sie das Kabel durchbissen. Sie hatten dabei einen tödlichen Stromschlag erlitten, aber sie hätten auch den Stall in Brand setzen können. Seither führte sie Stromkabel durch ein schmales, an der Wand befestigtes PVC-Rohr. Die Schnur der Kaffeemaschine war das einzige frei liegende Kabel.

Harry hatte auch an beiden Enden des Stalls und auf dem Heuboden Feuerlöscher installiert. Im Moment lief sie allerdings weniger Gefahr, in Brand zu geraten, als von der Erdoberfläche gepustet zu werden.

Sie blieb am offenen Tor stehen. «Wisst ihr was, es ist wohl besser, ich mache die Stalltore zu.» Sie ging ans andere Ende und schloss das Tor. Dann kehrte sie an das Ende des Stalls zurück, das dem Haus gegenüberlag. «Kinder, kommt ihr mit?»

Drei kleine Köpfe sahen zu ihr auf. *«Jaha.»*

Sie zog das Tor zu und ließ nur einen Spalt offen, um sich hindurchzuquetschen. Dann rannte sie wie von Sinnen zur Tür der umzäunten Veranda. Die beiden Katzen und der Hund düsten vor ihr her.

«Ich mag nicht nass werden», quengelte Pewter.

«Lahmarsch.» Mrs. Murphy zog die Tür auf.

Harry bewunderte ihre Horde. «Kluge Köpfe seid ihr.»

Die Tiere schüttelten sich auf der Veranda. Harry zog ihre Jacke aus und schüttelte sie ebenfalls. «Ich gelobe – wenn sie trocken ist, wachse ich sie neu ein.»

Sie nahm ein großes, flauschiges Handtuch von einem Haken, kniete sich hin und trocknete die Tiere ab.

Abgesehen von dem Regen, der auf das Blechdach trommelte, war es ein stiller Abend. Sie machte sich ein Sandwich mit Spiegelei und saurer Gurke, fütterte die Tiere, dann setzte sie sich hin, um *Das Leben von Cézanne* zu lesen, aber ihr fielen die Augen zu. Tiefdruckgebiete machten sie schläfrig.

Mrs. Murphy lauschte dem Regen. *«Sobald es trocken ist, gehen wir zu der alten Scheune.»*

8

Eine offene Pfundpackung Schießpulver stand auf dem Hackklotz, der als Küchentisch diente.

Papierpatronen, in Reihen ausgelegt wie winzige

trapezförmige Zelte, bedeckten eine Ecke des Tisches. Ridley Kent beugte seinen ansehnlichen Kopf über den Wust. Entschlossen, alles besser zu machen als andere, rollte er seine Patronen selbst. Vier Gramm Jagdschwarzpulver zu rollen war nicht so einfach, wie er sich vorgestellt hatte.

Er rollte mit beiden Händen, dann plagte er sich mit dem Zuknicken. Draußen peitschte der Regen gegen das Küchenfenster. Es war ein ungemütlicher Abend.

«Verdammt!», entfuhr es ihm, als das Papier sich löste und das Schießpulver sich über den Tisch ergoss. Nun musste er wieder von vorn anfangen.

Ridley verfiel auf den Gedanken, hinter jedem Blatt Papier vier Gramm Pulver auszulegen. Das würde ihn überdies beruhigen, sodass er das nächste Zuknicken nicht wieder verpfuschte.

Archie Ingram kam zur Tür herein, und die sorgfältig zugeschnittenen Papiere flogen durch die Küche.

«Ich könnte dich umbringen, Archie.»

Archie hängte seinen Regenmantel zum Abtropfen an den Türknauf. Er betrachtete die weißen Papierchen, dann kniete er sich hin und hob sie auf. «Hab dich nicht so.»

«Hast du eine Ahnung, wie lange ich an diesen verflixten Dingern gesessen habe?»

«Den halben Tag?»

«Zwei Stunden. Ich habe allein eine Stunde gebraucht, um das Papier zuzuschneiden.»

«Gut so. Du hast deine Hausaufgaben gemacht. Du hättest schließlich auch schummeln und fertige kaufen können.»

«Ich doch nicht. Die meisten anderen tun das.»

«Hier, ich zeig dir, wie's geht.» Archie setzte sich hin, nahm ein flaches Messer und kratzte die vier Gramm in das Papier, rollte es so, dass das längste Stück über das Ende hinausragte, und knickte das Ende zu. «Woher hast du das Rollholz?»

«Selbst gemacht.» Ridley meinte den etwa acht Millimeter großen zugespitzten Holzpflock. Das Papier über dieses Holz zu rollen erleichterte die Angelegenheit, doch Ridleys Finger, die zu keiner Tageszeit besonders ruhig waren, konnten die Patrone trotzdem nicht abknicken.

«Und ich nehme an, du gehst als Offizier?»

«Da ich zu den wenigen gehöre, die sich die Ausrüstung leisten können, ja», lautete Ridleys gereizte Antwort.

«Komm bloß nicht auf die Idee, Befehle zu erteilen. Das machst du im wirklichen Leben schon genug.»

«Was war die Aufgabe von Offizieren?», fragte Ridley halb lachend.

«Reihenweise ins Gras zu beißen.»

«Das habe ich nicht vor. Außerdem schießen die Unionssoldaten über unsere Köpfe hinweg, und wir schießen über ihre. Lautet die Regel nicht, niemals mit einer Schusswaffe direkt auf den Gegner zielen und keine echte Kugel ins Gewehr stopfen?»

«Ja. Aber gib keine Befehle. Du bist neu dabei, und obwohl du ein …»

«Colonel.»

«Wie passend», sagte Archie verschmitzt. «Also, obwohl du ein Colonel bist, keine Befehle. Du gehst neben deinen Männern, an der vorderen Ecke.»

«Ich reite.»

«Ridley, du kannst nicht mal 'n alten Klepper reiten. Du gehst zu Fuß oder als Artillerieoffizier.»

«Ich muss doch nur mitlaufen. Das kriege ich schon noch hin.»

«Hör zu, Holzkopf, Fair Haristeen sorgt sich ums Reiten, und er *kann* reiten. Die Pferde sind nicht an Gewehrschüsse gewöhnt. Du wirst zu Fuß gehen.»

«Aber ich habe eine gelbe Litze an meiner Uniform und eine goldene Schärpe für meinen Säbel», wandte Ridley ein.

«Hellblau, Infanterie. Mach dich nicht lächerlich. Bring die Uniform zu Mrs. Woo und lass dir von ihr blaue Litzen aufnähen. Ihr Laden ist in dem kleinen Haus hinter dem Rio-Road-Einkaufszentrum. Tu einfach, was ich dir sage. Ich weiß, wovon ich spreche, und ich will nicht zusehen, wie du dich zum Narren machst.»

Ridley hätte am liebsten gesagt: Du machst dich selber zum Narren. Warum dich um mich sorgen?

Archie leierte weiter. «Wir werden H. Vane das Maul stopfen. Der Mann denkt, er kann die Welt regieren. Dieser aufgeblasene Engländer! Er regt sich auf, weil wir die Truppen mit Männern besetzen, die bei den Reenactments nicht mit Leib und Seele bei der Sache sind. Ich habe ihm gesagt, wir müssen das machen. Wir stehen im Licht der Öffentlichkeit, und wir brauchen diese Schlacht, um uns für das Reenactment bei Wilderness aufzuwärmen.»

«Bei Wilderness liegen immer noch Leichen rum.» Ridley schauderte.

«In der Erde von Virginia liegen so viele Leichen, dass man nicht pflügen kann, ohne auf eine zu stoßen, insbesondere in der Gegend um Richmond.»

«Vielleicht fallen unsere Ernten deswegen so gut aus.»

Archie kniff die grünlichen Augen zusammen. «Du nimmst das Ganze nicht ernst.»

«Ernst genug, um einen Haufen Geld auszugeben.»

«Himmel nochmal, Ridley, wenn du dein Geld nicht für Weiber rauswirfst ...»

«Du musst gerade reden!» Eine dichte rotbraune Augenbraue schnellte in die Höhe.

Archies Gesicht lief puterrot an. Er errötete leicht. «Ein Gentleman spricht nicht über diese Dinge.»

Ridley lachte. «Wer hat gesagt, dass wir Gentlemen sind?»

«Wir wurden zu solchen erzogen, auch wenn wir dem nicht immer gerecht werden.» Den Bezirksabgeordneten plagte ein schlechtes Gewissen.

«Archie, eines Tages wirst du erwischt, und wenn deine Frau dich nicht umbringt, dann tut es jemand anders.» Ein angedeutetes Lächeln gab Ridleys

Miene etwas Verwegenes. «Du bist ein verkleideter Casanova.»

«Verkleidet als was?» Archie gefiel die Charakterisierung besser, als er zugeben mochte.

«Preisboxer.» Ridley lachte.

Archie atmete ein, überlegte eine Sekunde, dann lachte auch er. Er rollte die nächste Patrone. «Charles Bronson war auch keine klassische Schönheit.»

«Charles Bronsons Arsch würde dein Sonntagsgesicht abgeben.» Ridley machte bloß Spaß, denn Archie sah gut aus.

«Ridley, du verstehst es wirklich, einen an den wundesten Punkten zu treffen.» Archies Stimmung hob sich ein wenig.

Ridley konnte jeden zum Lachen bringen. Seine ansteckende gute Laune, allzu oft vom Alkohol beflügelt, machte ihn zu einem gern gesehenen Zeitgenossen. Die Frauen lagen ihm zu Füßen. Was auf Gegenseitigkeit beruhte.

Ridley stand auf und kehrte mit einer dreibändrigen Enfield-Muskete zurück. «Vierhundertachtzig Dollar. Hat man mich übers Ohr gehauen?»

«Nein, das ist der übliche Preis.»

Er polierte das Messing auf der Muskete.

«Wenn du hinter einer Infanterielinie bist, hältst du dein Gewehr mit den ersten beiden Bändern oberhalb des Ohrs von einem deiner Männer.» Er zeigte auf den entsprechenden Teil des Laufes. «Auf diese Weise gibt es keine versengten Ohren.»

Sie arbeiteten schweigend, dann sagte Ridley leise:

«Arch, wenn du nicht bald ein paar Trümmer beseitigst, verlierst du deinen Abgeordnetensitz. Mim hat eine Stinkwut.»

Archie blähte seine Nasenlöcher. «Ach ja?»

«Was erwartest du? Auf der Versammlung hast du dich aufgeführt wie ein Kotzbrocken.» Er lächelte, um seine Worte abzumildern. «Du warst gar nicht wieder zu erkennen.»

Archie zuckte die Achseln. «Ich hab's satt, auf den Bezirksversammlungen den Prügelknaben abzugeben.»

«Den Prügelknaben gibst du nur für die Landerschließer ab. Viele Leute finden, dass du deine Sache gut machst. Aber niemand versteht, warum du bei dem Reservoir so heftig reagierst. Ich bin auf deiner Seite, Arch, deshalb sage ich dir, was andere dir nicht sagen wollen. Du musst Trümmer beseitigen», wiederholte er.

«H. Vane steckt dahinter.»

«Mag sein, dass er dahinter steckt, aber ich sage dir, Mim steckt davor.» Ridley stapelte seine Patronen zu Zehnerpacks. «Und warum hast du Vane-Tempests Antrag auf eine Nutzungsänderung letzten Winter abgelehnt? Ein Steinbruch an der Nordseite seines Grundstücks ist eine gute Idee. Niemand wird ihn sehen, und er schafft Arbeitsplätze.»

«Er hätte bessere Pläne vorlegen müssen.»

«Komm schon, Arch, sein Plan enthielt eine verantwortungsbewusste Lösung zur Wiederinbetriebnahme der Gruben. Er war umweltfreundlich und fortschrittlich.» Ridley senkte die Stimme. «Hältst du die Hand auf?»

Archie klappte die Kinnlade herunter. Ridley hakte nach. «Das wird behauptet. Ich halte dicht, aber ich möchte es wissen, weil du dich in letzter Zeit aufführst, als hättest du nicht alle Sinne beisammen. Die Leute glauben, dass militante Umweltgruppen dich schmieren. Verrückt. Aber so reden sie nun mal.»

Archie stand auf und steuerte die Tür an. Ridley lief ihm nach. «Arch! Komm schon, Arch. Ich will dir doch bloß helfen.»

«Helfen? Du beschuldigst mich, das Vertrauen der Öffentlichkeit zu missbrauchen!»

«Ich will nicht, dass du verlierst, wofür du so schwer gearbeitet hast. Komm, setz dich hin.»

Archie kam zurück. «Ich halte die Hand nicht auf.»

«Schon gut.» Ridley hielt inne. «Hey, hast du gehört, dass Tommy Van Allen verschwunden ist?»

«Er ist nicht verschwunden. Wahrscheinlich ist er in Santa Fe oder Buenos Aires oder weiß der Himmel, wo. Er ist der zügelloseste Mensch, der mir je begegnet ist.»

«Rick Shaw hat mich angerufen. Sie behandeln es als Vermisstenfall. Sein Flugzeug ist auch verschwunden.»

«Ich bin froh, dass wir nicht in das Geschäft eingestiegen sind und die zweistrahlige Maschine gekauft haben. Ich weiß nicht, wie ich überhaupt darauf kommen konnte.»

«Es hat Spaß gemacht … unser Fliegerclub, aber

ich kann der Fliegerei nicht so viel abgewinnen wie ihr Jungs.»

«Du konntest es dir wenigstens leisten.» Archie polierte geistesabwesend die Messingbänder der Muskete.

«Tommy und ich konnten immerhin schon fliegen, dank der US Air Force. Und H. Vane hat es bei der Royal Air Force gelernt. Kann sein, dass ich zu sehr an meine Dienstzeit erinnert wurde, als ich wieder in der Luft war, oder vielleicht hänge ich tatsächlich in der Luft. Wohl gefühlt habe ich mich nicht dabei.»

«Blair hat es ja fix gelernt. Ich hatte gedacht, so 'n hübsches Kerlchen würde kneifen. Mir wäre lieber gewesen, er wäre ausgestiegen und nicht du.»

«Ich kann mich für den Typ nicht erwärmen.» Ridley bot Archie ein Bier an. Er lehnte ab. «Er ist nicht kaltblütig, aber heißblütig ist er auch nicht. Letzten Herbst zum Beispiel, als er das Techtelmechtel mit Sarah Vane-Tempest hatte ...»

Arch unterbrach ihn. «Das ist nicht wahr.»

«Und ob das wahr ist. Sie waren diskret, das ist alles.»

«Ich kann nicht glauben, dass sie mit Blair Bainbridge ins Bett gegangen ist», sagte Archie angewidert.

«Hat nicht lange gehalten. Vielleicht hatte er sie über oder sie ihn. Aber ich hätte mir H. Vane auch nicht zum Feind machen mögen.»

«Was erwartet H. Vane denn, wenn er eine Frau heiratet, die halb so alt ist wie er?»

Ridley ging zum Kühlschrank. «Trink ein Bier, Kumpel, du siehst elend aus.»

«Hm? Okay.» Archie nahm das kalte Bier und öffnete den Schnappverschluss. «Ich weiß, ich war gereizt. Zu viel Arbeit, Ridley. Einfach zu viel. Meine Frau beklagt sich, dass sie mich nie zu sehen kriegt, und weil sie bloß klagt, wenn sie mich sieht, mag ich nicht nach Hause gehen.» Er trank langsam einen tiefen Schluck. «Das Leben eines Bezirksabgeordneten kann manchmal, also, lass es mich so sagen – wenn es einen Scherzkeks, ein Arschloch oder einen klinisch Verrückten gibt, dann begegne ich ihnen nicht bloß im Wahlkampf, sondern sie tauchen in meinem Büro auf. Und diese Reservoirgeschichte lockt sie alle an.»

«Vergiss das mal für einen Abend. Ich mach uns Popcorn. Und dann können wir uns mit Weibergeschichten in die Tasche lügen.»

«Keine schlechte Idee.» Archie leerte die Bierdose, stand auf und holte sich noch eine.

9

Am Mittwochmorgen hörte es auf zu regnen. Nach dem Abendessen beriet sich Mrs. Murphy auf der Veranda mit Pewter und Tucker.

«Sechs Kilometer im Schlamm, das ist zu weit. Lasst uns noch ein paar Tage warten», quengelte Pewter.

«Alles spricht dafür, dass das Flugzeug dann nicht mehr da ist.» Mrs. Murphy schnupperte im Wind, einer leichten Brise von Westen. *«Ich geh hin.»*

«Ich komm mit.» Tucker stellte ihre großen Ohren nach vorn.

«Ich bleib zu Hause.» Pewter setzte sich hin.

«Hasenfuß», zog der Hund sie auf.

«Ich bin kein Hasenfuß. Ich mag mich nicht schmutzig machen, wo ich mich eben erst gewaschen habe.»

«Los, gehen wir.» Murphy öffnete die Fliegentür, Tucker folgte ihr. Die Tür klapperte zweimal. Pewter sah ihnen nach, als sie über die Wiese beim Stall tollten. Es schmerzte sie, etwas zu verpassen, aber nicht so sehr, dass sie sich aufraffte. Sie ging ins Haus und beschloss, es sich in dem Sessel aus den 1930er Jahren mit der Mohairdecke gemütlich zu machen. Sie kuschelte sich gern in den Mohair, wünschte jedoch, Harry wäre betucht genug, um sich Kaschmir leisten zu können. Pewter war schließlich ein Luxusgeschöpf.

Als sie an den ersten Bach kamen, der Harrys von Blair Bainbridges Grundstück abgrenzte, wurden Katze und Hund vom Hochwasser gebremst.

«Hässlich.» Tucker ging am Ufer auf und ab.

«Lass uns zum Biberdamm gehen.»

«Wenn der noch steht.»

«So viel Wasser war es nun auch wieder nicht. Komm.»

«Ich kann die Biber nicht ausstehen.» Tucker wusste, wovon sie sprach.

«Wir sind drüben, bevor sie was merken.»

Vierhundert Meter stromaufwärts beherrschten der von den Bibern geschaffene Uferbau aus Baumstämmen und Schösslingen und der stabile Damm den Bach.

Vorsichtig legte Mrs. Murphy eine Pfote auf den Damm. Sie prüfte seine Festigkeit, dann stürmte sie hinüber und ließ kleine Wasserspritzer hinter sich.

Tucker winselte, folgte ihr aber. Ihre Bewegungen waren nicht ganz so anmutig, doch sie schaffte es. Sie hatten Blairs Ostwiese halb hinter sich, bevor die Biber aus dem Bau kamen, um ihren Damm zu inspizieren.

Lichter auf Blairs Anwesen erregten die Aufmerksamkeit von Katze und Hund. Ein weißer Landrover parkte in der Einfahrt.

«Was macht Archie bei Blair?»

Mrs. Murphy ging weiter. *«Er will sich den Porsche ausleihen.»*

Sie lachten, bis sie den Hügel erreichten, der sich etwa zweihundert Meter über Meereshöhe erhob. Auf dem Kamm, der mit Felsauswüchsen gespickt war, blieben sie stehen. Von hüben nach drüben waren es nur sechs Kilometer, aber es ging teilweise durch wild zerklüftetes Gelände.

Als sie wieder zu Atem gekommen war, stieß Mrs. Murphy Tucker an. *«Los?»*

«Klar.»

Sie sausten den Hügel hinunter, umrundeten die dornigen Kriechgewächse und das Unterholz, wo sie

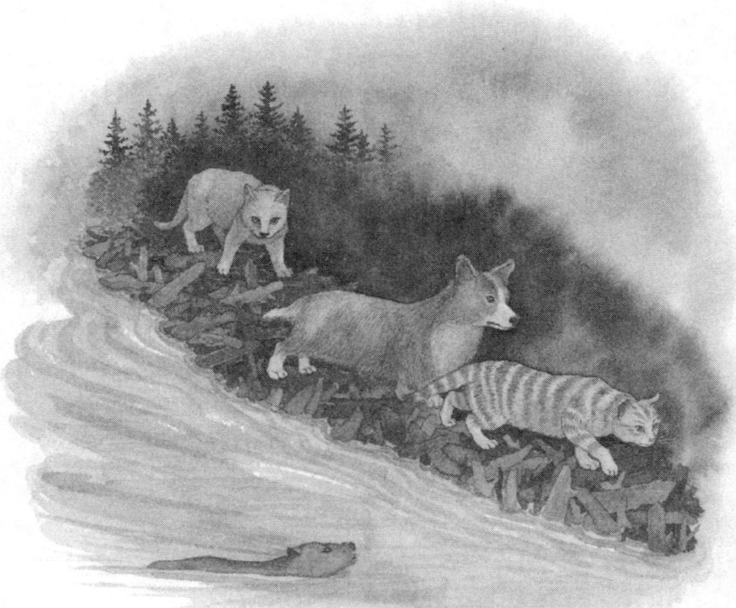

Kaninchen und einen lauernden Fuchs aufschreckten. Mrs. Murphy hoffte, dass der Rotluchs heute Abend woanders jagte.

Über den letzten Bach führte ein umgestürzter Baum. Mrs. Murphy tänzelte hinüber. Tucker zog es vor zu schwimmen.

Die verlassenen Gebäude der urquhartschen Farm schimmerten silbern im Mondlicht; die Schieferdächer glitzerten wie Obsidian.

Das Scheunentor war geschlossen.

Die beiden Tiere umrundeten die Scheune auf der Suche nach Erdlöchern, vorzugsweise unbewohnten. Mrs. Murphy blickte hoch.

Die obere Hälfte einer quer geteilten Boxentür stand einen Spalt offen und klapperte leicht im Wind.

«Ich versuch's.» Mrs. Murphy hockte sich hin, sammelte sich einen Moment, dann sprang sie hoch und erreichte die schmale Öffnung, bevor die obere Türhälfte wieder zufiel. Sie ließ sich auf das alte Heu am Boxenboden fallen.

Murphy ging zum großen Tor und zog mit der Pfote, bis ein kleiner Spalt entstand. Tucker zwängte ihre Nase dazwischen, und Hund und Katze schoben. Das große, auf Schienen laufende Tor ließ sich gerade so weit öffnen, dass sich der kräftige Hund hineinschieben konnte.

Tucker blieb stehen. Tommy Van Allens Flugzeug stand noch mitten in dem breiten Gang. *«So was aber auch!»*

«Du schnüffelst rund ums Flugzeug», ordnete Mrs. Murphy an. *«Ich geh ins Cockpit.»*

Die Tigerkatze fuhr ihre Krallen aus und sprang einen Boxenpfosten an. Sie schoss hinauf, erreichte einen massiven Querbalken und ging darauf entlang, bis sie drei Meter tiefer das weiße Flugzeug direkt unter sich hatte.

«Das ist aber ein großer Sprung, Murphy.»

«Ich weiß.» Murphy blickte auf den Flügel hinunter, tat einen Schritt zurück und sprang dann vom Balken. Mit einem Plumps landete sie auf dem Flügel, schlitterte ein bisschen und besudelte das makellose Weiß mit roten Lehmspuren.

«Alles in Ordnung?», rief der Hund.

«Ja, aber es ist rutschig.» Die Katze balancierte zum Cockpit. Sie bekam die Tür mühelos auf, da sie einen Spaltbreit geöffnet und der Griff groß und nach unten gedreht war. Dann sprang sie hinein und ließ die Tür sperrangelweit offen. Der Geruch nach altem Leder drang ihr in die Nase.

«Siehst du was?», rief Tucker hinauf.

«Massenhaft Instrumente und einen Gashebel.»

«Blut?»

«Nee. Pieksauber.»

Etwas enttäuscht kehrte Tucker zu ihrer Aufgabe zurück, rings um das Flugzeug zu schnüffeln. Die Benzinausdünstungen machten alle anderen Gerüche zunichte.

Mrs. Murphy stieß an Knöpfe und legte ein Auge dicht an den Gashebel, um zu sehen, ob etwas in den

Hebelschlitz gefallen war. Sie hüpfte umher und hinterließ unwissentlich schlammige Pfotenabdrücke.

Da sie nichts fand, wollte sie gerade wieder auf den Flügel zurückspringen. Dann bemerkte sie in der Tür auf der Pilotenseite eine Ledertasche, die wie eine Kartentasche in der Tür alter Autos aussah. Sie langte hinüber, reichte aber nicht ganz heran. Sie streckte die Pfote noch einmal aus, erwischte die Innenseite der Tasche und zog die Tür langsam zu sich heran. Sie wollte die Tür nicht schließen, weil sich der Innengriff vielleicht nicht so leicht öffnen ließe.

Mit einer Pfote, die Krallen ausgefahren, zog sie die Tasche auf, während sie mit der anderen Pfote die Tür am Zufallen hinderte. Dann fischte sie den einzigen in der Tasche enthaltenen Gegenstand heraus, eine zusammengefaltete Karte, die so oft benutzt worden war, dass die Faltstellen bis zur Unkenntlichkeit abgegriffen waren. Murphy nahm sie zwischen die Zähne und sprang auf den Flügel. Sie schlitterte auf die Landeklappenseite des Flügels und ließ sich auf den weichen Belag des Mittelgangs hinunterfallen.

Die beiden Freundinnen gingen zum Tor, zwängten sich durch und schlugen im Mondlicht die Karte auf. Mrs. Murphy setzte sich vorsichtig auf den Rand der Karte, damit sie nicht wegflog; sie liebte das glatte Gefühl von Papier unter ihrem Hinterteil.

«Was ist das?» Tucker bemühte sich, aus den Farben und Linien schlau zu werden.

«Du bist mit dem Gesicht zu nah dran. Geh ein Stück zurück.»

«Oh.» Sie tat wie geheißen. *«Es ist der geologische Lageplan des Bezirks. Hübsche Farben.»*

«Kannst du sie nach Hause tragen? Ich verstecke sie in Simons Nest.»

«Warum lassen wir sie nicht hier?»

«Weil ich glaube, dass jemand herkommt, um sie zu holen.»

«Tommy?»

«Nein. Tommy ist tot.»

«Woher weißt du das?»

«Ich weiß es nicht. Katzenintuition. Ich habe zwei Leute aus diesem Flugzeug steigen sehen. Einer muss Tommy gewesen sein, ein sehr großer Mensch, aber es hat geregnet, Nebel wirbelte herunter, und ich konnte nicht viel erkennen. Außerdem war ich schon beim Bach und auf die Eiche geklettert. Der andere Mensch war klein.»

«Neben Tommy Van Allen wäre jeder klein gewesen.»

«Tucker, leg deine Pfoten auf beide Ecken. Wenn ich von oben auf die Karte gucke, kann ich vielleicht mehr erkennen.» Die Katze reckte sich zu ihrer vollen Höhe und blickte hinunter. *«Hmm. Da sind umrandete Stellen.»*

«Vielleicht eine alte Flugroute.»

«Dies sind eher Quadrate, und drum herum ist eine dicke Umrandung.»

«War da oben ein Flugplan?»

«Nein.»

«Warum sind zwei Leute gestartet, ohne jemandem was zu sagen, und hier gelandet? Und einer von ihnen wird jetzt vermisst.»

«Ich hab nicht die leiseste Ahnung. Aber sie hatten von

vornherein vor, das Flugzeug in die Scheune zu bringen. Da bin ich mir ziemlich sicher.»

«Glaubst du nicht, sie sind wegen dem Nebel und dem schlechten Wetter runtergegangen?»

«Es gibt bessere Landeplätze als Tallys alten Behelfsflugplatz. Es gibt jede Menge Flugplätze in Albemarle County. Um hier runterzugehen, muss man zwischen dem Little Yellow Mountain und dem Hügel durch, den wir überquert haben. Es ist nicht gerade ein Nadelöhr, aber man muss verdammt gut sein, vor allem bei dem Fallstrom und den Winden, die um die Berge wirbeln. Wer hier im Nebel gelandet ist, war ein höllisch guter Pilot.»

«Tommy war gut.»

«Aber es war nicht Tommy. Ich habe ihn rausspringen und das Tor aufmachen sehen. Zumindest glaube ich, dass das Tommy war.»

«Wie kriegen wir bloß Harry hierher?»

«Nur, wenn sie Tally besucht oder rüberreitet. Sie kommt kaum mal hierher, weil die zweite Bachüberquerung sich jedes Mal verändert, wenn's Sturm gibt. Wer weiß, wie lange es dauert, bis Menschen das Flugzeug finden?»

«Wenn Rick Shaw systematisch vorgeht, wird er schließlich alle Privatflugplätze durchsuchen.»

«Stimmt. Bin gespannt, wann er damit anfängt.» Die Katze sah den Mars rot am Himmel flimmern. *«Wer die Maschine geflogen hat, kommt wieder hierher, um die Karte zu holen, davon bin ich felsenfest überzeugt.»*

«Es muss Tausende von Lageplänen von dem Bezirk geben. Dieser eine ist nicht wertvoll.»

«Wenn Fingerabdrücke drauf sind, schon.» Mrs. Mur-

phy studierte weiter die Karte und fasste die handgezogenen Linien ins Auge. *«Ich hab's.»*

«Was?»

«Der dicke Umriss – das ist die Wasserscheide. Die gleiche, die auf der Ausschussversammlung am Anschlagbrett war. Ich war auf dem Pult. Ich konnte sie deutlich sehen.»

10

Muss ich da wirklich hin?» Harry lehnte an der Tür des Transporters.

«Ja.» Miranda machte ihr keine Hoffnung auf ein Entrinnen. «Ich nehme Mrs. Murphy, Pewter und Tucker mit zu mir. Sie bekommen alle ihr Abendessen. Wenn Sie sie vorher nach Hause bringen, verspäten Sie sich.»

«Na gut.» Harry stieg in den alten supermannblauen Ford-Halbtonner.

«Viel Glück, Mom», rief Mrs. Murphy hämisch.

Sie brauchte mehr als Glück. Sie brauchte die Duldsamkeit eines Hiob. Lifeline, das im Souterrain der evangelischen Kirche tagte, bot vielen Suchenden Orientierung und Beistand.

An Orientierung fehlte es Harry nicht, und was den Beistand anbelangte, so war sie dazu erzogen, ihre Probleme nicht an die große Glocke zu hängen.

Sie staunte jedoch, wer alles an diesem Selbstfindungsprozess teilnahm. Ridley Kent, Cynthia Cooper – ausgerechnet –, Dr. Hayden McIntire, Larry Johnsons erheblich jüngerer Partner, und etliche andere, die sie seit Jahren kannte, zählten zu den vielen, die das Souterrain der Kirche bevölkerten.

Boom Boom wich nicht von Harrys Seite.

Bill Oster, der Leiter der Gruppe, war Bibliothekar an der University of Virginia. Nach mehrjähriger Ausbildung war er Gruppenleiter geworden.

«In jedem von uns stecken negative Konditionierungen, negative Informationen. Lifeline hat sich zum Ziel gesetzt, diese aus dem Weg zu räumen, damit Sie die Menschen um sich herum und somit sich selbst intensiver erleben können. Es ist doch eigenartig: Wir werden dazu erzogen, gute Manieren an den Tag zu legen, man bringt uns bei, mit anderen Menschen umzugehen, aber man bringt uns nicht bei, mit uns selbst umzugehen. Daher ist es Ihre vorrangige Aufgabe, eine echte Beziehung zu sich selbst aufzubauen.»

Boom Boom strahlte bei jedem Wort und warf Harry bedeutsame Blicke zu. Als der Abend zu Ende war, konnte Harry nicht behaupten, Unsinn vernommen zu haben, doch ebenso wenig konnte sie behaupten, mit dem Gehörten etwas anfangen zu können. Von Haus aus ein eigenständiger Mensch, ging ihr die Vorstellung gegen den Strich, sich in Gegenwart anderer in Gefühlsausbrüchen oder in einer Selbstreinigung von allem Negativen zu ergehen. Trotzdem musste sie zugeben, dass einige brauchbare Anregungen dabei waren.

«Ich hoffe, Sie kommen wieder», sagte Bill Oster herzlich.

«Sie sind ein inspirierender Gruppenleiter», lobte ihn Harry wohlerzogen.

«Und das heißt, Sie werden nicht wieder kommen.» Er war ein Verfechter bedingungsloser Aufrichtigkeit, die zuweilen an Rücksichtslosigkeit grenzte.

«Nein.» Eine derartige Direktheit war Harry zuwider. Es verstieß gegen alles, was man sie ihr Leben lang gelehrt hatte. «Es ist nichts für mich, aber das Verfahren finde ich gut.»

Er nahm ihre beiden Hände in seine. «Wenn Sie es sich anders überlegen, wissen Sie ja, wo Sie uns finden. Wir beginnen alle sechs Wochen mit einer neuen Gruppe.»

Boom Boom, von Harry enttäuscht, fragte: «Würdest du teilnehmen, wenn ich nicht in der Gruppe wäre? Ich bin gerade dabei, mich zur Gruppenleiterin ausbilden zu lassen, aber das kann ich nochmal sechs Wochen aufschieben.»

«Es hat nichts mit dir zu tun, Boom.»

«Irgendwann wirst du dein Unbehagen überwinden.»

«Das muss man wollen, und ich will nicht. Was immer meine verborgenen Schwächen sind, ich habe gelernt, damit zu leben.»

«Aber darum geht es nicht.» Boom Boom fühlte sich stellvertretend für Lifeline zurückgewiesen.

Cynthia trat hinzu. «Boom, Harry ist die störrischste Frau, die ich kenne. Keiner von uns wird es gelingen, sie zu irgendetwas zu überreden. Außerdem hat sie ihr Versprechen gehalten.»

«Das ist wahr.» Boom Boom reichte Harry die Hand, die sie gnädig entgegennahm.

«Danke, Boom.»

«Werden wir jemals Freundinnen sein?»

«Ich – ich weiß nicht, aber unsere Beziehung hat sich gebessert.» Harry meinte es ehrlich. Seit Boom Booms Eskapade mit Fair brachte ihr bloßer Anblick Harry in Harnisch, aber inzwischen schaffte sie es, sich zivilisiert mit ihr zu unterhalten.

Ein wenig besänftigt, wünschte Boom Boom Craycroft allen eine gute Nacht.

«Du bist die Letzte, die ich in so einer Gruppe vermutet hätte», gestand Harry Coop. «Aber Ridley Kent ist genauso eine Überraschung.»

«Ich war ausgelaugt», erwiderte Cynthia leise. «Tagein, tagaus habe ich es mit Lügnern, Betrunkenen, skrupellosen Scheißkerlen zu tun. Ich war drauf und dran, den Glauben an das Gute im Menschen zu verlieren.»

«Verständlich.»

«Ich dachte, das hier kann mir nicht schaden, und vielleicht lerne ich sogar etwas.»

«Recht hast du. Kein Wunder, dass ich dich in letzter Zeit kaum gesehen habe.»

«Dies ist mein erster Abend hier. Ich war überlastet, weil die Frühjahrsgrippe durch unsere Truppe marschiert. Letzten Monat sind bei uns jede Woche zwei, drei Leute ausgefallen. Dabei mach ich sowieso schon jede Menge Überstunden.»

«Wenn du wieder ein bisschen Luft hast, komm zu mir. Wir machen uns einen gemütlichen Abend mit chinesischem Essen und Videos.»

«Gern. Ich bring das Essen mit.»

Harry begleitete Coop zu ihrem Wagen, dann sprang sie in ihren Transporter.

Als sie zu Mirandas Tür hereinkam, roch sie frisch gebratene Leber, nicht gerade ihr Leibgericht.

Miranda saß am Tisch, die Tiere aßen von eigens für sie zubereiteten Tellern. Verlegen sagte Harrys Gastgeberin: «Sie sind die einzigen Lebewesen, die ich dazu bewegen kann, mit mir gebratene Leber zu essen.»

«Ich esse gebratene Leber.»

«Aber Sie mögen sie doch gar nicht.»

«Im Restaurant würde ich sie nicht bestellen, aber alles, was Sie machen, schmeckt köstlich.»

«Ich habe zufällig noch eine Scheibe übrig, in meiner Spezialsoße mit karamellisierten Zwiebeln. Und ich weiß, dass Sie Rosenkohl lieben, dazu ein Hauch Sirup und Zitrone, aber wirklich nicht mehr als ein Hauch.»

Während Harry dieses unerwartete Festmahl verzehrte, löcherte Miranda sie mit Fragen, um sich zu vergewissern, dass Lifeline die Menschen nicht der Heiligen Schrift entfremdete.

«Die Bibel wurde nicht erwähnt. Es geht um persönliches Wachstum, nicht um Religion.»

«Das ist untrennbar.»

«Miranda, ich bin zu keiner theologischen Diskussion imstande. Das müssen Sie schon mit Herbie ausmachen. Immerhin finden die Treffen in seiner Kirche statt.»

«Die Menschen brauchen die Heilige Schrift.»

«Lifeline und Christentum schließen sich ja nicht gegenseitig aus.» Sie ließ einen Rosenkohl auf ihrer Zunge zergehen.

«Das Wesen des Christentums ist die Vergebung.»

«Ich glaube, in Lifeline bringen sie einem bei, sich selbst zu vergeben.»

Dieser Gedanke traf Miranda wie ein Tischtennisball: Er prallte ab, hinterließ jedoch einen kleinen Eindruck. Sie würde darüber nachdenken müssen. «Mir scheint, Lifeline hat Ihnen mehr mitgegeben, als Ihnen bewusst ist.»

11

Mit wildem Blick und gesträubtem Fell stürmte Pewter durch die Tierpforte am Hintereingang des Postamts. *«Kommt schnell!»*

Ohne sich mit Fragen aufzuhalten, fegte Mrs. Murphy nach draußen, dicht gefolgt von Tucker. Pewters kurzer, pelziger Schwanz verschwand um die Ecke zum Vordereingang von Market Shifletts

Lebensmittelladen. Sie sprang auf die Obstauslage vor der Eingangstür.

Mrs. Murphy folgte ihr und landete mitten in den Bananen. *«Hast du schon mal eine Bananenspinne gesehen?»*, fauchte sie.

Bald schon vergaß sie die pelzigen Spinnen, die sich zuweilen zwischen den gelben Stauden versteckten; denn drinnen schrien sich Sir H. Vane-Tempest und Archie Ingram an, was das Zeug hielt. Eine kleine Menschenmenge hatte sich eingefunden, darunter Market Shiflett, der neben seiner Fliegentür stand. Für die Klimaanlage war es noch zu kühl.

«Du hast vergessen ...», zischte Vane-Tempest.

«Ich habe gar nichts vergessen.»

«Du hast vergessen, wer deine Freunde sind.» Vane-Tempest trat näher an Archie heran, der ihn urplötzlich auf die linke Wange schlug. Er hatte so schnell ausgeholt, dass es Archie selbst genauso überraschte wie den Engländer.

Rückwärts taumelnd hob Vane-Tempest seine schlaffe Hand, um das rote Mal zu verdecken.

Immer noch in Rage, verhöhnte Archie den alten Herrn. «Du bist es, der vergisst, Vane-Tempest, und das wird sich rächen!»

Ehe der Engländer sich auf ihn stürzen konnte, verließ Archie kopflos den Laden; die schnatternde Schar von Schaulustigen stob auseinander.

Harry steckte den Kopf zum Postamt hinaus, da das Geschrei bis dorthin gedrungen war. Sie zog ihn gleich wieder ein. Der Streit ging sie nichts an. Außerdem strömten die Leute bald darauf ins Postamt, und jeder gab seine Version der Geschichte zum Besten.

Mrs. Murphy rückte ein Stückchen und setzte sich auf die Äpfel. *«Freundschaft ist wie eine Liebesbeziehung. Wenn sie schief geht, puff!»*

«Unsere nicht.» Pewter rieb ihre Wange an der schlanken Tigerkatze.

«Wir sind Katzen. Wir sind klüger als Menschen», schnurrte Mrs. Murphy. Sie liebte Aufmerksamkeiten, und besonders liebte sie es, gekrault zu werden.

«Fragst du dich nicht, worum es da ging?»

«Irgendwas mit dem Steinbruch», sagte Pewter.

«Das war vor einer Ewigkeit», erinnerte sich Mrs. Murphy.

«Manche Menschen sind Spätzünder», bemerkte Pewter.

Tucker trat von dem Obststand zurück, um die Katzen besser sehen zu können. *«Ich wette, da ist eine Frau im Spiel.»*

«Kann sein», meinte Mrs. Murphy.

«Welche Frau würde sich schon mit H. Vane-Tempest einlassen, abgesehen von seiner überaus teuren Gattin? Eine Puffotter, dieser Kerl!» Pewter verglich Menschen gern mit Tieren.

Tucker blinzelte. *«Wer hat gesagt, dass es H. Vane war?»*

«Geschmacklos», lautete der beißende Kommentar der Tigerkatze.

Sie gingen zum Postamt hinüber und traten durch

die Vordertür ein, die gerade von einem weiteren Kunden geöffnet wurde. Sir H. Vane-Tempest war soeben dabei, lauthals seine Version der Geschichte zu schildern.

«Er ist unberechenbar geworden. Er denkt, alle sind gegen ihn. Sogar Aileen ist es aufgefallen. Ich habe letzte Woche mit ihr über Archies Ausfälle gesprochen.»

Aileen war Archies Frau.

«Man hat es schwer als Mitglied der Bezirkskommission, wenn die Meinungen im Bezirk dermaßen geteilt sind», meinte Miranda.

«Er wollte die Stelle haben», bemerkte Big Mim streng.

«Er wird sie nicht lange behalten», sagte Little Mim, was ihrer Mutter ein dünnes Lächeln entlockte.

«Seit den Stürmen in diesem Winter, als Sugar Hollow überflutet wurde – diese schreckliche Überschwemmung –, ist er wie ausgewechselt», sagte Vane-Tempest.

«Daran kann es nicht liegen», bemerkte Miranda scharfsinnig. «Das glauben Sie doch auch nicht.»

Vane-Tempest sah sie an. «Also – nun ja, was immer in ihn gefahren ist, es ist seitdem schlimmer geworden. Ich war sein Freund … als niemand sonst etwas von Umweltschutz hören wollte.»

Tucker sprach dazwischen. *«Er klopft sich selbst auf die Schulter.»*

«Still», ermahnte Harry sie.

Vane-Tempest fuhr fort: «Er hat sich mit allen zerstritten. Aileen sagt, er spricht kaum mit ihr, wenn er abends nach Hause kommt. Er geht in sein Arbeitszimmer und vergräbt sich in Papieren und Karten. Und ja, ich nehme ihm übel, dass er auf die Kommission eingewirkt hat, meinen Antrag auf die Genehmigung für einen Steinbruch abzulehnen. Aber das werde ich verschmerzen.»

«Wird *er* es verschmerzen?», fragte Mim in scharfem Ton.

«Ich habe mich nicht so unmöglich aufgeführt», verteidigte sich Vane-Tempest. «Das war er.»

«Heute allerdings.» Little Mim spielte mit dem weichen Lederflechtwerk ihrer Bottega-Veneta-Tasche.

«Sie hätten ihm eine Geschäftsbeteiligung anbieten sollen für später, wenn seine Amtszeit abgelaufen ist.» Mit ihrer Äußerung setzte Mim alle in Erstaunen. Dann fügte sie hinzu: «Im Ernst, was glaubt denn ihr, wie hier der Hase läuft?»

«Das ist Bestechung», sagte Miranda streng.

«Nein. Man bittet ihn nicht, sich für einen einzusetzen, man bietet ihm einfach einen Job für später an. In Washington wird das stündlich gemacht und leider nicht sehr gekonnt. Sonst hätten wir eine bessere Regierung.»

Vane-Tempest lächelte. «Zynikerin.»

«Realistin.» Mim tappte mit dem Fuß auf den blank gewetzten Holzboden. «Solange sie in der Regierung sind, können die Leute nichts verdienen.

Deshalb müssen sie ihre Stellung nutzen, um Kontakte für die Zeit danach zu knüpfen.»

Eine Minute lang sprach niemand ein Wort. Mim verstand es, direkt zum Kern eines Problems vorzudringen. Archie, der eine kleine Druckerei betrieb, verdiente wirklich nicht viel. Mit der Stellung in der Bezirkskommission war kein Gehalt verbunden, und die Zeit, die er dafür aufwenden musste, fehlte ihm im Geschäft, das somit nicht so lukrativ war, wie es hätte sein können.

«Er würde seinen Betrieb nie aufgeben.» Vane-Tempest sprach seine Gedanken laut aus, und genau das war es, was Mim durch ihre direkte Art zu erreichen gehofft hatte. Als Engländer konnte er nicht wissen, dass sie ihm einen Köder hinwarf. Da die Einheimischen genau wussten, was Mim tat, waren sie verstummt, sobald sie das Wort ergriffen hatte.

«Aileen könnte den Betrieb führen.» Little Mim war gut auf Big Mim eingespielt, obwohl sie sich oft über ihre übermächtige Mutter ärgerte. «Praktisch tut sie das sowieso.»

«Archie fehlt es an Einfühlungsvermögen, und ein guter Drucker muss mit Leuten umgehen können, die wenig Ahnung haben, wie lange so ein Druck dauert oder wie viel er kostet. Sie haben Recht. Er sollte den Betrieb Aileen überschreiben. Und warum er Bezirksabgeordneter werden wollte, nun ja, er hat seine Lieblingsprojekte, aber in Wahrheit wollte er Macht.» Vane-Tempest ließ einen Knöchel knacken, was seine ungewöhnliche Nervosität verriet.

«Menschenversammlungen sind Zeitverschwendung», bemerkte Pewter gelassen. *«Jeder muss eine Meinung äußern. Dann müssen alle anderen sie widerlegen oder ergänzen. Ich sage, Mund halten und ran an die Buletten.»*

«Das können sie nicht», erklärte Mrs. Murphy. *«Die meisten Katzen sind sich, bei genauer Betrachtung, annähernd ähnlich. Ich meine, wir können alle ungefähr gleich hoch springen, gleich schnell rennen. Die Menschen dagegen sind sehr verschieden. Sie haben ganz unterschiedliche Begabungen. Sie können nur überleben, wenn sie miteinander reden und zu einer Übereinstimmung gelangen. Alle Herdentiere sind so. Wir sind keine Herdentiere.»*

«Ich bin auch keins», protestierte Tucker.

«Du bist ein Rudeltier. Wo ist da der Unterschied?»

«Ich bin ein Individuum.»

«Ich habe nicht gesagt, dass du kein Individuum bist, Tucker. Aber Hunde neigen dazu, in Rudeln zu rennen und in Rudeln zu töten.»

«Ich hüte Kühe, Schafe, alles. Ich bin kein Jagdhund.»

«Aber ein streitlustiger.» Mrs. Murphy schnippte mit dem Schwanz.

«Tucker ist die Ausnahme, die die Regel bestätigt.» Pewter war nicht zum Streiten aufgelegt. Archies und H. Vanes Zankerei miterleben zu müssen hatte ihr gereicht.

Vane-Tempest warf die Schultern zurück. «Auf mich hört Arch ja ganz offensichtlich nicht, aber ich glaube, einige von Ihnen werden einen Zugang zu ihm finden. Vielleicht können Sie die Wogen glätten.»

Miranda zitierte Hiob, Kapitel 5, Vers 7: «‹Sondern der Mensch wird zu Unglück geboren, wie die Vögel fliegen, emporzuschweben.›»

«Was soll das denn bitte heißen?», fragte der Engländer höflich.

«Ich weiß es nicht. Ist mir einfach so eingefallen.» Mrs. H. lachte über sich selbst.

Just in diesem Moment stieß Reverend Herbert Jones die Tür auf. Alles verstummte und starrte ihn an.

«Was halten Sie davon?»

Mit gestrafften Schultern und erhobenem Haupt stand er da in seiner Uniform eines Hauptfeldwebels der Konföderierten mit den roten Aufschlägen der Artillerie.

Dann sprachen alle auf einmal.

«Eigenartig», sagte Tucker.

«Wieso?», fragten die Katzen.

«Als würden die Toten wieder lebendig.»

12

Obwohl Reverend Herbert Jones an die Beichten seiner Herde gewöhnt war, kam es immer wieder vor, dass einzelne Schäfchen ihn überraschten.

Er führte Archie Ingram in seine gemütliche Bibliothek, wo Herbs zwei prachtvolle Katzen, Lucy Fur und Eloquenz, auf einem Bärenfell vor dem Kamin dösten. Herb hatte den Bären als Junge geschossen. Er hatte sich im Wald verirrt und das für gewöhnlich friedliche Tier gereizt, ohne jedoch zu wissen, wodurch. Er wusste lediglich, dass ein Schwarzbär hinter ihm herrannte. Zum Glück hatte er sein .22er Gewehr bei sich, aber es war zu leicht, um das Tier zu erlegen. Er wartete ganz ruhig, schoss und traf den Bären ins Auge. Das Tier war auf der Stelle tot. Da fing er am ganzen Leib an zu zittern. Sein Daddy hatte ihn dank des Gewehrfeuers gefunden.

Archie Ingram nahm am Kamin Platz.

«Ich mach's kurz, Herb. Ich habe eine Affäre. Meine Frau ahnt etwas. Früher oder später wird es mir um die Ohren fliegen. Obwohl wir uns auseinander gelebt haben, weiß ich, dass ich eine gute Frau habe, aber ... ich kann irgendwie nicht anders. Und das Komische ist, ich habe keine Schuldgefühle.»

Herb schenkte Archie und sich selbst ein kleines Glas Portwein ein, einen 1972er Dow. Portwein und eine gute Zigarre bildeten den vollendeten Abschluss eines Abends. Den Zigarren hatte er abgeschworen und er vermisste sie bitterlich, aber sein abendliches Glas Portwein gönnte er sich nach wie vor. In seinem kleinen Weinkeller verwahrte er eine Flasche 1937er Cockburn. Er hob sie für eine besondere Gelegenheit auf, fand aber keine, die besonders genug war.

Er hielt das Glas in der Hand, bewunderte die rubinrote Farbe, die zum Leben erwachte, als der Feuerschein durch das Glas flackerte. «Archie, wir kennen uns schon lange.»

«Das stimmt.»

«Wie alt sind Sie jetzt?»

«Dreiundvierzig.»

Herb trank einen Schluck, lehnte sich zurück und überlegte eine Weile. «Haben Sie sich schon mal Gedanken darüber gemacht, wie Wein entsteht?»

«Bauern trampeln auf Trauben herum.»

Herb lachte. «Man könnte wohl sagen, den Trauben wird übel mitgespielt und sie werden gequält, doch aus diesem Leiden, Hand in Hand mit der Zeit, entsteht ein edles, tröstendes Nass. Ich mag Portwein. Ich habe Flaschen neueren Datums – sagen wir, zehn Jahre alt – und weiter zurück bis 1937. Portwein wird mit dem Alter immer besser. Der Mensch auch. Sie sind augenblicklich angeschlagen.»

«Nur, dass ich es bin, der die Sünde begeht.»

«Durch die Sünde verletzen Sie sich selbst mehr als irgendjemand anderen. Es gibt Menschen, die das nie begreifen. Sie sind in einem empfindlichen Alter.»

«Ja, die Jugend meldet sich ab ...»

«Und hinterlässt keine Nachsendeadresse.» Herb lachte. «Es ist eine schwere Zeit für Männer wie für Frauen. Wirkt sich aber ganz verschieden auf uns aus. So viele Ehen gehen in die Brüche.»

«Ich möchte meine Frau nicht verlieren.»

«Dann trennen Sie sich am besten von der anderen.»

Schweiß rann Archie übers Gesicht. «Ich weiß. Jedes Mal, wenn ich sie sehe, sage ich mir, das war's … mach Schluss, und dann …»

«Jünger?»

«Ein bisschen», gab Archie zu.

Ein wehmütiges Lächeln ging über das breite Gesicht des Geistlichen. «Sie kennen doch den feministischen Witz: ‹Als Gott den Mann schuf, übte sie nur.› Ich halte mich nicht für einen Feministen, aber hierin stimme ich zu.» Er hielt inne. «Arch, es gibt keinen Mann auf Erden, der nicht irgendwann in seinem Leben zwischen zwei Frauen hin und her gerissen war. Und wahrscheinlich gibt es keine Frau auf Erden, die nicht irgendwann in ihrem Leben zwischen zwei Männern hin und her gerissen war. Beten Sie um Unterweisung. Überlegen Sie, was Sie zu der anderen Frau hingezogen hat und was sie zu Ihnen hingezogen hat. Die Antwort wird sie vielleicht überraschen.»

«Soll ich es Aileen sagen?»

«Das kann ich nicht beantworten.» Er schüttelte den Kopf. «Ich weiß es nicht.»

Archie leerte sein Glas. «Verrückte Zeit.»

«Sie haben in letzter Zeit eine Menge Federn lassen müssen. Ich sage immer, es ist leicht, ein Engel zu sein, wenn einem niemand die Federn rupft.»

Archie stellte sein Glas vorsichtig auf den Untersetzer. «Alle wollen etwas, stimmt's?»

«Meistens ja. Gegenleistungen sind sinnvoll in der Geschäftswelt, aber in der spirituellen Welt haben sie keine Bedeutung. Gottes Liebe ist bedingungslos.»

Archie lächelte matt. Er hätte das gern geglaubt, konnte es aber nicht. Trotzdem hatte ihm das Gespräch mit Herb geholfen. Er hatte jetzt das Gefühl, mit der Zeit irgendwie klarkommen zu können.

Als Herb Archie die Tür aufhielt und ihm zum Abschied winkte, merkte er, wie kalt es war. Der Mai konnte vertrackt sein.

13

Mrs. Murphy lief an den in Dunkelheit gehüllten Feldern entlang und umrundete den Bach, der Harrys Grundstück von Blair Bainbridges malerischer Farm trennte. Sie wollte dem 911 Turbo einen Besuch abstatten. Die Menschen hatten ihr nicht genug Zeit gelassen, das Auto gründlich zu inspizieren.

Eine Bewegung, die sie aus dem Augenwinkel wahrnahm, ließ sie aufmerken, ungefähr fünfzig Meter entfernt, ein Zittern im Gebüsch am Oberlauf des Baches.

Sie blieb stehen. In einem Sekundenbruchteil machte sie kehrt und raste nach Hause, so schnell sie konnte. Hinter sich hörte sie das schnelle Schwirren der Frühlingsgräser. Längere Schritte als ihre holten auf.

Murphy schaltete ihren eigenen Turbo ein und

rannte flach am Boden; ihr Bauch flog über die Erde, ihr Schwanz war waagerecht, ihre Schnurrhaare und ihre Ohren legten sich nach hinten.

Sie stürmte auf die Koppel an der Westseite des Stalles, wo Poptart, Gin Fizz und Tomahawk weideten.

«Hilfe!» Sie schoss an Harrys Pferden vorbei.

Die drei Pferde schwärmten aus, als der vierzig Pfund schwere Rotluchs über die Erde jagte. Sie stampften, schnaubten, rannten umher und zwangen den Rotluchs zum Zickzack. Das gab Mrs. Murphy gerade genug Zeit, zum Stall zu flitzen und auf den Heuboden zu klettern. Sie rannte auf die offene Heubodentür zu.

«Tucker, hilf mir!»

Die Pferde jagten weiter hinter dem Rotluchs her, der ihnen mühelos auswich.

Das kräftige Tier schlüpfte aus der Koppel und setzte sich vor den Heuboden, wo es zu seiner Beute hinaufspähte.

Die Eule, die soeben mit einer Maus in ihr Nest zurückkehrte, flog tief über dem Rotluchs, doch der fürchtete sich nicht.

Simon, der in der Futterkammer Frischfutter verschlang, das auf den Boden gefallen war, erstarrte. Er war drauf und dran, sich fallen zu lassen und tot zu stellen, wenn es sein musste.

Gin Fizz, alt und weise, wies die anderen an: *«Macht Krach. Wir müssen Harry wecken.»*

Pewter, die auf dem Küchentisch schlief, wachte

von dem lärmenden Gewieher auf und sauste zum Fenster. Augenblicklich erfasste sie die Situation, eilte ins Schlafzimmer und sprang mit ihrem ganzen Gewicht auf Harry.

«Aah.» Harry machte ein Auge auf.

«Tucker, wach auf!», schrie Pewter den Hund an, der auf der Seite lag und schlief. *«Rotluchs!»*

«Ha?»

«Der Rotluchs sitzt unter dem Heuboden und will sich Murphy schnappen.»

«Wo ist Murphy?»

«Auf dem Heuboden, Dummchen!»

Tucker schüttelte den Kopf. Warum gingen Katzen nachts auf die Jagd? Dennoch rappelte sich die Corgihündin auf und sauste durch die Tierpforte in der Küchentür.

«Aufwachen! Aufwachen!» Pewter sprang auf Harry auf und ab.

Endlich drang das Wiehern und Schnauben in Harrys Ohren.

«Verdammt!» Sie sprang aus dem Bett, knipste eine Lampe an und riss ihr Gewehr aus dem Schrank. Während sie barfuß zur Küchentür rannte, ließ sie vier Patronen in die Tasche ihres halb übergeworfenen Morgenrocks gleiten.

Tucker ging gegen den streitlustigen Rotluchs in Kampfstellung.

«Bring dich nicht in Gefahr.» Mrs. Murphy beugte sich so weit über die Heubodenöffnung, dass sie beinahe herausgefallen wäre.

Der Rotluchs wartete gelassen, bis Harry die Außenbeleuchtung anknipste. Dann drehte er sich um und rief über die Schulter: *«Nimm dich in Acht, kleine Cousine, der Jäger kann zum Gejagten werden.»*

Mit einem mächtigen Satz sprang er über den Koppelzaun auf der Nordseite und rannte davon. Gin Fizz nahm die Verfolgung auf.

Als Harry am Zaun ankam, sah sie den Rotluchs etwa hundert Meter entfernt herumschleichen. Sie stellte das Gewehr ab und kletterte über den Zaun.

«Alles in Ordnung mit euch?» Im Mondlicht untersuchte sie die Pferde sorgfältig nach Kratzern oder Verletzungen. Es war noch eine halbe Stunde bis zum Morgengrauen. Dann eilte sie zum Stall und sah zu ihrer Freundin hinauf. «Fehlt dir auch nichts? Komm runter, damit ich dich untersuchen kann.»

Sie ging in den Stall und knipste die Lichter an. Als Mrs. Murphy rückwärts die Leiter hinunterkletterte, steckte Harry den Kopf in die Futterkammer, um zu sehen, ob sich Mäuse zeigten.

«Simon.»

Simon stellte sich schlafend. Der Rotluchs hatte ihn so verstört, dass er sich, als er Harrys Stimme hörte, weder vorwärts noch rückwärts bewegen konnte und sich stattdessen fallen ließ.

Ein Auge ging auf, als Harry das Licht ausknipste.

Mrs. Murphy landete auf der Satteltruhe. «Lass dich anschauen. Wenn ich um diese Zeit wie eine Besengte zu Chris Middleton rasen muss, werde ich nicht mehr lange mit unserer Tierärztin befreundet sein. Mir wär's lieber, dir fehlt nichts.»

«Mir fehlt nichts.» Mrs. Murphys Fell war noch gesträubt.

Tucker, die um die andere Seite des Stalls gelaufen war für den Fall, dass der Rotluchs ein Täuschungsmanöver hingelegt hatte, kam von hinten durch den Mittelgang getrabt.

«Tapferer Hund.» Harry tätschelte ihr den breiten Kopf.

Tucker zuckte die Achseln. *«Ich bin ein Corgi.»*

«Danke, Tucker. Du hast was gut bei mir.» Mrs. Murphy sprang herunter und rieb sich an Tuckers Seite.

Die drei gingen ins Haus. Harry schritt kräftig aus, weil ihre nackten Füße kalt waren.

Pewter begrüßte sie an der Tür. *«Ich hab dir doch gesagt, du sollst nicht weit vom Stall jagen!»*

«Du bist drinnen geblieben, Hasenfuß.»

«Ich wäre rausgekommen und hätte gekämpft, wenn ich gemusst hätte», grollte sie.

Ja wirklich, Pewter konnte eine Löwin sein, wenn es sein musste.

Mrs. Murphy lachte, nun, da die Gefahr vorüber war. *«Das war knapp.»*

Harry war nun hellwach. Während sie die Tiere fütterte, kochte sie Kaffee. Sie war auf dem Land groß geworden und kannte sich mit Raubtieren aus. Sie wusste, dass das Blatt sich von einer Sekunde zur nächsten wenden konnte. Ein falscher Schritt, und man wurde von einem größeren Tier zum Frühstück verzehrt – oder von einem kleineren, wenn es klug und kräftig genug war.

14

Oak Ridge erhebt sich inmitten von Ländereien südlich von Lovingston, Virginia. Das Gut, im Jahre 1802 von einem Veteranen des Unabhängigkeitskrieges erbaut, der der Familie Rives aus Albemarle entstammte, war von den verheerenden Auf- und Abschwüngen eines unregulierten Kapitalismus schwer gebeutelt worden. Der Gründer von Oak Ridge ritt auf der Wirtschaft wie auf Wellen. Seine Nachkommen hatten nicht so viel Glück, und im Laufe des neunzehnten Jahrhunderts wechselte das Anwesen mehrmals den Besitzer, bald zum Guten, bald zum Schlechten.

Schließlich machte der 1851 nahe Oak Ridge geborene Thomas Fortune Ryan an der New Yorker Börse ein Vermögen und kaufte den Besitz, den er von seiner ärmlichen Kindheit her in Erinnerung hatte. Damals, im Jahre 1904, war Ryan der drittreichste Mann in Amerika – es war echter Reichtum, denn ein Finanzamt gab es noch nicht.

Er machte sich daran, ein prachtvolles Landgut zu schaffen, nicht nach dem Vorbild von Blenheim Palace in Oxfordshire, das einst den Marlboroughs gehörte, sondern Virginia angemessen, was bedeutete, dass er die Proportionen im Auge behielt. Das Wohnhaus hatte eine Fläche von 800 Quadratmetern; achtzig kleinere Gebäude sowie Ställe und Wassertürme vervollständigten das Anwesen. Unterhalb des Wohnhauses stand ein Gewächshaus, eine kleinere Kopie von Londons berühmtem Kristallpalast.

Das Ganze trug die Handschrift eines selbstherrlichen, besitzgierigen Gemüts. Eine Eichenallee führte den Besucher von der Straße zum Haupthaus – zur nach Norden weisenden Rückseite des Hauses. Der prächtigere Eingang befand sich auf der Südseite gegenüber den Bahngleisen, denn Mr. Ryan pflegte in seinem luxuriösen Privatwaggon von New York zu seinem Landsitz zu reisen. Einspänner, Phaetons, Cabs und der gelegentliche Vierspänner mussten hinten vorfahren.

Heute, da die Glanzzeit der Eisenbahn vorüber war, näherte man sich der rückwärtigen Seite auf der Route 653, der Schnellstraße nach Shipman.

Die Schlachtennachsteller kampierten auf dem mehrere Quadratkilometer umfassenden Rasen und ehemaligen Golfplatz. Ihre Pyramiden-Zelte ähnelten Tipis; gewöhnliche Zelte und größere Offizierszelte zierten die Grünfläche wie überdimensionale Papiertücher.

Die Männer mussten einen knappen Kilometer zu der Eiche zurücklegen, deren Alter auf 380 Jahre geschätzt wurde. Die Yankees würden aus dem Ostwald hervorbrechen, der die episkopalische Dreifaltigkeitskirche umgab, während die Südstaatler von Mrs. Wrights Kornfeldern her gen Norden marschieren würden.

Die Zuschauer hatten von der Eiche aus die beste Sicht, was die Möglichkeit eines Ansturms auf das Haupthaus verringerte.

Dass sich so viele Menschen auf ihrem Rasen einfanden, bereitete der zierlichen, hübschen Rhonda Holland einige Unannehmlichkeiten, aber sie trug es mit Fassung. John, ihr dynamischer Ehemann, vergnügte sich damit, durch die ordentlichen Zeltreihen zu schlendern und mit den Burschen zu plaudern, die Gewehre reinigten, fiedelten und sangen. John, ein geselliger Mann mit einem Schlapphut aus Stroh, hatte mit Oak Ridge ähnlich Großartiges vor wie einst Thomas Fortune Ryan.

Dank der emsigen staatlichen Behörden, die ihn mit Reglementierungen erstickten, kam John langsamer voran als Ryan, aber er gab nicht auf.

Die ganze Familie Holland war zur Stelle, um das Reenactment zu sehen, und mit ihnen hatten sich dreißigtausend weitere Menschen eingefunden, eine weitaus größere Menge, als irgendjemand vorausgesehen hatte.

Nahm man die fünftausend Schlachtennachsteller einschließlich Fußvolk hinzu, ergab das einen beachtlichen Menschenauflauf.

Harry saß auf einem Campinghocker. Tucker saß neben ihr, Mrs. Murphy und Pewter lümmelten sich auf einem Campingtisch, der mit Landkarten bedeckt war. Die Katzen sollten eigentlich nicht mitkommen, aber sie hatten sich unter dem Sitz des Transporters versteckt, und als die Tür geöffnet wurde, waren sie in die Freiheit gestürmt.

Pewter knabberte an einem Stück Zwieback. *«Wie konnten die das Zeug essen?»*

«Mit Mühe», sagte die Tigerkatze, während sie beobachtete, wie sich Fair mit seiner goldenen Säbelschärpe abmühte.

«Lass mich mal.» Harry wand sie um seine Mitte. Die beiden Quasten an den Enden der Schärpe führten Mrs. Murphy in Versuchung, doch nicht so sehr, dass sie deswegen ihren Ausguck verließ. Sie begnügte sich mit einem Hieb auf die Quasten, als Fair an ihr vorüberging.

Mit einem neckischen Funkeln in den Augen sagte Fair: «Ich liebe es, wenn du an mir herumfummelst.»

«Stillhalten», befahl Harry, aber lächelnd.

«Weißt du, nie habe ich besser ausgesehen als zu der Zeit, als du meine Sachen ausgesucht hast.»

«Fair, halt still. Du bist Tierarzt. Kittel sind nicht besonders kleidsam. Du siehst jetzt genau so aus wie zu der Zeit, als wir verheiratet waren.»

«Ich meinte meine Sonntagskleider.» Er kniff sie spielerisch in den Po. «Am liebsten hatte ich es, wenn du mich ausgezogen hast.»

«Also wirklich.» Während sie vorgab, die Neckerei zu überhören, hatte sie insgeheim ihren Spaß daran. «Fertig. Ein anständiger konföderierter Offizier.»

«Unanständig wäre mir lieber.»

«Was ist los mit dir? Vielleicht ist die Aussicht auf eine Schlacht ein Aphrodisiakum.» Sie lachte.

«Nein, *du* bist das Aphrodisiakum. Das hier mache ich bloß Ned Tucker zuliebe.» Er küsste sie auf die Wange.

Vor dem Zelt ertönte ein Schuss. Sie traten auf den Grasweg hinaus.

Archie Ingram und Sir H. Vane-Tempest rauften sich in Vane-Tempests Zelt, das neben dem von Fair und Ned stand. Archie, schlank und schneller als der Engländer, verpasste ihm einen Kinnhaken.

Der größere Mann, der um die vierzig Pfund Übergewicht hatte, sackte für einen Moment gegen den Pfosten in der Ecke. Das Zelt wackelte bedenklich. Dann sammelte sich Vane-Tempest, sprang Archie an und stieß ihn hinaus auf den Grasweg.

Sarah, in einem hellen melonenfarbenen Gewand komplett mit Reifrock, rannte nach draußen. Geschickt vermied sie, zwischen die beiden zu geraten, und zischte: «Aufhören!»

Die Männer beachteten sie nicht.

Vane-Tempest wich Archies Hieben unbeholfen aus und er bekam so viel ab, dass seine Wangen rot anschwollen. Archie umtänzelte ihn. Ein einziger heftiger Schlag von Vane-Tempest hätte den kleineren Mann umgehauen und krachend zu Boden gestreckt.

Fair sah einen Moment zu, dann griff er nach Archies erhobener Hand. Archie drehte sich blitzschnell um und traf Fair seitlich am Kopf.

Ned Tucker, der vom anderen Ende des Weges herbeigelaufen kam, packte den Engländer, bevor er einen kräftigen Hieb auf Archie landen konnte. Obwohl Sir H. dreißig Jahre älter war als Archie, wollte er kämpfen.

Vane-Tempest schüttelte Ned müheloser ab, als dieser es für möglich gehalten hatte. Die beiden Streithähne hieben wieder aufeinander ein.

Herb Jones kam in seiner Uniform eines Hauptfeldwebels der Artillerie aus dem Hauptquartierszelt gelaufen. Larry Johnson, Hayden McIntire und eine Schar weiterer Männer aus Crozet folgten ihm.

Zwei Männer aus Rappahannock County stürmten herbei, Feldflaschen schlugen gegen ihre Hüften.

Zu viert trennten sie schließlich Vane-Tempest, der unentwegt «Zum Henker dies» und «Zum Henker das» herausspie, und Archie, der verbissen schwieg.

Sarah eilte ihrem Mann zu Hilfe. Er brauchte Eis für seine Wange. Mit einem Arm schob er sie von sich und ging abermals auf Archie los. Fair und Bobby Forester aus Rappahannock stürzten sich erneut auf ihn.

«Lasst mich in Ruhe!», kommandierte der rüstige Adlige.

Herb Jones schritt ein. «Meine Herren, heben Sie sich das für die Yankees auf.»

Seine Worte brachten alle außer Archie und seinen Gegner zum Lachen. Vane-Tempest ließ immerhin ein verkniffenes Lächeln sehen.

Tucker, Mrs. Murphy und Pewter saßen still auf ihrem Lagerplatz und beobachteten die Auseinandersetzung.

«Sie können sich nicht ausstehen.» Tucker kratzte sich am Ohr.

«H. Vane hat letztes Jahr viel Geld in Archies Kampagne gesteckt.» Mrs. Murphy klatschte eine Fliege tot. *«Damals hätte man meinen sollen, sie wären ein Herz und eine Seele.»*

«Archie hat wohl seine Versprechungen nicht gehalten.»

«Dich mach ich später fertig.» Archie schob das Kinn vor; seine Gesichtsmuskeln waren angespannt.

«Du willst mich fertig machen? Lächerlich.» Vane-Tempest strich sich mit der rechten Hand die Haare glatt. «Und überhaupt, du hattest in meinem Zelt nichts zu suchen!»

«Archie, kommen Sie mit mir.» Herb nahm Archies Arm. «Fair, Sie behalten H. Vane im Auge, bis wir in Formation aufmarschieren.»

«Ja, Sir.» Fair salutierte.

Die graue Reihe teilte sich, als Herb den Bezirksbeauftragten in Richtung Hauptquartierszelt bugsierte.

Die Männer hörten auf Herb. Er hatte die Militärakademie von Virginia besucht und dann in Korea gekämpft, wo ihm eine Offenbarung über seine Berufung auf Erden zuteil wurde. Nach seiner Rückkehr besuchte er das Priesterseminar, zum großen Amüsement seiner Zeitgenossen. Sie hatten ihn auf der Militärakademie als regelrechten Rabauken kennen gelernt.

«Arch, was ist bloß los mit Ihnen? Sie werden langsam zu …»

«Einer Last», fauchte Archie, dessen Knöchel bluteten.

«Ich wollte sagen, ‹einer Blamage›.» Herb nahm kein Blatt vor den Mund. «Sie sind ein gewählter Staatsbeamter.»

«Wir sind hier in Nelson County, nicht Albemarle», murmelte Archie mit gesenktem Kopf.

«Sie wissen, dass dieser Vorfall in die Zeitung kommt.»

Archie schwieg betreten, während Herb ihn in das große Zelt brachte.

Als die Menge sich zerstreute, gestattete sich Sarah einen kurzen Temperamentsausbruch. «H., du bist ein Volltrottel.»

«Und du bist eine Hexe», gab er zurück.

«Das reicht. Du kannst allein Soldat spielen. Ich finde das sowieso albern, dass erwachsene Männer sich verkleiden und Schwerter schwenken. Dein Vater war wenigstens ein richtiger Soldat.»

«Das geht unter die Gürtellinie, Sarah.» Er klemmte den Mund zu wie einen Schraubstock. «Aber das ist ja sowieso deine Lieblingsregion, oder? Du vergisst wohl, dass ich bei der Royal Air Force gedient habe. Ich hatte eben nicht das Glück, rechtzeitig für den großen Krieg auf der Welt zu sein.»

Fair errötete. Diese Auseinandersetzung wollte er nicht mit anhören, und er entfernte sich von dem zankenden Ehepaar. «Sie laufen nicht hinter Arch her?»

«Nein.» Vane-Tempest drehte sich auf seinem Stiefelabsatz um und verschwand in seinem Zelt.

Mrs. Murphy und Pewter rannten hin und lugten unter die Zeltklappen. Sarah, die sich langsam beruhigte, folgte ihrem Mann.

«Warum lässt du dich von ihm provozieren?»

Vane-Tempest sank schwerfällig auf eine große Truhe. «Ein gekaufter Mann sollte sich auch so verhalten.»

«Oh, Henry» – sie nannte ihn bei seinem Vornamen –, «so viel hast du nun auch wieder nicht beigesteuert.»

«Fünftausend Dollar scheint mir üppig für einen Bezirksabgeordneten. Wir sprechen nicht vom Senat, meine Liebe, und ich habe das Geld auch nicht in einer braunen Papiertüte hinterlegt. So primitiv bin ich nicht.» Er gebot ihr mit einer Geste, den Mund zu halten, als Ned Tucker ins Zelt trat.

«Meinen Sie, Sie können heute dabei sein?»

«Warum nicht?», entgegnete Vane-Tempest dem sympathischen Rechtsanwalt, Susan Tuckers Mann.

«Ihr Gesicht hat ganz schön was abbekommen.»

«So fest kann er gar nicht zuschlagen.»

Was nicht ganz stimmte; denn Archie hatte ihn mit dem Kinnhaken zum Schwanken gebracht. Doch ansonsten waren es leichte Hiebe gewesen.

«Können Sie das wegstecken? Sie beide marschieren schließlich in derselben Kompanie.»

Vane-Tempest hob die Schultern, ein überlegenes Achselzucken. «Er wird mich nicht belästigen. Ich muss mich dafür entschuldigen, dass ich die Beherrschung verloren habe. Es gefällt mir nicht, wie er sich an meine Frau heranmacht.»

«Henry!»

Er lachte. «Er glotzt dich immerzu an.»

«Deswegen streitet ihr euch nicht. Lass mich aus dem Spiel.»

«Das geht mich nichts an.» Ned trat einen Schritt zurück, um hinauszugehen. «Aber halten Sie da draußen bitte an sich.»

Die beiden Katzen zogen die Köpfe zurück und sausten zu Fair und Harry.

«Was hältst du davon?» Mrs. Murphy spürte, dass etwas unausgesprochen geblieben war, etwas, das über Zorn hinausging.

«Unterentwickelt.» Pewter huschte unter dem Zeltboden hinein und tauchte fast genau zwischen Harrys Füßen wieder auf. *«Menschen sind unterentwickelt.»*

«Wo seid ihr zwei gewesen?» Harry wies mit dem Finger auf sie.

«Lauschen.»

«Ich bring euch in den Transporter. Ich lass die Fenster einen Spalt offen, aber ihr geratet mir nicht zwischen die Menschenmenge. Ich kann's immer noch nicht fassen, dass ihr euch unter den Autositz geschlichen habt, ihr kleinen Teufel.»

Blitzschnell und ohne vorherige Absprache fegten die Katzen hinaus.

«Mrs. Murphy! Pewter!» Harry lief ihnen nach und Fair wollte hinterher, doch das Signalhorn rief ihn zur Formation.

«Sollen wir knapp in Sichtweite bleiben oder sie abhängen?», fragte Pewter.

«Lass uns knapp in Sichtweite bleiben. Soll sie uns nachrennen, bis sie nicht mehr kann.» Mrs. Murphy lachte und drehte sich zu Harry um, die ihnen wie ein wild gewordenes Huhn hinterhersauste, dicht gefolgt von Tucker.

15

Sarah Vane-Tempests lange pastellfarbene, weit ausschwingende Röcke raschelten bei jedem Schritt. H. Vane und seine Kameraden waren losgezogen, um sich ihren Regimentern anzuschließen, und sie marschierten bereits zu der alten Rennbahn westseits der Eiche. Von dort würden sie außer Sicht schwenken und nach Südosten marschieren, bis das Land eben wurde und sie sich am Rand lieblicher Kornfelder befanden.

Sarahs Sonnenschirm bot ein wenig Schutz vor der zunehmenden Wärme. Sie zwirbelte ihn zornig in der Hand.

Mrs. Murphy und Pewter rannten an ihr vorüber. Sie bemerkte sie kaum, wohl aber bemerkte sie Blair Bainbridge, dessen lange Beine das Gelände durchflogen, als er sich in Windeseile seinem Regiment anschloss. Er winkte im Vorüberflitzen.

Harry verlangsamte keuchend ihren Schritt und blieb bei Sarah stehen. Die Katzen gingen den Rest des Weges ebenfalls langsamer, blieben Harry aber ein gutes Stück voraus.

Miranda Hogendobber trat zu Harry und Sarah. Sie war im Jagdstall gewesen, der zwischen dem Haupthaus und der Eiche lag. Sie hatte Fair ein paar Pfannkuchen gebracht, ein Rezept ihrer Großmutter, die sich noch an die leidvolle Zeit Virginias erinnern konnte. Da Mrs. Hogendobbers Urgroßvater bei der Kavallerie gedient hatte, zog der Stall sie an.

«Je mehr ich über die beiden nachdenke, desto wütender werde ich.» Sarahs Sonnenschirm kreiselte wild.

«Mir wird schwindelig davon», bemerkte Mrs. Hogendobber. Sie meinte den wirbelnden Sonnenschirm.

«Ich hätte ihnen eins damit überbraten sollen.» Sarah hörte mit dem Kreiseln auf. «Sie sind wie zwei kleine Jungs, die sich um ein Feuerwehrauto streiten.»

«Um was für ein Feuerwehrauto geht es denn genau?» Harry kam zur Sache.

«Es geht um die Abänderung der Baubestimmungen.» Sarah klappte ihren Sonnenschirm zu. «H.

Vane ist immer noch fuchsteufelswild, weil Archie seinen Änderungsantrag zur Inbetriebnahme des Steinbruchs abgelehnt hat. Aus Rache versteift er sich auf das Reservoir.»

«Aber Archie scheint das Reservoir zu befürworten, obwohl er sich weiß Gott gegen alles gesperrt hat. Ich habe nach der Bezirksversammlung zu Fair gesagt, dass Archie das eine sagt und das andere tut. Wer weiß, was er wirklich wegen des Reservoirs tun wird, wenn es hart auf hart kommt?» Harry hasste Politik, vor allem, wenn sie selbst betroffen war.

«‹Scheint› ist das Schlüsselwort. Hinter den Kulissen tut er alles, um den Fortschritt aufzuhalten. Mein Mann weiß natürlich darüber Bescheid.» Sie seufzte. «Henry liebt politische Intrigen.»

«Und auf welcher Seite steht Sir H.?», fragte Harry unverblümt.

«Auf seiner eigenen.» Sarah lachte; ihre Laune besserte sich ein wenig.

«Hm –» Miranda fächelte sich mit einem Prospekt, in dem Fischbeinkorsetts und Reifröcke sowie Bajonette und Provianttaschen angepriesen wurden. «Ich hoffe, sie vertragen sich wieder.»

«Egoisten! Keiner von beiden wird ein Friedensangebot machen.» Sarah schlug sich mit dem zugeklappten Sonnenschirm auf den Fuß. «Wie haben die Frauen diese Dinger getragen?» Sie schob ihre Krinoline vor und der ganze Glockenrock schwang mit. «Wenn's bloß nicht so heiß wäre.» Eine Warmluftfront war herangezogen und es wurde schwül.

«Wenn man dich aus einem Flugzeug werfen würde, kämst du heil unten an», prustete Tucker.

Sarah sah auf den Hund hinunter und verzog missbilligend den hübschen Mund, ganz so, als hätte sie verstanden, was der Hund zu ihr gesagt hatte. «Verdammt! Ich habe H.s Reservefeldflasche vergessen. Wird der sich aufregen!»

«Was ist in der Feldflasche?»

«Schottischer Whiskey. Glenlivet.» Sie hob eine Augenbraue. «Er schummelt. Ich finde aber auch, dass die Sache mit der Authentizität wirklich zu weit geht. Wussten Sie, dass sie sogar Vorschriften haben, wie man zu sterben hat?»

«Sie machen Witze!» Harry lachte.

«Wer erschossen wird, muss mit dem Kopf zur Seite hinfallen, damit er atmen kann; die Schusswaffe in der Hand darf den Körper nicht berühren. Es gibt noch mehr Vorschriften, aber die anderen habe ich vergessen. Und sie beschließen, wer verwundet wird, wer stirbt und wer überlebt. So ist es bei einer Generalprobe. Wenn es eine *richtige* Nachstellung ist, etwa der Schlacht bei Sharpsburg, nehmen die Männer die Identität von echten Soldaten an. Sie müssen an genau den Stellen fallen, wo die echten Soldaten getroffen wurden.»

«Eigenartig», murmelte Miranda.

«Dass es Vorschriften fürs Sterben gibt?» Harry bückte sich, um Pewter hochzuheben, die langsamer geworden war.

«Dass man von Gewalt so besessen sein kann. Und

vor allem von *diesem* Krieg, ausgerechnet. Der hat nun wirklich nichts Gutes bewirkt.» Miranda schüttelte den Kopf.

Harry widersprach ihr. «Die Sklaven wurden befreit.»

«Ja», sagte Miranda, «um in Freiheit zu verhungern. Die Yankees waren scheinheilig. Sind sie heute noch.»

Sarah, die in Connecticut aufgewachsen war, lächelte schmallippig. «Ich gehe zurück und hole die Feldflasche meines Herrn und Meisters. Wir sehen uns bei der Schlacht.» Sie machte kehrt und lief, so schnell es Pluderhose, Reifrock und Stoffmassen zuließen. Ihre Haube, die sie unter dem Kinn gebunden hatte, flatterte hinterdrein.

Harry und Miranda gelangten zu der prächtigen Eiche. Fair hatte ihnen Karten für Sitzplätze auf einer kleinen Tribüne besorgt. Sie nahmen ihre Plätze ein.

«Mir nach!», befahl Mrs. Murphy munter, als sie zum Fuß des Baumes sauste, ihre rasiermesserscharfen Krallen in die weiche Rinde schlug und nach oben kletterte.

Pewter, eine gute Kletterin, folgte dichtauf.

Tucker sah den beiden kichernden Katzen verärgert nach. Sie konnte nichts sehen, denn wohin sie sich auch wendete, alles war voller Menschen.

Harry beschattete die Augen und sah zu den Katzen hinauf, die auf einem hohen, dicken Ast saßen. Ihre Schwänze fegten aufgeregt hin und her. Harry stieß Miranda an.

Miranda lachte. «Die besten Logenplätze.»

Tucker kehrte zu Harry zurück und setzte sich vor sie hin. *«Ich kann gar nichts sehen»*, beschwerte sich der Hund eingeschnappt.

«Still, Schätzelchen.» Harry tätschelte Tuckers seidigen Kopf.

Ein leiser Trommelwirbel ließ alle verstummen. Eine Formation Kanonen der Union verlief parallel zur Route 653. Die Kanonen der Konföderierten, Vierzehnpfünder, standen im rechten Winkel zur Artillerie der Union. Die Rücken der Kanoniere waren für die Menge sichtbar. Als beide Seiten zu schießen begannen, quoll massenhaft Rauch aus den Mündungen der Geschütze.

In weiter Ferne hörte Harry noch eine Trommel. Sie bekam eine Gänsehaut auf den Armen.

Auch Miranda verstummte.

«Meinst du, wenn Jefferson Davis Abe Lincoln zum Zweikampf herausgefordert hätte, hätten sie das hier verhindern können?», fragte Pewter.

«Nein.»

Pewter verfolgte ihre Frage nicht weiter; sie musste sich zu sehr auf all das konzentrieren, was sie von ihrem Hochsitz aus sehen konnte. Die dichten Karrees der gegnerischen Regimenter gingen im Laufschritt in Stellung. Zur Linken hob der für sein Karree verantwortliche Offizier seinen Säbel.

Den Karrees voraus schickten beide Seiten Vorposten aus. Für dieses spezielle Reenactment hatten die Veranstalter Scharmützel zwischen den Vorposten

eingeübt. Sie fochten, kämpften und warfen sich gegenseitig zu Boden. Die Kanonen schossen nun in kürzeren Abständen; die harmlosen Schüsse rollten hoch über die Köpfe der Menge hinweg.

Harry hustete. «Das Zeug kratzt.»

Miranda nickte, das Taschentuch an die Nase gedrückt.

Als die Trommelschläge lauter wurden, beugte sich die Menge nach vorn.

Sie konnten Offiziere Befehle rufen hören. Das Unionsregiment in der vordersten Reihe hielt an, als die Konföderierten, noch in der Ferne, sich vorwärts bewegten.

«Laden!», rief der Hauptmann.

Die Soldaten platzierten ihre Musketen, mit den Läufen nach außen, zwischen den Füßen. Als der Offizier weitere Ladebefehle gab, bissen sie die Papierpatronen auf, schütteten das Schießpulver in den Lauf und rammten mit dem Ladestock die Papierpatronen hinterher.

«Ha!» Pewter beobachtete Fair, der sich mit seinem verängstigten Pferd abmühte.

Mrs. Murphy, die Fair als guten Reiter kannte, fand das nicht ganz so komisch wie Pewter. *«Ich glaube, niemand kann die Pferde an diesen Lärm und den Schwefelgeruch gewöhnen.»*

Fairs großer Brauner scheute und tänzelte seitwärts. Bei der nächsten Geschützsalve bäumte sich das Pferd auf, kam auf beide Vorderbeine herunter und schlug mit den Hinterbeinen aus, ein jähes, heftiges Bocken. Das erste überstand Fair sitzend, doch die folgenden, begleitet von Seitwärtsbewegungen, warfen ihn mit einem Plumps ins Gras. Das Pferd, selbst nicht auf den Kopf gefallen, machte kehrt und stürmte zurück zum Jagdstall. Fair rappelte sich entnervt hoch, sah sich um, besann sich darauf, dass er sich inmitten einer Schlacht befand, und rannte zu seiner Einheit.

Sir H. Vane-Tempest an vorderer Front des ersten Regiments starrte grimmig in die Rauchschwaden. Archie Ingram befand sich weiter hinten im Karree, ebenso Blair Bainbridge. Ridley Kent war in der zweiten Einheit hinter ihnen.

Mrs. Murphy spähte angestrengt durch den Rauch, der sich verzog und dann bei der nächsten Salve wieder verdichtete. Reverend Herb Jones, eine rote Schärpe um seinen Uniformrock gewunden, saß im Hintergrund der Schlacht auf einem umgekippten Wagen. Die Hitze hatte ihn erschöpft.

Dr. Larry Johnson und Ned Tucker marschierten rotwangig in der dritten Linie des Regiments. Wohin die Katzen auch sahen, überall erblickten sie vertraute Gesichter in unvertrauten Kleidern. Der Rauch, der die Gesichter einhüllte wie ein weicher Silberschleier, ließ sie noch unheimlicher aussehen.

Die erste Salve Gewehrfeuer von den Yankees rollte knatternd über das Gelände: Kleine Flämmchen spien aus den Mündungen. Mrs. Murphy hoffte, sie würden so vorsichtig sein und die Hände von den Laufmündungen lassen, wenn sie die nächste

Ladung hineinstopften. Man konnte Finger oder einen Teil der Hand verlieren, wenn es tief im Gewehr noch glimmte.

Unterdessen hatten alle berittenen Offiziere bis auf einen ins Gras gebissen. Das einzige Tier, das sich vorwärts bewegte, war ein großes belgisches Kaltblut, und dieses Pferd war so ruhig wie bei einer Parade.

Einige «Leichen» lagen auf dem Feld verstreut. Als alle Geschütze auf einmal feuerten, verschwand das Feld in einer Wolke von Rauch. *Wumm, wumm, wumm*, knatterten Gewehre und Faustfeuerwaffen zwischen das rhythmische Grollen der eleganten Kanonen.

«Die armen Trottel sind blindlings gestorben.» Mrs. Murphys Schnurrhaare zuckten.

«Uff.» Pewter erschauerte. *«Nur ein Mensch würde für eine Idee sterben.»*

«Ein wahres Wort.» Die Tigerkatze blinzelte, als ein Rauchschwaden über die Äste geweht kam. *«Weißt du, sie können die Wirklichkeit nicht akzeptieren. In der Wirklichkeit ist es so, dass alles allen zur gleichen Zeit passiert. Ohne erkennbaren Sinn und Zweck. Deswegen entwickeln die Menschen Prinzipien. Wenn die Prinzipien eines Menschen mit denen eines anderen Menschen kollidieren, kämpfen sie.»*

«Die einzige Wirklichkeit ist die Natur.» Pewter, zwar keine philosophische Katze wie Mrs. Murphy, war dennoch eine kluge Katze.

«Wohl wahr.» Murphy kniff die Augen zusammen,

als der Rauch sich verzog. Sie sah Sir H. Vane-Tempest, der sich nichts nehmen ließ, aus den Reihen hervorbrechen und auf den Feind zupreschen.

Ein lautes Knallen, noch eine Geschützsalve, und er ging zu Boden, ein Held für die Sache.

Die Schlacht strebte ihrem Höhepunkt entgegen. Da Tucker nichts sehen konnte, hatte sie sich auf der Tribüne zwischen Harrys Füße gelegt. Sie hasste den Lärm, und die Schwefeldämpfe beleidigten ihre empfindliche Nase.

Nach weiteren fünfzehn Minuten in dem am härtesten umkämpften Abschnitt gaben die Yankees auf und rannten davon. Auch das war Teil der Choreographie. Die Unionstruppen würden Südstaatler niemals auf Südstaatenterrain bezwingen, es sei denn, es handelte sich um die präzise Nachstellung einer historischen, von den Yankees gewonnenen Schlacht. Das war nicht nur ein Zugeständnis an die südliche Eitelkeit, sondern durchaus akkurat. Erst gegen Ende des Krieges, als Siege im Westen Siege im Osten sicherstellten und Zehntausende starben, hatte der Norden begonnen, die Oberhand zu gewinnen.

Die Trommler trommelten eifrig Signale, als der letzte Rauch über das flache Kornfeld wehte, einen ehemaligen Flugplatz. Die in Marsch gesetzten Yankees rannten zur Route 653, sammelten sich, wandten sich nach links und strebten der Rennbahn zu.

Die Verwundeten wurden im Namen der Authentizität auf Tragen fortgebracht. Einige der Toten trugen Farbbeutel am Körper, die beim Hinfallen aufgeplatzt waren. Das künstliche Blut verlieh ihnen einen realistischen Anstrich.

Nachdem die letzten Verwundeten ins Lazarettzelt geschafft worden waren, begannen die Toten sich zu rühren. Die Katzen saßen auf dem Baum und lachten. Neugierig verfolgte Tucker das Geschehen. Sie stand inzwischen ganz vorn auf der Tribüne.

Eine der Leichen rührte sich nicht.

Ein wieder auferstandener Konföderierter ging achtlos an ihr vorüber.

Archie Ingram, ein kürzlich Gefallener, kam ebenfalls vorbei. Er blieb stehen, stieß die Leiche mit dem Stiefel an. Ohne Ergebnis.

Viele Menschen gingen jetzt zum Haupthaus. Von dem aktuellen Drama bekamen sie nichts mit.

Blitzschnell kletterten die beiden Katzen rückwärts vom Baum und stürmten übers Feld.

«Tucker!», brüllte Mrs. Murphy.

Der Hund, der erst jetzt den seltsamen Anblick gewahrte, gesellte sich zu den Katzen.

Archie hatte sich hingehockt. Er drehte die Leiche um. Es war Sir H. Vane-Tempest.

Mrs. Murphy langte vor Pewter und Tucker bei Vane-Tempest an.

Als die atemlose graue Katze hinzukam, beschnupperte die Tigerkatze den Leichnam. *«Pulver»*, war alles, was sie sagte.

Die Corgihündin, berühmt für ihren ausgeprägten Geruchssinn, glotzte nur. *«Er sieht aus wie ein Schweizer Käse.»*

16

Nach und nach kehrten die Menschen aufs Feld zurück. Sie sahen Archie über Vane-Tempest knien, was auf den ersten Blick wie Schauspielerei wirkte. Verzweifelt lockerte er den Kragen des älteren Mannes.

Harry, eine gute Läuferin, war die Erste, die von den Zuschauerplätzen her eintraf. Sie fühlte Vane-Tempest den Puls. Unregelmäßig. Flacher Atem.

Miranda, die langsamer war und sich dennoch beeilte, winkte Dr. Larry Johnson herbei. Der grauhaarige Konföderierte ließ seine Waffe fallen und rannte los. Reverend Jones wurde in einem Geländewagen zu dem Opfer gebracht.

Vane-Tempest, der unter Schock stand, starrte mit glasigen Augen aufwärts. Er bewegte die Lippen.

Larry riss ihm den Uniformrock auf. Die sauberen Einschusslöcher hätten auf seine Brust gemalt sein können, wäre ihnen nicht Blut entströmt.

Susan Tucker sprang auf einen Trecker, der abseits des Schlachtfelds stand. Heftig hupend bahnte sie sich einen Weg durch die Menge. Sarah kehrte soeben mit der Feldflasche ihres Mannes zurück. Erschöpft von dem weiten Weg und der Hitze und aufgrund der allmählich zurückweichenden Menschenmenge kam sie nur langsam vorwärts. Susan erspähte sie am Jagdstall, wo sie in der offenen Tür stand und die Augen vor der Sonne abschirmte.

Als sie endlich bei Sarah ankam, rief sie: «Steigen Sie ein.»

«O Gott, er ist wirklich wütend auf mich, oder? Ich musste einen Moment verschnaufen. Ich vergehe vor Hitze in diesem Kleid.»

Susan antwortete nicht. Sie versuchte auf das Schlachtfeld zurückzukehren, so schnell die Menge es zuließ. Während sie hupte, machten die Leute langsam den Weg frei.

Sie parkte nahe der Stelle, wo Larry sich um Vane-Tempest bemühte. Sarah begriff nicht gleich, dass es ihr Mann war, der dort inmitten hektischer Betriebsamkeit auf der Erde lag. Susan schob sie sanft aus dem Trecker.

Sarah blieb einen Augenblick am Wagenschlag stehen, dann rannte sie zu der hingestreckten Gestalt. Sie riss ihren Reifrock herunter, um schneller laufen zu können.

«Harry, halten Sie die Leute fern», befahl Larry, dann wies er Miranda an: «Kümmern Sie sich um Sarah.»

Stumm wehrte Sarah Miranda ab. Boom Boom eilte der älteren Frau zu Hilfe. Gemeinsam zogen sie Sarah ein Stück von ihrem Mann fort, damit Larry ungehindert arbeiten konnte.

«Halten Sie seinen Kopf still. Sie werden vielleicht seinen Mund säubern müssen.» Larry sprach leise und gefasst.

Auf Knien legte Harry die Hände an Vane-Tempests volles Gesicht, während Larry, die Arme über

Kreuz, mit seinem ganzen Gewicht den Brustkorb des Verwundeten pumpte.

Die beiden Katzen sahen zu, Tucker ebenso. Sie hielt die Nase dicht über dem Boden, wusste aber, dass es hoffnungslos war; zu viele Füße waren auf der Erde herumgetrampelt, zu viele Schüsse abgefeuert worden.

«Eindeutig in den Rücken geschossen», sagte Mrs. Murphy leise.

«Ein entsetzlicher Unfall.» Tucker ließ den Kopf hängen.

«Kein Unfall», bemerkte Mrs. Murphy forsch. *«Drei Kugeln im Rücken, das ist kein Unfall.»*

Pewter starrte die Tigerkatze an.

Archie kniete auf der anderen Seite des Mannes, der vor sich hin stöhnte. «Es tut mir Leid. Es tut mir so Leid.»

Vane-Tempest blinzelte. Sein Blick klarte für einen Moment auf und er schien die Menschen zu erkennen. Doch seine linke Lunge füllte sich mit Blut.

In der Ferne heulte eine Ambulanzsirene.

Harry beobachtete Larry bei der Arbeit. Sie hatte ihn ihr Leben lang als Hausarzt gekannt, aber jetzt sah sie ihn zum ersten Mal bei einem Notfall am Werk. Sie bewunderte seine gelassene Routine und seine körperliche Kraft. Mit Mitte siebzig agierte Larry wie ein Mann in den Fünfzigern.

Der Krankenwagen rollte auf das Feld. Binnen Sekunden hatte die Besatzung, angeführt von Diana Robb, Vane-Tempest auf eine Trage und in das Fahrzeug gehievt. Larry sprang hinterher und die Tür wurde zugeschlagen.

«Waynesboro», rief Diana Harry und Miranda zu. «Das ist das nächste Krankenhaus.»

Miranda und Boom Boom geleiteten Sarah zum Trecker. Sie quetschten sich hinein und fuhren nach Waynesboro, das gut dreißig Kilometer entfernt jenseits der unwegsamen Aftonschlucht lag.

Während die Menschen fassungslos herumliefen, schlug Mrs. Murphy vor: *«Schwärmt im Abstand von anderthalb Metern aus und bewegt euch auf den Baum zu.»*

«Was suchen wir?», fragte Tucker.

«Verschossene Kugeln. Die Löcher in seiner Brust rühren von sauberen Austritten her.»

Zitternd ging Archie, mit leerem Gesichtsausdruck, zum Haupthaus. Harry holte ihn ein.

Über die Schulter rief sie: «Kommt, Kinder.»

«Gleich», bellte Tucker.

«Beeilt euch. Es wird nicht lange dauern, bis irgendein Blödmann die Kugeln in den Boden scharrt», drängte die Tigerkatze.

«Hab eine gefunden.» Pewter blieb stehen.

Die beiden anderen liefen zu ihr. Es war eindeutig eine Bleikugel, die da im Gras lag, dicklich, mit drei konzentrischen Ringen an der Unterseite und einer abgeflachten Spitze.

«Kann Harry nicht zurückrufen», dachte die Tigerkatze laut. *«Tucker, nimm die Kugel in die Schnauze.»*

Die Corgihündin klemmte sich die Kugel zwischen die Zähne.

«Nicht runterschlucken», neckte Pewter sie.

Sie trabten hinter Harry drein, die Archie zum Jagdstall lotste.

«Ich muss zurück in mein Zelt.»

«Arch, man wird Fragen stellen. Hier sind Sie besser aufgehoben.»

«Ich habe nicht auf ihn geschossen.» Archie wurde allmählich die volle Tragweite dieses schmerzlichen Ereignisses bewusst.

«Natürlich nicht. Aber warum sich Fremden oder auch Freunden aussetzen, die Fragen stellen, denen Sie nicht gewachsen sind? Kommen Sie hier herein. Ich gehe Cynthia Cooper suchen. Ich weiß, dass sie hier irgendwo ist.»

«Dies ist Sheriff Hills Bezirk», wandte Archie ohne Nachdruck ein.

«Das weiß ich, aber es kann nicht schaden, wenn Sie eine Bevollmächtigte aus Albemarle bei sich haben. Archie, vertrauen Sie mir.»

Seine Verwirrung verdichtete sich zu Wut. «Ihnen vertrauen! Verdammt nochmal, Sie sind die Posthalterin. Sie wissen ja gar nicht, was Sie tun.»

Er schob sich an ihr vorbei und tauchte in der Menge unter.

Harry sagte nichts. Sie ging in den Stall. Fair war gerade dabei, sein Pferd zu bürsten. Er sah auf.

«Hallo.»

«Hallo. Man hat auf H. Vane geschossen.»

«Was?» Fair hielt inne, mit der Bürste in der Hand.

«Durch den Rücken geschossen.»

«Richtig?» Langsam begriff er.

«Richtig.»

«Ein Idiot dahinten hat echte Kugeln abgefeuert? Das ist das Dümmste …»

«Vielleicht war es keine Dummheit.»

«Harry, jetzt bleib auf dem Teppich. Wer würde absichtlich auf H. Vane schießen wollen? Er ist das Blei nicht wert.» Das war ihm aus dem Mund geflutscht, ehe ihm überhaupt klar war, was er da sagte.

«Viele sind hinter ihm marschiert, darunter Archie Ingram. Du weißt, auf was für Gedanken die Leute kommen.»

«Das ist absurd.» Er dachte nach. «Wird er durchkommen?»

«Ich weiß nicht. Larry Johnson hat ihn behandelt. Er ist auf dem Weg ins Krankenhaus von Waynesboro.»

«Die kennen sich jedenfalls aus mit Schusswunden.»

Tucker trat zu Harry, machte die Schnauze auf und ließ die Kugel direkt auf Harrys Fuß fallen.

«Gut gemacht», lobte Pewter den Hund.

Mrs. Murphy betrachtete das Gesicht ihres Menschen. Harry bückte sich, um die Kugel aufzuheben.

«Großer Gott», sagte sie, dann sah sie Tucker an, die zurücklächelte.

17

Mirandas Haus, mitten im Ort hinter dem Postamt gelegen, war eine Begegnungsstätte für alte Freunde. Ihre Kochkunst tat ein Übriges. Wenige Dinge erfreuten Miranda so sehr wie die Verköstigung derer, die sie liebte, und sogar jener, die sie nicht liebte. Die Heilige Schrift gebot ihr, die ganze Menschheit zu lieben, häufig jedoch fiel ihr die Theorie leichter als die Praxis.

Harry und Tom Collins halfen Apfelmost und Cocktails aufzutragen. Boom Boom war im Krankenhaus geblieben, aber Tragödien ließen Boom Boom nun mal aufblühen, insbesondere, wenn sie jemand anderen als sie selbst heimsuchten. Doch da sie und Sarah befreundet waren, hatte es vielleicht sein Gutes.

Cynthia Cooper saß neben Fair. Sie waren beide so hellblond, dass sie hätten Zwillinge sein können, dabei waren sie nicht mal miteinander verwandt, nicht einmal entfernt, was für jeden echten Virginier stets eine Enttäuschung ist.

«Ich könnte ja verstehen, wenn jemand auf Archie schießt, aber doch nicht auf Sir H. Vane-Tempest.» Cynthia trank den herrlichsten Apfelmost, den sie je gekostet hatte. In Kombination mit Mirandas heißen Hörnchen war es der Himmel auf Erden.

«Wir wissen nicht, ob es Absicht war.» Harry reichte das silberne Tablett mit Gelees, Marmeladen und Butter herum. Sie war der Meinung, dass die

Schüsse vorsätzlich abgegeben worden waren, aber sie wollte hören, was die anderen zu sagen hatten.

«Eigentlich müsste ich diejenige sein, die das sagt.» Cynthia häufte Berge von Dattelpflaumengelee auf ihr Hörnchen.

«Du hast Feierabend.» Harry lächelte ihr zu.

«Erzähl mir nochmal von der Kugel.» Cynthia schlitzte das Hörnchen auf, dem ein feuchter, duftender Hauch entströmte.

«Tucker hat sie auf meinen Fuß fallen lassen und ich habe sie Sheriff Hill gegeben.»

Die Hündin, die gierig das mit rohem Ei vermischte Hackfleisch verzehrte, das Miranda für sie zubereitet hatte, sah nicht einmal auf, als ihr Name fiel. Auch Mrs. Murphy und Pewter, tief in gekochtem, gewürfeltem Hühnerfleisch vergraben, hoben nicht die Köpfe.

«Warum sie die Kugel wohl aufgehoben hat?», überlegte Miranda laut.

«Vielleicht war Blut dran», erwiderte Harry und merkte dann, dass alle für einen Moment zu essen aufhörten. «Verzeihung.»

Ein leises Klopfen an der Hintertür, gefolgt von einem «Juhu», lenkte sie von dem unschönen Gedanken ab.

«Herein», rief Miranda aus der Küche.

Herb Jones schob sich durch die Tür. Ein Schwall kühler Abendluft folgte ihm. «Schon Neuigkeiten?»

«Nein.»

Er setzte sich. Harry bot dem Geistlichen eine

Auswahl an Getränken an. Er bat um Kaffee, da Miranda stets eine Kanne warm stehen hatte. Miranda eilte mit einem Tablett frischer Hörnchen herbei, das sie auf den Teewagen stellte.

«Setzen Sie sich, Miranda, Sie arbeiten zu viel», sagte Herb.

«Moment noch.» Sie ging wieder in die Küche und kam gleich darauf mit einer Tasse heißem Kaffee zurück.

«Schon erzählen sich die Leute, dass Archie auf ihn geschossen hat.» Herb tupfte sich mit einer Cocktailserviette den Mund ab. «Sie sprechen von nichts anderem. Sogar die sonst so besonnene Mim sagt, es trage alle Merkmale von Archies Hinterlist.»

«Hinterlist? Vor allen Leuten?», sagte Harry.

Der bislang schweigsame Fair meldete sich zu Wort. «Das ist genau der Punkt. Niemand wird jemals beweisen können, dass Archie auf H. geschossen hat. Die Leute können reden, was sie wollen. Sie können es nicht beweisen. Archie ist von Natur aus verschlagen.»

Miranda hob energisch die Stimme. «Fair, es überrascht mich, so etwas von Ihnen zu hören.»

«Er hat sein Leben lang einen gegen den anderen ausgespielt. Das heißt nicht, dass er schlecht ist, bloß verschlagen.»

«Kann man die Waffen nicht überprüfen?» Miranda richtete diese Frage an Cynthia.

«Doch.» Sie schluckte, dann fuhr sie fort: «Und ich bin sicher, Sheriff Hill wird genau das tun. Aber alle haben geladen und gefeuert, sodass in allen Läufen Pulver steckt. Und niemand hätte echte Kugeln haben dürfen. Das wird noch interessant.»

«H. Vane hat sein Leben damit zugebracht, Missbrauch mit seinem Körper zu treiben. Ich frage mich, ob er das durchstehen kann.» Harry beobachtete, wie Mrs. Murphy und Pewter die Näpfe tauschten. «Warum glauben die immer, die andere hat was Besseres gekriegt?»

«Glauben wir gar nicht.» Mrs. Murphy wischte sich ein Bröckchen Huhn vom Kinn.

«Das ist unser Futtertanz», sagte Pewter, die Nase im Napf.

«Ist es nicht.» Tucker kicherte.

«Ist es wohl», rief Murphy dem schwanzlosen Hund zu. *«Ich kann riechen, was sie in ihrem Napf hat, und sie kann riechen, was ich in meinem habe. Wir machen das gern, das ist alles. Du steckst dein Gesicht in dein Futter und verschlingst es. Wir Katzen haben feinere Manieren.»*

«Und mehr Geschmacksnerven», sagte Pewter.

«Habt ihr nicht.»

«Haben wir wohl. Wir haben sogar bessere Geschmacksnerven als die.» Pewter deutete zu den Menschen hin.

«Das soll nichts heißen.» Die Hündin setzte sich hin. Sie war zu voll gefressen, um zu stehen.

«Ihr seid ja schrecklich gesprächig da drüben», tadelte Harry ihre Tiere, als die Phonstärke ihrer Unterhaltung anstieg.

Drei Augenpaare funkelten sie an, aber die Tiere verstummten.

«Wo ist Susan?», fragte Herb.

«Ich weiß nicht, aber bevor Archie den Lagerplatz verließ, hat er Ned gebeten, ihn zu vertreten.»

«Harry, warum hast du nichts davon gesagt?» Cynthia war erstaunt.

«Das bedeutet nicht, dass er der Täter ist. Ich weiß es bloß, weil ich Susan auf dem Weg aus dem Jagdstall überholt habe.» Sie hielt inne. «Ich kann Archie Ingram nicht ausstehen. Es ist mir wirklich völlig schnuppe, was mit ihm passiert, und ich könnte sogar so tief sinken, mich an seinem Unbehagen zu weiden.»

Alle starrten sie an, einschließlich der Tiere.

«Harry, so hat Ihre Mutter Sie aber nicht erzogen», schalt Miranda sie.

«Nein, aber meine Mutter brauchte sich auch nicht mit Archie herumzuschlagen, nachdem er Bezirksbeauftragter wurde. Das ist ihm zu Kopf gestiegen. Und überhaupt, ich kann nicht immer eine anständige Virginia-Lady sein. Ich bin zu jung, um so anständig zu sein.» Ein frivoles Grinsen erschien auf ihrem Gesicht.

«Lifeline.» Cynthia deutete ein Lächeln an.

«Eher schlitz ich mir die Kehle auf. Wie hältst du das bloß aus?»

Da keiner der Anwesenden gewusst hatte, dass Cynthia an der Selbsthilfegruppe teilnahm, grinsten sie nervös und warteten auf ihre Erwiderung.

Cynthia lächelte nachdenklich. «Ich habe Menschen mit aufgeschlitzten Kehlen gesehen.»

«Tut mir Leid», entschuldigte sich Harry, die sich aufrichtig über sich selbst ärgerte.

«Hilft es?», fragte Fair arglos.

«Ich bin erst einmal da gewesen, aber ich glaube, ich kann dort Methoden lernen, um besser mit bestimmten Situationen fertig zu werden. Es ist keine Therapie oder so was, eher ein Lernprozess.»

Miranda brannte darauf, mehr Fragen zu stellen, beschloss aber, es unter vier Augen zu tun.

Das Telefon klingelte.

«Hallo.» Miranda hielt die Hand nicht über die Sprechmuschel. «Mim.» Sie hörte zu. «Er ist was?» Sie lauschte. «Danke.» Miranda legte den Hörer auf und lief zum Fernsehapparat.

Sie schaltete die Nachrichten auf Kanal 29 ein. Dort lief ein Interview mit Archie Ingram. Archie, im Dreiteiler mit türkisgrüner Krawatte, antwortete auf Fragen einer Reporterin. Er stand draußen vor dem Bezirksbürogebäude.

«... bedauerlicher Unfall. Ich weiß, dass mich viele aufgrund meines in jüngster Zeit angespannten Verhältnisses zu Sir H. Vane-Tempest verdächtigen werden, doch unsere Freundschaft reicht tiefer als diese Unstimmigkeiten.»

«Woher rühren diese Unstimmigkeiten, Mr. Ingram?»

«Wir haben unterschiedliche Ansichten darüber, wie Albemarle County am besten gedient ist – politische Differenzen.»

Die Reporterin unterbrach ihn, bevor er seine

Verdienste aufzählen konnte. «Es geht um Wasser, nicht wahr?»

«Ich hab's satt, über das verdammte Reservoir zu reden!» Archies Gesicht lief purpurrot an. «Ja, wir sind uns nicht einig, aber deshalb würde ich doch nicht auf ihn schießen.»

«Aber bei der Versammlung in der Highschool in Crozet letzte Woche ...»

«Sie können mich mal, Gnädigste.» Archie ging aus dem Bild.

Der Kameramann schwenkte herum und folgte ihm. Archie baute sich drohend vor der Linse auf und die Kamera geriet ins Schwanken. Man hörte, wie sie auf dem Bürgersteig auftraf, dann wurde das Bild eine Sekunde lang schwarz. Es wurde ins Studio zurückgeschaltet.

«Ist der völlig übergeschnappt oder was?», platzte Harry heraus.

«Wissen Sie, das Komische ist, es wäre verständlich gewesen, wenn jemand auf Archie geschossen hätte. Es ergibt keinen Sinn, dass es H. getroffen hat.» Herb schüttelte den Kopf.

«Vielleicht war Archie das Ziel und H. Vane war versehentlich im Weg», sagte Harry. «H. Vane ist leicht zu treffen bei seinem Umfang, im Gegensatz zu Archie.»

«Archie gelobt zu viel», erklärte Mrs. Murphy niemandem im Besonderen und allen im Allgemeinen. *«Er verbirgt etwas.»*

«Ja, er verbirgt, dass er am helllichten Tag vor dreißig-

tausend Menschen auf H. Vane geschossen hat.» Tucker stand auf, befand es für zu anstrengend und setzte sich wieder hin.

«Etwas anderes.» Die Tigerkatze blinzelte, dann wiegte sie sich nach Katzenart, ein leichtes Schaukeln vor und zurück.

18

Sarah Vane-Tempest schlief zwei Nächte im Krankenhaus. Als ihr Mann, noch immer in kritischem Zustand, von der Intensivstation verlegt wurde, ließ sie sich von Miranda nach Hause bringen.

Erschöpft, mit dicken Rändern unter den Augen, bat sie Miranda zum Tee herein.

«Schätzchen, ich habe eine Quiche mitgebracht. Ich wärme sie auf, während Sie duschen. Bis Sie fertig sind, steht das Essen bereit.»

«Wenn das Krankenhaus anruft, kommen Sie mich holen, auch wenn ich unter der Dusche stehe.»

«Aber sicher, und machen Sie sich keine Sorgen. Sie haben sich genug gesorgt für drei.» Miranda lächelte. «Blair Bainbridge hat Sie bei Ihrem Mann abgelöst. Ich hatte keine Ahnung, dass sie sich so nahe stehen.»

«Außenseiter. Beide empfinden sich als Außenseiter, weil ihre Familien nicht aus Virginia stammen.

Ach, na ja, hier ist es wie in den Cotswolds; deswegen fühlt sich H. hier meistens wohl.» Vane-Tempest war in einer besonders lieblichen Gegend Englands aufgewachsen.

«Nun gehen Sie ruhig.» Miranda schob sie in Richtung ihres Schlafzimmers.

Sie heizte den Backofen an und packte ihre hausgemachten Brote aus. Die Geschirrtücher waren angefeuchtet, um ein Austrocknen der Brote zu verhindern. Sie summte ein Kirchenlied, während sie den Tisch deckte.

Miranda war davon überzeugt, dass die Ordnung der Küche alles verriet, was man über eine Frau wissen musste – nebst ihren Schuhen.

Sarahs mit den neuesten Hightech-Geräten ausgestattete Küche prunkte mit einer gewaltigen italienischen Espressomaschine aus Messing, die auf der marmornen Anrichte stand.

Mit Samt ausgeschlagene Schubladen enthielten Tiffany-Silber für den täglichen Gebrauch. Das Abendsilber war in der Vorratskammer eingeschlossen. Miranda konnte sich nicht vorstellen, zum Frühstück und Mittagessen Tiffany-Silber zu benutzen.

Kühlschrank, Geschirrspülmaschine, Mikrowelle und Herd mit Einbaubackofen hatten glänzende schwarze Oberflächen. An der Wand, fünfzehn Zentimeter unter der Decke, zog sich wie eine Art Fries ein grünes Neonband entlang. Alles war sehr verspielt und sündhaft teuer, aber jedenfalls erstklassig angeordnet.

Während die Quiche warm wurde, öffnete Miranda den Schrank. Dort hingen zwei Konföderiertenuniformen, beide sauber, beide mit den blauen Aufschlägen der Infanterie.

Sarah kam in Pantoffeln in die Küche geschlurft.

Miranda drehte sich um. «Zwei Uniformen?»

«Sie wissen doch, wie H. ist, wenn er diese Schübe hat.»

«Mmm.» Miranda wusste es in der Tat.

Wie so viele wohlhabende Menschen ging H. Vane-Tempest einen Zeitvertreib selten gemächlich an. Er stürzte sich vielmehr mit Haut und Haar hinein, gab Unsummen für die Ausstattung aus, nur um die Leidenschaft ein, zwei Jahre später sausen zu lassen. Da er nicht mehr arbeiten musste, brauchte er ständig neue Herausforderungen, um sich zu beschäftigen. Er hatte alle möglichen Bücher über den Bürgerkrieg gekauft und sogar bei der englischen Regierung ersucht, ihm Einblick in jegliche Korrespondenz zu gewähren, die Königin Victoria in dieser Angelegenheit geführt haben mochte.

Sarah setzte sich, die Augen halb geschlossen. Das feuchte Aroma von frischem Brot stieg ihr in die Nase. «Roggen?»

«Und Maisbrot.» Miranda öffnete den Backofen und nahm die warmen Brote heraus. Mit übergestülpten Topfhandschuhen zog sie die Quiche hervor.

Sie aßen schweigend. Sarah hatte der Schicksalsschlag schwer mitgenommen. Jeder, der Miranda

Hogendobber länger als eine halbe Stunde kannte, wusste, dass sich die gute Frau ganz auf die Persönlichkeit und die jeweilige Situation eines Menschen einstellte.

«Herb sagt, Portwein kräftigt. Könnte er Sie beleben?»

«Eher einschläfern. Ich bin so erledigt, dass ich meinem Kreislauf nicht traue», erwiderte Sarah. «Glauben Sie, mein Mann kommt wieder auf die Beine, Miranda?»

«Das weiß ich nicht. Er ist in Gottes Händen.»

«Gottes Hände sind voll.»

Miranda lächelte. «‹Ihr Lieben, lasset euch die Hitze, so euch begegnet, nicht befremden, als widerführe euch etwas Seltsames; sondern freuet euch, dass ihr mit Christo leidet, auf dass ihr auch zur Zeit der Offenbarung seiner Herrlichkeit Freude und Wonne haben möget.›» Sie holte Luft. «Erster Brief des Petrus. Das Kapitel habe ich vergessen.»

«Wie können Sie sich das bloß alles merken?»

Miranda zuckte die Achseln. «Ich weiß es eben. Als ich ein kleines Mädchen war, haben meine Schwester und ich um die Wette auswendig gelernt. Sie haben meine Schwester nie kennen gelernt, nicht?»

Sarah schüttelte den Kopf.

«Sie lebt in Greenville, South Carolina. Gefällt ihr gut dort.» Sie schnitt Sarah noch ein Stück Quiche ab.

«Ich kann nicht mehr.»

«Aber Sie müssen wieder zu Kräften kommen.»

Sarah stocherte in der Schinken-Käse-Quiche herum. «Sie beziehen solchen Trost aus der Bibel.»

«Sind Sie kirchlich erzogen?»

«Ja. Episkopalisch. Sehr offiziell.»

«Verstehe.» Miranda trank einen Schluck Sprudel. «Vielleicht wäre Ihnen eine, hmmm … menschlichere Kirche lieber.»

«Vielleicht», lautete die unverbindliche Antwort.

Miranda staunte, wie schön Sarah selbst noch in erschöpftem Zustand war. Makellos zurechtgemacht, das Haar im vollendeten Blondton, verblüffend blaue Augen, kräftiges Kinn, volle, sinnliche Lippen – Miranda nahm diese visuellen Reize wahr. Sie persönlich fühlte sich nicht zu weiblicher Schönheit hingezogen. Es war eher so, als beobachte sie eine geschmeidige Katze. Sie glaubte, dass Männer für solche Frauen teuer bezahlten.

«Kaffee?»

«Nein. Ich habe in den letzten zwei Tagen so viel Kaffee in mich hineingeschüttet, dass ich mir Valium verschreiben lassen könnte.»

«Schön, dann räume ich bloß auf und mache mich auf die Socken. Soll ich jemanden anrufen, damit er bei Ihnen übernachtet? Ich möchte nicht, dass Sie aufwachen und sich ängstigen.»

«Boom Boom will herkommen, nach einer ihrer endlosen Lifeline-Versammlungen. Ich weiß nicht, warum sie da hingeht. Sie trifft immer wieder dieselben Männer.»

«Ja.» Miranda hätte am liebsten gesagt, dass das vermutlich der springende Punkt war. «Kommen Sie bis dahin zurecht?»

«Natürlich. Es war wirklich lieb von Ihnen, sich um mich zu kümmern.»

«Ich habe mich nicht um Sie gekümmert. Ich habe Ihre Gesellschaft genossen.»

19

«Beiß sie ins Bein», wies Mrs. Murphy Tucker an.

«Ich werd mich hüten. Dann krieg ich bloß Ärger. Dir lässt sie alles durchgehen.»

«Ist ja gar nicht wahr.»

«Beiß du sie doch.»

«Katzen kratzen. Hunde beißen.»

«Quatsch.»

Pewter meldete sich zu Wort. *«Das nützt alles nichts. Könnt ihr vergessen.»*

Sie sahen mutlos aus dem Fenster des Transporters, als Harry an Rose Hill, dem Anwesen von Tally Urquhart, vorbeifuhr.

«Beiß sie!»

«Dann kommen wir von der Straße ab.» Tucker zeigte Mrs. Murphy ihre Fangzähne.

«Großmutter, was hast du für große Zähne.» Mrs. Murphy lachte und Pewter stimmte mit ein.

«Ich hasse dich.» Tucker legte die Ohren an ihr hübsches Gesicht.

«Was geht hier vor?», grummelte Harry, die Augen auf die Straße gerichtet. «Wenn ihr euch nicht benehmen könnt, nehm ich euch nie wieder mit.»

«Sie hat mir gesagt, ich soll dich beißen.» Tucker deutete mit dem Kopf auf Mrs. Murphy.

Eine blitzschnelle Pfote schlug den Hund auf die Nase. Ein Blutstropfen kam zum Vorschein.

«Uu-uu-uu», winselte der kleine Hund.

«Verdammt, Murphy.» Harry bog in die alte Farmstraße von Rose Hill ein. Sie blieb stehen, untersuchte den Hund, nahm ein Papiertuch aus dem Handschuhfach und hielt es an die lange Hundenase. «Ihr treibt es zu bunt.»

«Na und?» Die Tigerkatze fand den Reim lustig. Pewter musste ebenfalls lachen.

«Gemeine Katzenbande», winselte Tucker.

«Stell dich nicht so an, Fettarsch.» Mrs. Murphy stieg auf Tuckers Rücken und dann auf Harrys Schoß.

Das halb offene Fenster auf der Fahrerseite war ihr Ziel. Sie stieß sich von Harrys Schoß ab und segelte durchs Fenster hinaus.

«Mrs. Murphy!», schimpfte Harry.

Die Katze setzte sich draußen neben die Fahrertür, die glänzenden grünen Augen zum zornigen Gesicht ihrer Mutter erhoben. *«Ich muss dir was zeigen.»*

«Gute Idee.» Pewter stieg auf den Hund, dann auf Harrys Schoß und sprang ebenfalls aus dem Transporter, wenn auch nicht so graziös wie Mrs. Murphy.

«Du weißt nicht, wo ich hingeh.»

«Weiß ich wohl.» Pewter hüpfte den grasbewachsenen Feldweg entlang.

«Geht nicht ohne mich. Oh, wagt es ja nicht, ohne mich zu gehen», heulte der Hund.

«Herrgott.» Harry machte die Tür auf und stolperte mit dem Hund auf dem Arm hinaus. Der Corgi war schwer.

Noch bevor Harry einen Fuß auf die Erde gesetzt hatte, wand sich Tucker aus ihren Armen, landete auf dem Boden und kullerte herum. Sie sprang auf die Füße, schüttelte den Kopf und stürmte den Katzen nach.

«Tucker, komm sofort hierher!», rief Harry. «Was haben die bloß?»

Sie lief hinter ihnen her. Das nützte ihr wenig, da alle drei davonrasten, außer Reichweite, aber deutlich sichtbar. Die Katzen wichen nicht wie sonst vom Weg ab. Harry sah ihnen nach, fluchte, sprang in den Transporter und folgte ihnen mit fünfundzwanzig Stundenkilometern.

Nach zehn Minuten kamen Tally Urquharts Steinbauten und die große Scheune in Sicht.

Harry hielt zwischen den Gebäuden an, stellte den Motor ab und stieg gerade rechtzeitig aus, als die Katzen das Scheunentor einen Spalt aufstießen und sich dünn machten, um hineinzugelangen. Sie sah zwei Pfoten – eine getigerte, eine graue – in der schmalen Ritze im Tor. Es war, als winkten sie sie herbei.

Tucker steckte ihre wunde Nase in die Tür und drückte. Auch sie quetschte sich hinein.

«Die wollen mich zum Wahnsinn treiben», sagte Harry laut. «Bestimmt, das ist ein ausgeklügelter Plan, um mich auf die Palme zu bringen.»

Sie ging zum Tor, rollte es mit einem Ruck zurück und traute ihren Augen nicht.

«Ach du Scheiße.»

«Sehr richtig», miaute Mrs. Murphy.

20

Warmes Frühlingslicht durchflutete die Scheune und beleuchtete das Gesicht von Rick Shaw, der unter dem Flügel der Cessna stand. Hinter ihm staubte eine junge Frau die Flächen ein, um Fingerabdrücke sichtbar zu machen.

Kein Tropfen Blut verunzierte die schimmernde Oberfläche des Flugzeugs oder des Cockpits; allerdings wiesen die Flügel und das Cockpit schlammige Pfotenabdrücke auf. Keine Dellen, Beulen oder Ölflecke deuteten auf eine Gewalttat hin.

Die Räder der kleinen Maschine waren blockiert. Alles war in Ordnung. Der Tank war fast voll. Sie hätten in die Cessna klettern und an diesem prachtvollen Tag durch sahnige Wolken kreuzen können.

Cynthia sprach mit Tally Urquhart. Miss Tally

konnte noch bestens hören und sehen, bloß fortbewegen konnte sie sich nur noch bedingt. Nach glühendem Gerangel samt Äußerungen undamenhafter Kraftausdrücke hatte sie sich bereit erklärt, fortan nicht mehr Auto zu fahren. Da sie auch nicht mehr in der Lage war, rittlings zu reiten, gönnte sie sich zum Schrecken der Nachbarn das Vergnügen, ein Paar Kutschpferde zu lenken. Kyle Washburn, ihr Faktotum, hatte die Ehre, sie zu ihren zahlreichen Clubs und Wohltätigkeitsveranstaltungen zu chauffieren. Es gehörte auch zu seinen Pflichten, zur Stelle zu sein, wenn sie die Zügel in die Hand nahm. Viele in Albemarle County hielten Kyle für unbezahlbar.

«Das hab ich Ihnen doch schon gesagt», blaffte Tally.

«Ich weiß, es ist lästig, Ma'am, aber es ist mein Job, alles doppelt und dreifach zu überprüfen.»

Sie warf die weißen Locken zurück; sie hatte noch üppiges dichtes Haar. «Tommy Van Allen hat sein Flugzeug in meiner großen Scheune abgestellt, dann ist er gegangen und nicht wiedergekommen. Und ich habe nichts gehört.»

«Sie haben zu keiner Zeit ein Flugzeug übers Haus schwirren hören?» Cynthia wappnete sich.

«Sind Sie taub? Nein.»

Kyle griff ein. «Miss Tally ist viel in der Stadt, Deputy. Jeder, der sie und ihren vollen Terminkalender kennt, hätte mühelos hier landen können, als sie aus dem Haus war.»

«Haben Sie etwas gehört?» Cynthia lächelte.

«Nein.»

«Mr. Washburn.» Sie näherte sich seinem wettergegerbten sommersprossigen Gesicht. «Wie konnte das Flugzeug von Ihnen unbemerkt hier herumstehen?»

«Winterscheune», fauchte Tally, als habe diese schlichte Beschreibung jedem intelligenten Menschen zu genügen.

«Miss Tallys Scheune wird im Herbst mit Heu gefüllt. Gewöhnlich mache ich sie im Mai weit auf. Zum Auslüften. Ich bin dieses Jahr im Rückstand – ein bisschen.»

«Sie beide meinen also, wer immer die Maschine hier geparkt hat – parkt man ein Flugzeug? –, also, wer immer das getan hat, kennt Miss Tallys Terminkalender?»

«Ja», antwortete Kyle, während Tally sie bloß böse ansah. Das Ganze war verdammt unangenehm und sie wusste, ihre herrische Nichte würde die Situation dazu nutzen, sich wieder einmal einzumischen.

Auf ihren Stock gestützt, die Hand um den silbernen Hundekopf geklammert, stelzte Tally auf Harry zu.

«Ich weiß nicht mehr als Sie.» Harry zuckte die Achseln.

«Sie wissen viel weniger.» Tally zeigte mit ihrem Stock auf Harry. «Sie sagen, Sie haben diese Halunken bis hierher verfolgt?»

«Ich bin kein Halunke», kläffte Tucker.

«Sie haben mich direkt zu der Scheune geführt.»

Tally betrachtete die Tiere zu Harrys Füßen.

«Tiere wissen manchmal allerhand. Ihre Mutter hatte ein großartiges Gespür für Tiere. Sie konnte zu ihnen sprechen, und ich schwöre, sie haben geantwortet», sagte Tally. Ein Anflug von Melancholie lag für einen Moment in ihrem Lächeln. Dann straffte sie sich und fasste Harry wieder ins Auge. «Man gewöhnt sich dran. Bis Sie so alt sind wie ich, sind alle tot. Tot. Tot. Tot. Was geschehen ist, ist geschehen, da helfen keine Tränen.» Sie verschnaufte kurz. «Und wenn Sie mich fragen, Tommy Van Allen ist auch tot.»

Rick, der bislang respektvoll geschwiegen hatte, fragte: «Warum sagen Sie das, Ma'am?»

«Tommy Van Allen ist eine wilde Ratte. Er wäre hier, wenn er noch lebte.»

«Manche glauben, er hat mit Drogen gehandelt, hat kräftig abgesahnt und sich aus dem Staub gemacht», erklärte Rick.

«Dummes Zeug.»

«Ma'am?»

«Er nimmt vielleicht Drogen. Verkaufen würde er sie nicht. Der Knabe war allerhand, aber bestimmt nicht blöd. Er würde niemals Drogen verkaufen.» Sie wies mit ihrem Stock auf Ricks Brust. «Jedes Mal, wenn in dieser Gegend was passiert, schreien alle ‹Drogen›. Zu viel Fernsehen.» Sie wandte sich an Harry. «Sie sind ein naseweises Ding. Waren Sie immer. Liegt im Blut. Ihr Urgroßvater war naseweis.»

«Welcher?»

«Biddy Minor. Der attraktivste Mann, den ich je erblickt habe. Wollte aber immer alles wissen. Das hat ihn umgebracht.»

Rick, der sich eingehend mit den Verbrechen der Gegend befasst hatte, sagte vorsichtig, da offener Widerspruch natürlich nicht geduldet wurde: «Das wurde nie bewiesen.»

Sie hob eine Augenbraue, ließ sich kaum dazu herab, sein Geplapper zu widerlegen. «Beweisen und wissen sind zwei Paar Schuhe, Sheriff. Genau, wie ich weiß, dass Tommy Van Allen tot ist. Ich weiß es. Sie müssen es beweisen, nehme ich an.»

«Ma'am, ohne Beweis können wir niemanden verurteilen.»

«Verurteilen?» Sie hob die dünne Stimme. «Man verurteilt sie – und in sechs Monaten sind sie wieder auf freiem Fuß.»

Rick wurde rot. «Miss Tally, ich empfinde ganz genauso, aber ich muss meiner Arbeit nachgehen. Ich bin im Dienst.»

Sie wurde sanfter. «Allerdings, das sind Sie. So – was möchten Sie sonst noch wissen?»

«Können Sie sich vorstellen, weshalb jemand Tommy Van Allen ermorden wollte?»

Sie wurde nachdenklich. «Nicht mehr als irgendjemand anderen. Damit meine ich, auch er hatte zornige Exfreundinnen, auch er kannte Menschen, die ihn schlichtweg nicht leiden konnten.»

«Können Sie sich vorstellen, weshalb jemand Sir H. Vane-Tempest erschießen wollte?»

«Dieser aufgeblasene Esel.» Sie hob die knochigen Schultern. «Sie werden doch wohl meine Nachbarn befragen? Einer von ihnen hat bestimmt das Flugzeug gehört.»

«Wir werden mit allen sprechen», versicherte Rick.

Das Knirschen von Reifen auf Kies veranlasste alle, die Köpfe dem Bentley Turbo R zuzuwenden, der in die offene Scheune gefahren kam. Tucker bellte, als der Motor abgestellt wurde und sich ein elegantes Bein vom Fahrersitz schwang. *«Mimi!»* Der kleine Hund eilte hinzu, um die hochmütige Mim zu begrüßen, die gleichwohl Hunde liebte. Sie bückte sich, um Tucker den Kopf zu tätscheln, und der Hund heftete sich fröhlich an ihre Fersen.

«Komm ja nicht auf die Idee, mir zu sagen, was ich zu tun habe.» Tally schob die Unterlippe vor.

«Keine Bange. Ich bin hergekommen, um zu helfen.» Mim blieb stehen, um das Flugzeug zu betrachten. «Alle Achtung», sagte sie leise.

«Wenn Sie mich nicht mehr brauchen, gehe ich jetzt.» Harry bewegte sich auf das offene Tor zu.

«Gehen Sie nur.» Sheriff Shaw nickte.

Cynthia rief ihr zu: «Wir sprechen uns später.»

Miss Tally legte ihre linke Hand auf Harrys Arm. Ihr schmaler Trauring glänzte. «Mary Minor, Sie glauben doch nicht die Geschichte, dass mein Bruder Ihren Urgroßpapa erschossen hat, weil Biddy drauf und dran war, seinen Destillierapparat zu entdecken, oder?»

«Nein.»

Sie nickte zufrieden. «Braves Mädchen.»

Harry scheuchte Mrs. Murphy, Pewter und Tucker in den Transporter. Sie hörte Mim sagen: «Tante Tally, warum würde irgendjemand sein Flugzeug in deiner Scheune abstellen?»

«Um mir auf meine alten Tage ein bisschen Aufregung zu gönnen.»

21

Am Abend spazierte Harry zu dem Bach, der ihr Grundstück von Blair Bainbridges Anwesen trennte. Ein leises Schlurpsen begleitete jeden Schritt. Pewter hob in regelmäßigen Abständen die Pfoten und schüttelte sie.

«Neulich Abend war es viel schlimmer», bemerkte Mrs. Murphy leichthin.

«Ich werde die halbe Nacht damit zubringen müssen, meine Füße zu säubern.»

«Halt sie unter den Wasserhahn», witzelte der Hund.

«Niemals.» Pewter schüttelte abermals ihre Pfoten.

Am Bach blieb Harry stehen. Die Sonne ging unter und bekrönte die Berge mit rosa, golddurchwirkten Wolken.

Tucker setzte sich.

«Hier setz ich mich nicht hin», jammerte Pewter.

«Du bist schlecht gelaunt. Wahrscheinlich hast du einen Bandwurm.»

«Hab ich nicht!» Die Katze schlug nach dem Hund, der lachte.

«Du hast gut reden.» Mrs. Murphy konnte die monatlichen Wurmtabletten nicht ausstehen, aber sie wirkten. Sie wusste, dass Tucker manchmal mogelte und ihre Tabletten ausspuckte. Dann fühlte sie sich nicht wohl, Harry entdeckte Anzeichen von Spulwürmern, und dann musste Tucker eine gehörige Dosis Medizin schlucken.

Harry nahm den Sonnenuntergang und das Quaken von Fröschen in sich auf. Sie betrachtete ihre Tiere; es war unheimlich: als hätten sie gewusst, wo das Flugzeug versteckt war.

Es ging Harry durch den Kopf, dass, wer immer Tommy Van Allens Flugzeug untergestellt hatte, sich nicht darüber freuen würde, dass sie es entdeckt hatte. Aber irgendjemand hätte es auf jeden Fall gefunden. Sie nahm nicht an, dass sie in der Schusslinie war.

Das konnte man von Sir H. Vane-Tempest nicht behaupten.

«Die Rechnung geht einfach nicht auf», dachte sie laut.

«Das ist nicht unser Problem.» Pewter war der Meinung, dass der Sonnenuntergang die Abendbrotzeit einläutete. Sie wandte das Gesicht dem fernen Haus zu und hoffte, dass Harry den Wink aufnahm.

Stattdessen kletterte Harry auf den mächtigen

Walnussbaum. Mrs. Murphy schloss sich ihr an, Pewter ebenso.

«Und was soll ich tun?», winselte der Hund am Fuß des Baums.

«Auf uns aufpassen, Tucker», sagte Mrs. Murphy.

«Könnte nötig sein», knurrte der Hund, *«und damit du's nicht vergisst, Egoistin aller Zeiten, ich hab den Rotluchs gejagt.»*

«Stimmt. Ich bin dir wirklich dankbar.»

«Wie oft klettern Menschen auf Bäume?» Pewter sah Harry dabei zu, wie sie, auf einem niedrigen breiten Ast sitzend, mit den Beinen baumelte.

«Nicht sehr oft. Wenn sie älter werden, tun sie's gar nicht mehr, glaube ich», antwortete Mrs. Murphy. *«Man sieht so viel von hier oben. Man sollte meinen, sie würden es immerzu tun wollen.»*

«Keine Krallen. Muss ihnen schwer fallen.» Pewter hielt ihre Krallen gefährlich scharf.

«Alles fällt ihnen schwer. Darum sind ihre Religionen voller Furcht. Ihr wisst schon, Höllenfeuer und Verdammnis und so.»

«Und hinausgestoßen werden in die Finsternis.» Tucker stimmte der Tigerkatze zu.

«Wenn sie im Dunkeln so gut sehen könnten wie wir, dann wären ihre Götter dunkle Götter.» Mrs. Murphy bedauerte die Menschen wegen ihrer weit gefächerten Skala von Ängsten.

«Wenn sie Fledermäuse wären, dann wären ihre Götter Töne.» Tucker litt nicht unter religiösen Angstvorstellungen. Sie wusste sehr wohl, dass ein Corgi über

das Universum herrschte, und sie ignorierte die blasphemischen Verweise der Katzen auf ein himmlisches Katzenwesen.

«Was glaubt ihr, wie lange Harry leben wird?» Pewter rieb sich an dem knorrigen Baumstamm.

Die Rinde der schönen Walnussbäume war für Katzen genau richtig, um ihre Krallen daran zu schärfen – und es tat auch wohl, sich daran zu reiben.

«Sie ist zäh. Sie wird über achtzig, würde ich sagen, vielleicht lebt sie so lange wie Tally Urquhart», antwortete Mrs. Murphy.

«Aber warum haben die Menschen dann eigentlich Angst? Sie leben viel länger als wir.»

«Nee, das scheint nur so.» Tucker kicherte.

Die Katzen lachten.

Mrs. Murphy betrachtete Harry, die vor sich hin summte und mit den Beinen baumelte, während sie sich an dem langsamen Wechsel der Farben von Rosa zu Lachs zu Blutrot, durchsetzt mit grauen Streifen, erfreute. Murphy liebte diesen Menschen aufrichtig und wünschte, Harry könnte mehr wie eine Katze sein. Das würde ihr Leben aufwerten.

Plötzlich merkte Harry, dass die Tiere sie beobachteten. Sie brach in Lachen aus. «Hey.»

«Selber Hey», gaben sie zurück.

«Ist das nicht schön?»

«Ja», tönte es im Chor.

«Es ist Zeit fürs Abendessen.»

«Pewter», wies Mrs. Murphy sie zurecht.

Pewter verstummte. Wenn sie sich beschwerte,

würde sie vermutlich noch länger auf diesem Walnussbaum sitzen müssen. Mit etwas Glück würde Harrys bukolische Verzückung bald abklingen.

«Hast du dir schon mal überlegt, wer sich um Mom kümmert, wenn wir tot sind?», fragte Tucker Mrs. Murphy nüchtern.

«Sie wird einen Welpen und ein Kätzchen ins Haus nehmen, wenn wir alt sind. Wir bilden sie dann aus.»

«Ich bilde keine Jungkatze aus», brauste Pewter auf.

«Weil du der nächsten Generation nichts beizubringen hast.»

«Du hältst dich wohl für oberschlau, was?» Pewter verpasste Murphy eine Ohrfeige.

Murphy schlug umgehend zurück; die beiden Katzen bewegten sich auf dem dicken Ast hin und her, was Harry lachend verfolgte, Pewter versetzte Murphy einen heftigen Schlag und die Tigerkatze rutschte aus. Sie hielt sich mit den Vorderpfoten am Ast fest, doch ihre Hinterbeine baumelten hinunter.

«Komm her.» Harry packte sie am Genick und zog sie hoch. Sie nahm die Tigerkatze auf den Schoß.

Pewter ging auf Murphy los.

«Wag es ja nicht, sonst fall ich runter.» Harry drohte Pewter mit dem Finger. Pewter schnappte nach dem Finger. Sie hatte die Krallen eingezogen, doch ihre geweiteten Pupillen signalisierten Angriffslust.

«Wer macht die Dosen auf, wenn Harry etwas zustößt?» Murphy spuckte Pewter ins Gesicht.

«Jetzt reicht's aber!» Harry tippte der Tigerkatze mit dem Zeigefinger auf den Kopf.

Es tat nicht weh, aber es war unangenehm.

Ein wohlklingendes Surren zog alle Aufmerksamkeit auf sich. Ein Paar Scheinwerfer, anderthalb Kilometer entfernt, schwenkte ins Blickfeld. Blair bog in seine Zufahrt ein. Er stieg aus, dann hielt er Little Mim die Tür auf.

«Kann sie das sehen?», fragte Pewter Murphy.

«Ist doch ganz deutlich. Sie kann so weit sehen. Interessieren tut sie's auch.»

«Wen würde der Porsche nicht interessieren», sagte Tucker.

«Ihr geht es mehr um Blair.»

«Oh.» Tucker betrachtete einen Zweig am Bach. *«Was war das für eine Geschichte mit Biddy Minor? Miss Tally hat gesagt, seine Neugierde hat ihn umgebracht?»*

«Darüber weiß ich nichts. Das war lange vor meiner Zeit. Zur Zeit unserer Urgroßmütter, nehme ich an.»

«Man sollte meinen, sie würden darüber sprechen.» Pewter kletterte rückwärts vom Baum. Wenn die anderen nicht nach Hause wollten, sie würde jetzt gehen. Vielleicht lagen ja noch ein paar Krümel Trockenfutter in der Schüssel auf der Anrichte.

«Vielleicht haben sie's getan und wir haben's nicht gehört. Aber ich glaube nicht, dass Harry darüber gesprochen hat.» Mrs. Murphy sprang von Harrys Schoß und kletterte ebenfalls rückwärts vom Walnussbaum. Sie redete und tastete derweil nach einem Halt; das Geräusch, das ihre Krallen beim Einhaken in die

Rinde machten, war sogar für den Menschen hörbar. *«Vielleicht hat sie eine flüchtige Bemerkung fallen lassen. Die Geschichte dürfte in den zwanziger Jahren passiert sein.»*

«So weit zurück?»

Murphy kam unten an und Tucker ging zu ihr. *«Also, wenn Biddy Harrys Urgroßvater war, ist anzunehmen, dass er um 1880 geboren wurde, auf keinen Fall nach 1900.»*

«Schauen wir in der Familienbibel nach», schlug Tucker vor, *«wenn Mom schläft.»*

«Okay.» Pewter hätte zu allem ja gesagt, bloß um nach Hause zu kommen.

Harry stieß sich vom Ast ab und ließ sich auf die Erde fallen; ihr Absprung war beinahe einer Katze würdig.

«Sehr hübsch», lobte Murphy sie.

Als sie zusammen nach Hause gingen, fragte Harry die Tiere: «Habt ihr alle von Tommy Van Allens Flugzeug gewusst?»

«Ja», erwiderten Mrs. Murphy und Tucker.

Pewter sagte nichts, denn sie hatte die Maschine zuvor nicht gesehen; Mrs. Murphy hatte ihr jedoch alles berichtet.

Harry lächelte die Tiere an. «Kluge Kinder.»

«Manchmal», erwiderte Tucker, die bescheidener war als die Katzen.

«Was mir an der Sache nicht gefällt, ist, dass es so nah an zu Hause ist.» Murphy betonte das Wort ‹Hause›. *«Tally Urquhart wohnt nur sechs Kilometer weit weg.»*

«Es hat nichts mit Mom zu tun, egal, wie weit oder wie nah es ist.» Pewter nannte Harry neuerdings Mom, obwohl sie bei Market Shiflett aufgewachsen war und gelegentlich in seinem Laden aushalf.

«Dies ist eine Kleinstadt. Alles hat mit allen zu tun, und wir haben Mom zu etwas hingeführt, das für jemand anderen ein vernichtender Beweis sein könnte. Das war dumm von uns.» Murphy sah ihren Fehler ein.

«Daran habe ich nicht gedacht.» Tucker drückte sich enger an Harry.

«Ich auch nicht. Ich wollte, es wäre mir eingefallen.»

«Kein Grund zur Sorge, bis sie eine Leiche finden», sagte Pewter.

«Wer auch immer mit dem Flugzeug gelandet ist, hatte Mumm in den Knochen. Der Nebel in jener Nacht war so dick wir Mrs. Hogendobbers Bratensoße. Derart mutige Leute machen Sachen, von denen andere nicht mal träumen, sie gehen große Wagnisse ein. Wer auch immer mit Tommy zusammen war, hat ihn vermutlich umgebracht, was bedeutet, dass ich den Mörder gesehen habe. Ich könnte euch jedoch nichts über ihn sagen, außer dass er kleiner war als Van Allen. Aber der, der Tommy umgebracht hat, kann nicht weit weg sein.»

«Das weiß man nicht.» Pewter spielte den Advocatus Diaboli.

«Ich weiß es.» Mrs. Murphy stürmte ein paar Schritte voraus. *«Welchen Nutzen hätte denn jemand, der weit weg ist, von der Beseitigung von Tommy Van Allen ...»*

«Und von H. Vane-Tempest», unterbrach Tucker.

«Er ist noch am Leben.» Pewter war nicht überzeugt.

Mrs. Murphy setzte ihren Gedankengang fort. *«Wenn Van Allen entfernte Verwandte hat, die vielleicht seine Baufirma erben, nun, dann könnte es jemand sein, der weit weg ist, aber ich bezweifle das.»*

«Alle werden es erfahren, wenn sein Testament eröffnet wird.» Pewter hob die Schultern.

«Da bislang niemand weiß, dass er tot ist, wird das Testament nicht eröffnet. Sein Besitz bleibt unangetastet», sagte Murphy, den Schwanz waagerecht ausgestreckt.

«Jemand muss den Laden schmeißen.» Tucker wurde allmählich unbehaglich zumute.

«Das wird der Vizepräsident seiner Firma tun. Aber denk mal nach, es spielt keine Rolle, wer den Laden schmeißt. Wo der Profit hingeht, darauf kommt es an. Und der geht nirgendwohin, solange Van Allen nicht rechtmäßig für tot erklärt wurde.»

«Mrs. Murphy, wenn der Mörder von Tommys Tod profitiert, dann muss die Leiche entdeckt werden.» Pewter war hungrig und frustriert. Das Ganze ergab für sie nicht den geringsten Sinn.

«Genau.»

«Ich kapier das nicht», sagte Tucker aufrichtig mit erhobener Stimme.

«Nur Geduld.» Mrs. Murphy lächelte sie an, als sie aufholten und neben ihr herliefen. *«Wer immer Tommy umgebracht hat, hat es nicht eilig. Ich weiß nicht, wann jemand laut Gesetz von Virginia rechtmäßig für tot*

erklärt wird, aber ich garantiere euch, dass unser Mörder es weiß. Jemand hat hierbei eine Menge zu gewinnen.»

«Es könnte eine zerbrochene Liebe sein.» Pewter suchte nach einem anderen Faden.

«Könnte.» Murphy atmete den scharfen Duft des Schuppens ein, der vor Holzspänen fast aus allen Nähten platzte.

Pewter war froh, wieder zu Hause zu sein.

Tucker wurde von Minute zu Minute besorgter. *«Ihr macht mich nervös.»*

«Vielleicht packen wir die Sache von der falschen Seite an.» Mrs. Murphy stürmte durch die Fliegentür, als Harry sie öffnete. Sie hatte durchaus nichts dagegen, dass Harry ihr die Tür aufhielt – schließlich brauchte der Mensch nicht alle ihre Tricks zu kennen. *«Vielleicht sollten wir uns fragen, was Tommy Van Allen und H. Vane gemeinsam haben?»*

«Nichts», sagte Pewter.

Tucker widersprach. *«Viel.»*

Die beiden Tiere sahen sich an, als Harry die Küchenanrichte abwischte und Futterbüchsen hervorholte.

«Sie haben nichts gemeinsam.» Pewter verteidigte ihre Position. *«Tommy ist jung und sieht gut aus. H. Vane muss über siebzig sein. Durch das Facelifting sieht er ein bisschen jünger aus.»*

«Er hat sich liften lassen?», fragte Tucker.

«Ich erkenne das immer. Die Augen. Die Gesichter verlieren an Ausdrucksfähigkeit – auch dann, wenn es gut gemacht ist», erklärte Pewter sachkundig. *«Aber die bei-*

den haben nichts gemeinsam. Tommy ist geschieden. H. Vane ist glücklich verheiratet, zumindest scheinbar. Tommy ist wild und stürmisch, H. Vane ist stocksteif.»

«Ich bin dran. Falls du fertig bist.»

Pewter harrte bei ihrem Futternapf aus, der die Aufschrift TREUE FREUNDIN trug. *«Ich glaube, ich bin fertig.»*

«Okay, sie sind beide gut betucht. H. Vane ist mehr als gut betucht. Er ist ein Krösus. Sie können machen, was sie wollen. Sie gehören denselben Clubs an. Sie besuchen dieselben Partys. Beide fliegen gern. Und Tommy wollte bei dem Reenactment mitmachen.»

«Wie alle Männer in Crozet. Das reicht nicht.» Pewter schnurrte, als Harry Thunfisch austeilte.

«Vielleicht hatte Tommy eine Affäre mit Sarah.» Tucker vergrub das Gesicht in ihrem Futter.

Sie vertagten die Diskussion bis nach dem Essen.

Harry pfiff vor sich hin, bis sie keine Lust mehr hatte und das Radio einschaltete. Sie hörte gern Klassik sowie Country & Western. Sie stellte den Klassiksender Lynchburg ein. Dann machte sie den Grill an, holte zwei Scheiben Brot und zwei dicke Scheiben Toastkäse heraus. Sie liebte Käse-Sandwiches, die sie mit Mayonnaise und sauren Gurken garnierte. Manchmal schüttete sie noch Ketchup drauf.

Tucker war wie immer als Erste fertig. *«Beeilt euch.»*

«Du genießt dein Essen nicht richtig.» Pewter genoss ihres natürlich.

«Mir schmeckt's. Ich weiß nicht, was du so lange an deinem herumkaust.»

«Tucker, was bist du doch für ein Hund!», erwiderte Pewter hochmütig.

Mrs. Murphy, eine langsame Esserin, legte eine Pause ein. *«Wenn Tommy mit Sarah geschlafen hat, dann lautet die Frage, hat H. Vane es gewusst? Auf jeden Fall war er freundlich zu Tommy.»*

Pewter gab ihren Senf dazu. *«H. Vane würde wohl kaum Tommy töten und sich dann selbst in den Rücken schießen. Das ist verdreht.»*

«Nein, ist es nicht. Wir haben bloß den Schlüssel noch nicht gefunden, das ist alles», sagte Murphy bestimmt.

«Und da wir nun Mom gewissermaßen in die Falle gelockt haben, sollten wir zusehen, dass wir die Lösung finden.» Tucker lebte schon lange mit Murphy zusammen. Sie wusste, was die Katze dachte.

Pewter, der Essensreste an den Schnurrhaaren klebten, hob mit einem Ruck den Kopf aus dem Napf. *«Sie würde ihre Nase da reinstecken, auch wenn wir sie nicht zu dem Flugzeug geführt hätten. Sogar Miss Tally hat gesagt, das liegt ihr im Blut.»*

«Da hast du Recht.» Mrs. Murphy amüsierte sich über Pewters lächerlichen Anblick. *«Erinnerst du dich, was sie über Biddy Minor gesagt hat?»*

«Die Neugierde hat ihn umgebracht», flüsterte Tucker.

«Ich dachte, Neugierde bringt die Katze um.» Pewter schluckte ein Bröckchen gut durchgekauten Thunfisch hinunter.

«Schnauze.» Murphy hasste diese Redensart. *«Ich persönlich halt's lieber mit ‹Katzen haben neun Leben›.»*

«Na ja, ich hab nur eins. Und ich beabsichtige, gut darauf aufzupassen.» Tucker ließ ihren Kiefer zuschnappen.

22

Die knospenden Bäume warfen scharfe Schatten auf den makellos gepflegten Rasen hinter der evangelischen Kirche. Reverend Herbert C. Jones, im priesterlichen Ornat, schwenkte seine Angelrute, als er auf dem moosbedeckten Ziegelweg vor dem mit beigefarbenen Schindeln verkleideten Amtszimmer stand, dessen Fensterläden charlestongrün gestrichen waren.

Er hatte seine Sonntagspredigt schon fertig, und da heute erst Dienstag war, fühlte er sich prächtig. Zugegeben, auf seinem Schreibtisch türmten sich vier Stapel säuberlich geordneter Papiere, aber der Mensch konnte schließlich nicht rund um die Uhr arbeiten. Selbst der Herr hatte am siebten Tag geruht. Und der milde, warme Nachmittag lockte ihn fort von der leidigen Schreibarbeit. Er hatte seine Angelrute genommen und war nach draußen gegangen.

Für gewöhnlich parkte er den von der Kirche gestellten weißen 1987er Chevrolet Transporter an der Ecke, damit die Leute wussten, dass Herb in der Kirche war. Da er regelmäßig Anrufe erhielt, dass dies und jenes für ein bedürftiges Pfarrkind abzuholen oder abzugeben sei, war es auch praktisch, den Wagen in Bereitschaft zu halten, mit dem Schlüssel im Zündschloss. Momentan allerdings hatte der Chevy links vorne einen Platten, was Herb unendlich ärgerte, weil er erst letztes Jahr rechts vorne einen Platten gehabt und beide Vorderreifen erneuert hatte. Nun stand der Chevy in der Garage hinter dem Amtszimmer, bis er dazu kam, den Reifen zu flicken. Hübsche Ziegelwege schlängelten sich von der Kirche zur Garage, dem ehemaligen Stall, und zu seinem schmucken Pfarrhaus, einem Bau im klassischen Stil, dessen Klinker in flämischer Verbundweise angeordnet waren.

Das Heck des Chevy ragte aus der Garage. Herbs Buick Roadmaster stand neben dem alten Transporter.

«Ich stell mich hierhin und werfe nach dem Rücklicht», sagte er zu sich.

Lucy Fur beobachtete ihren Menschen mit distanzierter Heiterkeit. Mrs. Murphy und Pewter waren vom Postamt zu Besuch gekommen. Das von Harry dort eingebaute Tiertürchen war ein Segen, weil die Tiere nicht am Eingang lauern und warten mussten, bis jemand die Tür öffnete. Allzu oft machte ein Mensch die Tür zu schnell zu oder trat auf ein Tier, weil es den Menschen an Gespür dafür mangelte, wie viel Platz sie einnahmen oder wie viel Platz andere

Geschöpfe brauchten. Dauernd stießen sie an Gegenstände, traten auf Schwänze oder stolperten über die eigenen Füße. Durch die Tierpforte in der Hintertür des alten Holzhauses konnten die Tiere nach Belieben kommen und gehen. Besonders die Katzen streiften gern durch die Nachbarschaft, um andere Katzen zu besuchen.

Lucy Fur, eine prächtige junge Maine-Coon-Katze, war in einer Sturmnacht in Herbs Leben getreten. Er hatte sie behalten, weil Eloquenz langsam in die Jahre kam und er meinte, eine jüngere Gefährtin würde ihr gut tun. Anfangs hatte Eloquenz gefaucht und gespuckt. Zwei Wochen lang. Dann hatte sie es mit kalter Verachtung versucht und dem Kätzchen, wann immer es vorbeiging, den Rücken zugekehrt. Nach einem Monat hatte sie Lucy Fur akzeptiert und unterwies sie in den Pflichten einer Priesterkatze. Die erste Pflicht jeder Katze lautet natürlich Mäuse fangen. Es galt jedoch außerdem Hostien zu zählen, Gewänder zu untersuchen, Predigten zu lesen, Pfarrkinder zu trösten und einer Reihe von Zeremonien beizuwohnen.

Beide Katzen waren vorzügliche Spendensammlerinnen; sie mischten sich unter die Menge und ermunterten die Menschen zu Großzügigkeit mit Scheckheft und Verpflegung.

Die drei Katzen saßen nebeneinander in der tiefen Fensternische des Hauses. Sonnenlicht tränkte ihr glänzendes Fell wie goldene Butter. Voller Spott beobachteten sie Herb.

Herb setzte den rechten Fuß zurück und hob den rechten Arm. Er tänzelte einen Moment, dann warf er die Angel nach einem Rücklicht aus. Er hatte schon mal besser gezielt.

«Verdammt», murmelte er vor sich hin, holte die Schnur ein, an deren Ende ein kleines Bleigewicht hing, etwas darüber seine handgefertigte Fliege, weiß und schwarz gesprenkelt.

«Ist das ein christliches Ritual oder so was?», fragte Pewter.

Lucy Fur kicherte. *«Nicht, wie er es macht.»*

Wieder knickte der gutmütige Reverend sein Handgelenk ab, brachte seine Füße in die richtige Position und warf sachte seine Schnur aus. Dieser Wurf war noch schlechter als der vorige.

«Teufelsdreck.» Er hob die Stimme.

«Ob beten helfen würde?», meinte Mrs. Murphy trocken.

«Meines Wissens gibt es kein spezielles Angelgebet.» Lucy Fur war gut informiert. Sie hatte die Bibel studiert.

«War da nicht irgendwas mit Jesus, der den Männern sagt, sie sollen ihre Netze auswerfen?», schwante es Mrs. Murphy.

«Lukas fünf, Vers eins bis elf. Das ist die Geschichte, wo die Männer die ganze Nacht gefischt haben, ohne was zu fangen, und dann sagte Jesus, sie sollten hingehen und ihre Netze auswerfen. Sie fingen so viele Fische, dass ihre Schiffe sanken. Und da hat Simon Petrus sich Jesus angeschlossen. Er war einer von den Fischern.»

Beeindruckt keuchte Mrs. Murphy: *«Du solltest dich mal mit Mrs. Hogendobber unterhalten. Die würde sich vor Begeisterung nicht mehr einkriegen!»*

«Oh», erwiderte Lucy Fur leichthin, *«sie würde nicht zuhören. Sie glaubt an dieses charismatische Zeug. Sie sollte sich der Strenge des lutherischen Katechismus unterwerfen. Ich glaube nicht, dass man einfach rumsitzt und wartet, bis einen der Geist erleuchtet.»*

«Sie sitzt selten», bemerkte Pewter, selbst eine scharfe Kritikerin der mystischen Moden. Doch Miranda praktizierte, was sie predigte.

«Ah-oh. Ich glaube nicht, dass Bibelzitate jetzt helfen.» Murphy sah nach oben.

Herb hatte in einen Baum geworfen.

«Christus auf Krücken!», brüllte er, dann blickte er über die Schulter, um zu sehen, ob jemand in Hörweite war.

«Katzen zur Rettung.» Murphy sprang von der Fensterbank, dicht gefolgt von Pewter und Lucy Fur.

Eloquenz, die alles von drinnen beobachtete, lachte so sehr, dass sie sich hinlegen musste.

Die Tigerkatze war schon auf halber Baumhöhe, bevor Lucy Fur den Stamm erreicht hatte. Pewter, nicht von der schnellen Truppe, schlenderte würdevoll zu dem rotgesichtigen Geistlichen.

«Wie soll ich jetzt meinen Haken aus dem Baum kriegen? Das ist meine beste Fliege.» Er warf seine Schirmmütze ins Gras.

«Danke schön.» Pewter setzte sich sogleich auf die Fischgrätmütze.

Herb trat einen Schritt nach rechts und zog an der Schnur. Er bekam den Haken nicht frei. Er ging nach links. Pewter sah zu.

«So hübsche Federn.» Murphy untersuchte die Fliege.

«Er sitzt stundenlang und bindet diese Dinger. Von Eloquenz und mir will er sich nicht helfen lassen. Er flippt aus, wenn wir eine von seinen kostbaren Federn auch nur anfassen. Mir persönlich ist es unbegreiflich, warum Fische nach einer Feder schnappen, wenn kein Vogel dran ist.»

«Das Leben ist zu kurz für den Versuch, kaltblütige Geschöpfe zu verstehen.» Mrs. Murphy fuhr eine weiße Kralle aus und keilte sie unter den Haken. *«Hör auf zu ziehen»*, wies sie Herb an.

Er hörte auf. «Das ist meine beste Fliege. Dass du sie ja nicht frisst!»

«Wo denkst du hin.» Murphy lachte.

«Komm, ich helf dir.» Lucy Fur drückte mit ihrem Gewicht auf die Schnur, damit sie, falls Herb daran ruckte, ein bisschen durchhing, sodass Murphy den Haken lösen konnte.

«Hab ihn.» Murphy warf ihn hoch.

Herb starrte zu den Katzen hinauf. Er blickte sich wieder um. «Seine Wunder hören nimmer auf.» Dann lachte er. Die Katzen stimmten ein.

Langsam rollte er seine Schnur ein, dann hob er seine Lieblingsfliege auf, um den Schaden zu begutachten. Nichts passiert.

Er sprach zu Pewter, die ganz verzückt aufmerkte. «Beste Fliege der Welt für Klippenbarsche.»

«Guten Appetit», erwiderte Pewter; sie liebte Süßwasserfische, vor allem gebraten, aber mehr als alles andere liebte sie Krabben.

«Du sitzt auf meiner Mütze.»

«Du hast sie auf die Erde geschmissen, du großes Baby.» Immerhin stand Pewter von der Mütze auf, die er sich prompt wieder auf den Kopf klatschte.

«Wieso trägt er die jetzt? Fischgrät ist was für den Herbst.» Mrs. Murphy achtete auf Mode.

«Er muss sich in Stimmung bringen. Du solltest ihn mal sehen, wenn er seine Predigten übt. Als er einmal Cowboy als Metapher benutzte, hat er Cowboystiefel angezogen und einen großen Hut aufgesetzt.»

«Er ist komisch.» Murphy sauste nach unten.

«Sind sie alle.» Lucy Fur kletterte rückwärts vom Baum.

«Achtung!», warnte Pewter. *«Er wirft wieder aus.»*

«Jesus, bewahre uns», entfuhr es Lucy Fur.

Er warf die Schnur aus. Sie segelte über die aufwärts gewandten Köpfe der Katzen hinweg und traf die Ladefläche des Transporters unmittelbar über dem Rücklicht.

Bong.

«Sehr gut, wenn das Eigenlob erlaubt ist.» Er grinste von einem Ohr zum anderen. «Amen.» Lächelnd folgte er seiner Schnur bis zum Wagen.

Die Katzen tollten hinzu. Das schimmernde Gewicht plumpste auf die Ladefläche.

Mrs. Murphy sprang hinauf, Pewter und Lucy Fur hinterdrein.

«Übung macht den Meister», flötete Herb und nahm Gewicht und Fliege von der Ladefläche, als seien sie vergoldet.

«Gut gemacht», beglückwünschte ihn Lucy Fur.

Er tätschelte ihren prächtigen Kopf.

Pewter stellte fest, dass die Tür auf der Beifahrerseite leicht offen stand. *«Ist die auch kaputt?»*

«Hey.» Mrs. Murphy linste in die Fahrerkabine.

Lucy Fur stellte sich auf die Hinterbeine und spähte hinein. Pewter stand neben ihr.

«Was?», sagte Pewter.

«Da, die Fliegerjacke.» Lucy Furs Schwanz schnippte nach links, dann nach rechts.

«Herb hat keine Fliegerjacke.» Murphy sprang von der Ladefläche. Sie versuchte, die Wagentür aufzustemmen, doch obwohl sie angelehnt war, war sie zu schwer für sie.

«Wer den Transporter benutzt hat, hat seine Jacke vergessen.» Pewter zuckte die Achseln.

«Mach die Tür auf!», brüllte Murphy, was ihre nicht unbeträchtlichen Lungen hergaben.

«Du könntest Tote auferwecken.» Herb lehnte seine Angelrute an den Wagen und ging zu der brüllenden Katze. «Oh.» Er bemerkte die Tür und zog sie weiter auf, um sie dann fest zu schließen. Unterdessen sprang die Katze auf den Sitz. «Also wirklich, Mrs. Murphy –» Er öffnete die Tür. «Was ist das denn?»

23

Ohne Leiche, ohne Motiv und ohne Zeugen war Rick Shaw in keiner beneidenswerten Situation, was das Verschwinden von Tommy Van Allen betraf. Dagegen hatte er dreißigtausend Zeugen für das Attentat auf H. Vane-Tempest – dreißigtausendunddrei, wenn er Mrs. Murphy, Pewter und Tee Tucker mitzählte.

Er sah in die grünen Augen von Mrs. Murphy, die seinen Blick prompt erwiderte. «Ganz schön stolz auf dich, was?», flüsterte er der Katze zu. Dann wandte er sich an Herb. «Sie taucht an den unmöglichsten Stellen auf. Alle beide.» Er streichelte Pewter.

Herb hielt Lucy Fur auf dem Arm, in erster Linie, um sich selbst zu trösten.

«Also, Herb, wer hat den Transporter zuletzt gefahren?»

«Ich.»

«Wann?»

«Vor einer Woche.» Betreten fuhr er fort: «Ich wollte den Reifen reparieren, aber immer kam was dazwischen.»

Cynthia Cooper fuhr vor und trat zu ihnen. Rick hielt die Fliegerjacke hoch. Er trug Handschuhe. «T. V. A.» Coop las laut das Monogramm, das auf die Innentasche gestickt war.

«Der Transporter hat also eine Woche in der Garage gestanden», wandte sich Rick wieder an Herb.

«Haben Sie mal reingeguckt? Vielleicht, um was aus dem Handschuhfach zu holen oder so? Irgendwas?»

«Nein.»

«Wie viele Leute ...» Rick brach ab. Alle wussten, wo die Garage war. Genau genommen wussten alle alles – beinahe.

«Haben Sie eine Ahnung, warum die Jacke in Ihrem Wagen liegt?»

«Sheriff, das ist die große Preisfrage.»

Lucy Fur hatte eine Idee. *«Vielleicht hat Tommy sie selbst reingelegt.»*

«Nein.» Mrs. Murphy konzentrierte sich eingehend auf die Jacke.

«Nachdem H. Vane mit dem Krankenwagen abtransportiert worden war, habe ich die Reichweite von Vorderladern untersucht. Knapp hundert Meter. Das heißt, jeder in den zwei Kompanien hätte auf ihn schießen können. Ich habe mit der Ärztin gesprochen, gleich als sie aus dem Operationssaal kam. Ich habe die üblichen Maßnahmen ergriffen. Drei Schusswunden können kein Unfall sein, aber das Opfer hat keine Klage eingereicht. Ist das nicht seltsam?»

«Ja.» Herb verschränkte die Arme.

«Und ich habe eine vermisste Person, die ich, sagen wir, unter unfreiwilliges Verschwinden verbuche. Wir finden das Flugzeug. Nichts, außer dass es mit Abdrücken von Katzenpfoten bedeckt ist.» Er warf einen Blick auf Mrs. Murphy, wenngleich er keine Ahnung hatte, dass es ihre Abdrücke waren.

«Ich habe mit Tommys Haushälterin sein Haus und sein Büro durchkämmt. Es fehlt nichts bis auf die Sachen, die er am Leibe trug – die Kleider, ein Siegelring und seine Fünfundvierzigtausend-Dollar-Schaffhausen-Uhr.»

Herb stieß einen Pfiff aus, als er den Preis hörte.

«Wir haben Pfandhäuser im ganzen Land alarmiert. Wir haben Fotos an alle Polizeidienststellen geschickt. Nicht eine Spur. Worauf ich hinauswill – das Ganze ist einfach verdammt eigenartig.» Rick schlug sich angewidert auf den Schenkel. «Ich werde die Jacke nach Fingerabdrücken, Fasern und jedem kleinsten Detail untersuchen lassen.» Er seufzte schwer. «Aber ich kann mir keinen Reim drauf machen.»

«Das kann keiner, Chef.» Coops Miene hellte sich auf. «Jedenfalls haben wir einen weiteren Hinweis.»

«Wenigstens das.» Er lächelte.

«Meinen Sie, der Mörder hat versucht, mich da hineinzuziehen?» Herb griff nach seiner Angelrute, als würde ihre Berührung alles wieder ins Lot bringen.

«Nein, das glaube ich nicht.» Rick lächelte. «Dabei bin ich von Natur aus misstrauisch. Es gibt so viele Möglichkeiten, um eine Jacke loszuwerden ... *Wer immer* die hier reingelegt hat, zeigt uns den Stinkefinger – Pardon, Reverend.»

«Van Allen hatte diese Jacke vermutlich an, als er verschwand», sagte Cynthia. «Herb, wenn Sie nichts dagegen haben, lassen Sie den Wagen noch einen Tag hier stehen. Wir müssen ihn nach Fingerabdrücken untersuchen.»

«Wir haben einen tragbaren Kompressor. Ich pumpe Ihren Reifen auf. Sobald wir morgen fertig sind, können Sie ihn in die Werkstatt bringen.»

«Danke, das wäre mir eine große Hilfe.»

Lucy Fur rieb sich an seinem Bein. *«Keine Bange, Poppy. Es wird alles gut.»*

«Tommy Van Allen hatte einen Trenchcoat mit hochgestelltem Kragen an, als ich ihn auf Tally Urquharts Gelände gesehen habe.»

«Du hast ihn gesehen?» Lucy Fur hielt mitten im Reiben inne.

«Ich konnte sein Gesicht nicht erkennen, aber wie viele Zweimetermänner laufen hier rum? Ich war weit weg, es war neblig und es hat heftig geregnet. Aber die Fliegerjacke hatte er nicht an.»

«Vielleicht hat er sie im Auto gelassen und sich den Trenchcoat geschnappt, weil's geregnet hat?», meinte Pewter.

«Es spielt keine Rolle, ob er sie anhatte, ob er sie in einem Auto ließ oder ob die Jacke im Auto oder im Haus von jemand anders war. Das ist im Moment unerheblich.» Murphy sprach mit schneidender Stimme.

Pewter war anderer Meinung. *«Ich meine, es spielt sehr wohl eine Rolle. Der Mörder oder sein Komplize wollte ein Beweisstück loswerden. Vielleicht hat er vergessen, dass die Jacke in seinem Auto oder Kofferraum war oder so?»*

«Ausgeschlossen.» Die Tigerkatze stand auf. *«Er legt eine falsche Fährte.»*

«Führt uns absichtlich in die Irre?» Lucy Fur setzte sich auf Herbs derben Wanderschuh.

«Darauf kannst du Gift nehmen – und er lacht sich obendrein ins Fäustchen.» Mrs. Murphy spürte, dass der Charakter der Ereignisse sich verändert hatte, wie bei einem Lichtwechsel im Theater. Die Stimmung ändert sich mit der Beleuchtung. Auf einen Schlag kann sie tückisch werden.

24

Henry Vane-Tempest war mit Schläuchen gespickt. Bei Bewusstsein, aber mit Schmerzen, lag H. im Krankenbett und zählte die Minuten, bis die nächste Spritze Linderung bringen würde. Am meisten schmerzte sein wieder eingerenktes Schulterblatt.

«Schatz, trink einen Schluck Wasser. Du trocknest sonst noch aus.» Sarah hielt ihm einen Plastikbecher Wasser mit einem gebogenen Plastiktrinkhalm hin.

Er trank. «Wo ist die verdammte Schwester?»

«Sie wird jeden Moment hier sein.» Sarah sah auf ihre Uhr.

Die korpulente Schwester erschien pünktlich auf die Minute. «Wie geht's Ihnen denn?»

«Ging mir schon besser.»

Sie warf einen Blick auf seine Anzeigentafel und fühlte seinen Puls.

«Es geht ihm gar nicht gut. Können Sie seine Dosis nicht erhöhen?»

«Nein. Das kann nur der Arzt.» Sanft ließ die Schwester sein Handgelenk wieder los. «Dies wird Ihnen fürs Erste helfen. Ich weiß, es lässt schneller nach, als Ihnen lieb ist, aber Dr. Svarski setzt alles daran, die Leute so schnell wie möglich auf die Beine und hier rauszukriegen. Wenn Sie von Schmerzmitteln abhängig werden, ist das viel schwieriger.»

H. Vane funkelte sie böse an, als sie ihm die Nadel in den linken Arm stach.

«Wie steht's mit seinem Schlaf? Wenn Sie ihm abends eine höhere Dosis geben, kann er wenigstens durchschlafen. Jetzt wacht er ständig auf.»

«Mrs. Tempest –»

«Lady Vane-Tempest.» Sarah war gereizt.

«Ma'am, das müssen Sie mit Dr. Svarski besprechen. Ich kann die Dosis Ihres Mannes nicht erhöhen.» Und damit verließ sie das Zimmer.

«Ich hasse Krankenschwestern.» Sarah schloss die Tür und setzte sich dann zu ihm. «Soll ich dir vorlesen?»

Er lächelte sie an. «Lieb von dir, aber ich kann mich auf nichts konzentrieren. Meine Gedanken schweifen ab. Ich konnte nicht mal Shaws Fragen beantworten.»

«Dafür hat er Verständnis.» Sie senkte die Stimme. «Henry, wir sind unter uns. Nichts dringt nach außen. Ich verstehe ja, dass du keine Anschuldigungen vorbringen willst, die du nicht belegen kannst. Dazu bist du zu fair. Aber unter uns, wer wollte dich erschießen? Gibt es da etwas, das ich nicht weiß?»

Er sah seiner Frau in die forschenden Augen. «Sarah, der Einzige, der mir einfällt, ist Archie.»

«Ja, natürlich.» Sie legte ihre Hand auf seine.

«In letzter Zeit hätte ich ihn auch erschießen mögen.» Er lachte, doch das tat so weh, dass er es bleiben ließ. Sie schüttelte den Kopf. «Er ist wohl durchgedreht. Der Sheriff kann ihn nicht festnehmen, bevor sie nicht mehr Beweise haben … Wie fühlst du dich, Schatz, du siehst fix und fertig aus.»

«Müde.»

«Schlaf. Du brauchst viel Schlaf.»

«Ja, aber das ist so langweilig.» Er drückte ihre Hand und schlief prompt ein.

25

Der *Daily Progress* brachte die Nachricht von der Fliegerjacke. Sie löste einen Sturm von Mutmaßungen und eine Flut von Hinweisen aus – alles Sackgassen.

Harry war entschlossen, an diesem Samstag ihre Barbourjacke zu wachsen. Wenn sie es jetzt nicht tat, würde sie es in zwei Tagen bereuen, wenn laut Vorhersage noch mehr Regen fiel.

Während sie das Wachs anwärmte, bürstete sie die Jacke, begutachtete die Nähte, leerte die Taschen aus. Eine alte Kinokarte fiel heraus.

«Ich weiß gar nicht mehr, wann ich zuletzt im Kino war.»

«Du musst öfter mal raus», empfahl Tucker.

Mrs. Murphy putzte gerade ihren Schwanz. Sie lauschte dem Blauhäher, der vor dem Stalltor kreischte. Vögel regten ihre Sinne an. Blauhäher waren frech, furchtlos und fulminante Sturzflieger.

«Halt den Schnabel», rief Pewter nach draußen.

«Halt selber den Schnabel, Fettsack!»

«Ich hätte nicht übel Lust, rauszugehen und ihm eine Lektion zu erteilen», grummelte Pewter.

Murphy bewunderte ihren Schwanz. Dank dieses Fortsatzes hatte sie eine bessere Balance als Harry, doch die Pflege war aufwändig. Wenn sie vergaß, ihn hochzunehmen, sammelte er Schmutz oder Staub an. Wenn sie von strömendem Regen überrascht wurde, sah er aus wie ein ellenlanger Rattenschwanz, was ihre maßlose Eitelkeit kränkte. Wenn sie eine Lilie streifte, beschmierte sie ihn mit klebrigen rostfarbenen Pollen. Im Herbst nahm sie «Anhalter» mit. Diese aus dem Schwanz zu beißen war ein zeitraubendes Unterfangen. Trotzdem würde sie nicht auf ihn verzichten wollen.

Sie fand, Harry wäre mit einem Schwanz gut beraten. Tucker könnte allemal einen gebrauchen.

Aufgeregtes Kreischen, Keifen und Pfeifen lenkte sie von ihrer Toilette ab. Sie ließ den Schwanz fallen, den sie in die Pfote genommen hatte.

«Die Häherfamilie treibt es zu bunt.» Pewter schüttelte sich und schlenderte zum Stalltor.

«Tod den Katzen!» Der Häher stürzte zu Pewter hinab, flog durch den Stall und sauste am anderen Ende wieder hinaus.

«Dir dreh ich den Hals um!», brüllte die gedemütigte Katze.

«Ich helf dir.» Mrs. Murphy trabte zu Pewter.

Tucker gesellte sich zu ihnen.

Wieder umsegelte der Häher den Heuboden, stürzte dann in einem Winkel von fünfundvierzig Grad herab. Murphy sprang in die Höhe, die Schwanzfedern schwirrten an ihrem Ohr vorbei. Sie schlug beide Pfoten zusammen, verfehlte jedoch ihr Ziel.

«Ha!», rief der Häher.

«Locken wir ihn auf den Heuboden. Wir schränken seinen Luftraum ein», riet Pewter weise.

Mrs. Murphy blinzelte. *«Vergiss ihn, ich habe eine Idee. Mir nach.»*

Die beiden Tiere folgten Murphy, als sie übers Feld trabte.

«Wohin gehen wir?», fragte Pewter.

«Tally Urquhart.»

«Warum?» Der Tag war so schön, dass sogar Pewter fand, ein bisschen Bewegung könnte nicht schaden.

«Der Blauhäher hat mich drauf gebracht.»

«Worauf?» Tuckers sanfte braune Augen suchten die Felder ab.

«Ich hätte schon früher drauf kommen sollen. Wir müssen die Scheune langsam einkreisen. Ein Mensch sieht ja nicht mal die Nase in seinem Gesicht.»

Die Tiere langten eine halbe Stunde später bei der verlassenen Scheune an. Bei diesem schönen Wetter hatten sie es in Rekordzeit geschafft.

«Der Sheriff hat die Scheune und die Nebengebäude durchsucht. Ich schlage vor, dass wir uns in jeweils fünfzig Meter Abstand je einen Kreis vornehmen. Pewter, du nimmst den engsten Kreis. Ich nehme den zweiten, Tucker den äußeren Kreis. Wenn eine was findet, ruft sie. Wenn wir nichts finden, grasen wir drei weitere Kreise ab.»

«Die zwei Menschen, die du gesehen hast, wo sind die hingegangen?» Tucker hob ihren Kopf in den Wind.

«Den Feldweg lang.»

«Wenn Tommy hier draußen ermordet wurde, könnte er überall begraben sein», sagte Pewter.

«Ja, aber der andere Mensch war klein. Er hätte die schwere Leiche nicht weit schleppen können.»

«An die Arbeit.» Tucker trabte hundertfünfzig Meter von der Scheune weg und rief: *«Wir treffen uns nachher auf der Straße, aber denkt dran, ich hab den weitesten Kreis, also brauch ich länger bis dorthin.»*

«Okay.» Die beiden Katzen schwärmten aus.

Murphy arbeitete in aller Ruhe. Sie fand glatt geschliffene Glasscherben von uralten Flaschen für Heiltränke, Wurmmittel, sogar Schnaps. Hie und da stieß sie auf ein verrostetes Hufeisen oder einen Kaninchenbau. Sie unterdrückte ihren Jagdinstinkt.

Eine Stunde lang arbeiteten sie schweigend. Murphy kam vom zweiten Kreis zehn Minuten nach Pewter zum Treffpunkt.

«Was hast du gefunden?»

Pewter zuckte die Achseln. *«Rattenlöcher und Schnabelschuhe.»*

«Ach was!»

«Na ja, jedenfalls ein Stück Oberleder, glaub ich. Die Menschen zwängen ihre Leiber aber auch in enge Kleider und Schuhe.»

«Hu-huuu.»

Als sie den Ruf zu ihrer Rechten vernahmen, stürmten sie los. Tucker saß am Rand eines Haufens mit altem Gerümpel. Traktorteile ragten aus dem Brombeergestrüpp, das scheinbar über Nacht wucherte.

«Was hast du gefunden?» Pewter fand den Maschinenfriedhof unheimlich.

«Nichts, aber wär dies nicht eine ideale Stelle, um eine Leiche loszuwerden?», sagte Tucker.

«Schon, aber die hätten wir gerochen, als wir Harry zu der Scheune führten.» Mrs. Murphy staunte, wie schnell Brombeeren im Frühling wuchsen. Schon wanden sie sich durch ein altes ausrangiertes Getreidesilo.

«Tja.» Die enttäuschte Tucker schob sich durch die Dornen in den Haufen, geschützt von ihrem dicken Fell. *«Ich schnüffel mal ein bisschen rum.»*

«Nicht jagen, Tucker. Wir haben uns auch gebremst.»

«Pewter, das würde mir nicht im Traum einfallen.»

Die Katzen blieben in der Nähe, nur für alle Fälle. Die kräftige Hündin mit der niedrigen Statur schob sich geradewegs in den Gerümpelhaufen. Sie wollte ein bisschen im Abfall schnüffeln, eine köstliche Aussicht.

Das Gelände, am Fuße der Berge gelegen, hatte sich im Laufe der Jahre durch kleinere Erdbeben leicht verschoben. Ein verrosteter Transporter, ein alter Chevy aus den 1930er Jahren, war von den Erdstößen auf die Seite geworfen worden. Schlingpflanzen und Rost nahmen ihn langsam auseinander.

Ein schwacher, aber betörender Geruch wehte Tucker in die Nase. Sie schnupperte rund um den Transporter, dann fing sie an, darunter zu graben.

Als sie in der weichen Erde wühlte, kam die Ecke eines stabilen kleinen Koffers zum Vorschein. Er könnte einmal auf dem Sitz des Transporters gestanden haben, war aber vermutlich herausgerutscht, als die Scheibe zerbrach. Im Laufe der Jahrzehnte hatte sich der Transporter darüber geschoben, und er war mit welken Blättern und Schlingpflanzen bedeckt worden, die sich zu Humusschichten entwickelt hatten.

«Hab 'nen alten Koffer gefunden.»

«Und?» Pewter stieß einen Katzenpfiff aus.

«Schweres Leder mit Stahlkanten. Hat einen verlockenden Duft – schwach, sehr schwach.»

«Was brabbelt sie da?», grummelte Murphy.

«Sehen wir nach.»

Tucker zerrte kräftig an dem Koffer, einmal, zweimal. Das Schnappschloss gab ein kleines bisschen nach. Sie zog ein weiteres Mal.

«Gibt's Arbeit?» Murphy umrundete das wüste Brombeergestrüpp und kroch dicht am Boden, um den anderen Dornen auszuweichen. Sie spazierte über einen alten Massey-Ferguson-Traktor, dann ließ sie sich neben den Chevy fallen.

«Ich geh da nicht rein!», rief Pewter.

«Du bist gar nicht gefragt.» Dann rief Tucker: *«Donnerwetter!»*

Die Katze trat näher, als der Hund muffigen alten Todesgeruch schnupperte.

Die beiden Freundinnen blinzelten.

«Es ist ein winzig kleines Skelett.» Ein Fetzchen Spitze hing noch am Schädel. *«Ein winzig kleines Menschenskelett!»* Mrs. Murphy verschlug es den Atem.

«Was machen wir jetzt?» Tuckers Stimme war kaum mehr als ein Flüstern.

«Kommt ihr da jetzt raus?» Pewter ging auf und ab, dermaßen verärgert, dass sie den Schwanz aufrichtete.

«Wir haben ein Skelett gefunden», rief Murphy.

«Das sagt ihr bloß, damit ich reinkomme.»

«NEIN, tun wir nicht», antworteten sie einstimmig.

Pewter ging auf und ab, setzte sich hin, fluchte, kroch dann schließlich hinein. *«Ihr lügt. Ich weiß, dass ihr lügt.»*

«Sieh doch.» Mrs. Murphy beugte sich nach hinten.

«Lügnerin.» Pewter sah trotzdem nach. *«O nein.»* Sie setzte sich.

«Kein Mensch begräbt sein Baby in einem Koffer.» Tucker war entrüstet.

«Du hast es erfasst.» Murphy leckte den Hund am Ohr.

«Denkt ihr, was ich denke?», fragte Pewter.

«Das kleine Ding wurde ermordet.» Mrs. Murphy seufzte. *«Tucker, meinst du, wir kriegen den Koffer aus dem Gerümpel raus?»*

«Nein.»

«Die Ratten werden drangehen oder Waschbären.» Pewter war ganz betrübt. *«Kannst du ihn wieder zudecken?»*

«Ja. War nicht sehr tief. Wenn ihr beide helft, geht es ganz schnell.»

Tucker schob den Koffer zurück, drehte sich um und warf mit den Hinterbeinen Erde auf ihren Fund.

Auch die Katzen schaufelten Erde.

Als der Koffer wieder bedeckt war, machten sie eine Verschnaufpause, dann krochen sie hinaus.

«Gehen wir nach Hause», bat Pewter kleinlaut. *«Tommy Van Allen werden wir nicht finden.»*

26

Am Ostrand von Crozet, auf der Route 240, beherrschte die große Lebensmittelfabrik, die mehrere Unternehmen als Besitzer überlebt hatte, die

Silhouette. Auf der Südseite der weißen Gebäude verliefen die Eisenbahnschienen, was ehemals sehr gelegen kam, wenn Wagenladungen voll Getreide aufs Abstellgleis rangiert werden mussten. Heutzutage fuhren riesige Lastzüge auf den Parkplatz, eine überdimensionale Asphaltfläche. Jedes Mal, wenn ein Fahrer den Gang wechselte, schoss eine dichte Dieselwolke in die Höhe, das Rauchsignal des Verbrennungsmotors.

Die mächtigen Kühlwagen transportierten die Tiefkühlware in entsprechende Lagerhäuser, von wo aus die Produkte direkt in die Tiefkühlabteilungen der Supermärkte geschafft wurden.

Das Beladen der Giganten auf dem Umschlagplatz bedeutete für die Männer ein Wechselbad aus höhlenartigen Gefrierkammern, sengender Hitze draußen und langen, kalten Lastzügen. Das war nicht gerade der begehrenswerteste Job in den Vereinigten Staaten, und viele Highschool-Abgänger aus Crozet, die an der Rampe arbeiteten, bereuten den Tag, an dem sie beschlossen hatten, es nicht auf dem College zu versuchen.

Viele Bewohner von Crozet arbeiteten in der Lebensmittelfabrik und ebenso viele nicht. Eigentlich war es merkwürdig, wie gering der gesellschaftliche Einfluss des großen Konzerns auf die Stadt war, wenn man davon absah, dass er morgens und nach Feierabend Verkehrsstaus verursachte.

Für einen Manager auf dem Weg nach oben war Crozet ein gutes Sprungbrett. Die meisten belächelten die kleine Stadt, nannten sie Posemuckel oder etwas ähnlich Herabsetzendes. Menschen, die nicht aus den Südstaaten stammten, rüttelte das Leben in Virginia zunächst durch wie unerwartete Turbulenzen in zwanzigtausend Fuß Höhe. Charlottesville, das etliche kulturelle Glanzlichter zu bieten hatte, wurde verachtet, weil es nicht Chicago war. An dieser Tatsache gedachten die Bewohner von Charlottesville durchaus nichts zu ändern.

Wilson C. McGaughey, 32, ehrgeizig, diszipliniert und rundum versorgt mit Zeitplanungskonzepten, brachte seine Untergebenen täglich in Rage. Schlimm genug, dass er sich über ihren Akzent lustig machte, sie langsam und unfähig schimpfte; jetzt hatte er zur Erbauung der Arbeiter auch noch Ablaufdiagramme eingeführt. Neben dem Ablaufdiagramm und der wöchentlichen Produktivitätsquote führte McGaughey noch die so genannte Hitliste – intern umgetauft in Streberliste – für überragende Leistungen. Jede Woche wurden zwei Arbeiter auserwählt. Daneben gab es die Schittliste für besonders miserable Leistungen. Stand einer dreimal in einem Jahr auf der Schittliste, wurde er von Wilson gefeuert. So einfach war das.

Die riesigen Kühlabteilungen gehörten in Wilson McGaugheys Zuständigkeitsbereich. Die Gefrierkammern beherbergten die rohen Nahrungsmittel, die zu Truthahn-, Roastbeef- oder Pastagerichten verarbeitet würden. Gelegentlich fand sich eine Flasche schwarzgebrannter oder gekaufter Schnaps in einem versteckten Winkel, weit außerhalb von Wilsons Blickfeld.

Dabney Shiflett, ein Vetter von Market, hatte weniger ein Alkoholproblem als vielmehr einen ganz spezifischen Durst. Er war ein guter Arbeiter und ging Wilson geschickt aus dem Weg. Das Lutschen von Fisherman's-Friend-Pastillen war dabei sehr nützlich.

Dabney schlich sich von der Laderampe fort; seinem Kollegen sagte er, er ginge aufs Klo. Stattdessen steuerte er geradewegs auf die hintere Fleischkammer zu. Als er hineinging und das Licht anknipste, wurden die von oben herabhängenden Rinderhälften sichtbar. In der hinteren Ecke, ein wenig abseits, war ein Deckenbalken, der ideale Platz, um einen Flachmann mit Schwarzgebranntem zu verstauen. Dabney brauchte nur ein Schlückchen, um eine wundersame Wärme zu spüren, von einem Wohlgefühl durchströmt zu werden. Er eilte nach hinten, schraubte den Deckel ab und kippte sich einen ordentlichen Schluck hinter die Binde. Mitten im Zug öffnete er die Augen. Sein Mund klappte auf, Kornbranntwein spritzte auf sein Hemd. Er ließ den Flachmann fallen und rannte schnurstracks zur Tür.

27

Sie werden doch die Firma nicht erwähnen? Wir haben nichts damit zu tun.» Wilson McGaughey redete auf Rick Shaw ein. «Uns kann niemand einen Vorwurf machen.»

«Tatsachen sind Tatsachen, Mr. McGaughey. Die Leiche wurde in einer Kühlkammer von Good Foods gefunden.»

Wilson, dessen Abscheu in Wut umschlug, ließ sie an Dabney aus. «Haben Sie was damit zu tun? Schlimm genug, dass Sie während der Arbeitszeit gesoffen haben ...»

Rick unterbrach ihn und winkte Dabney, ihm zu folgen. «Wenn Sie nichts dagegen haben, Mr. McGaughey, möchte ich Mr. Shiflett unter vier Augen befragen.»

Wilson hatte etwas dagegen, hielt aber den Mund.

Rick führte Dabney aus der Ecke hinaus, in der die Leiche von Tommy Van Allen an Handschellen von einem Fleischhaken hing. Man hatte ihn einmal in die Schläfe geschossen, saubere Arbeit, kaum Sudelei. Seine Schaffhausen-Uhr war noch am Handgelenk, sein Siegelring am Finger, und in seiner Hosentasche steckten seine Schlüssel und 523 Dollar in bar.

Die glasigen Augen blickten starr; der Mund klaffte offen. Doch er war vorzüglich konserviert, steif gefroren, wie er war.

«So, Dabney, hören Sie nicht auf diesen Mistkerl von Yankee.»

«Der wird mich feuern.»

«Soll er's nur versuchen. Man kann nicht gefeuert werden, weil man eine Leiche gefunden hat.»

Bei dem Wort *Leiche* wurde Dabney bleich und fing an zu zittern. «Mir wird schlecht, Sheriff.»

«Es ist ein schwerer Schock.»

«Ich hab ihn nicht umgebracht.»

«Hab ich auch nicht angenommen.» Er klopfte Dabney auf den Rücken. «Wie oft wird die Fleischkammer überprüft?»

«Jeden Tag.» Er senkte die Stimme. «Theoretisch. Vielleicht steckt jemand einmal täglich den Kopf rein. Aber wissen Sie, vermutlich ist niemand bis hier hinten gekommen, seit Tommy vermisst wird.»

«Außer, jemand von hier hat was damit zu tun.»

«Daran hab ich nicht gedacht.» Dabney fühlte sich besser, solange er die Leiche nicht ansah.

«Kennen Sie irgendjemanden, der was gegen ihn hatte, der …»

«Nein. Er hatte nichts mit der Firma zu tun, Sheriff, außer dass er den neuen Büroflügel gebaut hat, und das war vor elf Jahren.»

«Ich weiß, Sie sind hierher gekommen, um sich einen Schluck zu genehmigen, Dabney. Warum waren Sie nicht schon früher hier drin?»

Dabney wich Ricks Blick aus. «Hatte meinen Vorrat aufgebraucht. Das hier war meine letzte Flasche, bis ich die anderen wieder aufgefüllt und wieder von vorn angefangen hätte.» Er hob den Kopf und lächelte matt.

«Und Wilson hat nichts gemerkt?»

Dabney schüttelte den Kopf. «Nein.»

«Wie lange ist es her, dass Sie die Flasche hier versteckt haben?»

«Äh ... drei Wochen, schätz ich. Weiß nicht.»

Rick runzelte die Stirn. «Sie können gehen, Dabney. Es tut mir Leid, dass Sie das durchmachen müssen. Vielleicht brauche ich Sie später nochmal.»

Wilson McGaughey kam angeschlichen. «Sie haben Einfluss auf die Presse ...»

«McGaughey, Sie leben noch nicht lange genug hier, um irgendetwas für das Stück Menschenfleisch dahinten zu empfinden, aber ich sage Ihnen, im Großen und Ganzen war er ein guter Mensch, kein vollkommener Mensch, nicht immer ausgeglichen, aber ein anständiger Mensch.» Er hielt inne, um Luft zu holen. «Ich kann das nicht aus den Nachrichten raushalten. Wenn Sie die Justiz in irgendeiner Weise behindern, krieg ich Sie am Arsch. Ist das klar?»

«Ja.»

«Jetzt haben Sie sich angehört wie ein New Yorker.» Cynthia hatte hinter ihrem Chef gestanden.

Er drehte sich um. «Ist das ein Kompliment oder eine Beleidigung?»

«Kommt drauf an.»

«Mr. McGaughey, haben Sie das Opfer gekannt?»

«Flüchtig.» Er war kurz angebunden.

«Haben Sie ihn gemocht?» Ricks Nase wurde mit jeder Sekunde kälter.

«Das bisschen, was ich von ihm kannte, ja. War ein netter Bursche.»

«Gut, Sie können gehen.» Rick hielt inne. «Eins noch. Sie werden Dabney Shiflett nicht rauswerfen.»

«Der Mann hat ein Problem.» Wilson war wütend, weil dieser Hinterwäldler ihm Vorschriften machte.

«Er macht seine Arbeit.»

«Saufen während der Arbeitszeit verstößt gegen die Betriebsordnung.»

«Dann schicken Sie den Mann in eine Therapie. Werfen Sie ihn nicht raus. Er hat drei Mäuler zu stopfen und er ist ein tüchtiger Arbeiter. Ich kenne ihn schon mein ganzes Leben. Wenn Sie in Crozet zurechtkommen wollen, arbeiten Sie *mit* den Leuten. Verstehen Sie, was ich meine?»

Wilson verstand, dass der Sheriff wütend auf ihn war. Aber er verstand nicht ganz, was von ihm verlangt wurde.

Cynthia griff ein. «Der Sheriff will sagen, dass Ihre Produktivität sinkt und Sie womöglich Ihrer Karriere schaden, wenn Sie nicht lernen, dass es die Moral steigert, wenn Sie ein bisschen Anteilnahme an Ihren Arbeitern zeigen. Falls Dabney seine Arbeit vernachlässigt hat, okay, dann seien Sie streng. Aber helfen Sie ihm. Vielleicht werden Sie eines Tages selbst Hilfe brauchen.»

«Ich werd drüber nachdenken.» Er ging von dannen, beinahe so steif wie Tommy Van Allen.

«Herrgott, was für ein Hohlkopf. Und der ist bestimmt gelernter Betriebswirt.»

«Chef, das hier war in der Tasche von Van Allens Trenchcoat.» Cynthia hielt ein leeres Kondompäckchen in der behandschuhten Hand.

«Irgendeine Spur vom Kondom?»

«Nein.»

«Coop, was glauben Sie, wie er an den Fleischhaken gekommen ist?»

Sie zuckte die Achseln. «Er könnte auf dieselbe Weise hochgehievt worden sein wie das Rindfleisch. Kommen Sie, ich zeig's Ihnen.»

Sie gingen hinaus, und Cynthia deutete auf eine nahezu würfelförmige Maschine, die dazu diente, mit schweren Kartons beladene Paletten zu bewegen; abgewandelt konnte die Maschine auch Rinderseiten hochheben.

«Schon möglich.» Er ging zu der Maschine. «Wie viel kostet so ein Gerät?»

«Ungefähr sechzehntausend Dollar im Einzelhandel.»

«Woher wissen Sie das?»

«Hab Wilson gefragt.»

«Ah, ja, der muss es wissen.» Er hörte, wie die Bahre auf den äußeren Laufgang gerollt wurde. «Der Gerichtsmediziner versteht sein Handwerk. Die Leiche mag zwar blau gefroren sein, trotzdem kann er die Todeszeit bestimmen. Was er nicht wird sagen können, ist, wurde Tommy hier ermordet oder hierher geschafft? Und warum hierher? Warum nicht einfach auf den Müll wie verdorbenes Fleisch?» Seine Stimme war rau. «So etwas habe ich in meiner ganzen Zeit im Polizeidienst noch nicht gesehen.»

«Ich auch nicht.»

Er warf ihr einen strengen Blick zu. «Sie, Sie sind ja noch feucht hinter den Ohren.»

«Ich habe genug Morde gesehen, um zu wissen, dass die meisten in blindem Affekt begangen werden. Der hier nicht.»

«Auch die Fliegerjacke in Herbs Wagen war ein raffinierter Trick. Ein kleiner Wink, um uns zu zeigen, dass wir diesen Fall nicht im Griff haben.»

Die Bahre wurde an ihnen vorbeigerollt; Tommy steckte in zwei Leichensäcken, weil seine steif gefrorenen Arme hochstanden. Die Sanitäterin Diana Robb hätte ihm sonst die Arme brechen müssen, und das hätte die Beweisfindung gefährdet.

Sie blieb stehen, als ihre Mitarbeiter die Leiche zum Ambulanzwagen schoben. «Der Mann wiegt eine Tonne. Als würde man einen Felsbrocken bewegen.»

«Besser, als die Maden abzuschütteln, die Ihnen am Bein hochkrabbeln. Die Biester beißen.» Rick hasste den Gestank.

«Da ist was dran. Hätte nie gedacht, dass Tommy mal so enden würde. Von einem eifersüchtigen Ehemann erschossen, das hätte ich mir vorstellen können, aber so was, nein.»

«Ekelhaft, nicht?», sagte Coop.

«Ja.» Diana zog eine Grimasse, dann ging sie wieder zu ihrer Mannschaft.

Rick schloss halb die Augen, um seinen Frust zu verbergen.

28

Mrs. Murphy sah eine beringte Hand in das Postfach greifen. Sie schlug spielerisch nach ihr.

Big Mim zog ihre Hand zurück. «Murphy, lass das.»

«Hihi.»

«Harry, Ihre Katze vergreift sich schon wieder an Staatseigentum.» Mim langte erneut ins Fach.

«Murphy, benimm dich.» Harry ging zu den Schließfächern. Sie linste durch das Messingfach, während Mim von der anderen Seite linste. «Kuckuck.»

«Ruft's aus dem Wald!» Mim war gut gelaunt.

Tante Tally dagegen gar nicht. «Eine Frau von zweiundsechzig Jahren, die sich wie ein albernes Schulmädchen benimmt.»

«Ich bin nicht zweiundsechzig.»

«Und ich bin nicht dreiundneunzig. Oder war es einundneunzig?» Sie seufzte. «So viele Jahre habe ich ein falsches Alter angegeben, dass ich nicht mehr weiß, wie alt ich wirklich bin. Aber wie alt du bist,

Mimsy, das weiß ich ganz genau.» Ein Anflug von Bosheit schwang in ihrer Stimme mit. «Meine Schwester hat gesagt, du hast sie so fest in den Bauch getreten, dass sie einen Bruch gekriegt hat.»

Der hochgestellte Kragen von Mims edler englischer Bluse schien sich zu versteifen. «Das interessiert Harry und Miranda nicht.»

«O doch», tönte es im Chor, zu dem auch Tiere gehörten.

Tally beugte sich über die Trennklappe. «Die Schwangerschaften der Urquharts verlaufen natürlich ohne Probleme.» Sie rief Mim, die ihre Post sortierte, über die Schulter zu: «Dabei hat dich die kleine Mim ganz schön geboxt.» Mim reagierte nicht, deshalb fuhr sie fort: «Ich selbst hatte keine Kinder, aber ich habe sie ein Leben lang beobachtet – manchmal von der Geburt bis zum Tod. Ich habe alle überlebt bis auf meine herrische Nichte und ihre Tochter.»

«Ich bin nicht herrisch, Tante Tally. Diese Ehre gebührt dir.»

«Oho!» Tallys Augenbrauen schnellten in die Höhe, ebenso ihre Stimme.

Pewter, die auf dem Tisch selig schlief, verpasste den Wortwechsel, aber Murphy und Tucker nahmen jede Silbe in sich auf.

«Ich habe Ihre Mutter nie gekannt», sagte Miranda Hogendobber zu Tally, «aber alle sagen, dass sie schön war.»

«Das war sie. Jamie hat ihr Aussehen geerbt und ich Daddys Verstand. Wir wären besser dran gewesen, wenn das Genpaket anders verteilt worden wäre.» Jamie Urquhart war Tallys verstorbener Bruder. «Heutzutage vielleicht nicht, aber zu meiner Zeit bestimmt.»

«Du bist kokett.» Mim trat zu ihr an die hölzerne Trennklappe. «Du hast damals gut ausgesehen, und du siehst heute noch gut aus.»

«Hach. Jeder plastische Chirurg könnte an mir rumschnipseln, und ich sähe immer noch zwei Jahre älter aus als Gott.» Ihre hellen Augen wanderten zu Miranda hinüber. «Verzeihung.»

«Schon gut.»

«Immer noch eine fromme Eule, nehme ich an.» Tallys Lächeln war schelmisch und schief.

Miranda machte den Mund auf, aber es kam kein Ton heraus.

«Das wird gut.» Tucker kicherte. *«Was meinst du, sollen wir Pewter wecken?»*

«Nein, soll sie leiden. Wir können ihr jede Silbe berichten, und sie wird zetern, wir hätten es uns ausgedacht.» Mrs. Murphy duckte den Kopf und rieb ihn unter Tuckers Bauchfell. Die Katze war von der zwölf Zentimeter breiten Trennwand hinter den Postfächern gesprungen, um sich zu dem Hund zu setzen.

«Tally!», warnte Mim.

«Ist doch wahr. Sie zitiert die Bibel öfter und richtiger als diese stümperhaften Fernsehprediger. *Sie* sollten eine eigene Fernsehsendung haben, Miranda. Damit würden Sie verdammt viel Geld verdienen.» Sie warf den Kopf zurück und lachte. «‹Dieses Rendezvous mit Jesus präsentierte Ihnen General Motors. Wenn Gott der Herr heute unter uns weilte, würde er einen Chevy fahren. Wir nehmen Ihre Jesuslatschen für einen Vierzylindermotor in Zahlung.›»

Aller Augen richteten sich auf Tally, deren rote Baskenmütze in einem kecken Winkel auf dem Kopf saß. Ihre Augen funkelten fröhlich, ihr Lippenstift verschwand in den Furchen über ihren noch vollen Lippen.

«Meinst du, Mrs. H. kriegt einen Koller?» Tucker trat einen Schritt zurück.

«Nein. Sie wird es dem fortgeschrittenen Alter zuschreiben und dann für sie beten.» Murphy sprang auf den Schalter. *«Aber Mim ist puterrot im Gesicht. Oje.»*

«Wir sollten jetzt lieber gehen.» Mim legte ihre Hand unter Tallys knochigen Arm.

«Ich geh nirgends hin, bevor ich nicht gehört habe, was Miranda zu sagen hat. Sie waren das niedlichste kleine Mädchen in Crozet.»

Harry sah Miranda mit anderen Augen an. Es war ihr nie in den Sinn gekommen, dass ihre Freundin einmal niedlich gewesen sein könnte, wenngleich sie auch jetzt nicht unattraktiv war – bloß korpulent.

Miranda räusperte sich. «Ich gehöre der Kirche vom Heiligen Licht an, die mir großen Trost spendet, Tally, aber ich meine nicht, dass ich eine fromme Eule bin.»

«So waren Sie nicht, als George noch lebte. Es ist ein Ersatz.»

«Tante Tally, das geht wirklich zu weit.» Mim stampfte mit ihrem Gucci-beschuhten Fuß auf.

«Ich kann sagen, was ich will und wann ich will. Das ist ein Vorzug des fortgeschrittenen Alters. Auch wenn keiner zuhört. Zum Beispiel die Schüsse auf H. Vane. Wenn Sie mich fragen, ist es ein Wunder, dass niemand das Warzenschwein schon früher erschossen hat. Das ganze Geseire von wegen Ritterschlag. Er hat absolut nichts geleistet. Wahrscheinlich hat er sein Geld mit dem Verkauf von Drogen an englische Rockstars verdient.»

«Er ist zum Ritter geschlagen worden. Susan und ich haben uns per Internet in die Bibliothek des Britischen Museums in London eingeklinkt und die Liste der Adligen durchforstet. Dann haben wir bei der Londoner *Times* seinen Lebenslauf eingesehen.»

«Das haben Sie mir gar nicht erzählt.» Miranda empörte diese Unterlassung mehr als Tallys Ausfälle.

«War mir entfallen. Außerdem haben wir's in der Mittagspause gemacht.»

«Und was haben Sie herausgefunden?», wollte Mim wissen.

«Er hat in Afrika in den früheren Commonwealth-Staaten Flughäfen gebaut. Er hat auch andere Sachen gebaut, aber die Millionen hat er mit dem Bau der Flughäfen gescheffelt. Er ist durch und durch echt.»

«Ach, zum Teufel. Ich hätte so gern geglaubt, er wäre ein falscher Fuffziger.» Tally zog einen Flunsch.

Susan fuhr quietschend in ihrem Audi Kombi vor, sprang heraus und vergaß, die Tür zu schließen. Sie trug ihren Gymnastikanzug. Sie stieß die Tür zum Postamt auf.

«Man hat Tommy Van Allen gefunden!»

«Pewter, aufwachen!» Murphy sprang auf den Tisch und tippte an Pewters Gesicht.

Murrend öffnete die fette Katze die Augen.

Tucker sprang auf und ab, versuchte, näher an die Menschen heranzukommen. Harry hielt ihr die Trenntür auf, damit sie vorn herauskonnte, und trat dann zu Miranda und Susan.

«Er hing bei Good Foods in der großen Gefrierkammer.»

«Was? Wieso hat Rick Shaw mich nicht informiert?» Mim hielt sich für die erste Bürgerin von Crozet. Und ihr Ehemann war obendrein der Bürgermeister.

«Mim, nicht mal Jim weiß es», sagte Susan atemlos.

«Wie sind Sie dann an diese erschütternde Information geraten?», fragte Tally.

«Ich kam gerade in Neds Büro, als das Telefon klingelte. Dabney Shiflett ist von seinem Chef gefeuert worden, weil er bei der Arbeit getrunken hat. Dabney hat Tommy gefunden. Er war in eine Fleischkammer geschlichen, um sich ein Schlückchen zu genehmigen, und sah Tommy Van Allen mit Handschellen an einem Fleischhaken hängen. Gefroren. Komplett tiefgekühlt.»

«Mein Gott.» Mim konnte es nicht glauben.

«Hat Dabney Ned erzählt, wie Tommy getötet

wurde?» Harry bewahrte wie immer einen kühlen Kopf.

«Ja. Direkt durch die Schläfe geschossen. ‹Sauber und ordentlich›, sagte Dabney, ‹sauber und ordentlich.› Stellt euch das mal vor!»

«Hier wird auf Menschen geballert, seit das Schießpulver erfunden wurde. Davor haben die Indianer Pfeil und Bogen, Keulen und Messer benutzt. Töten ist mit unser liebster Zeitvertreib», kommentierte Tally trocken.

«Da ist was dran.» Pewter, gebannt von der Neuigkeit, gab der alten Dame Recht.

«Ja, aber das hier ...» Tucker wurde von Susan unterbrochen, die weiterberichtete.

«Das einzig Gute ist, dass er nicht direkt am Fleischhaken festgemacht war. Wenigstens hing er an Handschellen.»

«Die Handschellen geben mir zu denken.» Murphy ging auf dem Schalter auf und ab.

«Warum?» Tuckers rosa Zunge stach von ihren weißen Fangzähnen ab.

«Dahinter steckt Überlegung. Ich möchte wissen, wie lange Tommy die Handschellen trug, bevor er ermordet wurde.»

Pewter legte die Ohren an, dann richtete sie sie wieder nach vorn. *«Folter?»*

«Physisch oder psychisch ... oder sogar sexuell. Die Handschellen machen mir zu schaffen.»

29

Die nächste Nachricht des Tages, die nicht ganz so erschütternd war wie die Entdeckung von Tommy Van Allens Leiche, betraf Archie Ingram. Als Deputy Cooper ihn im Bezirksbüro zu der Schießerei bei Oak Ridge vernahm, fragte er sie nach dem Mord an Van Allen.

Er sagte, er habe es in seinem Funkradio gehört.

Cooper, skeptisch, ob eine solche Information sich tatsächlich so schnell über Privatfunk verbreitet haben konnte, bohrte nach. Er verlor die Beherrschung und knallte ihr eine.

Der Bezirksbeauftragte saß wegen tätlichen Angriffs auf eine Beamtin im Gefängnis. Er konnte frühestens am nächsten Morgen gegen Kaution entlassen werden.

Cynthia, die froh war, Archie in die Schranken gewiesen zu haben, telefonierte dennoch herum, um Archies Geschichte zu überprüfen. Dabney Shiflett hatte die Neuigkeit im Privatfunk verbreitet, nebst einem höchst unschmeichelhaften Porträt des Mannes, der ihn soeben gefeuert hatte.

Da Wilson McGaughey einen Pkw fuhr, keinen Lkw, und nicht über ein Funkgerät verfügte, rechnete Dabney zu Recht damit, dass Tage vergehen würden, bis McGaughey erfuhr, was über ihn verbreitet worden war. Diese kleine Rache spendete Dabney ein wenig Trost.

30

Nach der Entdeckung der Leiche fuhren Harry und Mrs. Hogendobber noch am selben Abend zu Tommy Van Allens Haus. Helen Dodds, seine Haushälterin, die auf die sechzig zuging, dankte ihnen für die angebotene Hilfe, wollte aber nichts entscheiden, bevor Jessica, Tommys getrennt lebende Ehefrau, aus Aiken, South Carolina, eingetroffen war. Sie wurde für den nächsten Morgen erwartet. Aileen Ingram, Archies Frau, kam zu ihnen ins Wohnzimmer.

Mrs. Dodds sagte, alle seien vorbeigekommen, um Beistand zu leisten – die Tuckers, Reverend Jones, Sarah Vane-Tempest, Mim und Little Mim, einfach alle, egal, was sie sonst zu tun hatten. Sie sei dankbar, fuhr sie fort, und bedaure nur, dass Tommy nicht gewusst habe, wie viele Freunde er hatte. Dann brach sie in Tränen aus.

Aileen, zierlich und kraushaarig, legte Helen den Arm um die Schultern. «Ach, Helen, das ist alles so traurig.» Sie sah Miranda an. «Helen meint, es sei ihre Schuld.»

Helen fing wieder an zu schluchzen. «Ich habe mich immer bemüht, den Überblick über Tommys Terminkalender zu behalten, aber in letzter Zeit bin ich nicht mehr mitgekommen, und» – sie senkte die Stimme – «er hatte Geheimnisse.»

Helen war eine gute Freundin von Aileens verstorbener Mutter gewesen, und Aileen stand der älteren Frau auch jetzt noch nahe. Sobald sie die Nachricht gehört hatte, war sie zu Helen geeilt.

«Helen, es ist nicht Ihre Schuld. Möglicherweise auch nicht mal Tommys. Es geschehen die abscheulichsten Dinge.»

Bevor Miranda Helen himmlischen Beistand in Aussicht stellen konnte, schockierte Helen alle mit dem Ausbruch: «Hoffentlich erwischen sie ihn. Ich hoffe, wer Tommy ermordet hat, verschmort auf dem elektrischen Stuhl!»

Harry unterband Mirandas Versuch, die Gerechtigkeit des Herrn zu schildern. «Helen, Sheriff Shaw wird der Sache auf den Grund gehen. Wir alle müssen Augen und Ohren offen halten. Die geringste Kleinigkeit kann von Bedeutung sein.»

Mrs. Murphy kletterte vom Transporter. Tucker war in der Fahrerkabine eingeschlossen und beklagte sich bitterlich. Pewter war in Market Shifletts Laden geblieben und würde auf dem Heimweg abgeholt werden.

Tommys feuerroter Porsche 911 Targa stand in der Garage. Tommy, Vane-Tempest und Blair Bainbridge hatten sich mit besonderem Vergnügen gegenseitig im Konsum überboten. Murphy beschnupperte die Tür auf der Fahrerseite, die Reifen, die Vorder- und Rückseite des Gefährts. Sie erwartete nicht, etwas zu finden – es war einfach die Macht der Gewohnheit.

Auf den Hinterbeinen stehend, richtete sie sich zu voller Größe auf, um zum Fenster auf der Fahrerseite hineinzusehen. Der Zündschlüssel steckte.

«Mrs. Murphy», rief Harry.

Die Katze flitzte zurück zum Transporter. Miranda saß schon auf dem Beifahrersitz, Tucker war zwischen ihr und Harry eingekeilt. Die Katze sprang auf Harrys Schoß und kuschelte sich dann neben Tucker.

Harry setzte zurück und steuerte auf die Stadt zu. «Es war lieb von Aileen Ingram, vorbeizukommen, wo sie doch selbst so viel Ärger hat.»

«Archie muss sich dem Herrn zuwenden. Wie viel deutlicher muss Seine Botschaft denn noch werden?»

«Miranda, wer heutzutage in Schwierigkeiten ist, wendet sich, wenn überhaupt, an einen Therapeuten.»

«Vergeblich.»

«Wer weiß.» Sie überholten Boom Boom und winkten. «Mein lebender Beweis.»

«Hmm.» Miranda ließ die Gelegenheit verstreichen, Harry wegen ihrer spöttischen Haltung Boom Boom gegenüber zu maßregeln. «Aileen war wohl auf dem Weg, Archie gegen Kaution rauszuholen.»

«Vernünftiger wäre, ihn drin zu lassen.»

Miranda zitierte Matthäus 23, Vers 12: «‹Denn wer sich selbst erhöht, der wird erniedrigt; und wer sich selbst erniedrigt, der wird erhöht.›»

«Ist Ihnen das gerade so eingefallen oder bezwecken Sie etwas damit?»

«Harry, seien Sie nicht so hässlich.»

«Tut mir Leid. Sie haben Recht.» Sie seufzte schwer. «Ich bin ganz durcheinander. Mit anzusehen, wie die arme Mrs. Dodds zusammenbricht – und was wird nun aus ihr? Wer weiß, was in Tommys Testament steht, wenn er überhaupt eins gemacht hat.»

«Hat er. Man leitet keine große Baufirma, ohne sich um dergleichen zu kümmern. Vermutlich hatte er auch eine happige Versicherungspolice. Ich nehme an, das geht alles an Jessica, auch wenn sie sich getrennt haben.»

«Er hätte sein Testament ändern können.»

«Ja, aber sie sind noch nicht rechtmäßig geschieden.»

«Was hat Sie auf den Bibelvers über den Stolz gebracht?»

«Oh.» Mrs. Hogendobber hatte vergessen, auf Harrys Frage zu antworten. «Tommy, H. Vane, Blair und sogar Archie. Ridley gehörte kurze Zeit auch dazu. Es ist ein Club der reichen Jungs. Teure Sportwagen, Flugzeuge ...»

«Archie hat gar nicht so viel Geld», unterbrach Harry sie.

«Genug für einen Land-Dingsbums.»

«Land Rover.» Harry hielt inne. «Daran habe ich nie gedacht. Ich meine, der Wagen wirkte sehr diskret. Weiß.»

Cynthia Coopers Streifenwagen stand vor der Bank, obwohl es nach Schalterschluss war. Harry fuhr auf den Parkplatz und hielt vor dem alten frei stehenden Ziegelgebäude.

«Hey.»

«Selber Hey.» Cynthia kurbelte ihr Fenster herunter.

«Wir kommen gerade von Tommy Van Allens Haus. Die arme Mrs. Dodds.»

«Und Aileen Ingram war dort, um zu helfen.» Miranda sprach über die Köpfe der Tiere hinweg.

«Sie kann Archie erst morgen rausholen.»

«Was?», sagten beide Frauen.

«Der Richter lässt vorher keine Kaution zu.»

«Kann er das?», wollte Harry wissen.

«Er kann tun, was er will. Er ist der Richter.» Coop lächelte.

«Sie hatten einen schweren Tag», sagte Miranda mitfühlend.

«Hab schon bessere gehabt.» Cooper lächelte matt.

Alle wandten die Köpfe, als Sarah Vane-Tempest mit H. Vane-Tempest auf dem Beifahrersitz vorüberfuhr. «Er ist bemerkenswert schnell genesen», bemerkte Miranda.

«Für wie lange?», war Mrs. Murphys ominöse Frage.

31

Sir H. Vane-Tempest hatte sich so weit erholt, dass er mit seiner Frau streiten konnte. Sie hatte angefangen.

«Warum schützt du ihn?» Sarah warf ihr schulterlanges Blondhaar zurück.

«Ich schütze ihn nicht.»

«Der Mann wollte dich umbringen. Ich bestehe darauf, dass du ihn verklagst.»

«Sarah, Schatz, er war hinter mir. Hunderte Männer waren hinter mir. Jeder könnte den Schuss abgegeben haben.»

«Archie hatte was gegen dich. Die anderen nicht. Warum schützt du ihn?»

«Ich schütze ihn nicht.»

«Was dann?» Sie saß ihm gegenüber, er ruhte auf dem Sofa; diese Auseinandersetzung nahm ihn mehr mit als seine körperliche Verletzung.

«Nichts. Kannst du mir bitte einen richtigen Tee machen? Das lauwarme Spülwasser im Krankenhaus war ungenießbar.»

Wütend, aber beherrscht ging Sarah in die Küche. Es war halb sieben am Abend, und Hausmädchen und Köchin waren schon gegangen. Doch einen belebenden Tee konnte sie auch ohne Hilfe aufbrühen. Sie maß die irische Mischung ab und gab die Blätter in den Keramikeinsatz der Brown-Betty-Teekanne. Sie schüttelte den Kopf, als müsse sie sich besinnen, und holte zwei zierliche Porzellantassen mit feinem rosé-goldenen Rand hervor, die einst H. Vanes Mutter gehört hatten. Sie hoffte, der Anblick der Tassen würde seine Stimmung heben.

Er strahlte hingebungsvoll, als sie den Teewagen hereinrollte. Hörnchen, verschiedene Marmeladen, Landbutter und kleine Sandwiches mit Brunnenkresse waren spiralförmig auf einer Platte angerichtet, ein Windrad aus Leckereien. Die Köchin bereitete Hörnchen und Tee-Sandwiches jeden Tag frisch zu. Die Vane-Tempests huldigten der kultivierten Tradition der nachmittäglichen Teezeremonie.

Begierig griff er nach der Tasse mit dem anregenden Trank.

Er gab einen gestrichenen Teelöffel braunen Zucker in die Tasse und nahm einen Schluck.

«Ah.» Genüsslich schloss er die Augen. «Schatz, du bist unübertrefflich.»

«Danke.» Sie trank ihren Tee.

«Meine Mutter hat dieses Porzellan geliebt. Es war ein Hochzeitsgeschenk von ihrer Tante Davida. Tante Davida war vor dem Ersten Weltkrieg als Missionarin in China gewesen. Meiner Meinung nach hatte sie einen kleinen Knacks weg, aber ihr Porzellan hatte keinen.» In Erwartung eines anerkennenden Kicherns hob er die Augenbrauen.

Sarah lächelte pflichtschuldig. «H., du bist schrecklich.»

Aufgemuntert erwiderte er: «Du würdest mich nicht anders haben wollen.»

Sarah hätte am liebsten gesagt, vierzig Pfund leichter, mit vollem Haar und vielleicht zwanzig Jahre jünger wären mir lieber. Manche Wünsche blieben besser unausgesprochen. «Liebling, du hast Recht. Vom ersten Augenblick an, als ich dich sah, wusste ich, dass ich ohne dich nicht leben könnte.»

Er knabberte an einem Hörnchen. «Manches machen die Amerikaner hervorragend. Flugzeuge zum

Beispiel. Sie bauen gute Flugzeuge. Aber anständige Hörnchen kriegen sie nicht hin, und sie haben keine Ahnung, wie man cremige Devonshire-Sahne herstellt. Komisch.»

«Aber dafür hast du dir doch eine schottische Köchin mitgebracht.»

«Genau.» Er nahm sich noch ein Hörnchen. «Sie wollen ihr Land wiederhaben. Im Krankenhaus habe ich die Zeitungen von vorne bis hinten durchgelesen. Bloß weil ich leicht indisponiert war, brauchte ich ja meine Gewohnheiten nicht zu ändern. Warum England Schottland oder Wales überhaupt behalten will, ist mir schleierhaft. Und Irland? Pfft.» Er machte eine wegwerfende Handbewegung.

«Deswegen leben wir hier.»

«Ja. Allerdings müssen wir uns hier das Gemecker der Unterprivilegierten anhören, farbig durchsetzt, wie sie sind. Albern.»

«Für sie nicht», erwiderte Sarah eine Spur zu scharf.

«Hast du dir etwa die Reden des Martin Luther King zu Gemüte geführt, mein Herz?»

Sie hatte sich wieder gefasst. «Nein. Ich wollte nur sagen, einen idealen Ort gibt es nicht, doch manche sind näher am Ideal als andere. Und hier sind wir dem Himmel sehr nahe.»

«Die Amerikaner sind zu ungehobelt, um eine anständige Teekultur zu entwickeln. Das erfordert eine lange Tradition: China, Japan, England. Wusstest du, dass sogar die Deutschen es allmählich hinkriegen?»

«Mit bedingungsloser Disziplin, davon bin ich überzeugt.» Sie strich den Rock ihres Kleides glatt.

Er hielt ihr seine Tasse hin, um sich nachschenken zu lassen. «So diszipliniert sind sie gar nicht. Das ist ein Mythos, meine Liebe. Ich habe jahrelang geschäftlich mit ihnen zu tun gehabt.»

«Ich habe nie gewusst, was für ein guter Geschäftsmann du bist, bis ich dich beinahe verloren hätte.»

«So?» Er genoss das Kompliment.

«Du sprichst mit mir nie übers Geschäft.»

«Viel zu öde, mein Schatz. Mit dir genieße ich die schönen Dinge des Lebens: Musik, Tanz, Literatur. Ich liebe es, wenn wir zusammen lesen und wenn du mir vorliest. Du hast so eine verführerische Stimme, mein Häschen.»

«Danke. Aber ich muss gestehen, H., wirtschaftliche Zusammenhänge interessieren mich sehr. Ich lese das *Wall Street Journal*, wenn du es durchhast, und manchmal kämpfe ich mich sogar durch die *Süddeutsche Zeitung*. Ich wünschte, ich hätte es in der Schule weitergebracht.»

«Die Schönheit ist eine eigene Schule.»

«Je mehr ich weiß, desto mehr bewundere ich dein Können.»

Er stellte die Tasse aufs Tablett. «Sarah, Flughäfen bauen ist nichts für eine Frau.»

«Aber Liebster, das machst du doch gar nicht mehr. Jetzt spekulierst du an der Börse, hier und in London. Und du hast noch mehr Eisen im Feuer. Es ist faszinierend. Du bist faszinierend.» Sie stand auf, presste die Hände aneinander und rührte sich nicht. «Wenn du gestorben wärst, wenn der Idiot dich getötet hätte, wäre ich überhaupt nicht in der Lage gewesen, dein Imperium zu verwalten.»

Er lachte schallend. «Dafür bezahle ich meine Anwälte und ...»

«Aber wer kontrolliert sie? Du magst ihnen vertrauen. Warum sollte ich ihnen trauen?»

«Wirklich, mein Schatz, sie würden dir so getreulich dienen wie mir.»

«Henry, ich habe im Leben die Erfahrung gemacht, dass Geld jedes Mal, wenn es den Besitzer wechselt, an irgendwelchen Fingern kleben bleibt. Das Heer, das du bezahlst, ist dir treu ergeben – nicht mir. Und dann gibt es da nebenbei noch deine Exfrau und deine beiden Töchter, die in einem Luxuspalast in England hausen. Ach, ich vergaß, Abigail ist ja jetzt in Australien, im Buschluxus.»

«Für meine Exfrau und meine Töchter ist gesorgt. Sie können mein Testament nicht anfechten und wären schön blöd, wenn sie es versuchen würden. Die astronomischen Kosten würden ihre Rücklagen auffressen. Ich bezahle die besten Köpfe in zwei Kontinenten. Also brauchst du dir deinen wirklich nicht zu zerbrechen.»

«Ich möchte aber eingeweiht werden.»

«Sarah, dir stehen zwanzigtausend Dollar monatlich zur freien Verfügung. Du kannst alles damit machen.»

«Das ist es nicht, worum ich dich bitte, und deine

Großzügigkeit bestreite ich nicht. Ich möchte Einblick in deine Unternehmensbeteiligungen.»

«Ich ...» Vor lauter Verwirrung fing Vane-Tempest an zu stottern.

Sarah, die Hände immer noch aneinander gepresst, sagte im Flüsterton: «Weil ich nicht wusste, ob du am Leben bleiben oder sterben würdest, habe ich mich an deinen Schreibtisch gesetzt und deine Papiere gelesen. Ich habe den Safe geöffnet und die Papiere darin ebenfalls studiert. Du bist ein beeindruckender Mann, Henry, und ich weiß noch längst nicht alles. Ich weiß nur, was du hier in Albemarle County tust. Ich habe nicht die leiseste Ahnung, was vielleicht in Zimbabwe läuft oder in Neuseeland oder Deutschland. Ich weiß, dass du Frankreich meidest wie die Pest.»

Sein Mund zuckte. «Aha.»

«Du hast mit Tommy Van Allen, Archie Ingram und Blair Bainbridge eine Firma gegründet, so viel weiß ich. Teotan Incorporated. Bislang hat Teotan Land im Wert von über zwei Millionen Dollar erworben. Ich hatte keine Ahnung, dass Archie derartige Mittel besitzt. Die anderen sind natürlich auch keine Hungerleider, wenngleich keiner an dich heranreicht.»

Seine Augen wurden schmal. «Archie hat seine Arbeit beigesteuert.»

«Archie ist deine Verbindung nach Richmond. Ich reiche auch nicht an dich heran, H., aber mein Verstand funktioniert sehr gut. Archie ist Bezirksbeauftragter. Er könnte euch Gebiete nennen, die der Staat als Bauland oder für Autobahnen und Umgehungsstraßen erschließen will. Ist das so weit richtig?»

«Ja.»

«Und jetzt hat Archie kalte Füße bekommen.»

«Ja.»

«Wenn das volle Ausmaß seiner Beteiligung ans Licht kommt, wird er bestimmt seinen Sitz verlieren, und vielleicht wird er politisch oder juristisch zur Verantwortung gezogen wegen verbotener Einflussnahme. Ich glaube, so nennt man das.»

«Richtig.»

«Ging es darum bei eurem Streit?»

Sir H. Vane-Tempest setzte sich kurz auf. Seine schöne Gattin, die teure Trophäe, erstaunte ihn. Er war jetzt sieben Jahre mit dieser Frau verheiratet, und er hatte keine Ahnung gehabt, dass sie einen so scharfen Verstand besaß. Er war fassungslos. Ebenso fassungslos war er über seine eigene Blindheit. Er hatte Sarah unterschätzt. O ja, er liebte sie, er begehrte sie, aber er hatte sie unterschätzt.

Er atmete tief ein. «Zum Teil, Sarah, haben wir uns deswegen gestritten. Archie ist ein Feigling. Er wollte das Geld, und er wurde von uns dreien entsprechend seinem Anteil an den Profiten der Firma bezahlt. Er hat einen Anteil von zehn Prozent. Obendrein haben wir ihm ein Jahresgehalt über ein Treuhandvermögen gezahlt, das ich so kompliziert angelegt habe, dass keine Spur zu ihm führt. Ich bin zu erschöpft, um ins Detail zu gehen.»

«Ein andermal, Liebster?»

Seine Augen unter den rotblonden Brauen leuchteten auf. «Ein andermal, ja.»

«Aber Archie hätte wissen müssen, was er tat.»

«Das wusste er auch. Als sich die Stimmung auf den Bezirkssitzungen und diversen anderen Versammlungen aufheizte, wurde ihm klar, wenn seine Verbindung mit Teotan jemals ans Tageslicht käme, würde man ihn mit Haut und Haar verschlingen.»

«Gibt es noch etwas?»

Er zuckte die Achseln. «Er hat Eheprobleme. Bespringt irgendein Mäuschen, nehme ich an. So kommt es meistens. Ich weiß nicht, wer die Unglückliche ist. Archie hat wenig zu bieten, wenngleich ich vermute, dass Frauen ihn attraktiv finden.»

«Über Geschmack lässt sich streiten. Eine Landpomeranze findet es womöglich prickelnd, mit einem Bezirksbeauftragten zu schlafen.» Sie brach in Lachen aus, und das ansteckende silbrige Klingen füllte den Raum.

Darauf musste auch Vane-Tempest lachen.

Noch immer lächelnd sagte Sarah: «Liebling, ich möchte an Teotan beteiligt werden.»

«Du bekommst alles, wenn ich tot bin.»

«Ich möchte mit dir arbeiten. Ich möchte etwas lernen. Ich will nicht warten, bis du tot bist. Und ich will wissen, warum ihr Männer das Land gekauft habt.»

«Ich bin müde.» Und das war die Wahrheit.

«Du kannst mir nicht ausweichen, Henry. Ich will

lernen. Ich habe dich beobachtet. Du kannst einen Shilling in ein Pfund verwandeln und ein Pfund in ein Vermögen. Ich weiß, bevor du die Flughäfen in Afrika gebaut hast, hast du das Land gekauft, auf dem sie gebaut wurden.»

«Ah.» Er lächelte. «Du hast deine Hausaufgaben gemacht.»

«Ja.»

«Hast du dir die Karte von diesem Bezirk angesehen?»

«Ja, und deshalb möchte ich wissen, warum ihr ausgerechnet diese Grundstücke gekauft habt. Das hat für mich weder Sinn noch Verstand.»

«Hast du mit Blair oder Archie oder Tommy darüber gesprochen?»

«Natürlich nicht. Und mit Tommy werde ich nie wieder sprechen. Man hat ihn heute gefunden. Er hing bei Good Foods in einem Kühlhaus.»

«Was!» Vane-Tempest quollen schier die Augen aus dem Kopf.

«Schauderhaft, nicht?»

«Warum hast du mir das nicht gleich erzählt?»

«Ich dachte, morgen würdest du es ohnehin erfahren. Den heutigen Abend wollte ich unseren Angelegenheiten vorbehalten. Aber mir scheint, Liebling, Tommys Tod ist unsere Angelegenheit.»

«Inwiefern?»

«Er war an Teotan beteiligt. Er ist ermordet worden, und jemand hat versucht, dich umzubringen. Deshalb musst du Archie verklagen. Du musst es tun.

Er wird wieder zuschlagen. Verstehst du? Wenn er euch alle umbringt, ist er in Sicherheit. Er wird nicht nur seine Spuren verwischen, er wird den Profit von allem ernten, was ihr geschaffen habt – mit dem Treuhandvermögen hast du ihn gerettet, dem unauffindbaren Treuhandvermögen.»

«Das glaube ich nicht», erklärte Vane-Tempest. «So schlau ist Archie Ingram nicht.»

«Hast du dir keine Sorgen gemacht, als Tommy verschwunden war?»

«Nein. Ich dachte, der ist auf Sauftour. Mit allem Drum und Dran.» Er verzog das Gesicht. «Und außerdem hatte ich andere Dinge im Kopf. Ich habe kaum noch an Tommy gedacht. Er hing, sagst du? Hat er sich vielleicht erhängt?»

«Sheriff Shaw rückt keine Einzelheiten heraus, aber es ist in der ganzen Stadt herum, hauptsächlich, weil der Fabrikmanager den Mann entlassen hat, der Tommy gefunden hat. Er sagte, er hätte seine Pflichten vernachlässigt. Und dieser Mann, Dabney Shiflett, hat ununterbrochen gequatscht. Ich weiß nichts Genaueres. Aber Tommy hat sich nicht erhängt. Wirst du jetzt endlich den Sheriff anrufen?»

«Nein, aber ich werde Ingram anrufen.»

Sie trat zu ihm und beugte sich hinunter, um ihm in die Augen zu sehen. «Henry, wenn der Mann dir auch nur ein Haar krümmt, bringe ich ihn um.»

Insgeheim erregt durch ihre Inbrunst, erwiderte er: «Das wird nicht nötig sein. Archie Ingram hat weder die Intelligenz noch den Mumm, um einen

Plan auszuhecken, wie du ihn dir vorstellst. Und was Tommys Tod angeht, da würde ich keine voreiligen Schlüsse ziehen. Zwischen seinem Ableben und meinem – hm, Unfall – gibt es keinen Zusammenhang.»

«Beteiligst du mich an Teotan?»

«Ja. Aber ich muss es mit Blair Bainbridge besprechen ...»

Sie presste wieder die Hände zusammen. «Sofern er nicht auch umgebracht wird!»

«Beruhige dich, Sarah. Ich brauche die Zustimmung der anderen Teilhaber, und Archie gehört dazu. Was Tommy betrifft, gibt es eine Übereinkunft: Wenn ein Teilhaber stirbt, fällt sein Anteil zu gleichen Teilen an die Überlebenden.»

«Du kannst doch den Mann, der dich umbringen wollte, nicht um seine Zustimmung bitten!» Ihr Blick war rastlos.

«Ich kann und muss. Wenn du mir jetzt das Handy bringst, arrangiere ich ein Treffen.»

Sie gab ihm das Mobiltelefon. Er wählte und erreichte Archies Anrufbeantworter. «Hallo, hier spricht H. Vane-Tempest für Archie Ingram. Ruf mich morgen nach neun an. Bis dann.» Er klappte das Handy zusammen und legte es auf den Teewagen. «Jetzt kann ich Sheriff Shaw wohl kaum anrufen, nicht?» Er hielt inne, seine Züge verdüsterten sich. «Ich mochte Tommy Van Allen. Du auch?»

«Ja.»

«Furchtbare Geschichte.»

Sie setzte sich auf das Chintzsofa, schmiegte sich an

ihn. «Henry, du musst vorsichtig sein, hörst du. Ich will dich nicht verlieren.»

«Versprochen.» Er beugte sich vor und küsste sie.

32

Fliedersträucher umgaben den gepflasterten Hof hinter Archies Haus in Ivy Farms. Einst hatten offene Weideflächen den sprudelnden Ivy Creek gesäumt, bevor das Gebiet Anfang der 70er Jahre als Bauland ausgewiesen wurde. Heute war das Gelände mit Eigenheimen der oberen Mittelschicht und gepflegten Anlagen übersät und hatte alle Spuren seines bäuerlichen Erbes eingebüßt.

Aileen Ingram, Vorsitzende des Jefferson Environmental Council, verdiente ganz anständig. Was ihr an Geld übrig blieb, steckte sie in Heim und Garten. Archie schätzte ihre häuslichen Gaben und er schätzte seine Frau. Ihr liebenswerter Charakter verstärkte nur sein schlechtes Gewissen.

Er saß auf dem Brown-Jordan-Liegestuhl und atmete den Fliederduft ein. Er erschrak, als Aileen neben ihm auftauchte.

«Ich muss eingedöst sein.»

«Arch, die Kaution betrug zweitausendfünfhundert Dollar. Blair Bainbridge hat mir das Geld geliehen, und ich weiß nicht mal, warum er seine Hilfe angeboten hat. Die Rechnungen deines Anwalts werden den Betrag noch verdoppeln. Ich weiß nicht, was los ist. Du redest nicht mit mir. Ich glaube, du redest mit niemandem. Du sonderst dich ab. Du solltest zurücktreten, bevor es zu spät ist.»

«Zu spät wofür?»

«Deine politische Laufbahn ist beendet. Wahre dein Gesicht, solange du noch kannst.»

«Nein.»

«Du bist verrückt.»

«Nein. Das Schlimmste, was ich verbrochen habe, ist, die Beherrschung zu verlieren.»

«Cynthia Cooper ins Gesicht zu schlagen war dämlich.»

Er legte den rechten Fuß übers linke Knie und hielt sich den Knöchel. «Meine Amtszeit läuft nur noch ein Jahr. Ich werde nicht wieder kandidieren. Neuwahlen würden den Bezirk zu viel kosten.»

«Der Bürgermeister würde einen Interimsabgeordneten ernennen.»

«Du hast hinter meinem Rücken Fäden gezogen!»

«Nein. Ich habe versucht, von deinem Ruf zu retten, was ich konnte.» Sie drehte ihren schmalen goldenen Ehering am Finger. «Aber ich glaube nicht, dass ich unsere Ehe retten kann. Dazu gehören zwei.»

«Was soll das heißen?»

«Ich bin nicht blöd. Ich weiß, dass du eine andere hast – oder mehrere. Du hängst nicht mit Tommy Van Allen oder Blair Bainbridge herum, ohne mit ihren Verflossenen rumzumachen.»

«Das verbitte ich mir!» Er wurde rot.

«Was? Dass ich dich erwischt habe oder dass ich dir unterstelle, dich mit ihren abgelegten Weibern zu vergnügen, statt selbst eine Frau aufs Kreuz zu legen?» Ihre Stimme war eisig. «Deine Eitelkeit ist rührend, in deiner Situation.»

«Ich gebe zu, ich habe meine Schwächen. Ich kann mich selbst nicht besonders leiden, aber» – er erwärmte sich für das Thema – «ich bemühe mich, Geld für uns beiseite zu schaffen. Einen Haufen Geld. Ich brauche noch ein Jahr. Dann bin ich nicht mehr Bezirksabgeordneter und werde mein Leben nicht mehr in diesen langweiligen Versammlungen verplempern, wo die Leute an allem rummäkeln, was ich tue. Ich kann mich anderen Beschäftigungen widmen, zum Beispiel der, dich wieder glücklich zu machen.»

«Geld ist besser als keins, aber ich warte nicht noch ein Jahr, bis du mit dir klarkommst. Du hast mich belogen.»

«Hab ich nicht.»

«Verschweigen ist auch eine Art Lüge.»

«Welcher Mann kommt schon nach Hause und verkündet seiner Frau, dass er eine Affäre hat? Ich habe gesagt, ich bin nicht stolz auf mich.» Er senkte den Blick, hob ihn dann wieder. «Hast du einen Detektiv auf mich angesetzt?»

«Nein. Jeder Detektiv hier in der Gegend kennt den Sheriff. Wenn dich jemand beschatten würde, käme Rick Shaw auf der Stelle dahinter. Er wird vom Bezirk bezahlt. Du bist Abgeordneter. Ich habe meinen Stolz und meine Neugier heruntergeschluckt.»

«Es tut mir Leid, Aileen.»

«Mir auch.»

«Ich kann nicht zurücktreten. Ich kann dir das später erklären, aber jetzt nicht. Ich muss am Ball bleiben und meine Verbindungen nach Richmond offen halten.»

«Du bist ein politisches Risiko geworden.»

«Ich habe mich unbeliebt gemacht, aber das gibt sich. Bei der nächsten öffentlichen Versammlung Ende des Monats lege ich einen Plan für an Gegenleistungen gekoppelte Sozialleistungen vor, der Arbeitsplätze und neuen Wohnraum schafft. Der Plan ist gut und wird den Bezirk nicht viel kosten. Ein Prozent Aufschlag auf Luxuskäufe innerhalb des Bezirks.»

Sie fragte sich, ob er ein Schwachkopf war oder sich absichtlich vage ausdrückte. «Verlockend. Archie, ich möchte, dass du ausziehst. Wenn du diese Affäre beenden kannst, bring deinen Saustall in Ordnung, dann können wir uns unterhalten.»

«Du kannst mich nicht aus meinem eigenen Haus werfen.»

«Ich kann und ich werde. Deine Klamotten sind gepackt. Dein Computer und deine Disketten sind in der schwarzweißen Kiste. Alles ist ordentlich in dem Anhänger in der Garage verstaut, der an deinen Land Rover gekoppelt ist. Wenn du bis Mittag nicht hier raus bist, rufe ich den Sheriff an. Ich denke, so lange wirst du brauchen, um einzupacken, was du sonst noch mitnehmen willst.»

«Und was soll der Sheriff deiner Meinung nach tun?», fragte Archie streitlustig.

«Dich rauswerfen, weil ich dich anzeigen werde wegen Misshandlung deiner Ehefrau. Das bedeutet das Ende deiner Karriere. Ein für allemal.» Er lief in die Garage. Sie hatte nicht geblufft. Dort stand ein beladener Anhänger. Er rannte in die Küche. Aileen war dabei, die Spülmaschine auszuräumen.

«Und wo soll ich bitte schön wohnen?»

«Blair Bainbridge hat gesagt, er bringt dich in seinem Gästezimmer unter. Wenn das nicht hinhaut, in der Second Street/Ecke High Street ist eine Wohnung zu vermieten. Siebenhundertfünfzig Dollar im Monat. Die Nummer steht auf einem Haftzettel an deinem Lenkrad.» Sie machte die Spülmaschinentür zu. «Und ich habe deiner Mutter Bescheid gesagt.»

«Warum regierst *du* nicht die Welt?»

«Gute Idee.»

33

Der *Daily Progress*, der ausgebreitet auf dem Tisch lag, brachte den Bericht über Tommy Van Allen auf der Titelseite. Pewter saß auf der Zeitung. Die große Neuigkeit war, dass man Kokain in seinem Blut gefunden hatte.

Im Postamt herrschte Hochbetrieb. Die Leute waren erschüttert, und jeder hatte seine eigene Theorie. Niemand war auf den Anblick von Tommys Witwe Jessica gefasst, die am Steuer von Tommys feuerrotem Porsche die Main Street entlangfuhr.

Harry und Mrs. Murphy bemerkten sie als Erste. «Sie hätte wenigstens warten können, bis er kalt ist.» Als ihr klar wurde, was sie da gesagt hatte, fügte sie rasch hinzu: «Verzeihung.»

Die Menschen, die sich im Postamt drängten, redeten alle auf einmal. Reverend Jones war noch immer nicht darüber hinweggekommen, dass Tommys Fliegerjacke auf dem Sitz seines Transporters gefunden worden war. Big Mim erklärte, die Leute hätten keine Manieren mehr, deshalb sollten sie sich über das Benehmen von Mrs. Van Allen nicht wundern – die ursprünglich aus Crozet stammte und jetzt aus Aiken gekommen war. Man munkelte, dass sie einen Polospieler zum Geliebten hatte, der diskret in South Carolina geblieben war. Tally Urquhart sortierte ihre Post. Sarah Vane-Tempest erklärte, die ganze Welt sei verrückt geworden. Susan Tucker ermahnte die Anwesenden, keine voreiligen Schlüsse zu ziehen.

Als Blair hereinkam, krallte ihn sich Big Mim sofort.

«Was halten Sie davon?»

«Es ist makaber», erwiderte er.

«Nicht das. Was halten Sie von ...» Sie brach mitten im Satz ab, weil sie Archie Ingram gesichtet hatte, der mit einem Anhänger hinter seinem Land Rover vorüberfuhr. «Was um Himmels willen ...?»

Blair schluckte. «Verdammt. Verzeihung, Mrs. Sanburne. Ich muss gehen.»

«Blair, deine Post», rief Harry ihm nach.

Er schloss die Tür, ohne sie gehört zu haben.

«Ist das nicht höchst sonderbar?» Miranda Hogendobber ging zur Tür.

Cynthia Cooper fuhr vor, ebenso Ridley Kent, der selbst in einem alten Tweedsakko elegant aussah. Er verbeugte sich und hielt Cynthia die Tür auf, während Miranda zurücktrat. Cooper wünschte, Ridleys Höflichkeit würde von aufrichtigem Interesse künden, wusste aber, dass dem nicht so war.

Alle begrüßten sich.

«Ich wusste, dass ich die Truppe hier finden würde», murmelte Cynthia und ging zu ihrem Postfach.

Tucker saß vor dem Eingang. Sie konnte sich von den Katzen erzählen lassen, wer was zu wem gesagt hatte. Sie wollte die Autos beobachten und Gesprächsfetzen auf dem Parkplatz aufschnappen.

«Herb, wann findet die Trauerfeier statt?», fragte Mim.

«Donnerstag um zehn.»

Mrs. Murphy saß neben Pewter auf dem Schalter; beide Katzen waren sorgsam darauf bedacht, nicht mit dem burgunderroten Stempelkissen in Berührung zu kommen.

«Warum haben Sie Archie Ingram nicht verhaftet?», wollte Sarah von Cynthia wissen.

«Wir haben ihn gestern verhaftet. Er wurde heute gegen Kaution entlassen.»

Tiefe Stille.

«Wegen Mordes?», fragte Mrs. Murphy.

Aller Augen schnellten zu der maunzenden Katze, dann wieder zu Cooper, deren linke Wange eine rötliche Schwellung aufwies, die sich bald verfärben würde. Cynthia ging zu Murphy und Pewter und streichelte sie.

«Ich meinte nicht, weil er Sie geschlagen hat – ich meinte, weil er auf meinen Mann geschossen hat.» Sarahs wohlklingende Stimme wurde schrill.

«Mrs. Vane-Tempest, das ist nicht erwiesen», sagte Cynthia nur.

Ridley Kent ergriff das Wort und sein voller Bariton erfüllte den Raum. «Wir sind alle beunruhigt. Wie könnte es anders sein?» Er blickte in die Runde, wartete auf Zustimmung. «Wir sind jetzt alle hier. Warum stecken wir nicht die Köpfe zusammen?»

Mim, die gewöhnlich die Gruppe anführte, taxierte den Thronräuber mit kühlem Blick. «Gute Idee.»

Ridley, der sich seiner Anmaßung bewusst wurde, fügte sich der Queen von Crozet. «Wenn Sie gestatten, Mim. Sie verstehen von diesen Dingen mehr als irgendjemand von uns.»

Sie lächelte und trat vor. «Die Umstände von Tommys Tod sind noch ungeklärt, stimmt's?»

Cynthia nickte. «Wir wissen, dass er in den Kopf geschossen wurde, das steht ja auch in der Zeitung. Es wird eine Weile dauern, um die Todeszeit zu bestimmen, weil er vollkommen konserviert war. Aber er hatte Kokain im Blut.»

«Mir geht es nicht um Tommy. Er ist bei seinem Erlöser. Mir geht es um Henry. Was, wenn der Mörder noch einmal zuschlägt?» Sarahs Augen wurden feucht.

«Könnte es ein Unfall gewesen sein?», fragte Herb, obwohl er es selbst nicht glaubte.

«Drei Schüsse? Nein.» Ridley verschränkte die Arme.

«Gibt es eine Verbindung zwischen Sir H. Vane-Tempest und Van Allen? Etwas, das wir übersehen haben?», warf Harry ein.

«Auf den ersten Blick nicht, aber wir gehen der Sache auf den Grund», erwiderte Cynthia. «Diese Dinge brauchen Zeit und ich verstehe Ihren Unmut. Haben Sie Geduld.»

«Wäre es nicht sinnvoll, die Leute zu vernehmen, die die Gewehre und Uniformen verkauft haben?», dachte Harry laut. «Vielleicht gibt es da etwas Ungewöhnliches. Man hat Archies Enfield-Gewehr und die Gewehre der anderen untersucht» – sie nickte den Versammelten zu –, «aber wie steht es mit den Lieferanten? Wer auf H. Vane geschossen hat, musste sich das Zeug besorgen. Er stand mit diesen Leuten in Verbindung.»

«Und mit allen anderen, die an dem Reenactment

teilgenommen haben. Trotzdem, wir sind ihnen auf der Spur, einem nach dem anderen. Ich hatte keine Ahnung, dass Nachstellungen von Bürgerkriegsschlachten so detailgetreu sind.»

«Fanatisch», sagte Sarah schnippisch.

«Wissen Sie von einer Verbindung zwischen Tommy Van Allen und Ihrem Mann, von der privaten mal abgesehen?», fragte Herb Sarah.

«Nein», log sie.

«Fertigt Mrs. Woo nicht historische Uniformen an?» Harry erinnerte sich an die Schneiderin, die hinter dem Rio-Road-Einkaufszentrum ein kleines Geschäft betrieb.

«Sie macht alles.» Mim nickte. «Sie kann in Windeseile ein Kleid aus den 1830er Jahren kopieren, das sogar einen Museumsdirektor täuschen würde. Sie hat viele Uniformen geschneidert.»

«Sie steht auf unserer Liste. Wir waren noch nicht bei ihr. Zunächst haben wir uns auf die Waffenlieferanten konzentriert, in der Hoffnung, die Herkunft des Gewehrs verfolgen zu können. Wir haben zwei Kugeln, eine intakt und eine abgeflacht, diejenige, die in Sir Vane-Tempests Schulterblatt stecken geblieben ist. Die dritte fehlt.»

«Verhaften Sie Archie Ingram.» Sarah schlug auf den Schalter, sodass die Katzen zusammenzuckten.

«Mrs. Vane-Tempest, Sie können sich nicht vorstellen, mit welchem Vergnügen ich das tun würde, aber ohne Beweise kann ich ihn nicht verhaften.»

«Er war hinter meinem Mann.»

«Ich auch», sagte Ridley. «Ebenso Blair, Herb und halb Crozet.»

«Ihnen ist es egal, was Henry zustößt. Sie können ihn nicht leiden!», schrie Sarah.

«Ma'am, ich befolge die Gesetze des Landes, und ich kann Archie Ingram nicht verhaften. Nicht ohne einen zwingenden Verdacht.»

Herb hob seine imposante Stimme. «Wichtig ist, dass wir in Verbindung bleiben. Wenn uns etwas Verdächtiges auffällt, rufen wir den Sheriff oder Deputy Cooper an. Und uns gegenseitig.»

«Glauben Sie, dass wir alle in Gefahr sind?» Mim ordnete ihren Poststapel. Sie war weniger verängstigt als neugierig.

«Nein», erwiderte Cynthia.

«Ein Glück für Sie.» Sarah stolzierte wütend aus dem Postamt.

Daraufhin fingen wieder alle auf einmal zu reden an. Ridley Kent lief ihr nach.

Tucker lauschte aufmerksam, dann kam sie durch die Tierpforte ins Postamt. *«Die ist fuchsteufelswild.»*

Die Katzen sprangen zu ihr herunter. *«Kann man ihr nicht verdenken.»*

«Warum Blair wohl so Hals über Kopf Archie hinterhergelaufen ist?», fragte Pewter den Hund.

«Er hat sich ins Auto gezwängt und ist nach Hause gebraust. Schon merkwürdig.»

«Lass uns heute Abend nach der Arbeit hingehen», schlug Murphy vor.

«O ja», fiel Pewter ein.

Einer nach dem anderen verließen die Menschen das Postamt. Cynthia, Tally und Mim blieben zurück.

Miranda machte Tally einen belebenden Tee, da sie ein wenig schwächelte.

«Es gibt nicht auf alle Fragen eine Antwort.» Die alte Dame trank ihren Tee pur.

Mim widersprach ihrer Tante. «Ich glaube doch. Aber wir möchten sie nicht immer hören.»

«Das meinst aber auch nur du.»

«Niemand wollte wissen, warum Jamie Biddy Minor erschossen hatte.» Big Mim konnte es nicht ausstehen, wenn ihr jemand widersprach, nicht einmal Tally – oder gerade Tally. «In jedem Ort gibt es unaufgeklärte Verbrechen, weil die Menschen die Antwort nicht wissen wollen.»

«Was würde es nützen, wenn man sie wüsste? Alle sind tot. Wie sie diesen Zustand erreicht haben, ist unerheblich», blaffte Tally.

Die Katzen hüteten sich, in Tallys Anwesenheit auf den Tisch zu springen. Sie beugten sich stattdessen aus dem leinenen Postkarren, die Köpfe lugten über die Kante. Tucker saß unter dem Tisch.

«Schwarzgebrannter Schnaps», rief Harry über die Schulter, während sie den Papierkorb in einen Plastikmüllsack ausleerte. «Ich weiß, das war nicht der Grund, aber die vorgeschobene Erklärung.»

«Mein Bruder hat auch nicht mehr Schnaps gebrannt als alle anderen damals in Albemarle County», sagte Tally. «Böses Blut.»

«Muss schon schrecklich böse gewesen sein, wenn Jamie ihn erschossen hat», sagte Miranda. «Beides so stattliche Männer. Ich habe sie auf Bildern gesehen.»

«Ihresgleichen habe ich nie wieder gesehen.» Tally starrte in die Ferne.

«Hatte Jamie nicht ein Problem mit Spielsucht?», fragte Mim ihre Tante.

«Mim, mein Bruder hatte viele Probleme. Egal, was – Glücksspiel, Pferde, Weiber, Wein. Besonnenheit war nicht seine Parole.»

«Tommy Van Allens auch nicht.» Harry, die ihre Aufgabe erledigt hatte, lehnte sich ans Waschbecken.

«Vergleichbare Persönlichkeiten. Es wäre einleuchtender gewesen, man hätte Jamie erschossen, nicht Biddy. Biddy war alles in allem ein vernünftiger Mensch.» Tally ließ sich von Miranda nachschenken.

«Wir werden es wohl nie erfahren.» Harry ging zur Trennklappe und schlug die Zeitung auf. Der hintere Teil fiel auf den Boden. Sie hob ihn auf, ohne ihn zu lesen.

«Die Menschen tun fürchterliche Dinge. Einfach so», sagte Tally. «Wir sind Tiere mit einem dünnen Manierenmäntelchen.»

«Das verbitte ich mir.» Murphys Schwanz zuckte.

Harry öffnete eine Dose Haute-Feline-Katzenfutter und gab jeder Katze ein Fischchen.

«Hey.»

Sie gab Tucker einen Hundeknochen.

«Mary Minor, Sie erinnern mich an Ihren Urgroßvater. Sie haben seine Augen und Sie sind genauso neugierig.»

«Mochten Sie meinen Urgroßvater?»

«Mehr als das. Als Schulmädchen war ich in ihn verknallt. Biddy war ungeheuer attraktiv. Lockiges schwarzes Haar und diese blitzenden schwarzen Augen. Und dieses Lächeln! Mit seinem Lächeln konnte er ein Zimmer erleuchten. Er hat auf Pferde gewettet, Karten, Hähne ... das taten alle. Er und Jamie haben zusammen Kampfhähne gezüchtet. Habe mich oft gefragt, ob es nicht das war. Schnaps war es bestimmt nicht, davon bin ich überzeugt.»

«Wo haben die Hahnenkämpfe stattgefunden?», fragte Miranda. «Hatten Sie nicht einen Kampfplatz auf der Farm? Oh, ich kann mich kaum erinnern. Meine Momma hat mich nicht dorthin gelassen.»

«Einen schönen Kampfplatz draußen bei der hinteren Scheune.» Sie deutete auf Harry. «Wo Sie das Flugzeug entdeckt haben. Heute ist nichts mehr davon zu sehen. Jetzt stehen da lauter verrostete Transporter und Traktoren herum. Ist ja jetzt alles verboten.» Sie zuckte mit den Achseln.

Als Mim, Tally und Cynthia gegangen waren, nahm Harry die Zeitung, um sie in den Müllsack zu stopfen. Sie warf einen Blick auf die letzte Seite. «Miranda, haben Sie das gelesen?»

«Was?»

Sie beugten sich über den Bericht und kicherten über ein großes Foto von einem Golden Retriever hinter dem Lenkrad eines Dodge Ram.

Harry las laut: «‹Maxwell, ein Golden Retriever im Besitz von Stuart Robinson aus Springfield, Massachusetts, bekam heute eine Verwarnung wegen Fahrens ohne Führerschein. Laut Robinson befand sich der Hund, als er selber an der Tankstelle ausstieg und den Motor laufen ließ, in der Fahrerkabine des Transporters. Er wisse nicht, wie, aber Maxwell habe den Wagen die Straße hinunter gefahren, bis er schließlich von einem Briefkasten gestoppt wurde.›»

Miranda lachte. «Art Bushey wird den Hund entführen und hinter das Steuer eines Ford setzen.»

Sie lachten noch mehr.

Pewter sagte: *«Ich könnte einen Transporter fahren, wenn ich müsste.»*

«Könntest du nicht», sagte Tucker. *«Du hast nicht genug Kraft, um das Lenkrad zu halten.»*

«Hab ich wohl.»

«Sie könnte es.» Mrs. Murphy ergriff für Pewter Partei.

«Das glaub ich erst, wenn ich's sehe.»

Nach der Arbeit kletterten die Katzen in den geparkten Transporter und übten.

«Ist schwerer, als ich dachte», gestand Pewter.

«Ja, und wir bewegen uns nicht mal von der Stelle.» Murphy kugelte sich vor Lachen.

«Komm, gehen wir rüber zu Blair.»

34

Die Katzen waren an dem tiefen Bach zwischen Harrys und Blairs Grundstück angelangt, bevor Tucker sie einholte.

Sie rannte, was das Zeug hielt, bremste schlitternd, ihr Hinterteil drehte sich herum und malte einen Halbkreis ins Gras. *«Ihr habt mich hintergangen!»*

«Du hast geschlafen.»

«Hab ich nicht. Ich hab meine Augen geschont.»

«Klar.» Pewter besah sich das steile Ufer ohne jegliche Begeisterung, setzte aber hinüber.

Archie Ingrams Anhänger stand neben dem göttlichen Porsche.

Die Tiere untersuchten ihn gründlich, dann sprang Murphy auf den Porsche und hinterließ auf der Kühlerhaube und dem Dach zierliche Pfotenabdrücke.

«Tussimagnet.» Von oben sah sie durchs Fenster und betrachtete die üppige Lederausstattung.

«Das hat er wohl kaum nötig.» Tucker beschnüffelte die Reifen. *«Er war bei Little Mim. Ihr lächerlicher bretonischer Vorstehhund hat den Wagen markiert.»*

«Du kannst ihn nicht ausstehen, weil er vollendet gepflegt ist.»

«Murphy, sei nicht albern.» Tucker kehrte der Katze den Rücken zu und ging zum Haus.

«Da kannst du ohne uns nicht reingehen.» Pewter hielt mit dem Hund Schritt.

«Nicht reingehen», befahl Murphy, die vorsichtig vom Auto rutschte.

«Warum nicht?»

«Wir würden sie stören.»

«Sie werden uns gar nicht beachten. Blair wird die Tür aufmachen, uns was zu essen geben und dann fortfahren mit dem, was er gerade tut.» Pewter öffnete die Tür der hinteren Veranda mit Leichtigkeit, denn sie war verzogen.

«Die Wahrheit kommt raus.» Pewter nahm rasch die Pfote von der Tür. *«Hör zu. Findest du es nicht merkwürdig, dass Archie Ingram mit einem Anhänger in Blairs Zufahrt steht? Du und ich klettern am besten auf den Baum. Dann können wir alles sehen – die Fenster sind offen.»*

«Du kletterst auf den Baum. Ich setze mich auf die Küchenfensterbank.» Pewter ging ans Fenster und sprang auf das Sims.

Wäre kein Fliegengitter im Fenster gewesen, wäre sie in die Küche gesprungen.

«Und wo bleib ich?»

«Tucker, ich mach dir die Tür einen Spalt auf. Leg dich hin, mit der Nase in der Tür. So kannst du alles sehen und hören. Wenn sie dich bemerken, tust du, als wärst du froh, sie zu sehen, und gehst rein. Ich bleib auf dem Baum.»

Pewter sah zu, wie Blair Kaffee aufbrühte. Seine Luxusmaschine kostete mehr als das Profigerät in Markets Laden. Ein halber Liter Sahne stand daneben auf der Anrichte. Archie saß zusammengesunken am Tisch, den Kopf in eine Hand gestützt.

«Komm, Archie, das bringt dich wieder auf Touren.»

Archie seufzte, spielte mit seiner Tasse. «Hm.»

«Jetzt krieg dich wieder ein. Sie hat dich nicht erschossen. Sie läuft nicht in der Stadt rum und erzählt Geschichten.» Er reichte ihm die Sahne. «Sie hat dir eine Auszeit gegeben, um ins Reine zu kommen.»

«Hm.» Er trank einen Schluck Kaffee.

«Gut?»

«Hm.»

«Überrasch mich mal, Arch. Variier deinen Wortschatz. Wie wär's zur Abwechslung mit ‹Ja›?»

Archies Mundwinkel kräuselte sich aufwärts. «Ja.» Er trank noch einen Schluck.

«Wenn das dich nicht belebt, müssen wir uns nach Kokain umsehen», witzelte Blair.

«Man sagt, dass Tommy deswegen umgebracht wurde. Dass du und Van Allen in den Radkappen eurer Porsche Kokain schmuggelt.»

«Die Leute reden viel.»

Archie zuckte die Achseln. «Nimmst du welches?»

«Früher mal. Jetzt nicht mehr.»

«Hattest du Probleme damit?»

«Nein.» Blair setzte sich ihm gegenüber. «Aber ich habe viele andere gesehen, die damit Probleme hatten, also habe ich aufgehört, als ich noch konnte.»

«Aileen will, dass ich meinen Sitz in der Bezirksversammlung aufgebe.»

«Keine gute Idee.» Blair leerte seine Tasse und stand auf, um sich nachzuschenken.

«H. würde mich erschießen.» Archie lachte trocken. «Sarah, dieses Miststück, brüllt durch den ganzen Bezirk, dass ich auf H. geschossen habe. Herrgott, ich würde ihn nicht erschießen. Erdrosseln vielleicht, aber nicht erschießen.»

«Was ist zwischen euch vorgefallen? Eben wart ihr noch …»

Archie schlug mit der flachen Hand auf den Tisch und erschreckte Blair und die Tiere auf ihren Beobachtungsposten. «Ich hatte es satt, jeden Scheiß von ihm zu schlucken. Wer hatte denn das ganze Risiko? Ich! Was ich auch tat, es war nie genug. Er wollte mehr wissen, und zwar möglichst gestern. Wie oft kann der Mensch die verdammte Straße nach Richmond rauf und runter fahren?»

«Monsieur erteilt gern Befehle.» Blair sah nach der alten Bahnhofsuhr an der Wand. Es war die gleiche wie im Postamt. Halb sieben.

«Wenn rauskommt, dass ich da mitmische, kann ich einpacken.»

«Nun übertreib mal nicht so», ermahnte ihn Blair. «Das Gesetz ist vage auf diesem Gebiet. Jemand müsste beweisen, dass du dein Amt zum persönlichen Vorteil missbraucht hast. Außerdem sind die Informationen, die du uns in Sachen Straßenerschließung gegeben hast, der Öffentlichkeit bekannt.»

«Der Zeitplan aber nicht.»

«Doch.»

«Der *echte* Zeitplan», schoss Archie zurück, der für Blairs Widerspruchsgeist nicht in Stimmung war.

«Na und? Das müsste man erst mal beweisen. Himmel nochmal, Archie, du hast gewusst, worauf du dich einlässt. Jeden Tag, in jedem Beruf, werden Informationen gekauft und verkauft. Wenn du clever genug bist, auf die Innenbahn zu gelangen, gewinnst du.» Blair, an seinen Kühlschrank gelehnt, schob die Hände in seine Gesäßtaschen. «Wir sind mit unseren Aufkäufen fast fertig. Bleibt noch das Catlett-Grundstück. Aber auch ohne das sind wir gut dabei. Danach, Archie, ist alles unter Dach und Fach. Mach jetzt nicht schlapp. Hast du Hunger?»

«Mir ist der Appetit vergangen.»

«Mir nicht», rief Pewter auf der Fensterbank.

«Dummkopf!» Murphy hätte ihr am liebsten die Ohren lang gezogen.

Pewter kannte keine Zurückhaltung.

Das Maunzen der Katze schreckte die beiden Männer auf.

Blair lachte. «Pewter, du schamlose Lauscherin.»

Tucker stieß die Tür auf und tänzelte herein. *«Hi.»*

«Ob Harry in der Nähe ist?» Archie stand auf und ging draußen nachsehen. Dann kam er wieder herein. «Nein, aber ich höre sie auf ihrem Traktor.»

«Das Ding ist museumsreif.» Blair stellte Sahne für Pewter hin und gab Tucker altbackenes Brot, das er für die Vögel aufgehoben hatte.

Aufgebracht kletterte Mrs. Murphy rückwärts vom Baum und katapultierte sich in die Küche.

«Idioten!»

«Spielverderberin.» Pewter leckte sich die Lippen; ein Tropfen Sahne fiel von ihrem Kinn.

Das Aroma der gehaltvollen Sahne zerstreute Murphys Bedenken. Sie sprang neben Pewter.

«Vollzählig versammelt.» Blair kraulte Mrs. Murphy am Schwanzansatz.

«Verdammte Katze.» Archie funkelte Murphy mit zusammengekniffenen Augen an.

Blair lachte. «Sie hatte einen großen Auftritt bei der Versammlung.»

Archie hielt seine Kaffeetasse mit beiden Händen fest, als könnte sie ihm wegfliegen. «Glaubst du, dass Sarah H. betrügt?»

Blair zog eine Braue hoch. «Woher soll ich das wissen.»

«Ridley sagt, sie hätte was mit Tommy gehabt.» Archie behielt listig für sich, dass Ridley ihm auch erzählt hatte, Sarah hätte mit Blair geschlafen.

«War Ridley betrunken oder nüchtern?»

«Nüchtern.»

«Ich weiß nicht.» Er wusste es sehr wohl, weil Tommy ihm von der Affäre erzählt hatte, doch Blair hatte ihm sein Wort gegeben, es nicht auszuplaudern. «Sex bringt uns alle in die Bredouille.»

Das Telefon klingelte. Blair nahm ab. «Hallo.» Dann hielt er die Sprechmuschel zu. «H. Vane.»

Archie stand auf und legte sein Ohr an den Hörer. Murphy gesellte sich zu ihnen. Archie stieß sie weg, doch sie ließ sich nicht vertreiben.

«Blair, ich hätte gern morgen um drei eine Besprechung mit dir und Archie. Passt dir das?»

«Ja.»

«Und Arch? Ich weiß, dass er bei dir ist. Er ist am Postamt vorbeigefahren, und man hat gesehen, wie du rausgerannt bist. Ist eben eine kleine Stadt hier.»

«Er wird da sein.»

Archie schnappte sich den Hörer. «Ich werde da sein.»

«Hast du auf mich geschossen?»

«Nein.»

«Dachte ich mir.»

«Wo ist Sarah? Sie wird dich doch nicht mit mir telefonieren lassen, nach allem, was sie rumerzählt.»

«Sie ist zum Markt gefahren. Bei ihrer Fahrweise dauert das zwei Minuten. Ich dachte, ich rufe an, solange ich die Möglichkeit habe.»

«Wie willst du für diese Besprechung aus dem Haus kommen? Und wo soll sie stattfinden?», fragte Blair.

«Bei dir. Ich kann Auto fahren.»

«Prima», sagte Mrs. Murphy zu den anderen. *«H. Vane kommt morgen um drei zu einer Besprechung hierher.»*

«Dann sind wir bei der Arbeit.» Tucker war enttäuscht.

«Überlass das mir.» Murphy versuchte noch mehr mitzubekommen.

«Wenn Sarah erfährt, dass du dich mit mir triffst, ist die Hölle los», sagte Archie.

«Sie wird tun, was ich ihr sage. Ich bezahle die Rechnungen, klar?»

«Klar», erwiderte Archie mit einem Anflug von Bitterkeit in der Stimme.

35

Wo steckt bloß die Katze?» Harry öffnete die Schranktüren, um sicherzugehen, dass sie die naseweise Mrs. Murphy nicht irgendwo eingeschlossen hatte.

Das Telefon klingelte. Harry vermutete, dass es Miranda oder Susan war, Frühaufsteherinnen wie sie selbst. Manchmal rief Fair an, wenn er von einem Notfall, der ihn die ganze Nacht wach gehalten hatte, nach Hause kam.

Es war sechs Uhr. Sie war seit einer halben Stunde auf.

«Morgen, Camper, raus, raus, raus. Ein Lied, zwei drei, der Tag beginnt.»

Bevor Harry die zweite Strophe vom Stapel lassen konnte, sagte Mrs. Hogendobber knapp: «Wieder eine Gewalttat.»

«Was?»

«Mrs. Woos Geschäft ist abgebrannt. Höchstwahrscheinlich Brandstiftung.»

«Das ist doch nicht möglich.»

«Es war in den Nachrichten. Wenn Sie Ihren Fernseher ab und zu mal einschalten würden, dann … Schalten Sie ihn ein. Es ist die Story des Tages auf Kanal 29. Der Laden ist nur noch Schutt und Asche.»

«Verstanden. Wir sehen uns bei der Arbeit.» Harry legte auf, beugte sich über die Anrichte und schaltete den kleinen Fernsehapparat ein, den sie aus tiefster Seele hasste. Da Fair ihn ihr zum Geburtstag geschenkt hatte, konnte sie ihn nicht entsorgen.

«… Höchsttemperatur tagsüber zweiundzwanzig Grad, leichter Wind aus südlicher Richtung, gegen Abend zunehmende Bewölkung, Regenwahrscheinlichkeit nach Mitternacht fünfzig Prozent. Zurück zu Ihnen, Trish.» Der Meteorologe Robert Van Winkle lächelte.

Die junge Frau blickte ernst in die Kamera: «Unsere Topstory heute Morgen: Die Schneiderei Expert Tailoring Shop hinter dem Rio-Road-Einkaufszentrum ist letzte Nacht bis auf die Grundmauern niedergebrannt. Geblieben sind nur noch die verkohlten Reste. Hauptmann Johnson sagt …»

In der Aufzeichnung der vergangenen Nacht sprach der Feuerwehrhauptmann in die Kamera: «Dieser Vorfall wird gründlich untersucht. Wer gegen zwei Uhr morgens etwas Außergewöhnliches gesehen oder gehört hat, der melde sich bitte bei der Feuerwehr.» Er rasselte die Telefonnummer herunter, die zudem auf dem Bildschirm eingeblendet wurde.

«Glauben Sie, dass es Brandstiftung war?»

Mit äußerst resignierter Miene antwortete Ted

Johnson: «Wir ermitteln in alle Richtungen.» Er wiederholte: «Sollten Sie Hinweise bezüglich dieser Vorkommnisse haben, rufen Sie bitte unsere Hotline an. Sie ist rund um die Uhr besetzt.» Wieder lief die Nummer über den unteren Bildschirmrand.

«Dann haben Sie keine Anhaltspunkte?»

«Im Augenblick habe ich keine weiteren Informationen.» Er kehrte der Kamera den Rücken.

«Was in Teufels Namen geht hier vor?», rief Harry aus. «Mrs. Woo ist der reizendste Mensch im ganzen Bezirk.»

Murphy sprang hinter dem Sofa hervor, wo sie sich versteckt hatte.

«Mrs. Woos Laden ist abgefackelt worden», brüllte Pewter.

«Ich weiß. Ich hab das im Fernsehen gehört.»

«Wo bist du gewesen?» Harry warf Mrs. Murphy einen strengen Blick zu.

«Hab mich versteckt. Ich muss heute auf der Farm bleiben.» Sie war fest entschlossen, um drei Uhr an der Besprechung bei Blair Bainbridge teilzunehmen.

«Hier.» Harry öffnete eine Dose Katzenfutter.

Pewter schlich sich an Murphys Seite. *«Ein Festmahl.»*

«Verzieh dich», brummte Murphy.

Harry schöpfte einen großen Löffel voll in Pewters haferschleimfarbene Steingutschüssel.

PÖLSTERCHENFRESSER war auf Mrs. Murphys Schüssel gepinselt und auf Tuckers stand SUPERHUND.

«Das hängt mit dem Reenactment bei Oak Ridge zu-

sammen», behauptete Tucker. Sie setzte sich, während die Katzen aßen und Harry Susan Tucker anrief, um sich über die Neuigkeiten auszutauschen.

«Die Neulinge mussten sich in aller Eile Uniformen anfertigen oder ändern lassen. Alle sind zu Mrs. Woo gegangen. Sie wusste, wer bei dem Reenactment mitmachte», sagte Pewter.

«Ja, aber Herb Jones, H. Vane-Tempest und Rick Shaw wissen das auch – jeder Kompaniechef hat eine Liste der Männer. Das ist es ja, was mir auf dem Magen liegt. Sogar wir wissen es!» Mrs. Murphy schob ihre Futterschüssel beiseite.

«Mrs. Woo muss etwas gewusst haben.»

«Vielleicht gibt es gar keinen Zusammenhang, Tucker.» Pewter stürzte sich auf Murphys verschmähtes Futter.

«Sprich nicht mit vollem Mund. Das tun nur die Menschen. Widerlich.» Murphy rümpfte die Nase.

«Miss Manierlich.» Pewter schnippte mit dem Schwanz.

«Hört zu. Tucker, du gehst mit Mutter. Weiche nicht von ihrer Seite, egal, was passiert. Wir müssen heute hier bleiben.»

«Zu der Besprechung braucht nur eine von euch zu gehen.»

«Pewter und ich müssen die Karte lesen. Sie richtig studieren.» Mrs. Murphy saß so still wie die berühmte ägyptische Katzenstatue mit den Ohrringen.

«Warum bist du so beunruhigt?» Tucker legte den Kopf schief.

«Weil Harry das Flugzeug gefunden hat – meine

Schuld. Und weil Harry vorgeschlagen hat, alle Lieferanten für das Reenactment zu überprüfen. Erinnerst du dich? Sie erwähnte Waffenverkäufe, Uniformen. Am Ende geht sie einen Schritt zu weit.»

«Sie sollte lieber ihre Pistole bei sich tragen», empfahl Pewter weise.

«Das sagen wir ihr.» Mrs. Murphy rieb sich an Harrys Arm, die noch immer mit Susan sprach. *«Nimm deine Waffe mit.»*

«Sie ist ...» Pewter wurde von dem frechen Blauhäher abgelenkt, der vor dem Küchenfenster herabstieß.

Als er Pewter sah, segelte er direkt auf das Fenster zu, wendete dann, mit den Füßen voran und flatternden Flügeln, und machte vor dem Fenster eine Drohgebärde.

«Ich hasse diesen Vogel!», fauchte Pewter.

«Ich kann ihn auch nicht leiden. Komm», sagte Murphy.

Er kehrte noch einmal um und stieß ans Fenster, die Vogelversion des Stinkefingers. Pewter sprang ans Fenster und warf sich dagegen.

«Komm, Pewter.» Murphy trat sie mit dem Hinterbein.

Pewter rutschte von der Anrichte. Springen war nicht ihre erste Wahl. Wenn sie die Vorderpfoten auf Schränke stellen und sich rutschend nach unten bewegen konnte, traf sie mit einem sanfteren Plumps auf dem Boden auf. Bei dem vielen Fett endete ein Sprung mit einem lauten *Krawumm.*

Die drei liefen ins Schlafzimmer. Die Tür, gewöhnlich geschlossen, stand offen, weil Harry noch im Morgenrock war.

Der Revolver steckte in einem Transportkasten aus Hartplastik.

«Uff, ist das Ding schwer.» Murphy versuchte, den Kasten herauszuschieben.

«Versuchen wir's zu dritt.» Tucker quetschte sich links neben Murphy, wobei sie Turnschuhe und alte Cowboystiefel umstieß.

Pewter war schon auf Murphys rechter Seite.

«Ich zähl bis drei», rief Murphy. *«Eins, zwei, drei.»*

«Ah.» Sie stöhnten, aber es gelang ihnen, den Pistolenkasten halb aus dem Schrank zu wuchten. Harry würde darüber stolpern, wenn sie nicht hinsah, und sie musste an den Schrank, um ihre Stiefel zu holen.

«Glaubt ihr, sie kapiert's?» Pewter kratzte sich hinterm Ohr.

«Flöhe?»

«Nein», erwiderte sie zornig. *«Juckt bloß.»*

«Graue Tiere haben mehr Ärger mit Flöhen», verkündete Mrs. Murphy so feierlich wie einen Richterspruch.

«Du hast sie nicht mehr alle.»

Pewter schmierte Murphy eine, und die beiden Mädels gerieten aneinander. Tucker trat wohlweislich beiseite, gerade als Harry das Schlafzimmer betrat.

«Hey!»

Zwei wütende Gesichter wandten sich ihr zu.

«Sie hat angefangen.»

«Hab ich nicht», verteidigte sich Mrs. Murphy.

«Wagt es ja nicht, euch in meinem Schlafzimmer zu prügeln. Letztes Mal habt ihr Moms kristallenen Hirschkopf umgestoßen. Zum Glück ist er auf den Teppich gefallen. Ich hänge an dem Hirschkopf.»

Sie bückte sich, um ihre Stiefel zu holen.

«Nimm deine Pistole mit», sagte Pewter.

Harry schob den grauen Kasten zurück, dann hielt sie inne. Sie zog ihn heraus und öffnete ihn. Der polierte Chromlauf glänzte. Sie mochte Revolver. Sie lagen besser in der Hand als andere Faustfeuerwaffen. Als Mädchen vom Land war Harry mit Pistolen und Gewehren aufgewachsen. Sie wusste mit ihnen umzugehen. In der Stadt waren Waffen widersinnig, doch auf dem Land waren sie sehr sinnvoll, vor allem in der Tollwutzeit. Theoretisch trat die Tollwut das ganze Jahr über auf, aber Harry stellte im Frühjahr gewöhnlich einen Aufschwung fest. Es war eine furchtbare Krankheit, eine entsetzliche Todesart für ein Tier und zudem gefährlich für jedermann.

«Nimm die Pistole mit.» Tucker keuchte vor Nervosität.

Harry nahm ein durchsichtiges Hartplastikpäckchen mit Patronen heraus. Sie legte Munition und Waffe aufs Bett, dann zog sie ihre Socken an, stieg in ihre Jeans, warf ihr kariertes Hemd über, fuhr schließlich in die alten Stiefel und steckte das Päckchen in die Hemdtasche. Obwohl die Waffe nicht geladen war, sah sie zur Sicherheit noch einmal nach. Dann trug sie die Waffe zum Transporter und legte sie ins Handschuhfach.

Sie ging wieder ins Haus, um ihre Handtasche und die Tiere zu holen: «Aufbruch!»

Tucker stürmte durch die Fliegentür. Die Katzen folgten, rasten dann aber in den Stall.

«Murphy, komm jetzt her!» Harry legte eine Hand auf die Chromstange, die sie außen an beiden Türen angebracht hatte, um sich hinaufschwingen zu können.

«Vergiss es.» Tucker nahm auf dem Sitz Platz.

Harry ließ sich wieder herunterfallen. Sie stapfte zum Stall. Neugierig kamen die Pferde ans Tor. Harry brachte sie jeden Morgen als Erstes ins Freie.

«Sie ist stinkwütend», sagte Tomahawk zu Gin Fizz.

«Allerdings.»

Poptart trat zu ihnen. Menschliche Ausbrüche amüsierten sie, solange sie nicht auf ihrem Rücken stattfanden.

«Gehen wir!» Harry stampfte durch den Mittelgang. Keine Katze in Sicht, nicht mal ein Pfotenabdruck.

Die beiden Katzen hatten sich hinter einem Heuballen auf dem Boden versteckt. Ein verräterischer Halm flog herunter und wirbelte durch die frühe Morgensonne.

«A-ha!» Harry kletterte die Leiter so geschwind

hinauf, dass man sie für eine Katze hätte halten können.

«Weg hier!» Murphy schoss aus ihrem Heuballen hervor und stürmte zum hinteren Teil des Heubodens, wo die Ballen höher gestapelt waren.

Pewter machte sich ganz flach, und Harry stampfte vorbei, ohne sie zu sehen. Dann drehte die Katze leise um und ließ sich hinter eine alte Satteltruhe fallen, die mit einem Sammelsurium von Gebissen, Zügeln und altem Werkzeug abgestellt worden war.

Harry reckte den Hals, um hinter die Heuballen zu sehen. Ein leuchtendes Augenpaar starrte ihr entgegen.

«Geh zur Arbeit.»

«Komm da raus.»

«Nein.»

Sie sah auf die Uhr, die alte Bulova ihres Vaters. «Verdammt.»

«Geh schon.»

«Ich weiß, dass du Gemeinheiten zu mir sagst.»

«Nein, tu ich nicht.» Murphy missfiel Harrys Fehlinterpretation ihres Miauens. *«Nun geh schon.»*

Harry sah wieder auf die Uhr. «Dass du mir ja im Haus bist, wenn ich zurückkomme.»

«Versprochen.»

«Ich auch», rief Pewter.

Harry legte Hände und Füße außen um die Holme der Leiter und rutschte hinunter.

Als sie zu ihrem Transporter ging, platschte ihr ein dicker Regentropfen auf die Wange.

«Der Mann vom Wetterbericht hat gesagt, es regnet erst nach Mitternacht.»

Tucker, die auf dem Fahrersitz saß, bemerkte: *«Er hat gelogen.»*

36

Die beiden Katzen gingen zu Simons Nest hinüber. Simon machte ein Auge auf und wieder zu.

«Ich weiß, dass du wach bist.» Murphy kitzelte das Opossum mit ihrem Schwanz an der Nase.

«Ich bin müde. Ich war die ganze Nacht draußen auf Streifzug», grummelte er.

«In der Futterkammer.» Pewter lachte.

«Leg dich wieder schlafen. Ich leih mir die Karte aus, die ich hier verstaut habe. Ich bring sie dir nachher zurück.»

«Ist gut.» Er machte die Augen wieder zu.

Sie trugen die Karte zu der offenen Heubodentür, falteten sie auseinander und studierten sie.

«Es ist die Wasserscheide, wie du gesagt hast.» Pewter setzte sich auf die Ecke.

«Ich würde gerne wissen, was die einzelnen Quadrate bedeuten. Hast du eine Ahnung?»

«Nein. Sie sind in der Wasserscheide oder grenzen daran.»

«Komm, legen wir die Karte zurück. Vielleicht kommt

ja ein günstiger Zeitpunkt, um sie den Menschen zu zeigen.»

Der Blauhäher flitzte am Heuboden vorüber, erspähte die Katzen und kreischte: *«Thunfischstinker!»*

Pewter wollte sich auf den Vogel stürzen, doch Murphy hielt sie zurück. *«Lass dich doch von dem nicht provozieren. Willst du vom Heuboden fallen?»*

«Ich will den Vogel umbringen, und wenn es das Letzte ist, was ich tu.»

«Beherrsch dich.»

Schimpfend legte Pewter die Karte in Simons Nest zu seinen sich ständig mehrenden Schätzen. Der jüngste Fund war ein gerissener Keilriemen.

«Mrs. Murphy, lass uns heute mal gar nichts tun. Überhaupt nichts.»

«Gute Idee.»

37

Der schwere grüne Range Rover, für seinen Besitzer mit einem Weidenkorb von Harrods ausgestattet, rollte pünktlich um 14 Uhr 55 in Blair Bainbridges Zufahrt. Mrs. Murphy und Pewter, die den halben Weg über Blairs Heuwiese schon zurückgelegt hatten, sahen Sir H. am Steuer. Er trug einen Crocodile-Dundee-Hut, der gut zu seiner Safarijacke passte.

Vane-Tempest hielt nichts von Schnäppchen, wenn er den vollen Preis bezahlen konnte. Seinen Anzug hatte er bei Hunting World in Paris erstanden. Die Franzosen hatten ihn nach Strich und Faden ausgenommen.

Der Regenschauer am Morgen hatte den Himmel blank geputzt bis auf die mächtigen Kumuluswolken, die über die Berge lugten.

Pewter konnte Matsch nicht ausstehen. Sie hasste es, wenn er zwischen ihren Zehen Würmchen bildete. Sie musste warten, bis er getrocknet war, und ihn dann mit den Zähnen herauspicken. Mrs. Murphy, nicht gerade nachlässig in ihrer Körperpflege, war nicht ganz so penibel wie Pewter. Aber auf Pewters glänzend grauem Fell war ja auch jeder Fleck zu sehen, wogegen Mrs. Murphys braun-schwarze Streifen alle Unvollkommenheiten verbargen.

Pewter empfand ihre Farbe als etwas Besonderes, Begehrenswerteres als das Tigermuster ihrer Freundin. Tigerkatzen gab es schließlich wie Sand am Meer.

Die Katzen kamen an der Verandatür an, als Sir H. Vane-Tempest aus seinem Rover stieg. Er hatte abgenommen, seit er dreifach durchbohrt worden war, und sah erheblich besser aus als vorher.

Er klopfte an die Tür.

«Komm rein, H.» Blair kam ihm entgegen. «Arch ist im Wohnzimmer.»

Mrs. Murphy sauste zwischen Blairs langen Beinen hindurch. Pewter hinterher. «Ihr Racker!» Er lachte.

Während Blair Getränke servierte, schlichen Murphy und Pewter zur Wohnzimmertür. Vane-Tempest sah sie, als er ins Haus trat, achtete aber kaum auf sie. Für ihn waren Katzen bloß dumme Tiere.

«Arch ...» Vane-Tempest nickte ihm zu.

«H.», erwiderte Arch kühl. «Wie bist du Sarah entkommen?»

«Ich habe dir doch gesagt, sie wird tun, was ich ihr sage.» Auf seiner Stirn bildete sich eine Falte. «Boom Boom ist gekommen, um ihr lindernde Kräuter zu verabreichen. Guck mich nicht so an – das sind ihre Worte, lindernde Kräuter.»

«Verkauft sie immer noch das Kräuterzeugs? Wie nennt sie das nochmal, Aromatherapie?»

«Ja. Die Mädels gehen auf Einkaufstour. Boom Boom wird ihr von ihrer jüngsten Läuterung berichten. Sarah wird ihren Zorn vergessen, aber vorschlagen, dass wir es beide mit Lifeline versuchen. Das ist Boom Booms neueste Erlösungsmasche – sie ist so berechenbar.» Er lachte.

Archie lachte nicht. «Keine Frau ist berechenbar. Meine hat mich rausgeschmissen.»

«Das legt sich. Zeige Zerknirschung. Kauf ihr ein neues Auto oder so was.»

«So reich bin ich nicht.» Archie wandte sich missmutig ab und sah Mrs. Murphy unter dem Couchtisch sitzen.

«Das wird sich ändern.»

«Blair», rief Archie ungeduldig.

«Komme schon.» Er trug ein Silbertablett mit zwei Karaffen aus irischem Kristall und drei passenden Gläsern herein. «Sherry, wenn euch danach ist, oder Glenlivet.»

Vane-Tempest blickte sehnsüchtig auf den Scotch, dann seufzte er. «Einen Kaffee oder auch Tee. Bisschen früh für Tee, aber ich werd's überleben. Ich muss mich einschränken.» Er deutete auf den Alkohol.

«Also Tee. Arch?»

«Nichts, danke. Was macht diese Katze schon wieder hier? Harrys Katze.» Pewter sah er nicht. Sie hatte sich hinter einen Ohrensessel geduckt.

«Ich muss doch sehr bitten.» Murphy schlenderte keck in die Mitte des Raumes.

«Zwei Tage hintereinander. Ich stehe scheinbar hoch im Kurs.» Blair liebte Harrys Katzen.

«Schaff Murphy hier raus», brummte Archie.

«Bist du allergisch?», erkundigte sich Vane-Tempest höflich.

«Auf diese verdammte Katze schon. Sie hat mich auf der Versammlung zum Narren gemacht.»

«Dazu hast du die Katze nicht gebraucht», bemerkte Vane-Tempest trocken.

«Ich traue ihr nicht über den Weg. Sie ist mir unheimlich.» Archie zog einen Flunsch.

Blair hob Murphy hoch. «Komm, Herzchen. Ich geb dir was Leckeres, aber draußen.»

Murphy rümpfte die Nase. *«Du bist ein Arschloch, Archie Ingram.»* Dann rief sie Pewter zu: *«Versteck dich unterm Sofa. Wir treffen uns später draußen.»*

Blair lud sich Murphy auf die Schulter, während Pewter sich unter das große Sofa quetschte. Er wollte zum Abendessen pochierten Lachs machen, und nun schnitt er ein Stück ab und würfelte es, während das Teewasser kochte. Dann stellte er der Tigerkatze draußen eine kleine Schüssel mit frischem Lachs hin.

Murphy strich um die Autos. Die Fenster waren offen. Da konnte sie doch gleich innen weiterschnüffeln.

Sobald der Tee serviert war, kam Vane-Tempest zum Geschäftlichen. Da er dieses Treffen anberaumt hatte, musste er den Anfang machen.

«Ich komme gleich zur Sache: Sarah will an Teotan Incorporated beteiligt werden.»

«Weiß sie, was wir tun?»

«Nein, Arch, das weiß sie nicht.» Vane-Tempest warf ihm einen düsteren Blick zu. «Aber sie weiß, dass wir Land kaufen.»

«Hast du es ihr gesagt?» Archies rechtes Auge zuckte nervös.

«Nein. Sie hat meine Papier durchgesehen, als ich im Krankenhaus war. Unter den gegebenen Umständen war das verständlich. Ich habe ihr gesagt, dass die Anwälte alles regeln würden, aber damit gibt sie sich nicht zufrieden. Sie ist sehr beunruhigt. Außerdem traut sie meinen Anwälten nicht.»

«Traust du ihnen?»

«Selbstverständlich. Einige von ihnen arbeiten seit über fünfundzwanzig Jahren für mich. Sarah hat das Gefühl, dass sie im Ernstfall nicht mit ihr zusammenarbeiten und ihr nicht den vollen Umfang meines Besitzes offen legen würden.»

«Sie meint, dass die Anwälte sie übers Ohr hauen würden.» Sein Tonfall verriet sowohl Neugierde als auch Verärgerung.

«Nein. Ich glaube, das ist es nicht. Sie will die Dinge in die Hand nehmen. Sinnvolle Entscheidungen kann sie nur treffen, wenn sie präzise Informationen hat. Ich habe nie daran gedacht, bis sie auf das Thema zu sprechen kam, aber ich kann ihren Standpunkt verstehen.»

«Warum kannst du sie nicht über deine Investitionen unterrichten, ohne sie an Teotan zu beteiligen?», fragte Blair.

«Das kann ich durchaus.» Vane-Tempest hob die Hände. «Aber sie hat die Unterlagen einiger Immobiliengeschäfte eingesehen. Sie weiß natürlich, was Besitz bedeutet, folglich will sie hieran teilhaben. Das volle Ausmaß unserer Transaktionen ist ihr nicht bekannt.»

«Ich verstehe.» Blair schenkte sich ein Glas Sherry ein. Er mochte das nussige Aroma.

«Ich habe versucht, es ihr auszureden.»

«Und wenn wir uns weigern?» Archie verschränkte die Arme und lehnte sich zurück.

«Ich weiß nicht.» Er zuckte die Achseln. «Aber ich nehme an ... wie sagt man doch gleich ... es ist nicht sehr fein, aber, ach ja – besser, sie ist im Zelt und pisst hinaus, als dass sie von draußen hineinpisst.»

Blair und Archie schwiegen einen Augenblick.

«Ich merke schon, es passt euch nicht.»

Blair räusperte sich. «Es kommt überraschend. Nicht ihre Reaktion auf den Zweck unseres Unternehmens macht mir Sorgen. Sarah weiß Profit so gut zu würdigen wie jedermann – jede Frau.» Er strich sich übers Kinn. «Ich frage mich vielmehr, was wäre ihr Aufgabenbereich? Was sie an Mitteln in das Unternehmen einbringt, wären ja praktisch deine Mittel.»

«Sehr richtig. Sie hat nicht einen Penny, der nicht von mir kommt.»

«Und sie wäre stimmberechtigt. Ihr würdet Teotan kontrollieren.» Archie hatte die Situation erfasst.

«Es sieht vielleicht so aus, aber ich nehme ganz und gar nicht an, dass Sarah immer mit mir einer Meinung sein würde. Wenn ihr einen vernünftigen Vorschlag macht, könnte er sie überzeugen. Ich weiß nicht. Ich meine, es gibt wenig Anlass für Unstimmigkeiten. Unsere Stoßrichtung ist festgelegt, aber ich verstehe eure Bedenken. Es würde Teotan aus dem Gleichgewicht bringen.»

Archie stand auf, legte die Hände hinter den Rücken und ging auf und ab. «Sie ist intelligent. Sie ist schön. Wenn Teotan erst mal an die Öffentlichkeit tritt, würde sie eine ausgezeichnete Sprecherin abgeben. Die Leute vertrauen Frauen heutzutage eher als Männern.»

Blair hob eine Augenbraue. «Was meinst du genau mit ‹an die Öffentlichkeit treten›?»

«Natürlich keine öffentliche Auflegung. Nein,

wenn Teotan der Bezirksverwaltung seinen Plan vorlegt, wer könnte ihn besser präsentieren als Sarah? Sie eignet sich bestens dafür.»

«Daran habe ich nie gedacht.» Vane-Tempest lächelte.

Blair schenkte ihm noch eine Tasse Tee ein. «Möchtest *du* sie in der Firma haben?»

«Offen gestanden, zuerst nicht. Ich war gekränkt, als sie den Vorschlag machte, und verärgert, weil sie meine Papiere gelesen hatte. Sie hatte nur Zugang zu den Papieren im Haus, aber immerhin. Doch nachdem sie mir ihre Befürchtungen dargelegt hatte, überlegte ich mir, was ich in ihrer Situation tun würde: dasselbe.»

«Wenn wir Sarah zu diesem späten Zeitpunkt an Teotan beteiligen ...» Blair hielt inne. «Ihr würdet die Firma kontrollieren, nachdem ich siebenhundertfünfzigtausend Dollar reingesteckt habe. Das ist immerhin ...»

«Ich verstehe.» Vane-Tempest verstand es wirklich. Schließlich war er Geschäftsmann. «Du, Tommy und ich haben gleich große Anteile reingesteckt und Archie seine Arbeit. Wir haben, der genaue Terminus ist mir entfallen, das Recht der Überlebenden auf Tommys Anteil. Wir brauchen keinen weiteren Teilhaber. Und sie wird uns das Leben schwer machen.» Er wischte sich die Stirn. «Andererseits kann sie, abgesehen davon, dass sie Sprecherin wäre, mit Leuten umgehen. Sarah könnte – wie hat Ridley das einmal ausgedrückt? – einen Hund überreden, Vegetarier zu werden.» Er lächelte. «Was habt ihr doch für blumige Ausdrücke.»

«Du könntest sie an meine Stelle setzen», schlug Archie nüchtern vor. «Sie könnte meine Spuren verwischen.»

«Deine Spuren sind unsichtbar, Archie», sagte Vane-Tempest mit Nachdruck. «Ein Prüfer müsste zwei Scheinfirmen in Bermuda durchkämmen, und dein Name erscheint auf keinem Papier. Du wirst bar bezahlt.»

«Aileen hat gesagt, meine Karriere sei beendet.»

«Aileen kennt den Stand der Dinge nicht», erklärte Vane-Tempest entschieden.

«Was ich getan habe, ist unmoralisch.» Röte überzog Archies kantiges Gesicht.

«Blödsinn!», entfuhr es dem Engländer. «Verschon mich mit Aileens höherer Moral. Du hast eine vernünftige geschäftliche Entscheidung getroffen. Du lieferst uns zweckdienliche Informationen, knüpfst für uns Verbindungen zu den richtigen Leuten in Richmond und dienst deinem Bezirk. Unser Plan wird Albemarle helfen, mehrere Millionen Dollar einzusparen.» Er machte eine weitschweifige Geste. «Und warum sollten wir für unsere Weitsicht nicht angemessen belohnt werden?»

«Kopf hoch, Archie.» Blair stimmte mit Vane-Tempest überein, hatte jedoch auch Verständnis für Archies moralische Bedenken. Trotzdem, Archie hatte gewusst, worauf er sich einließ.

Archie überlegte. Der Plan würde dem Bezirk in

der Tat helfen, Geld einzusparen. «Der Plan ist gut, nicht?»

«Wir haben Tommy den ersten Anstoß zu verdanken.» Blair vermisste Tommy, der immer für einen Spaß zu haben gewesen war. «Wenn er mich nicht zu Flugstunden überredet hätte, dann hätte ich die Wasserscheide nie aus der Luft betrachtet.»

«Und wir hätten uns nicht mit unterirdischen Bächen und Flüssen beschäftigt.» Vane-Tempest lebte auf; der Tee tat seine Wirkung. «Wenn man die Landmasse betrachtet, kann man die Bodensenken ausmachen, die möglichen Wasserquellen. Dass niemand darauf gekommen ist, beweist, wie dämlich die Politiker sind. Anwesende natürlich ausgenommen.» Er nickte Arch zu.

«Manche sind dumm, andere haben Geld gescheffelt.» Archies Augen funkelten vor Zorn. «Niemand kann mir erzählen, dass mit einem Reservoir kein Vermögen zu machen ist, und dieses Vermögen würde nicht unbedingt hier gemacht. Außenstehende werden sich um die Vergabe bewerben, und ah, die staatliche Ausschreibung kann interessant werden. Ich habe mir diesen beschissenen Hokuspokus jahrelang angeguckt. Alles, was sie tun, ist Geld verschwenden, einen hübschen Batzen in die eigene Tasche wirtschaften und den Steuerzahler schwer bluten lassen.»

«Genau. Und deshalb ist unser Plan, den Nordwesten des Bezirks mit Brunnen zu versorgen, genial.» Blair richtete sich auf. «Die Brunnen, die wir bereits gebohrt haben, bewegen dreihundertdreißig Liter Wasser in der Minute. Das ist außerordentlich. Mit dem unterirdischen Wasser, das wir pumpen, können wir Free Union, Boonesville, Earlysville, den ganzen Nordwesten bis zur Bezirksgrenze versorgen. Es fallen lediglich Kosten für den Bau von Zisternen oder Wassertürmen an, und das kommt verdammt viel billiger als der Bau eines Reservoirs. Der Bezirk kauft uns das Wasser zu einem günstigen Tarif ab. Wenn das funktioniert, und ich weiß, dass es funktioniert, dann können wir es in den anderen Regionen des Bezirks genauso machen.»

«Aber dann werden wir mehr Konkurrenz haben. Andere werden uns nachahmen und anfangen, Land aufzukaufen.» Archie setzte sich wieder hin. «Es wird über die Brunnenbohrungen geredet, aber soviel ich weiß, hat noch niemand den Zweck erfasst. Aber die Leute werden Land kaufen. Wartet nur ab.»

«Ich werde mich darum kümmern. Es gibt keinen Grund, weshalb wir nicht einige von diesen Unternehmern in eine Dachgesellschaft aufnehmen oder für, sagen wir, den Südwesten des Bezirks Kommanditgesellschaften gründen können.» Vane-Tempest war in Fahrt: «Abgesehen davon, dass du uns informierst, was sich im Parlament tut, Arch, ist es deine Aufgabe, die Idee zu verkaufen, dass eine Anleihe aufgelegt werden muss, um Wassertürme und Zisternen zu errichten.»

«Das kann ich erst, wenn du deine Idee der Öffentlichkeit präsentiert hast.»

«Und hier kommt Sarah ins Spiel.» Vane-Tempest lächelte ohne Begeisterung.

«Ich brauche Zeit. Ich sage nicht nein, ich möchte es nur überdenken. Gebt mir eine Woche.»

«Das ist in Ordnung.» Vane-Tempest öffnete die Hände zu einer beschwichtigenden Geste. «Und nun zu etwas anderem. Wer von uns hat Tommy Van Allen umgebracht? Profitiert haben wir alle davon.»

Schockiert reagierte Archie als Erster. «Das ist ein widerlicher Scherz!»

Während die Männer sich stritten, kam Mrs. Murphy aus dem Range Rover. Sie hatte den Porsche 911 schon untersucht und hatte ihn nur ungern verlassen; er roch so gut. Der Porsche war klein, sodass er nur wenig Zeit in Anspruch genommen hatte. Im Range Rover dagegen hatte sie fast fünfundvierzig Minuten für intensives Schnuppern und das Öffnen von Fächern gebraucht.

Als Nächstes war der Anhänger an der Reihe.

Dieser Anhänger war an der Rückseite offen wie eine Pferdebox mit einer zweigeteilten Tür. Er war nicht ausgeladen worden. Es sah so aus, als könnte Archie sich nicht entscheiden, was er tun sollte.

Mrs. Murphy tappte über die Koffer, einen kleinen Schreibtisch und einen Stuhl. Ihre Augen gewöhnten sich an das Licht. Sie bemerkte eine Pappschachtel mit einer Abbildung von Handschellen, die achtlos in einen Karton geworfen worden war. Als sie die Schachtel anstupste, klapperte drinnen etwas. Sie versuchte sie zu öffnen, aber sie war fest verschlossen.

Murphy fuhr die Krallen aus und rückte der Schachtel mit voller Kraft zu Leibe. Als ihre Krallen sich ganz in die Pappe gebohrt hatten, bekam sie den Deckel mühelos auf. Ein Paar glänzende Handschellen, in denen der Schlüssel steckte, schimmerte ihr entgegen.

Das Zuschlagen der Verandatür warnte sie, dass ein Mensch im Anzug war.

Die Tigerkatze kletterte über Schreibtisch und Stuhl, und es gelang ihr, hinten hinauszuspringen. Sie erreichte den Boden, gerade als Vane-Tempest bei seinem Wagen ankam.

Bei ihrem Anblick fluchte Archie. «Wenn die verdammte Katze auf meine Sachen gepinkelt hat, bring ich sie um!»

Pewter huschte aus dem Haus und raste zu dem alten Friedhof. *«Nichts wie weg!»*

Mrs. Murphy sauste über den Feldweg, um Pewter einzuholen. Archies Flüche klangen ihr noch in den Ohren.

38

Die im Laufe der Zeit verwitterten alten Grabsteine hoben sich düster vor der Silhouette der Weide ab. Die Bestatteten waren Angehörige von Herb Jones' Familie, die einst das Land bestellt hatte, das jetzt Blair Bainbridge gehörte. Wie es in Virginia Brauch war, wurden die Gräber der Vorfahren auch dann noch von den Familienangehörigen gepflegt, wenn das Land in andere Hände übergegangen war.

Einmal im Jahr richtete Herb Grabsteine auf, pflanzte Blumen und schnitt die prachtvolle Buchsbaumhecke, die die Südwestseite begrenzte. Herbs Rückenschmerzen nahmen mit der Zeit immer mehr zu. Blair hatte angefangen, ihm bei der Pflege des Friedhofs zu helfen, und erfuhr dabei die Geschichte derer, die dort ruhten.

Blair mähte den Rasen, beschnitt Bäume und jätete das Unkraut rund um die Kanten der Steine. Er versah diesen Liebesdienst aus Respekt vor Herb, der eine große Herde und wenig Hilfe hatte. Die Großzügigkeit des herzensguten Reverend führte dazu, dass er wenig Zeit für sich selbst hatte und noch weniger Geld.

Pewter verschnaufte auf einem flachen Grabstein, der auf zierlichen Pfeilern stand. *«Du kannst dir nicht vorstellen, was ich gehört habe!»*

«Und ich habe Handschellen gefunden.»

«Ist das wahr?»

«In dem Anhänger.»

«Dann ist es also Archie Ingram.» Pewter betrachtete die frischen grünen Schösslinge auf der Weide.

«Wie viele Leute tragen Handschellen bei sich?»

«Polizisten und Möchtegernpolizisten. Jetzt hör dir an, worüber die Männer gesprochen haben. Die Landkarte ist

von Bedeutung. Die markierten Quadrate sind Grundstücke, die sie über eine Firma namens Teotan gekauft haben. Sie haben unterirdische Flüsse und Bäche angezapft. Sie bohren Brunnen auf diesen Grundstücken, und das Wasser fließt so reichlich, dass sie es an den Bezirk verkaufen können. Der Bezirk wird Wassertürme bauen müssen – oder Zisternen –, die viel besser aussehen. Dieser Plan wird dem Bezirk helfen, einen Haufen Geld einzusparen, und allen, die neu zuziehen, eine solide Wasserversorgung gewährleisten. Bislang hat noch keiner zwei und zwei zusammengezählt, obwohl die Brunnenbohrer wissen, dass eine Menge Brunnen gegraben werden.»

«Hmm, und wo ist der Haken?»

«Es gibt keinen. Ich meine, abgesehen davon, dass Tommy Van Allen als tiefgekühltes Fertiggericht an einem Fleischerhaken endete. Er war einer von vier Teilhabern, und, das ist höchst eigenartig, Sir H. Vane-Tempest hat gesagt: ‹Wer von euch hat Tommy Van Allen umgebracht?› Archie hat so laut gebrüllt, dass ich dachte, mir platzt das Trommelfell. Er sagte, es sei widerlich, so was überhaupt auszusprechen. Blair war auch nicht gerade erbaut von diesem Scherz. Sir H. Vane hat gesagt, Sarah wollte an Tommys Stelle in das Geschäft einsteigen. Zuerst war Archie dagegen, dann hat er drüber nachgedacht und gesagt, sie könnte eine gute Sprecherin abgeben, wenn sie an die Öffentlichkeit gehen.»

«Und Blair?»

«Er weiß noch nicht recht. Er fürchtet, dann haben die Vane-Tempests die Kontrolle über Teotan. Und er hat Recht.»

Mrs. Murphy hörte Gänse und blinzelte in die Sonne. Sie erspähte die typische V-Formation; die Tiere flogen niedrig. Das Rauschen ihrer Flügel wurde lauter und verklang, als der Schwarm vorüberzog.

«Ich möchte im Moment nicht bei Teotan sein.»

«Ich auch nicht», pflichtete Pewter bei. *«Ein Teilhaber hing an einem Fleischerhaken und auf den anderen wurde geballert.»*

«Das Geniale an ihrem Geschäftsplan ist, dass das Geld regelmäßig fließt. Im Laufe der Jahre werden Millionen reinkommen. Wenn sie das Land oder das Wasser direkt an den Bezirk verkauften, würde ein dicker Batzen von ihrem Profit für Steuern weggehen.» Sie schüttelte sich, dann quetschte sie sich durch den Eisenzaun, der den Friedhof umgab. *«Blair ist klüger, als ich ihm zugetraut hatte.»*

«Klug? Er wird früh sterben. Archie wird alles in der Hand haben.»

Sie gingen über die weiche Erde, überquerten den Bach und gelangten auf Harrys Weide. Tomahawk, Poptart und Gin Fizz, die Mäuler voll Klee und Thimoteusgras, hoben die Köpfe, erspähten ihre Katzenfreundinnen und grasten weiter.

Schließlich sagte Mrs. Murphy: *«Blair ist nicht unser Mensch. Wir sind nicht für ihn verantwortlich, aber ich hab ihn gern.»*

«Ich riskiere für niemanden meinen Kopf außer für Harry.»

«Das verlangt keiner von dir, aber wir müssen wachsam

sein. Ich bin geneigt, ihm bis zu einem gewissen Grade zu helfen. Er ist unser Nachbar.»

«Das ist es ja gerade, was mich beunruhigt: Er ist nebenan.»

39

Als Harry an diesem Abend von der Arbeit nach Hause kam, schlief Mrs. Murphy auf dem Sofa, und Pewter döste neben ihrer Futterschüssel.

Tucker stürmte durch die Tür, um den Klatsch des Tages auszutauschen. Die Katzen waren zunächst mürrisch, wurden dann aber hellwach und schilderten der Corgihündin ihre Erlebnisse.

Während sie Tucker unterrichteten, fuhr Deputy Cooper vor. Sie stieg aus dem Streifenwagen und brachte chinesisches Essen mit.

Harry suchte für die Katzen ein paar Brocken Hühnerfleisch heraus. Cynthia hatte fürsorglich in Market Shifletts Lebensmittelladen einen Gelenkknochen für Tucker besorgt.

«Schon von Little Mims Party gehört?»

Harry schüttelte den Kopf, weil sie den Mund voll paniertem Huhn und Reis hatte, und Cynthia fuhr fort: «Sie plant ein Apfelblütenfest. Improvisiert.»

«Haha», erwiderte Harry. *Improvisiert* bedeutete bei Little Mim, dass sie in letzter Minute eine kleine

Upholstery

Armee von Arbeitern zusammenstellte, statt einer kleinen Armee eine monatelange Planungszeit zu gewähren. *Spontaneität* war kein Wort, das man mit Mim senior oder Mim junior verband.

«Sie mietet kleine Tische, die im Obstgarten aufgestellt werden. Sie hat eine Kapelle engagiert. Ihre Mutter leiht ihr den Tanzboden für draußen. Es dauert einen ganzen Tag, den aufzubauen. Jedenfalls ist sie schon ganz aus dem Häuschen.»

«Woher weißt du das?»

«Aus erster Hand. Ich war heute Morgen bei ihr, um sie zu fragen, ob sie Kleider zu Mrs. Woo bringt. Tut sie aber nicht, weil Gretchen, Big Mims Mädchen für alles, auch die Flickarbeiten erledigt. Und bei der Gelegenheit hat sie sich lang und breit über die Party ausgelassen.»

«Bestimmt werde ich nicht eingeladen.»

«Sie muss dich einladen.» Cynthia klemmte ein Stück Schweinefleisch zwischen ihre Stäbchen.

«Nein, muss sie nicht.»

«Doch; wenn sie es nicht tut, wird es allen auffallen. Sie achtet genauso auf Äußerlichkeiten wie ihre Mutter.»

«Vielleicht geh ich hin, vielleicht auch nicht.»

«Du wirst hingehen. Wann hast du schon mal eine Party versäumt?»

«Kurz nachdem ich mich von Fair getrennt hatte.»

«Denk nicht mehr dran. Hey, wo steckt er eigentlich?»

«Fohlzeit. Von Januar bis Mai hilft er den Vollblutfohlen auf die Welt. Als wir verheiratet waren, habe ich ihn manchmal tagelang nicht zu sehen gekriegt.»

«Es gibt noch mehr Tierärzte. Er hätte einen Teil der Arbeit abgeben können.»

«Nein, das hätte er nicht. Die Leute geben einen Haufen Geld für eine Stute aus. Zunächst ist da der Kaufpreis für die Stute selbst. Wenn sie ein Vollblut mit edlem Stammbaum und idealem Alter ist, liegt der Preis in dieser Gegend zwischen fünftausend und dreißigtausend Dollar. Dann kommt die Deckgebühr. Auch hier variiert der Preis enorm. Wenn das Fohlen dann da ist, haben einige Züchter schon fünfzigtausend Dollar in das Baby investiert. Bei Jagdpferden sieht es ein bisschen anders aus. Aber in jedem Fall ist nicht nur Geld im Spiel, auch Gefühl. Fair ist der Beste, und deswegen wollen alle nur ihn.»

«Ich habe wenig Ahnung vom Pferdegeschäft.»

«Es ist unglaublich, weil es nicht nur um Geld und um Stammbäume geht; da ist noch das gewisse Etwas, ein sechster Sinn. Darauf kommt es an. Sonst könnte es ja jeder machen. Es wird allerdings immer schwieriger, damit Geld zu verdienen.»

«So geht's doch mit allem. Glaubst du, dass wir noch eine Revolution miterleben werden?» Cynthia bot Harry den Rest Chopsuey an. Als diese ablehnte, lud sie sich alles auf den Teller.

«Ja, aber ich weiß nicht, was für eine Revolution. Ich weiß, dass man Menschen nicht für ihre Produktivität bestrafen und dann erwarten kann, dass eine Gesellschaft lange Bestand hat. Momentan lautet die Lösung der Amerikaner, härter zu arbeiten, aber je härter sie arbeiten, desto mehr sackt der Staat ein. Ich meine, allein die Unsummen, die wir von unserem Lohn in die Sozialversicherung gesteckt haben. Wenn das ganze System zusammenbricht, werden wir dann zu alt sein, um zu kämpfen? Nimm nur mal uns beide. Allein stehende Frauen über dreißig.»

«Zum Kämpfen ist man nie zu alt.» Cynthia lächelte. «Glaubst du, du bleibst ein Single?»

«Ja.»

«Ich nicht. Du wirst in den nächsten paar Jahren heiraten.»

«Nee.» Harry schüttelte energisch den Kopf. «Was soll ich mit noch einem Ehemann? Das heißt ja nicht, dass ich nicht mal zwischendurch ein Verhältnis haben werde, aber ehrlich, was hätte ich schon von einer Ehe außer doppelt so viel Wäsche?»

«Zynikerin.»

«Jawohl.»

«Wenn Little Mim nicht Blair Bainbridge abkriegt, bekommt sie, glaube ich, einen Nervenzusammenbruch.» Cynthia öffnete eine braune Papiertüte mit Brownies. «Nachtisch.»

Harry hielt sich die Tüte unter die Nase. «Miranda! Sie hat mir gar nicht erzählt, dass sie Brownies macht.»

«Ich hab nach der Arbeit bei ihr reingeschaut. Sie war gerade dabei, welche für morgen zu backen. Frisch vom Blech.»

«Gott, sind die gut.» Harry biss in eins hinein. «Das ist eine heikle Geschichte mit Little Mim und Blair. Blair und ich sind gute Kumpel. Mehr ist da nicht, aber es treibt Mim zum Wahnsinn.»

«Tja, und seine Zurückhaltung hilft auch nicht gerade weiter.»

«Er hat dich gern.» Mrs. Murphy schluckte den letzten Bissen Cashew-Huhn hinunter.

«Noch was?» Harry warf noch ein Stückchen Huhn auf ihren Teller.

«Hey!»

Pewter bekam auch noch eins. Tucker, die voll und ganz mit ihrem Knochen beschäftigt war, achtete weder auf das chinesische Essen noch auf die Unterhaltung. Ein Gelenkknochen erforderte äußerste Konzentration.

«Blair hat sich verändert.» Harry wählte ihre Worte sorgsam, weil sie wusste, dass Cynthia, wie so viele Frauen, eine Schwäche für ihn hatte. «Er ist distanziert.»

«Und ich dachte, das wäre er nur bei mir – weil er nichts von mir wissen will.»

«Cynthia, er mag dich. Es liegt nicht an dir. Sein Alter macht ihm Sorgen. Immerhin ist sein Gesicht sein Kapital. Er bekommt Krähenfüße um die Augen und ein paar graue Haare an den Schläfen.»

«Dabei finde ich, dass er damit noch besser aussieht.»

«Finde ich auch, aber Models haben ein kurzes Haltbarkeitsdatum. Mit dem Älterwerden landet er in den Katalogen von Krawattenherstellern. Das ist nicht dasselbe wie eine Doppelseite in *GQ*.»

«Das habe ich mir nie so bewusst gemacht. Schlimm genug, wenn Frauen sich wegen ihres Aussehens grämen. Bei einem Mann scheint es mir irgendwie» – sie suchte nach dem richtigen Wort – «frivol.»

«Ja. Andererseits», fuhr Harry fort, «versiegen dann wohl die Geldquellen.»

«Bestimmt hat er klug investiert.»

«Keine Ahnung. Er spricht nie über Geld. Ich sehe nur, wie er es ausgibt.» Harry seufzte. «Ich kann mir nicht vorstellen, mir zu kaufen, was ich will, wann immer ich will.»

«Ich auch nicht», pflichtete Cynthia ihr bei. «Sicher, wenn er Little Mim heiraten würde, hätte er für den Rest seines Lebens ausgesorgt.»

«Ich glaube nicht, dass er das könnte», sagte Harry nach kurzer Überlegung.

«Zu viel Skrupel?»

«Hm – er mag schöne Frauen. Little Mim sieht gut aus, aber sie ist nicht gerade ein *Vogue*-Model. Verstehst du, was ich meine?»

«Ja.»

«Und wenn die Frau die Kohle hat, tanzt der Mann nach ihrer Pfeife, außer sie ist eine komplette Idiotin, und das ist Little Mim nicht. Wer die Piepen hat, hat das Sagen.»

«Mit mir wird er sich wohl nie abgeben.» Cynthia lächelte wehmütig.

«Cynthia, Blair ist zwar sehr nett, aber du brauchst einen richtigen Burschen vom Land. Einen Mann, der sich nicht scheut, sich die Hände schmutzig zu machen.»

«Ach, ich weiß nicht.»

«Glaubst du, du wirst mal heiraten?», fragte Harry.

«Das will ich hoffen.»

Gehupe in der Einfahrt machte dem intimen Plausch ein Ende.

«Juhuu», rief Susan Tucker.

«Selber Juhu.» Harry stand nicht auf, als Susan den Kopf durch die Küchentür steckte. «Nimm dir 'nen Teller. Cynthia hat das ganze Chopsuey verdrückt, aber von allem anderen ist noch reichlich da.»

Das ließ sich Susan nicht zweimal sagen. «Da ihr schon beim Nachtisch seid, nehme ich an, dass der Rest für mich ist.»

«Hau rein, Suz.»

Während sie sich das Essen in den Mund schaufelte, tanzten Susans strahlende Augen. «Ihr glaubt nicht, was mir passiert ist. Mmm, kann nicht mit vollem Mund sprechen.»

«Wir sprechen so lange mit dir. Wenn du fertig bist, kannst du uns alles erzählen.»

Susan hob die Hand zum Zeichen ihres Einverständnisses und aß weiter.

Mrs. Murphy sprang auf die Küchenanrichte. Die Sonne ging unter; ein scharlachroter Strahl schraubte sich in den Himmel. Sehr ungewöhnlich, nur eine einzige senkrechte Farbsäule. Sie ließ sich auf den geschlossenen Plastikabfalleimer fallen, dann auf den Fußboden, und ging zur Tür hinaus. Pewter und Tucker achteten nicht auf sie.

Susan hatte ihren Hunger so weit gestillt, dass sie sprechen konnte. «Ich war am fünfzehnten Loch in Keswick. Ich spiele gern einmal die Woche dort und einmal die Woche in Farmington. Wenn ich könnte, würde ich jeden Tag spielen, aber das tut jetzt nichts zur Sache. Jedenfalls, ich kam zügig voran, und wer rollte in ihrem eigenen Caddie vorbei? Sarah Vane-Tempest höchstpersönlich. Sie war allein, drum hab ich sie gefragt, ob sie sich mit mir zusammentun wollte. Aber sie meinte, sie sei auf dem Heimweg. Sie habe gar nicht gemerkt, wie spät es schon sei. Sie wolle da sein, wenn H. Vane nach Hause käme. Sagte, sie sei wütend auf ihn, weil er mit seinem Auto gefahren sei, was er ihrer Meinung nach noch gar nicht dürfe. Dann ist sie weitergesaust.»

«Sie ist übertrieben fürsorglich.» Harry nahm sich noch ein Brownie.

«Behandelt uns wie Dreck.» Cynthia zuckte die Achseln. «Aber das tun viele.»

«Was haben wir denn da?» Susan bemerkte, dass Mrs. Murphy etwas im Maul trug, ein zusammengefaltetes Papier.

Pewter hörte zu essen auf. *«Wird nichts nützen.»*

Murphy ließ die Karte vor Cynthias Füße fallen.

Cynthia bückte sich, hob sie auf, faltete sie vorsichtig auseinander. In der rechten Ecke stand in kleinen Druckbuchstaben der Name TOMMY VAN ALLEN.

Als sie ihren Gesichtsausdruck sahen, standen Harry und Susan auf und beugten sich über ihre Schulter.

«Guter Gott!», rief Susan.

Harry hob ihre Katze hoch und küsste sie auf die Wange. «Wo hast du das gefunden, Miezeschätzchen?»

«In dem Flugzeug.»

Cynthia fuhr mit dem Zeigefinger die markierten Vierecke nach. Rasch faltete sie die Karte wieder zusammen und steuerte auf die Tür zu. «Kein Wort hierüber, zu niemandem. Das ist mein Ernst. Nicht mal zu Miranda.»

Harry folgte ihr nach draußen zum Wagen, während Susan den Tisch abräumte.

Cynthia rutschte hinters Steuer, schnallte sich an, lehnte sich über den Beifahrersitz und hielt Harry einen Schnellhefter hin. «Ich war eigentlich gekommen, damit wir das zusammen lesen, aber es macht wohl nichts, wenn du das über Nacht bei dir behältst. Ich hol es mir morgen im Postamt ab.» Sie ließ den Motor an. «Hast du eine Ahnung, woher Mrs. Murphy diese Karte haben könnte?»

«Keinen Schimmer.»

Cynthia überließ Harry den Schnellhefter, der die Aufschrift BARBER C. MINOR trug, und fuhr los.

40

H*mpf.*» Pewter zupfte mit den Zähnen an ihren hinteren Krallen, um den Schlamm zu entfernen, der sich dort festgesetzt hatte.

«*Warum machst du's dir so schwer? Warte bis morgen, dann fällt das Zeug von selbst ab*», riet ihr Mrs. Murphy.

«*Ich geh nicht mit Schlamm in den Krallen schlafen.*»

«*Wenigstens beschwerst du dich nicht darüber, wie du's dir geholt hast.*»

«*Ich wär so gern mit euch gekommen.*» Tucker legte sich hin, den Kopf zwischen den Pfoten, die ausdrucksvollen Augen blickten zu den Katzen hoch, die auf je einer Armlehne des alten Ohrensessels saßen. Harry las aufmerksam die Akte über ihren Urgroßvater.

«*Du machst deine Sache gut*», lobte Mrs. Murphy Tucker.

«*War irgendwas los im Postamt?*» Pewter pickte ein winziges Schlammkügelchen heraus.

«*Reverend Jones hat gesagt, Eloquenz kriegt eine Spezialdiät, um ihr Gewicht zu regulieren. Harry hat sich das Rezept aufgeschrieben.*» Hämisch teilte Tucker dies Pewter mit. «*Dann kamen Boom Boom und Sarah reinspaziert. Mit unzähligen Einkaufstüten, aber Sarah hat gesagt, obwohl sie einen Haufen von H. Vanes Geld ausgegeben hat, ist sie trotzdem wütend auf ihn, weil er sich selbst ans Steuer gesetzt hat. Sie findet, er soll es langsam angehen, schließlich könnten sie sich einen*

Chauffeur leisten. Dann kam Big Mim ihre Post holen, und sie hat zu Sarah gesagt, sie soll den Mund halten und ihren Mann machen lassen, was er will, das Schlimmste, was sie tun kann, ist, ihn zu behandeln wie einen Invaliden. Darauf ist Sarah wutschnaubend zum Wagen gegangen. Sie müsste jetzt Golf spielen, hat sie gesagt. Boom Boom hat sich mit Mim angelegt und gesagt, Sarah hätte einen fürchterlichen Schock erlitten. Mim hat zu Boom gesagt, sie solle sich um ihren eigenen Kram scheren und aufhören, sich an den Tragödien anderer Menschen zu weiden. Darauf ist auch Boom wutschnaubend raus, und Harry und Big Mim haben sich kaputtgelacht. So war mein Tag.»

«Wie unserer war, haben wir dir erzählt.»

«Worin ist sie so vertieft?» Tucker wälzte sich herum und zeigte ihren schimmernd weißen Bauch, bei dem allmählich eine leichte Wampe sichtbar wurde.

Murphy setzte sich auf die Rückenlehne des Ohrensessels und las über Harrys Schulter. *«‹Akte Barber Clark Minor, genannt Biddy. Geboren am 2. April 1890. Erschossen am 30. Mai 1927. Geboren in Albemarle County. Duke University, Collegeabschluss 1911. Jurastudium, University of Virginia. Ohne Abschluss. Als Freiwilliger zur Armee. Einsatz in Frankreich. Beförderung zum Hauptmann. Dreimal verwundet. Bronzene Tapferkeitsmedaille. Rückkehr nach Crozet. Beendigung des Jurastudiums. Eintritt in die Kanzlei Roscoe, Commons, später Roscoe, Commons und Minor. Eheschließung mit Elizabeth Carhart 1919. Drei Kinder. Howard, geboren 1929. Anne, geboren 1921. Barber Clark jun., 1923. Keine*

Straftaten. Ermordet von James Urquhart. Mr. Minors Witwe hat keine Anklage erhoben.»

Tucker unterbrach Murphys Vortrag. *«Man sollte meinen, Mrs. Minor hätte ihn gerichtlich belangen wollen. Was steht sonst noch da?»*

«‹Zeugenaussagen. Sheriff Hogendobber› – muss Georges Vater oder Onkel oder so was gewesen sein.» Sie meinte Mrs. Hogendobbers verstorbenen Ehemann George. *«Der Sheriff hat drei Augenzeugen befragt, zuerst Isabelle Urquhart, Mims Mutter. Sie sah Biddy am Morgen des 30. Mai zur Farm der Urquharts fahren. Sie war mit ihrem Vater auf dem Weg zum Markt. Sie kamen an der Zufahrt der Urquharts vorbei und Biddy winkte.»*

Harry blätterte um und kitzelte Mrs. Murphy geistesabwesend unterm Kinn.

«Weiter», drängte Tucker. Pewter setzte sich ebenfalls auf die Rückenlehne des Sessels, um über Harrys Schulter mitzulesen.

«Der zweite Zeuge war James Urquhart selbst, neunzehn Jahre alt. Der Junge sagte aus: ‹Mr. Minor suchte mich um zehn Uhr morgens unerwartet auf. Eins führte zum anderen. Ich verlor die Beherrschung und schlug ihn ins Gesicht. Er schlug zurück. Ich trage für gewöhnlich eine Waffe bei mir. Mokassinschlangen. In diesem Frühjahr sind sie überall. Ich habe gezogen und ihn in die Brust geschossen. Er ging wieder auf mich los und ich schoss noch einmal. Er sank in die Knie und fiel nach hinten. Als ich bei ihm ankam, war er tot.›

Die dritte Zeugin war Thalia Urquhart, zwanzig Jahre

alt. ‹Mr. Minor hat meinen Bruder aufgesucht›, sagte sie aus. ‹Sie hatten Streit. Jamie wurde wütend und erschoss ihn. Er hätte nicht auf Biddy Minor schießen sollen. Er war so ein netter Mann.›»

Drei vergilbte Photographien von der Leiche waren auf die letzte Seite geklebt – Biddys steifer, hingestreckter Leichnam, das weiße Hemd mit Blut bespritzt, die Augen offen, den Blick zum Himmel gerichtet. Noch im Tod war Biddy Minor ein hinreißend attraktiver Mann gewesen.

«Das ist alles?», fragte Tucker.

«Dazu die drei alten Photographien.» Pewter setzte hinzu: *«Man hat schon viel Schlimmeres gesehen.»*

Harry klappte den Schnellhefter zu und kreuzte die Beine unter sich. «Keine beeindruckende Ermittlung für einen Mord. Man sollte meinen, Sheriff Hogendobber hätte es genauer wissen wollen, und man sollte meinen, Biddys Frau hätte ihm gehörig den Kopf gewaschen», dachte sie laut. Die drei Tiere lauschten aufmerksam jedem Wort. «Allerdings, die Urquharts waren reich. Die Minors nicht.»

«Er hat die Schießerei zugegeben», bemerkte Pewter. *«Für sie war der Fall damit erledigt.»*

«Wisst ihr, was ich denke?» Harry lehnte sich zurück. «Sie haben sich unter der Hand geeinigt – die Männer und die Frauen. Tally kennt mit Sicherheit die Wahrheit.»

«Mag sein.» Mrs. Murphy lauschte. Die Eule rief durch den Stall. *«Was heult die denn?»*

«Wer?»

«Die Eule.» Murphy kletterte auf Harrys Schoß, bevor Pewter auf dieselbe Idee kommen konnte.

Tucker kicherte. *«Sie will einen Freund.»*

«Das hat uns gerade noch gefehlt. Noch mehr Eulen», murrte Murphy.

«Lieber Eulen als Blauhäher.»

«Pewter, du bist ja regelrecht besessen von diesem Blauhäher.» Harry kraulte Murphys Ohren, sodass sie den letzten Teil des Satzes schnurrte.

«Abgesehen von den Beleidigungen stehlen Blauhäher auch noch. Alles, was glänzt. Die sind so habgierig.»

41

Rick Shaws Aschenbecher quoll über von Kippen. Als er geistesabwesend eine brennende Zigarette hineinwarf, fing das ganze Zeug Feuer, ein Miniaturvulkan aus schalem Nikotin und verworfenen Ideen.

Coop ging lachend zum Wasserbehälter, ließ eine Tasse voll laufen und goss den Inhalt über den schwelenden Aschenbecher. Sie hatte vorsorglich ein Küchentuch mitgebracht, um die ganze Schweinerei wegzuwischen.

«Herrgott nochmal!» Rick stand auf und warf dabei seinen Stuhl um.

«Sie haben die Bude angezündet, nicht ich, Sie Muffkopf.»

«Sie habe ich nicht gemeint. Ich habe mich gemeint.»

«Chef, Sie nehmen den Fall zu persönlich.»

«Ich mochte Tommy. Ich mag Mary Woo. Verdammt, ich kriege nicht mal raus, wer ihren Laden angezündet hat, und sie ist zu durcheinander, um sich an irgendwas zu erinnern, das mit ihren Unterlagen zu tun hat. Oder vielleicht zu verängstigt. Ja, ich nehme es persönlich.»

«Kommen Sie, gehen wir nach Hause.» Sie zeigte auf die Wanduhr. Es war halb drei Uhr morgens.

«Nein. Noch nicht.»

«Ihre Frau weiß vermutlich gar nicht mehr, wie Sie aussehen.»

«Ist im Moment auch besser so. Ich sehe aus wie ein Zombie. Also, noch einmal.» Er zeigte auf die Karte auf dem Tisch. «Was haben diese Grundstücke gemeinsam?»

«Nichts, soweit ich sehen kann. Sie sind nicht miteinander verbunden. Sie liegen nicht an Hauptstraßen oder möglichen Straßenausbauten. Sie sind der Umgehungsstraße nicht im Weg, die der Staat seit Ewigkeiten bauen will, aber nie baut. Sieht einfach nur nach Spekulation aus.»

«Bodenspekulationen haben Lighthorse Harry Lee ruiniert.»

«Wie viele andere auch.» Wie Rick – und die meisten Virginier – kannte sich Cynthia in der Geschichte ihres Staates aus.

Bevor Schulen sich «spezialisierten», war der Unterricht pragmatisch. Lernte man nicht freiwillig, prügelten die Lehrer ihren Schülern den Stoff ein. Auf diese oder jene Weise lernten die Virginier Geschichte, das Einmaleins, britisches Englisch und Manieren. Dann kam das Kind nach Hause und wurde in Familiengeschichte gedrillt. Das ging dann in etwa so: «Tante Minnie glaubt, dass Gott eine gigantische Apfelsine ist. Davon abgesehen ist sie harmlos, also sei nett zu ihr.»

«Gott, bin ich müde.» Rick seufzte. Seine Gedanken schweiften ab. Er lehnte sich zurück.

«Ich auch.» Cynthia rieb sich die Augen.

«Lassen Sie mich das noch einmal rekapitulieren. Mrs. Murphy hat Ihnen die Karte gebracht. Hat sie Ihnen direkt vor die Füße geworfen.»

«Ja.»

«Harry hatte die Karte noch nie gesehen?»

«Nein. Chef, ich habe Ihnen genau erzählt, wie es war. Mrs. Murphy ist nach draußen gegangen und mit der Karte wieder reingekommen. Und sie wusste genau, was sie wollte. Sie hat sie nicht Harry gegeben, sondern mir.»

«Sollte es je eine Verhandlung geben, was sagen wir dann? Eine Katze hat uns das Beweisstück geliefert?»

«Sieht jedenfalls ganz danach aus.» Cynthia lächelte. Sie hatte ihren Chef aufrichtig gern.

«Das sollten wir aus den Zeitungen raushalten. Ich will die Katze nicht ins Licht der Öffentlichkeit zerren. Wo sie die wohl gefunden hat!»

«Wir sind das schon mal durchgegangen. Hinter dem Postamt? In der Nähe des Hauses? In der Fliegerjacke? Die Karte hätte überall rumliegen können. Aber wo es auch war, Mrs. Murphy hat sie gefunden.»

«Warum sie sie wohl aufgehoben hat?» Er fuchtelte mit den Händen.

«Weil Katzen Papier lieben.»

«Als Nächstes erzählen Sie mir noch, dass sie lesen kann.»

«Bei ihr würde mich das nicht wundern.» Sie nahm sich den Bericht des Gerichtsmediziners noch einmal vor und blätterte ihn durch. «Diesen Bericht müssen Sie wohl für die Presse freigeben.»

«Ja. Er bestätigt, dass Tommy am Abend seines Verschwindens getötet wurde. Und ich muss wohl auch die Information freigeben, dass er mit Kokain voll gepumpt war. Das wird ein gefundenes Fressen für die Meute.»

«Sie brauchen erst mal ein bisschen Schlaf, bevor Sie es wieder mit den Reportern aufnehmen.»

«Ich brauche eine Spur. Eine heiße Spur.» Rick schlug auf den Tisch.

«Wir könnten uns diese Landparzellen eine nach der anderen ansehen.»

«Ja.» Er stand auf, seufzte und knipste die kleine grelle Schreibtischlampe aus. «Sie haben Recht. Wir brauchen beide Schlaf.»

Sie winkten dem Mann zu, der die zweite Nachtschicht einteilte.

Die kühle Nachtluft, die eine Spur Feuchtigkeit enthielt, roch nach frischer Erde.

«Nacht, Rick.»

«Coop?»

«Ja?»

«Glauben Sie, dass H. Vane die Finger im Drogenhandel hat?»

«Wir wissen nicht, ob Tommy gedealt hat. Wir wissen nur, dass er mit dem Zeug voll gepumpt war.»

«Danach habe ich nicht gefragt.»

«H. Vane streicht gern Gewinne ein.» Sie stellte ihren Kragen hoch.

«H., Tommy, Blair und Archie haben Flugstunden genommen. Ich habe auch Ridley befragt, aber er hat nicht lange dazugehört. Leuchtet ein.» Er seufzte. «Schön, schlafen wir erst mal eine Runde. Dann können wir die markierten Grundstücke abfahren.»

42

Etwas früher an diesem Abend hatte Sarah im Zorn ihren Mann geohrfeigt. Er hatte zurückgeschlagen.

«Du vergisst, mit wem du es zu tun hast, Madam.» Er kehrte ihr kühl den Rücken zu.

«Du kannst nicht allein aus dem Haus gehen. Wenn du keinen Bodyguard einstellst, tu ich es!»

«Sag du mir nicht, was ich tun kann. Und sei unbesorgt, mich bringt keiner um. Der das versucht hat, war ein verdammt schlechter Schütze.»

«Du kannst so unerträglich arrogant sein.»

«Und du eine verdammte Nervensäge.»

Mit einiger Mühe fasste sie sich. «Was ist heute bei dem Treffen herausgekommen?»

«Erstaunlicherweise hielt Archie deine Teilhaberschaft für eine gute Idee, als er sich erst mal an den Gedanken gewöhnt hatte.»

«Und?»

«Blair will sich mit seinem Anwalt beraten. Du und ich hätten einen unverhältnismäßig großen Anteil an der Firma, und dann ist da noch die Kleinigkeit, dass du deinen Kapitalanteil nicht eingeschossen hast.»

«Esel.»

«Er ist ein besserer Geschäftsmann, als ich angenommen hatte. Ich hatte gedacht, er sei bloß ein hübsches Kerlchen mit nichts im Kopf.»

«Was geht es ihn an, wie viel ich einzahle oder wie viel Prozent der Aktien wir besitzen? Er kriegt immer noch kübelweise Geld raus.»

«Lass ihm Zeit.»

«Kannst du ihn überreden?»

«Ehrlich gesagt, glaube ich, dass du das tun wirst.»

Das Telefon klingelte.

Sarah nahm ab. «Hallo. Was fällt dir ein, hier anzurufen?»

Archie erwiderte am anderen Ende: «Ich möchte deinen Mann sprechen.»

Sie reichte H. den Hörer. «Archie.»

«Hallo, Arch. Hab Nachsicht mit Sarah. Sie glaubt immer noch, dass du auf mich geschossen hast.» Er hörte kurz zu, kaute auf seiner Lippe, nickte zustimmend. Schließlich drehte er sich zu Sarah um, die sich aufs Sofa geworfen und ostentativ nach einer Illustrierten gegriffen hatte. «Er möchte mit dir sprechen.»

«Nein.»

Er legte die Hand über die Sprechmuschel. «Sarah, ich bestehe darauf. Du musst dich von dieser absurden Idee befreien, dass Archie versucht hat, mich umzubringen.»

Wütend stand sie auf, die Illustrierte rutschte auf den Boden. Sie griff nach dem hingehaltenen Hörer. «Ja?»

«H. hat dich bestimmt über das heutige Treffen informiert.»

«Ja.»

«Ich meine, es würde allen Parteien zugute kommen, wenn wir uns zusammensetzen und reden würden.»

«Ich habe dir nichts zu sagen.» Sie funkelte H. an, der beschwichtigende Gesten machte.

«Aber ich habe dir eine ganze Menge zu sagen.» Er sprach ganz schnell, damit sie ihm ja nicht das Wort abschneiden konnte. «Wir müssen uns unterhalten, vor allem, wenn wir miteinander Geschäfte machen wollen.»

«Das entscheidet Blair Bainbridge.»

«Sarah …»

«Moment mal.» Sie hielt die Sprechmuschel zu. «Er will mich allein sprechen. Muss ich mich darauf einlassen?»

«Ich denke, es wäre für alle Beteiligten das Beste.»

Sie nahm die Hand von der Sprechmuschel. «In Ordnung.»

«Wie wär's morgen Nachmittag in meinem Büro?»

«Lieber Freitag. Morgen muss ich zum Zahnarzt.»

«Schön. Freitag. In meinem Büro.»

Sie hängte ein. «Freitag. In seinem Büro. Bist du jetzt zufrieden?»

«Ja, je eher wir das hinter uns bringen, desto besser.» Er straffte das Kinn, kniff die Augen zusammen, und die Spannung in seinem Gesicht löste sich so schnell, wie sie gekommen war.

«Wenn wir doch nur wüssten, wer Tommy Van Allen umgebracht hat und warum.» Sie ließ sich wieder aufs Sofa fallen und bückte sich, um ihre Illustrierte aufzuheben. «Du glaubst nicht, dass es Archie war?»

Vane-Tempests massige Gestalt plumpste neben sie. «Sosehr ich mich im Geschäft auf meinen Instinkt verlasse, ich habe gelernt, keine vorschnellen Schlüsse zu ziehen. Wir wissen beide, dass Archie Ingram nicht den Mumm hat, kaltblütig jemanden umzubringen. Du benutzt diesen Vorfall, um andere, unterdrückte Emotionen freizusetzen, wie zum Beispiel deine Wut darüber, dass ich dich von meinen

Geschäften fern gehalten habe. Ich habe dich von einem beträchtlichen Teil meines Lebens ausgeschlossen. Ich habe dich behandelt wie ein Kind.»

«Ja, das hast du.» Sie senkte den Blick, sah ihm dann wieder in die Augen.

«Ich schlage ein neues Kapitel auf. Wenn Blair gegen deine Beteiligung an Teotan Front macht, gründe ich ein neues Unternehmen, und du wirst die Vorsitzende sein.» Er legte seinen Arm um sie. «Aber ich glaube, er wird zur Vernunft kommen, genau wie du zur Einsicht kommen wirst, wenn Archie mit dir spricht. Wir sind alle einmal so gute Freunde gewesen. Lass uns zusehen, dass es wieder so wird wie früher.»

Sie lehnte ihren Kopf an seine Schulter. «Das wäre schön.»

43

Der Gedenkgottesdienst für Tommy Van Allen am Donnerstag, der als stille Feier gedacht war, wurde für Crozet zum Skandal, weil Tommys Witwe es für geboten hielt, nicht zu erscheinen. Nicht, weil sie zu erschüttert war, um ihrem Mann die letzte Ehre zu erweisen. Es war ihr einfach egal. Sie war bereits nach Aiken zurückgekehrt und hatte Rick Shaw bevollmächtigt, Tommys Unterlagen einzusehen. Sie hatte sich auch damit einverstanden erklärt, dass er den Porsche für eine Woche dabehielt. Er versprach ihr, ihn nach der Untersuchung nach Aiken zu schicken.

Big Mim gab nach dem Gedenkgottesdienst ein kleines Mittagessen. Ihre preisgekrönten Pfingstrosen hatten sich just diesen Moment ausgesucht, um voll zu erblühen.

Miranda Hogendobber schlenderte durch Mims prachtvollen Garten, der sich bis hinunter zum See erstreckte. Der Katamaran *Mims Vim* schaukelte sanft im Wasser. Der Reverend begleitete Miranda.

«Die Jugend von heute hat keine Disziplin.» Mrs. Hogendobbers haselnussbraune Augen waren getrübt. «Jessica Van Allen hätte zum Begräbnis kommen sollen. Sie erbt weiß Gott sein ganzes Geld.»

«Miranda, wenn sich die Menschen nicht mehr kleiden, wie es sich gehört, so ist das ein äußeres Zeichen dafür, dass ihnen jedes Gefühl für Anstand abhanden gekommen ist. Kleidung ist nichts Oberflächliches.»

«Ganz meine Meinung.»

«Sogar Harry, die durchaus Manieren hat, versagt in puncto Kleidung.»

«Die Ärmste. Man muss sie strampelnd und schreiend in einen Laden schleppen. Susan und ich überlegen, ob wir ihr für unseren bevorstehenden Großeinkauf nicht den Mund zukleben sollen.»

«Meine liebe Frau war da ganz anders. Ihr Motto lautete: Kaufen bis zum Umfallen.» Herb Jones kicherte.

Sie setzten sich auf eine schmiedeeiserne Bank, zwei alte Freunde in trauter Zweisamkeit. «Was ist aus der Welt geworden, Herbert?»

«Ich weiß nicht. Vielleicht stellen alle alten Menschen diese Frage. Aber diese Welt ist barbarischer und vulgärer als die, die ich als Junge kannte. Und gewalttätiger.»

«Wir hatten gedacht, die Gewalt hätte mit dem Zweiten Weltkrieg ein Ende gefunden.»

«Jetzt wenden wir sie gegen uns selbst.» Er freute sich an dem erfrischenden Anblick vor ihm. «Die Gärten jedenfalls gedeihen.» Er tätschelte Mirandas behandschuhte Hand. «Ihre Tulpen hätten dieses Jahr landesweit Preise einheimsen können.»

«Meinen Sie wirklich?»

«Sie haben sich selbst übertroffen.»

Eine scharfe Stimme unterbrach ihre vergnügliche Unterhaltung. «Na, ist das ein Stelldichein?»

«Das Wort habe ich seit der Grundschule nicht mehr gehört.» Herb brach in Lachen aus.

Tally Urquhart, die sich nur langsam fortbewegte, trat zu ihnen. «Was tun Sie hier, so ganz allein? Sie scheinen mir nicht zu trauern.»

«Sie etwa?» Miranda, gewöhnlich ganz und gar nicht keck, war durch Herbs Lob kühn geworden.

«Nein. Ich habe in meinem Leben genug getrauert. Irgendwann lernt man, Lebewohl zu sagen, und damit fertig. Wenn die Zeit um ist, ist sie um. Ich hätte schon vor Jahren tot sein sollen, aber ich bin immer noch da.»

«Sie werden uns alle überleben.» Herb stand auf und bot ihr seinen Platz an.

Auf ihren Stock mit dem silbernen Hundekopf gestützt, ließ Tally sich neben Miranda nieder. «Der Sheriff nimmt Tommys und Blairs Auto auseinander.»

«Ja, das haben wir auch gehört.» Miranda setzte sich so hin, dass sie der spitzzüngigen Dame ins Gesicht sehen konnte.

«Wird nichts nützen.»

«Wieso?», fragte Herb mit sanfter Stimme.

«Wissenschaft, Maschinen, Fingerabdrücke, oh, alles sehr beeindruckend. Das *Wie* füllt ganze Bücher. Aber auf das *Warum* kommt es an.»

«Ach ja», seufzte Mrs. Hogendobber, während sie zwei Kinder beobachtete, die am anderen Ende des Sees in einem kleinen grünen Kanu herumpaddelten.

«Wie zum Beispiel: Warum macht Blair Bainbridge Marilyn keinen Antrag? Er scheint in keine andere verliebt zu sein. Sie ist auf alle Fälle die begehrenswerteste junge Dame im ganzen Bezirk.»

«Ich finde, Harry ist die begehrenswerteste junge Dame.» Miranda war selbst überrascht, dass sie Tally widersprochen hatte.

«Sie besitzt keinen Penny», murrte Tally, dann deutete sie ein Lächeln an. «Aber sie ist sehr viel interessanter als meine Großnichte. Erzählen Sie das bloß nicht Mimsy.» Sie lachte herzhaft.

«Wir sollten Harry aus dem Postamt herausholen. Sie ist zu intelligent für diese Arbeit.»

«Danke, Herbert», sagte Mrs. Hogendobber mit ungewohntem Sarkasmus.

«Miranda, Ihr Mann war der Postamtsvorsteher. Das ist etwas ganz anderes.»

«So?»

«Sie hat am Smith College ihr Examen in Kunstgeschichte gemacht.» Herb hoffte, dies würde seinen Standpunkt erklären, ohne das Andenken von Mirandas Ehemann noch weiter herabzusetzen.

«Ich habe am Mary Baldwin College Examen gemacht», sagte Tally, «und ich habe nicht einen Tag in meinem Leben gearbeitet. Natürlich wurde das damals auch nicht von uns erwartet.»

«Sie haben gearbeitet», sagte Miranda.

«Sicher habe ich gearbeitet. Ich habe geschuftet wie ein Sklave, aber Sie wissen, was ich meine. Für Geld. Das ist heute besser, finde ich.»

«Wirklich?», fragte Herb.

«Ja. Die Menschen sollten die Möglichkeit haben, ihre Begabungen zu nutzen.»

«Das meine ich ja.» Herb strahlte. «Harry nutzt ihre Begabungen nicht.»

«Vielleicht doch», sagte Tally. «Sie genießt das Leben. Sie weiß die Wolken und die Pfingstrosen und uns zu würdigen. Täglich wird ihr im Postamt die unvergleichliche Bandbreite der menschlichen Komödie geboten.»

«Daran habe ich nie gedacht.»

«Natürlich nicht, Herbie, Sie denken an Ihre nächste Predigt.» Tally zeigte mit ihrem Stock auf ihn. «Also, was wollen wir wegen Little Mim und diesem Bainbridge unternehmen? Sie wird vergehen, wenn sie ihn nicht an Land zieht. Ich sage ihr immer, sie ist allein besser dran, aber ich glaube nicht, dass eine junge Frau wie Marilyn das einsieht.»

«Ich auch nicht.» Herb verschränkte die Hände hinter dem Rücken.

«Natürlich nicht. Die Männer brauchen die Frauen. Die Frauen brauchen aber nicht die Männer.»

«Unfug.» Er hielt sich gerade noch zurück, *Schwachsinn* zu sagen.

Harry gesellte sich zu ihnen. «Warum sind plötzlich alle so still?»

«Weil wir von Ihnen gesprochen haben», erwiderte Tally.

«Nur Gutes.» Miranda lächelte.

«Wie beruhigend.»

Mim kam kurz nach Harry zum See marschiert. «Was macht ihr alle hier unten? Ich brauche euch im Garten. Ihr seid die Glanzlichter von Crozet.»

Die Versammelten sahen sich resigniert an, dann flötete Miranda: «Und was machst du hier, Mim, Liebste?»

«Ich bin vor denen allen geflohen.»

Alle lachten, was die unausgesprochene Sorge und Spannung milderte.

44

Der Tag fing ganz ruhig an. Er dämmerte karmesinrot, dann golden herauf. Harry brachte ihre allmorgendlichen Verrichtungen schnell hinter sich und beschloss dann, zu Fuß zur Arbeit zu gehen, weil es ein so schöner Morgen war.

Pewter beschwerte sich lange und laut über Harrys Beschluss. Ohne fahrbaren Untersatz fühlte sie sich verloren.

Harry war noch keine achthundert Meter auf der Straße gegangen, als sie ein tiefes Dröhnen vernahm. Blair Bainbridge schnurrte um die Ecke, sah sie und bremste. Er hielt die Tür auf. «Steig ein.»

«Ich hab die Tiere bei mir.»

«Wir rücken zusammen.»

«Es war schon immer mein sehnlichster Wunsch, in diesem Auto zu fahren.» Murphy setzte sich auf Harrys Schoß, Tucker und Pewter mussten mit der kleinen Rückbank vorlieb nehmen.

Blair wendete und hielt auf die Farm zu.

«Ich muss zur Arbeit.»

«Du brauchst deinen Wagen. Hast du heute Morgen kein Radio gehört?»

«Nein.»

«Schwere Stürme aus dem Süden. Rasant. Du brauchst den Transporter.»

«Wenn sie von Süden kommen, wird es nass. Wie lange dauert es, bis sie hier sind?»

«Der Typ vom Wetterbericht weiß es natürlich nicht genau. Die sichern sich immer ab. Ein Hoch in Küstennähe könnte das Unwetter noch etwas aufhalten.»

«Oh, super», spöttelte Murphy.

«Unfair, dass du vorne sitzt.» Tucker steckte die Nase zwischen die Sitze.

«Du wirst es überleben.»

«Egoistin.» Pewter lehnte sich an Tucker, als sie in die lange Schotterzufahrt einbogen.

«Kommst du oder gehst du?», fragte Harry.

«Kennst du den von dem Herzog, der in den Armen einer Prostituierten stirbt? Der Polizist fragt, was passiert sei, und sie antwortet: ‹Er ist gekommen und von uns gegangen.›» Blair kratzte sich am Kopf. «Hab ich den richtig zusammengekriegt?»

«Ich weiß nicht, aber du hast jedenfalls gute Laune.»

«Ich habe vierhundert Pferdestärken mit 5750 Umdrehungen. Natürlich hab ich gute Laune.» Er hielt neben Harrys Transporter. «Bis dann.»

«Kommt, Rasselbande.»

Pewter wartete stur, bis sie in den Transporter gehoben wurde. *«Ich hab dir gleich gesagt, nimm den Wagen. Auf mich hört ja keiner.»*

«Pewter, hör auf zu quengeln.» Tucker fand einen alten Büffelhautknochen, der unter dem unbenutzten mittleren Sicherheitsgurt eingeklemmt war. Harry drehte den Zündschlüssel herum: Zuerst kam das vertraute Stottern, dann sprang der Motor an.

«Siehst du das?» Pewter legte die Pfoten auf die Windschutzscheibe.

«Was?»

«Der Blauhäher sitzt auf dem Laternenpfahl an der Hintertür. Weil er uns wegfahren sieht.»

«Vielleicht, weil Mom dort Vogelfutter für Simon und die Vögel ausgestreut hat.»

Gerade als Harry auf ihren Parkplatz hinter dem Postamt fuhr, trug Miranda ein großes Tablett in Market Shifletts Laden hinüber.

«Warten Sie, ich helfe Ihnen.»

«Auf dem Küchentisch steht noch eins. Das können Sie holen.»

Harry brachte die leichten, flockigen Biskuits zu Market.

Er wischte die Theke ab, begrüßte Pewter, seine Exkatze, und warf den Tieren ein paar Brocken hin. «H. Vane-Tempest hat mich angerufen, um mir zu sagen, dass morgen bei ihm zu Hause eine Reenactment-Versammlung stattfindet, wo über *Sicherheitsmaßnahmen* gesprochen wird. Hübsche Ironie.» Er schüttelte amüsiert den Kopf.

«Gehst du hin?», fragte Harry.

«Na ja, ich hab das ganze Zeug für die Veranstaltung bei Oak Ridge gekauft, da werde ich wohl hingehen müssen, damit sich die Ausgabe gelohnt hat.»

«Du könntest die Sachen verkaufen», schlug Pewter pragmatisch wie immer vor.

Er gab ihr noch einen Brocken Rindfleisch. «Sie ist eine gute Mäusefängerin.»

«Die kann ja nicht mal 'n Vogel fangen, selbst wenn ihr Leben davon abhinge.» Murphy stellte sich auf die Hinterbeine, um einen Happen aufzuschnappen, den Market ihr zuwarf.

Auch Tucker schnappte sich ein Stück Fleisch aus der Luft. Sie war sehr schnell.

«Hat er Archie zu dem Treffen eingeladen?», fragte Harry.

«Weiß ich nicht.»

Die Postmannschaft eilte zu dem Holzhaus hinüber, als Rob Collier die Leinensäcke vom Hauptpostamt am Seminole Trail, auch Route 29 genannt, hereinwarf.

«Die Pflicht ruft.» Harry machte sich ans Sortieren.

Als das Telefon klingelte, ging Harry dran.

Es war Cynthia Cooper. «Harry, kannst du heute in der Mittagspause mit mir kommen?»

«Klar. Was machen wir?»

«Sag ich dir dann.»

Sie legte auf. «Miranda, macht es Ihnen was aus, sich heute Mittag um die Tiere zu kümmern? Cynthia möchte, dass ich mit ihr komme, aber sie wollte nicht sagen, wozu. Dienstlich, nehme ich an.»

Um zwölf holte Cynthia Harry mit dem Streifenwagen ab. Harry bat Miranda, sie zwei Stunden zu vertreten.

Fünfzehn Minuten später waren sie am Flugplatz, am Hangar für Privatmaschinen.

«Hast du Angst in kleinen Flugzeugen?», fragte Cynthia.

«Nein.»

«Umso besser.» Cynthia duckte sich durch die niedrige Tür, dann zog sie Harry herein. «Das ist Bob Green. Er ist Pilot für Federal Express. Er fliegt auch gern in seiner Freizeit.»

«Hi.» Der Pilot mit dem kantigen Kinn nickte zum Gruß.

Er fuhr die Rollbahn entlang, hob ab, und binnen Minuten waren sie in der Luft. Harry blickte vom Passagiersitz hinunter auf die Flickenteppiche aus Grün und Beige. Auf die glitzernden Bäche und Flüsse. Die flachen Dächer der Gebäude am Fashion Square Mall.

«Du liebe Zeit, hoffentlich kriegen wir nie einen Meter fünfzig Schnee. Ich wette, diese Dächer halten das nicht aus.»

«Ich wette, doch.» Bob lächelte. «Sonst gibt's Schadensersatzklagen bis zum Abwinken.»

Cynthia, die Hand auf der Rückenlehne von Harrys Sitz, beugte sich zwischen Harry und Bob nach vorn und gab ihr Tommy Van Allens Karte. «Du bist hier aufgewachsen. Wir fliegen mit dir über diese Parzellen. Sag mir, was du weißt.»

Bob überflog die erste Parzelle, eine hohe Wiese, die an Sugar Hollow grenzte.

«Das Grundstück hat früher Francie Haynes gehört, einer alten Dame, die Hereford-Rinder züchtete, die mit den Hörnern.»

«Haynes. Die schwarzen Haynes?»

«Ja.»

«Was Besonderes an dem Land?»

«Nicht, dass ich wüsste.»

Zu jeder Parzelle, die sie überflogen, erzählte Harry die dazugehörige Geschichte, soweit sie ihr bekannt war.

«Bob, können wir ein kleines bisschen höher gehen, nochmal tausend Fuß oder so, und einen großen Kreis fliegen?», fragte Harry.

«Kein Problem.»

«Coop, guck mal runter. Siehst du, wie sich der Boden faltet? Kannst du das alte Wasserreservoir bei Sugar Hollow sehen?»

«Ja.»

«Okay, wir fliegen über die Wasserscheide. Siehst du, wie im Wesentlichen alles in einer Richtung abfließt? Dort wollen der Staat und einige Leute im Bezirk das neue Reservoir bauen, zwischen Free Union und Earlysville.»

«Ich sehe es.»

«Gehen wir über Sugar Hollow tiefer.»

Bob drückte das Steuerrad ein und sie gingen sachte hinunter.

«Hier ist es ganz deutlich.» Cynthia bemühte sich, über Harrys Kopf hinweg aus dem Passagierfenster zu spähen. «Und ich kann Francie Haynes' Land sehen.»

«Wäre es nicht sinnvoller, das Reservoir bei Sugar Hollow wieder in Betrieb zu nehmen?»

«Von hier oben aus, ja.»

«Hey, ihr zwei, hier oben sind bloß wir und die

Vögel», sagte Bob. «Die Grundbesitzer an der anderen Stelle sind größer und reicher. Hier sind arme Leute. Waren früher arme Leute, meine ich. Jetzt ziehen andere Kaliber hierhin.»

«Und die Landerschließer nicht zu vergessen.» Cynthia beschattete die Augen, als sie sich der Sonne zukehrten. «Ihr wisst ja, wenn der Staat solche massiven Projekte ausschreibt, werden die Bedingungen so formuliert, dass nur wenige Firmen eine echte Chance im Wettbewerb haben. Eine totale Scheiße. Verzeihung, Bob, ich kenne Sie nicht gut genug, um in Ihrer Gegenwart zu fluchen.»

«Ist schon in Ordnung.»

«Also nichts Besonderes an diesen Landparzellen?»

«Manche liegen in der Wasserscheide, andere nicht. Aber ich wüsste nicht, was sie besonders auszeichnet. Warum?», fragte Harry.

«Darüber darf ich nichts sagen.»

«Da wir schon mal hier oben sind, können wir über Tally Urquharts Besitz fliegen?»

«Gute Idee.» Cynthia hob die Stimme, weil das Propellergeräusch eine normale Unterhaltung unmöglich machte: «Auf der Rückseite von Little Yellow Mountain. Ich nehme an, von Mint Springs lässt es sich besser ansteuern.»

«Okay.»

Nach wenigen Augenblicken flogen sie über die grünen Äcker, die kilometerlangen strahlend weißen Zäune, die den Besitz der Urquharts begrenzten. Die alte Scheune und die Steingebäude kamen in Sicht.

«Bob, sehen Sie die Scheune da unten? Wäre es schwierig, dort zu landen? Das war keine Aufforderung, zu landen», fügte sie hastig hinzu, als er hinunterging, «aber wäre es schwierig?», fragte Cynthia.

«Sehr kurzer Landestreifen. Ein kleines Nadelöhr zwischen den beiden Hügeln. Erfordert einen guten Piloten.»

«Und bei Regen und Nebel?», fragte Harry.

«Das erfordert einen Piloten mit Nerven aus Stahl und einer sicheren Hand.»

45

Die Karte lag aufgeschlagen auf Ricks Schreibtisch. Finanzberichte, Kontobücher und Aktenordner stapelten sich neben seinem Stuhl auf dem Fußboden.

«Die Wasserscheide …» Er rieb sich das Kinn.

«Aus der Luft ist sie leicht zu erkennen», sagte Cynthia und fügte hinzu: «Ich habe mich erkundigt, wie das Wetter an dem Abend war, als Tommy Van Allen starb – jedenfalls offiziell.»

«Zweifeln Sie an der Aussage des Gerichtsmediziners?»

«Wenn jemand gefroren ist wie ein Fischstäbchen, ja.»

Er gab ihr einen Klaps auf den Rücken. «Das gefällt mir – ein eigener Kopf.»

«In der Nacht ist blitzschnell ein Sturm heraufgezogen, und er hat lange angehalten. Und heute waren wir gerade rechtzeitig in der Luft. Als wir landeten, sind die Wolken herangerollt wie ein schmutzig grauer Teppich.»

«Sahen sich die Grundstücke aus der Luft ähnlich?»

«Eigentlich nicht.»

«Hmm, hat Harry Sie mit Fragen bombardiert?»

«Nein, sie hat sich beherrscht.»

Er setzte sich auf seinen Stuhl. «Machen Sie die Tür zu.» Er sprach erst weiter, als sie zurück war.

«Ich habe jedes Komma, jedes Semikolon, jeden Punkt und jeden Flecken in Van Allens Geschäftsbüchern studiert. Er ist sauber.» Er schwenkte herum. «Und Sie sagen, Tommy war ein verdammt guter Pilot.»

«Ja. Dem kurzen Landestreifen nach zu urteilen, war er besser als gut», versicherte Cynthia.

«H. Vane und Tommy konnten schon fliegen», sagte Rick laut, obwohl er es eigentlich nur für sich dachte. Er hatte keinen doppelten Satz Geschäftsbücher gefunden. Er fragte sich, ob die anderen Männer vielleicht auch Buch führten. Er verfolgte die Drogenschiene. «Und sie haben alle am Reenactment bei Oak Ridge teilgenommen. Das heißt, Tommy hätte teilgenommen.» Sie nickte und er fuhr fort: «Coop, endlich haben wir einen Fuß in der Tür, aber sie ist noch lange nicht offen.»

«Könnte es sein, dass die Landparzellen einfach nur das sind, was sie zu sein scheinen: Investitionen gegen künftiges Wachstum? Oder sollte ich lieber sagen: für künftiges Wachstum?»

«Mit Ausnahme von zweien, die an Sugar Hollow grenzen, liegen sie in diesem Quadranten.» Er zog eine Farbkopie hervor, die er von der Karte gemacht hatte, und legte ein Lineal auf die Kopie. Mit einem roten Stift zog er Linien, und es bildete sich ein Muster. «Schauen Sie.» Er klopfte sich auf den Schenkel. «Ich hatte mir vorgestellt, dass diese Karte Drogenabnehmer zeigt, aber als wir die Farmen untersucht haben – bevor sie gekauft wurden –, nichts. Der alte Ephraim Chiles würde nie im Leben Drogen kaufen. Ich möchte die Zusammenhänge sehen und kann es nicht. Und ich weiß nicht, warum es auf einigen dieser Parzellen neue Brunnen gibt und auf anderen nicht.»

«Ich sehe zwei annähernd parallele Linien.»

«Ich sehe sie und weiß nicht, was sie bedeuten. Überlegen Sie, was Sie aus der Luft gesehen haben. War da irgendetwas, das auf diese Linienführung hinwies, etwas Augenfälliges wie eine niedrige Hügelkette oder ein Bach?»

«Nein. Außerdem, wenn da ein Bach wäre, dann wäre er auf der Karte. Wir hätten ihn schon früher bemerkt.»

Er stützte die Stirn auf die Hand. «Wann ist die nächste Ausschussversammlung?»

«Dienstag.»

«Okay. Wir pinnen die Karte an die Wand, ohne etwas zu sagen. Sie muss schon da sein, bevor der Erste zur Versammlung erscheint. Vielleicht gelingt es uns zumindest, Arch aus der Reserve zu locken.» Er lächelte. «Ich glaube, wir kommen dem Mörder ein bisschen näher.»

«Gute Idee», sagte sie ohne große Begeisterung.

Er nahm seinen Bleistift zwischen beide Zeigefinger und schnippte ihn nach ihr. «Was ist?»

«Nichts.»

«Raus damit.»

«Ich habe Ihren Instinkt geerbt. Und diese Geschichte hat einen Haken, das fühle ich. Sie ist nicht vollständig.»

«Ja, das fühle ich auch, aber Ihr Gesichtsausdruck sagt ...»

«Er wird wieder zuschlagen. Ich weiß es einfach.»

«So eine abwegige Aktion wie mit Mrs. Woos Laden. Ich bin überzeugt, das hängt mit alldem zusammen. Das Feuer hat ihre Unterlagen vernichtet – alle Unterlagen über die Schlachtennachsteller.»

«Ja, sie führt uns zu denen zurück. Sie haben Recht.»

«Komisch, irgendwie sind Sexualmörder leichter zu durchschauen als unser Täter», überlegte Rick.

«Aber es könnte Sex im Spiel gewesen sein. Vergessen Sie nicht das leere Kondompäckchen in Tommy Van Allens Trenchcoat.»

«Ach, nein. Darauf fall ich nicht rein.»

Coop setzte sich auf die Schreibtischkante. «Ich

hoffe, dass ich mich irre, aber es ist noch lange nicht vorbei. H. Vane sollte lieber einen Bodyguard engagieren.» Nach diesen Worten wurden beide von einem lauten Donnerschlag aufgeschreckt, und der Himmel öffnete seine Schleusen.

46

Wenn das Tageslicht auf Sarah Vane-Tempests Haar fiel, schimmerten die blondierten Strähnen wie gehämmertes Gold. Ihre perfekt manikürten Fingernägel betonten die langen, zierlichen Hände. Sie war nicht nur eine schöne Frau, sie hatte schon in jungen Jahren die notwendigen Kniffe gelernt, die Männer zu Wachs in ihren Händen machten.

Da die meisten Männer größer sind als die meisten Frauen, war der erste entwaffnende Trick – den sie sich bereits im vierten Schuljahr aneignete –, die Augen niederzuschlagen und dann den Blick zu heben, so als vermöchte einzig der so Angeschaute diese verheißungsvolle Reaktion hervorzurufen. Ihre Stimme war niemals laut, niemals schrill, eher eine Spur zu leise, sodass der Mann sehr konzentriert lauschen musste.

Die ausgeklügelteren Raffinessen, wie etwa, jeden Satz durch eine leichte Modulation der Stimme wie eine Frage klingen zu lassen, die nur der Angesprochene in seiner überlegenen Weisheit beantworten konnte, erwarb sie mit ungefähr achtzehn Jahren.

Ihm die Schulter ein wenig zuzuneigen, auch dies schürte das Feuer beim männlichen Teil der menschlichen Spezies. Dass dies kalkulierte Posen waren, die genauso einstudiert wurden, wie eine Schauspielerin übt, an markierten Stellen auf der Bühne zu stehen, kam den Männern nicht in den Sinn. Selbst ein so hoch intelligenter Mann wie Sir H. Vane-Tempest mutierte in Sarahs Gegenwart zu einem wabbelnden Hormonpudding.

In Gegenwart von Frauen veränderte sich ihr Verhalten schlagartig. Ihre Stimme, freimütig im Ton, war nicht schroff, aber gewiss keine Musik in Frauenohren. Sie sah ihren Freundinnen offen in die Augen. Sie sagte, was sie dachte. Nie neigte sie eine Schulter oder wandte sich leicht ab, um eine andere Frau größer erscheinen zu lassen.

Ihre Freundinnen kicherten, wenn sie in Sekundenschnelle umschaltete, sobald ein Mann den Raum betrat. Ihre profunde Falschheit, den meisten Frauen Anlass zur Belustigung und weniger zum Widerwillen, bewog diese nicht, ihr zu misstrauen. Jede Frau, sogar Harry, verstand, warum Frauen sich so aufführten wie Sarah. Es war eine ungleiche Welt.

Die Schönheit, kurzlebig, wie sie war, stellte eine Waffe dar, die dazu diente, sich Nahrung, Kleidung, Obdach und Status zu sichern. Nur wenige Frauen konnten selbständig leben. Die meisten brauchten einen Ernährer.

Obwohl sie intelligent war, hatte Sarah im Grunde Angst vor der Welt, Angst, sich in ihr nicht allein auf dem erwünschten Niveau halten zu können. Damit hatte sie nicht Unrecht. Nur wenige Frauen haben so viel Macht oder Geld wie Sir H. Vane-Tempest.

Sie hatte das große Los gezogen. Es war wirklich einfach gewesen. Sie hatte erkundet, wo sich die Reichen tummelten. Da es von Connecticut aus einfacher war, nach Florida zu gelangen als an andere Orte wie etwa Aspen, kreuzte sie dort auf, frisch von der Schule, und pirschte sich bedachtsam immer näher an die richtigen Partys heran.

Sie war auch darauf bedacht gewesen, keine Dummheiten zu machen, etwa mit dem falschen Mann zu schlafen oder einen Job in einem Bekleidungsgeschäft anzunehmen. Das hätte ihre geheimnisvolle Aura geschmälert. Sie hatte Polospiele im Royal Palm Polo Club in Boca Raton besucht. Sie hatte zugeschaut, allein, in der Hoffnung, den Blick eines Mannes auf sich zu ziehen oder den einer älteren Frau, der noch Verstärkung für eine Party fehlte. Gewöhnlich wurden Herren gesucht, doch gelegentlich war auch eine junge Frau vonnöten.

Eines Sonntags stand sie in Wellington westlich von Palm Beach zufällig neben einer Pferdekoppel. Der Stallbursche, der von einem Kollegen gebeten wurde, beim Einfangen eines Ausreißers zu helfen, hatte einen Stapel Poloschläger auf dem Boden liegen lassen. Sie waren nach Länge und Elastizität geordnet.

Sir H. Vane-Tempest polterte herbei. «Manuel, 51 grün.»

Sarah langte in den Stapel mit 51ern und griff geistesgegenwärtig den heraus, der oberhalb der Stelle, an der der Schlägerkopf befestigt war, mit grünem Klebeband gekennzeichnet war. H. Vane erkannte sogleich, dass Manuel von der guten Fee in eine der schönsten jungen Frauen verwandelt worden war, die seine Augen je erblickt hatten.

Der Rest war, wie es so schön heißt, ein Selbstgänger. Eine kostspielige Scheidung von Ehefrau Nummer eins – die nun mal Verschleißerscheinungen zeigte – folgte alsbald.

Das war vor sieben Jahren. Bald, sehr bald, um genau zu sein, zeigte auch Sarah Verschleißerscheinungen. Hätte ihr jemand, während sie durch den Mittelgang der Kirche schritt, ins Ohr geflüstert, dass der Preis der Ehe hoch sein würde, sie hätte es nicht geglaubt. Geblendet vom äußeren Glanz, sah sie nicht, dass sie selbst der Preis war. Sie hatte sich verkauft. Als ihr dies bewusst wurde, geriet sie in Panik. Solche Frauen suchen Trost bei Religion, Alkohol, Drogen, karitativer Arbeit, Kindern und natürlich anderen Männern.

Als sie am Freitag in Archie Ingrams Büro trat, schloss sie die Tür hinter sich. Sie hatte es bislang vermieden, ihn im Büro aufzusuchen oder anzurufen.

«Hast du auf H. geschossen?»

«Nein.»

«Warum nicht?»

«So etwas würde ich nie tun, das weißt du.»

«Schade eigentlich», sagte sie scherzhaft und warf ihre Handtasche auf den Schreibtisch.

Er packte sie am Handgelenk und zog sie an sich.

Sie leistete keinen Widerstand. Sie küsste ihn, zuerst auf die Spalte in seinem Kinn. «Ich habe dich zwei lange Wochen nicht gesehen.»

Als der rasende Austausch von Körpersäften absolviert war, hatten sie Zeit, sich ihrer misslichen Lage zu widmen. Eine schwarze Wolke schien Archie zu folgen, wohin er auch ging. Sosehr es Sarah freute, dass Archie ausgezogen war, sie würde ihren Mann nie verlassen. Und das erklärte sie Archie. Der arme Archie weinte.

«So schlimm ist es nun auch wieder nicht.» Sie fuhr ihm mit den Fingern durchs Haar.

«Aber auch nicht so gut.»

«H. ist rachsüchtig und aggressiv. Er würde vor nichts zurückschrecken, um dich zu ruinieren. Diskretion geht vor Übermut.» Sie seufzte. «Er ist alt. Er passt nicht mehr so auf mich auf wie früher, vermutlich, weil sein Testosteronspiegel gesunken ist. Alles wird gut.»

Archie blinzelte die Tränen fort und stöhnte. «Ich hasse den Mistkerl. Ich hasse ihn, weil er schlauer ist als ich, und ich hasse ihn, weil er dich hat.»

«Er hat nur meinen Körper, nicht meine Seele», sagte sie leise.

«Schon möglich.» Er runzelte die Stirn, denn sosehr er sie liebte, er hatte auch gelernt, ihr zu misstrauen. «Aber er wusste, dass ich auf den Teotan-Plan eingehen würde. Es ist gutes Geld. Mehr Geld, als ich mir in meinem Amt erträumen könnte. Erst bei der Versammlung in Crozet, wo Harrys Katze auf den Tisch gesprungen ist, ist mir klar geworden, dass ich am meisten zu verlieren habe. H., Blair und Tommy riskieren viel weniger als ich, aber ihr Profit ist höher als meiner!»

Sie strich ihre Haare glatt. «Arch, du wirst gut zwei Millionen einstreichen, womöglich noch mehr. Ich sehe nicht, was du zu verlieren hast.»

«Meinen guten Ruf. Meine politische Zukunft. Ich werde nie Gouverneur.»

«Ach.» Sie hatte nicht gewusst, dass er solch hochfliegende Ambitionen hatte. «Es haben schon andere Männer Skandale überlebt.»

«Wir sind hier in Virginia», blaffte er.

«Hm, ja, sicher. Glaubst du wirklich, du hättest den Sprung vom Bezirksausschuss nach Richmond geschafft?»

«Ja. Ich hätte zunächst ins Abgeordnetenhaus gewählt werden können. Ein Schritt nach dem anderen. Aber ich hab's vermasselt.»

«Vielleicht kannst du dir den Weg dorthin erkaufen.»

«Ganz so funktioniert das nicht. Geld ist hilfreich, aber ...» Er lächelte traurig. «Du lebst noch nicht lange genug hier, Sarah. Schande besudelt ganze Generationen. Umgekehrt zehren all die dämlichen, hohlköpfigen Snobs von den Großtaten ihrer Vorfahren. Hier vergisst niemand etwas.»

«Das ist absurd.» Sie konnte es nicht glauben.

«Sarah, du bist mit einem mächtigen Mann verheiratet. Die Menschen würden dich auch sonst mögen, aber lass dich nicht von oberflächlicher Anerkennung täuschen.»

«Ich kann reiten, gärtnern und mit den besten Landjunkern von Virginia um die Wette schießen», prahlte sie.

«Na, prima.» Er gab es auf, ihr beibiegen zu wollen, wie der Hase lief. Archie war kurz davor, alles aufzugeben, so unendlich elend fühlte er sich.

«Und du hast wirklich nicht versucht, ihn umzubringen? Der Plan war genial.» Sie wechselte das Thema, ihre Stimme nahm einen übermütigen Ton an.

«Nein.» Er riss sich zusammen, band seine gestreifte Seidenkrawatte neu, strich seine Hose glatt. «Sarah, du könntest jeden Mann haben, den du willst. Warum ich?»

«Du hast Phantasie. Im Gegensatz zu den meisten Männern.»

Er liebkoste ihren Hals. «Was für Phantasien? Hatte Tommy Van Allen Phantasie?»

Sarah fuhr zurück. «Inwiefern?»

«Mit dir.»

«Arch, sei nicht albern.»

«Ich weiß, dass du eine Affäre mit ihm hattest.»

Sie wartete, seufzte, schlug die Augen nieder, hob

dann den Blick. «Ich habe nicht immer die richtigen Entscheidungen getroffen. Bei ihm war ich – leichtsinnig. Ich hatte natürlich keine Ahnung, dass er Koks schnupfte. Ich war ebenso erschüttert wie alle anderen, als der *Daily Progress* den Autopsiebericht brachte. Ich habe keine Anzeichen bemerkt, allerdings weiß ich auch gar nicht, ob ich sie erkennen würde.» Sie klang überzeugend.

«Bist du deswegen spätabends kurz vor dem Sturm mit ihm geflogen? Weil du leichtsinnig sein wolltest?» Archie spielte auf Risiko, denn er wusste gar nicht, ob sie bei Tommy gewesen war. Er dachte, er könnte ihr vielleicht eine Falle stellen.

«Nein.»

«Was hast du gemacht, H. Schlaftabletten gegeben?»

«Ich bin nie mit Tommy geflogen. Willst du mir unterstellen, dass ich ihn getötet habe?»

«Vielleicht war er im Weg.»

«Wobei?» Sie trat zurück, musterte ihn leidenschaftslos.

«Deinem wohlgeordneten Leben. Vielleicht hat er gedroht, es deinem Mann zu erzählen. Vielleicht dachte er, H. würde dich dann rausschmeißen. Und er würde dich ganz für sich haben.»

«Tommy war leichtsinnig, aber er hat mich nicht geliebt. Wir haben eine Weile miteinander gespielt – das ist alles.»

«Ihr habt nicht nur gespielt. Sag mir, hast du mit ihm geschlafen, als du auch mit mir geschlafen hast?»

«Nein», log sie.

«Na ja – wenigstens etwas.»

«Arch, manchmal regeln sich die Dinge von ganz allein, wenn man sie sich selbst überlässt. H. ist ein alter Mann.»

«Und stark wie ein Ochse. Der wird so alt wie Tally Urquhart. Ich wünschte, ich hätte den Mumm, ihn umzubringen, aber ich brauche ihn.»

«Wozu?»

«Teotan. Mitgehangen, mitgefangen. Ich kann nicht mehr zurück, egal, was ich dafür opfere.»

«Blair ist klug, er könnte den Laden schmeißen. Unterschätze ihn nicht. Und danke übrigens, dass du bei dem Treffen für mich eingetreten bist.» Sie küsste ihn auf die Wange, dann auf den Mund. «War nur Spaß, als ich dich wegen H. beschuldigt habe. Ich könnte verstehen, wenn du auf ihn geschossen hättest. Aber ich bin froh, dass du es nicht getan hast.»

«An dem Spaß hast du weiß Gott die ganze Stadt teilhaben lassen.»

«Arch, gibt es eine bessere Methode, um *unsere Spuren* zu verwischen?»

«Deine Spuren.» Er musterte sie kühl, war aber nicht gefeit gegen ihre Schönheit.

«Meine Spuren?»

«Sarah, du hättest auf H. schießen können. Du warst nicht beim Reenactment.»

«Ich bin zurückgelaufen, um H.s Feldflasche zu holen.»

«Das musst du erst mal beweisen.» Er lächelte sanft.

«Du bist genauso schlimm wie Rick Shaw.» Sie ging lachend darüber hinweg. «Ich habe Zeugen, die gesehen haben, wie ich zum Zelt zurückgelaufen bin.»

«Du hättest dich leicht hinter dem Jagdstall oder im Wald oder sogar in deinem Range Rover verstecken können, wenn du schnell genug gerannt wärst und es geschafft hättest, aus dem Wald zu schleichen. Du hättest hinter die Marschlinie zurückfallen können.»

«In dem Kleid mit dem Reifrock? Bist du verrückt?»

«Nein. Du hättest dich natürlich umgezogen.» Er atmete tief ein. «Ich habe nicht auf H. Vane geschossen. Tommy war schon tot. Falls er ein Motiv hatte, ist es mit ihm gestorben. Du bist die Einzige, die sonst noch ein Motiv hat.»

«Und was ist mit Blair? Wenn H. aus dem Weg wäre, könntet ihr beide Teotan leiten, du und er. Zwei Personen würden die neue Wasserversorgung kontrollieren.»

«Eine interessante Theorie. Aber wenn Blair und ich unter einer Decke steckten, würde ich es wissen, und …» Er hob fragend die Hände.

Sie sagte gelassen: «Du hättest Tommy umbringen können. Und du hättest versuchen können, H. zu töten. Und du könntest beabsichtigen, Blair zu töten. Dann hättest du alle Fäden in der Hand.»

«Danke, dass du mir eine solche Intelligenz unterstellst. Aber ich hab es nicht getan. Ich würde es nicht tun, und die niederschmetternde Tatsache ist, ich bin nicht schlau genug, um ungeschoren ein solches Verbrechen zu begehen. Im Gegensatz zu dir.»

«Ich habe Tommy Van Allen nicht umgebracht.»

«Auch nicht, um deine Spuren zu verwischen, wie du sagst?»

«Dann wärst du ja wohl der Nächste auf meiner Liste, oder?»

«Wäre ich wohl. Bin ich der Nächste?»

«Nein, Schatz. Ich bete dich an. Merkst du das nicht? Merkst du es nicht, wenn du mich hältst?»

Er seufzte. «Sarah, ich weiß nicht mehr, was ich weiß.»

«Du bist böse auf mich, weil ich H. jetzt nicht verlasse. Das kann ich nicht, Archie. Im günstigsten Fall hätten wir ein leidenschaftliches Jahr miteinander, aber früher oder später würde die Welt um uns herum uns auseinander reißen. Mein Weg dauert länger, aber das Resultat ist beständiger. H. ist ein *alter* Mann.»

«Alt und gesund. Alt und beängstigend intelligent.»

«Aber immerhin alt.» Sie legte ihren Zeigefinger auf seinen Mund, um ihn zum Schweigen zu bringen, dann küsste sie gleichzeitig ihren Finger und seine Lippen.

«Arch, lass mich weiter schreckliche Dinge über dich verbreiten. Das ist unsere einzige Hoffnung. Es ist unser einziger Schutz. Du kennst die Wahrheit, und du weißt, dass ich bei jeder Gelegenheit, die sich mir bietet, zu dir komme.» Sie fuhr mit ihrem Finger über seine Lippen, dann seitlich an seinem Kinn entlang.

Er küsste sie leidenschaftlich. «Der Dummkopf weiß nicht, was er an dir hat.»

«Solange du es nur weißt.»

«Es ist komisch. Ich hätte gedacht, du würdest eine Affäre mit Blair haben, nicht mit mir. Er sieht besser aus als ich.» Er wusste noch immer nicht, ob er glauben sollte, was Ridley Kent ihm erzählt hatte.

«Die Chemie.» Sie fuhr sich mit ein paar geübten Bewegungen aus dem Handgelenk durch die Haare. «Außerdem, Little Mim würde sterben. Etwas müssen wir ihr übrig lassen.»

«Ridley hat mir erzählt, du hättest ein kurzes Techtelmechtel mit Blair gehabt.» Archie hielt es nicht mehr aus. Er brauchte Gewissheit.

Kühl, allzu kühl sagte Sarah: «Ridley ist sauer, weil ich ihn abgewiesen habe. Warum hörst du auf ihn? Ich kann es nicht glauben, dass du auf ihn hörst.»

«Ich weiß nicht.» Seine Stimme zitterte.

«Aber ich.» Sie küsste ihn noch einmal, dann machte sie sich auf den Heimweg.

47

Die Unterseite eines Porsche ist eine geschlossene Fläche. Der Boden besteht aus schuppenartig miteinander verbundenen Rechtecken. Der Mechaniker im weißen Overall entfernte eine graue Unterbodenplatte. Rick sah hoch, als der Mechaniker mit einer Lampe hineinleuchtete.

«Hier könnte man kaum eine Dose Schnupftabak verstecken», sagte der Mechaniker.

«Wünschen Sie, dass wir sämtliche Platten entfernen?», fragte Mike Gage, der Besitzer von Pegasus Motor Cars, den Sheriff höflich.

«Nein, lassen Sie ihn runter. Die Karosserieteile dürften mehr hergeben.»

«Natürlich.»

Blair Bainbridge sah zu. «Sie werden doch nicht die Polster aufschlitzen, oder?» Er hatte sich bei der Inspektion kooperativ gezeigt, ohne einen Durchsuchungsbefehl zu verlangen, aber er wusste nicht, was er in einem solchen Fall täte.

«Weiß ich noch nicht.» Rick steckte den Kopf in das Auto, als es wieder auf der Erde stand. «In den Rücksitzen ist kein Platz, um etwas zu verstecken. Die sind ja kaum groß genug für eine Katze.»

«Die Polsterung in den Vordersitzen ließe sich entfernen und durch Kokain ersetzen. Ich glaube aber, das könnte man fühlen.» Mike drückte fest auf den Sitz.

«Harvey, hol mal den neuen Targa her. Dann kann er die Sitze befühlen, um einen Vergleich zu haben.»

Nach wenigen Minuten verkündete ein luxuriöser polarsilberner Targa schnurrend seine Ankunft. Rick öffnete den Wagenschlag. Der verheißungsvolle Geruch eines neuen Autos benebelte seine Sinne. Pflichtschuldig drückte er auf die Sitze, dann drückte er noch einmal auf die Sitze von Blairs Turbo.

Blair, der unaufhörlich die Hände rang, murmelte: «Hören Sie, ich weiß nicht, warum Sie das machen. Sie wissen, dass ich nichts mit Drogen zu tun habe.»

«Aber Ihr Freund Tommy Van Allen hatte schwer was mit Drogen am Hut. Kokain hinter seinen Radkappen – kommen Sie, es muss Ihnen doch einen Kick gegeben haben, alle Welt hinters Licht zu führen.»

«Nein», antwortete Blair entschieden.

«Schnelles Geld. Schnelle Autos.»

«Ich handle nicht mit Drogen.»

Mike Gage unterbrach das immer heftiger werdende Gespräch. «Ich möchte Ihnen etwas zeigen, Rick. Sehen Sie die Lufteinlässe auf der Vorderseite?»

«Ja.» Rick drückte auf die schmalen Schlitze im Metall.

«Da könnte man kleine Mengen Kokain verstecken, aber das würde später zu unerwünschten Folgen führen.» Mike hatte Rick zuvor über die Funktionen eines luftgekühlten Motors aufgeklärt.

Blair meldete sich zu Wort. «Wenn ich dealen wollte, würde ich mir ein besseres Versteck suchen.»

Rick ignorierte ihn, und Mike wies ihn auf weitere mögliche kleine Verstecke hin.

Blair wippte von einem Fuß auf den anderen. «Sie wissen, dass ich unschuldig bin.»

«Sie wussten über Tommy Bescheid.» Rick ließ nicht locker.

«Er hat nicht mit Drogen gehandelt. Es ist total abwegig. Ein Porsche fällt auf. Ich wäre verrückt, Drogen in einem Porsche zu transportieren.»

«Wenn Sie sich nicht beruhigen, lasse ich Sie abschleppen», drohte Rick.

«Hören Sie, ich mache das hier aus Gefälligkeit. Sie haben keinen Durchsuchungsbefehl. Das müssen Sie mir zugute halten. Ich habe nichts zu verbergen.»

Mike sah fort und Rick machte ein finsteres Gesicht.

Rick zögerte einen Moment, dann sagte er zu Mike: «Schlitzen Sie das Leder nicht auf. Aber suchen Sie weiter. Ich bin mit Mr. Bainbridge drüben im Streifenwagen, falls Sie mich brauchen.»

Mike nickte. «Okay.»

Blair rutschte auf den Beifahrersitz des Streifenwagens und schlug die Tür zu.

Rick klemmte sich hinters Steuer. «Würden Sie mir bitte den Zweck von Teotan erklären? Ich habe Tommys Landkarten. Ich weiß, dass Sie gebohrt haben. Raus mit der Sprache.»

Blair wartete einen Moment, dann räusperte er sich. «Der Zweck von Teotan ist, den Nordwesten des Bezirks mit Trinkwasser zu versorgen und dabei den Steuerzahlern erhebliche Kosten zu ersparen. Wir hatten vor, unseren Plan auf der nächsten Wasserausschusssitzung zu präsentieren – also nächste Woche.»

«Kein neues Reservoir?»

Blair zuckte die Achseln. «Das will ich nicht hoffen. Teotan könnte dem Bezirk ein Vermögen an Baukosten einsparen helfen. Unterirdisch fließt genug Wasser, um den Bedarf zu decken. Mehrere Millionen Liter.»

Rick senkte kurz den Kopf, hob ihn dann wieder. «Sir H. Vane-Tempest hat dasselbe gesagt.»

«Der Plan ist gut.»

«Sind Sie an Archie Ingram herangetreten? Er opponiert gegen jeden Vorschlag von Vane-Tempest.» Rick wusste nichts von Archies Beteiligung, denn H. Vane-Tempest hatte Wort gehalten und nichts gesagt.

«Archie ist wie eine Wetterfahne.» Blair versuchte, gleichgültig zu klingen. «Er ist nicht mehr derselbe, seit seine Frau ihn rausgeschmissen hat.»

«Vom Original war ich auch nicht beeindruckt.» Rick stieß einen langen Seufzer aus. «Ich stehe im öffentlichen Dienst. Meine politische Meinung steht nicht zur Debatte.»

Blair zuckte die Achseln. «Ich sag es nicht weiter.»

«Wechseln wir das Thema», sagte Rick. «Was werden Sie tun, wenn der Bezirk Ihr Projekt abschmettert? Ich vermute, Sie können es mit Zahlen belegen?»

«Allerdings. Ein Großteil der siebenhundertfünfzigtausend Dollar, die jeder von uns für die Gründung von Teotan eingebracht hat, wurde für eine Vorstudie verwendet. Wir haben eine Firma aus Atlanta damit beauftragt. Washington, New York und Richmond waren zu nahe; man muss bedenken, dass zu viele Leute aus Albemarle in diesen Städten arbeiten oder sonstige enge Verbindungen dorthin haben. Was wir diesem Bezirk anzubieten haben, ist wirtschaftlich und solide.»

«Und wenn es abgelehnt wird?»

«Ich denke, wenn wir es als Referendum in geheimer Wahl abstimmen lassen können, werden wir es durchsetzen, trotz der einflussreichen Interessengruppen für ein Reservoir und einen Damm. Aber sollten wir scheitern, füllen wir das Wasser ab und verkaufen es in Flaschen.»

«Dafür werden Sie nochmal vorsingen müssen. Umweltstudien und Wasserreinheit.» Er schüttelte den Kopf. «Wir haben einfach zu viele Vorschriften. Es ist ein Wahnsinn. Generationen von Virginiern haben das Wasser direkt aus der Erde bezogen. Damals hatten sie mehr gesunden Menschenverstand. Sie haben nicht auf trockengelegtem Sumpfland gebaut oder ihre Häuser dorthin gestellt, wo Abwässer in den Brunnen sickerten. Heute sitzen die Leute am Computer und wissen nichts von der Welt da draußen.»

«Wir sind auf die Wasserflaschenschlacht vorbereitet. Wir haben uns an die Kanzlei Fernley, Stubbs und Marshall in Richmond gewandt.»

«Sie sind also vorbereitet.» Er klopfte auf das Lenkrad. «Ein Teilhaber Ihrer Firma ist tot. Keine Verdächtigen. Auf ein Mitglied wurde geschossen. Viele Verdächtige, einschließlich Mr. Ingram. Gibt es da noch etwas, das ich über Teotan wissen sollte?»

«Nein.»

Rick warnte Blair: «Ich an Ihrer Stelle würde mich vorsehen. Ich glaube nicht, dass es Zufall ist, aber ich kann es nicht begründen.»

«Ich leider auch nicht. Wenn unser Plan gelingt, haben wir stetige Einnahmen, solange wir leben. Wenn ein Partner stirbt, wird sein Anteil gleichmäßig unter den Überlebenden aufgeteilt. Oberflächlich gesehen wäre das ein Mordmotiv.»

«Blair, haben Sie diese Marke schon mal gesehen?» Rick zog eine weiße Schließfachmarke mit der Nummer 349 aus seiner Brusttasche.

Blair besah sich die Greyhound-Schließfachmarke.

«Nein.»

«Die haben wir in Tommys Wagen gefunden.»

«Ich nehme an, Sie haben das Schließfach geöffnet?»

«Ja. Wir haben Geschäftsbücher gefunden, in denen Kokainhandel ausgewiesen ist.»

«Das ist zu offensichtlich. Tommy hat nicht mit Drogen gehandelt. Ich weiß nicht, was das alles soll, aber es ist nicht wahr.»

Rick dachte nach. «Ehrlich gesagt, Blair, glaube ich, dass Sie Recht haben, aber ich habe keine Gegenbeweise.»

«Ich deale nicht. Tommy hat nicht gedealt. Ich weiß nicht, was hier vorgeht und warum, aber es ist nicht wahr.»

«Gibt es irgendetwas, das ich über Teotan nicht weiß? Das mit diesem Fall zusammenhängen könnte? Himmel nochmal, Blair, ein Mann wurde ermordet und ein anderer angeschossen. *Sagen* Sie es mir.»

Blair atmete tief ein. «Archie ist ein stiller Teilhaber.»

«So viel Geld hat Archie nicht. Ihr anderen habt heftig was reingepumpt.»

«Er hat seine Arbeit eingebracht.» Blair beließ es dabei.

Rick stieß einen Pfiff aus. «Er benutzt sein öffentliches Amt zu seinem persönlichen Vorteil. Und H. Vane-Tempest riskiert nichts. Archie riskiert alles.»

«H. Vane riskiert das Gründungskapital.»

«Das ist ein Pappenstiel für ihn, und das wissen Sie.» Rick sah Blair ins Gesicht. «Das ändert alles.»

«Ich weiß nicht. Das heißt, ja, es kompromittiert Archie als Politiker, aber die Leute interessieren sich doch höchstens zwei Minuten dafür. Sehen Sie sich den ganzen Schmu an, mit dem Politiker davonkommen, Rick.»

«Ich würde sagen, Archie Ingram hat ein handfesteres Motiv zu morden als Sie alle. Er würde ganz oben auf einer Profitquelle sitzen.»

«Es erscheint mir einfach unmöglich.»

«Vieles scheint unmöglich und geschieht trotzdem. Blair, ich an Ihrer Stelle würde mich vorsehen.»

48

Mrs. Murphy schlief auf der Trennklappe, ihr Schwanz hing herab. Pewter, die auf dem kleinen Tisch auf dem Rücken lag, maunzte im Schlaf. Tucker schnarchte unter dem großen leinenen Postkarren.

Harry war ebenfalls schläfrig. Ein Tiefdruckgebiet war im Anzug.

Die Eingangstür schwang auf, gerade als ihr der Kopf heruntersackte. Sie blinzelte. Dr. Larry Johnson winkte.

«Ich könnte auch ein Nickerchen vertragen, Harry. Wo ist Miranda?»

«Nebenan. Sie stellt ein Menü für Market zusammen. Er möchte Fertiggerichte verkaufen. Gute Idee.»

«Und Miranda kocht sie?»

«Zum Teil. Sie arbeitet so schon schwer genug, und der Garten geht vor.»

Larry betrachtete Murphys Schwanz. «Verführerisch.»

Harry stellte sich auf die Zehenspitzen und beugte sich über den Schalter. «Sie ist stolz auf ihren Schwanz.»

Mrs. Hogendobber trat durch die Hintertür. «Hallo», trällerte sie.

Mrs. Murphy schlug ein Auge auf. «*Ruhe.*»

Sarah und Sir H. Vane-Tempest kamen herein, dicht gefolgt von Herb.

«Gut, dass ich Sie treffe», sagte Larry. Er ging nach draußen und kam mit seinem Uniformrock der Konföderierten zurück, den er Vane-Tempest reichte. «Ist der wirklich selbst gewebt?»

Vane-Tempest untersuchte den Stoff, den er in Händen hielt.

Miranda hob die Trennklappe und ging nach vorn. «Das kann ich Ihnen sagen.»

«Wenn die doch bloß mal alle den Mund halten würden.» Mrs. Murphy machte das zweite Auge auf.

Tucker hob den Kopf. *«Wenn ich belle, beschweren sie sich.»*

Miranda nahm den Stoff in die Hand und rieb ihn zwischen Zeigefinger und Daumen. «Maschine.»

«Woran erkennen Sie das?» Vane-Tempest hielt den anderen Ärmel.

«Wenn das Material handgewebt wäre, hätte es mehr Knötchen, und die Färbung wäre nicht so gleichmäßig. Die konföderierten Soldaten wurden oft Butternuts genannt – Graunüsse. Die Stoffe waren nämlich nicht farbecht, und das Färben war eine kostspielige Angelegenheit. Ein Infanterist trug die selbst gewebte Uniform so lange, dass die Farbe sich mit der Zeit von Hellbraun zu Grauweiß verfärbte.»

Harry gab ihren Senf dazu. «Das Zeug hat doch bestimmt höllisch gekratzt.»

«Das Hemd war aus Baumwolle gewebt. Die war wahrscheinlich besser als die Baumwolle, die es heute zu kaufen gibt», bemerkte Miranda. «Darüber hat man den Rock nicht allzu sehr gespürt.»

Harry nahm Vane-Tempest die Jacke ab und zog sie an.

Herb lachte. «Darin ertrinken Sie ja.»

Mrs. Murphy setzte sich kerzengerade auf. Sie fegte vom Schalter in den Postbehälter. *«Aufwachen.»*

«Verdammt nochmal!» Pewter, derart aufgeschreckt, fauchte Murphy an.

Tally und Big Mim kamen vorbei, um ihre Post abzuholen.

«Wissen Sie, was ich nicht verstehe?» Tally stemmte eine Hand auf die Hüfte. «Wenn ein Mann sich als Frau verkleidet, lachen alle. Sie bezahlen dafür, ihn zu sehen. Wenn eine Frau sich als Mann verkleidet, eisiges Schweigen.»

Inzwischen war Pewter auf die Trennklappe gesprungen, und Murphy scheuchte Tucker auf, die nach vorn zur Menge tappte.

«Möchten Sie probieren?» Harry reichte Big Mim den Uniformrock.

«Das überlasse ich den Jungs.»

«Ich hab's!», jubelte Murphy.

Pewter blinzelte, überlegte, dann kapierte sie. Tucker ebenso.

Am selben Nachmittag, als Sarah die zahmen Enten auf ihrem Teich fütterte, überbrachte Privatermittler Tareq Said ihrem Mann diskret wie üblich Tonbänder vom Bezirksausschuss. Er hatte Archies Büro und alle anderen mit Wanzen bestückt. Vane-Tempest hatte kein volles Vertrauen zu Archie, und er wollte sichergehen, dass er etwas bekam für sein

Geld. Außerdem konnte er auf diese Weise die anderen Bezirksabgeordneten kontrollieren. Zu seiner Überraschung hatte Archie ihn nicht enttäuscht. Er arbeitete wirklich für Teotans Belange. Er war voll und ganz bei der Sache.

Das Tonband dieser Woche enthielt jedoch wesentlich andere Informationen. Tareq überreichte den Ordner und verschwand umgehend.

49

Harry stieß mit dem Zeigefinger gegen die Messingknöpfe in ihrer Hand, sodass sie mit einem dumpfen *Plonk* herumrollten.

«First Virginia.» Blair lehnte an seinem 110-PS-John-Deere-Traktor, natürlich neu, wie alles auf seiner Farm. «Die sind echt. Haben fünfhundertfünfzig Dollar gekostet.»

«Wer mag die wohl getragen haben, und ob er den Krieg überlebt hat?»

Blair zuckte mit den Achseln. «Das weiß ich nicht.»

Die warme Sonne strahlte auf Mrs. Murphys Fell, das schimmerte, als die Katze sich auf der Haube des 911 Turbo rekelte. Bislang hatte von den Menschen noch keiner gemerkt, welchen Platz sie sich ausgesucht hatte, um sich in ihrer vollen Schönheit zu präsentieren.

Pewter strich mit Tucker um Blairs Geräteschuppen. Sie war auf einem Blauhäher-Trip. Fest entschlossen, den Krächzvogel zu finden und zu piesacken, wo sie nur konnte, hatte sie ihre Krallen an der Seitenwand des Schuppens geschärft. Mit diesen Krallen hätte Pewter eine Operation durchführen können.

«Mir scheint, du bist mit Leib und Seele beim Reenactment dabei», sagte Harry.

«Zuerst fand ich es irgendwie albern. Aber bei Oak Ridge habe ich etwas gefühlt, und, Harry, das war nicht mal eine richtige Nachstellung. Wir standen nicht auf geheiligtem Boden, wenn du so willst. Ich möchte zur Siebentageschlacht nach Sharpsburg.» Er wurde ernst, als er das Wort aussprach; Sharpsburg war der Schauplatz des schlimmsten Blutbads im blutigsten aller Kriege. «Ich kann nicht erklären, was ich gefühlt habe, nur – nur, dass ich dabei sein muss.»

«Ist dir schon mal aufgefallen, dass nur Weiße an den Reenactments teilnehmen?»

«Damals waren es auch hauptsächlich Weiße.»

«Mir wäre ein bisschen wohler, wenn jemand das 54. Massachusetts-Regiment auferstehen ließe.» Harry sprach von dem ausschließlich aus Schwarzen bestehenden Regiment, berühmt für seinen Wagemut.

«Harry, ich bin sicher, das gibt es bereits. Wirklich, ich meine nicht, dass dies hier irgendwas mit Rassismus zu tun hat.» Seine warmen haselnussbraunen Augen leuchteten.

«Vielleicht hast du Recht.» Sie seufzte. «Vielleicht liegt es an mir. Vielleicht lasse ich mich nicht gern an einen Krieg erinnern, der von so abgrundtiefer Dummheit geprägt war, einer Dummheit, die diesen Staat mit Blut getränkt hat. So viele Schlachten wurden seit dem Unabhängigkeitskrieg hier in Virginia geschlagen. Das Blut ist in unseren Boden gesickert. Beim Gedanken daran wird mir übel. Ich kann darin nichts Romantisches sehen.»

«Vielleicht ist das Männersache.» Er lächelte.

«Vermutlich.» Sie hielt inne, schwang sich dann in die Fahrerkabine des eleganten, teuren, heiß begehrten John Deere. «Blair, ich habe nachgedacht. Männersache?», sagte sie lauter als beabsichtigt. «Was, wenn Sarah in Uniform war? Was, wenn sie auf H. Vane geschossen hat?»

«Was?»

Die Tiere im Schuppen blieben stehen. Mrs. Murphy auf dem Porsche spitzte die Ohren.

«Ich weiß, es klingt verrückt, aber als ich heute im Postamt den Uniformrock anprobiert habe, ist mir der Gedanke gekommen – sie hätte die Hose unter ihrem Reifrock tragen, ihn abstreifen können ... Sicher, sie hätte zurückrennen müssen wie eine Irre, die Uniform ausziehen, verstauen und wieder in das Kleid schlüpfen – aber unmöglich ist das nicht. Dichter Rauch hat alles eingehüllt. Zeitweise konnte man die Hand vor Augen nicht sehen. Und es herrschte ein Riesendurcheinander. Wem wäre es aufgefallen, wenn eine einzige Person sich davonschlich? Und außerdem hat eine ganze Weile niemand bemerkt, dass H. Vane angeschossen war. Sie hätte genügend Zeit gehabt.»

Er blinzelte. «Ich weiß nicht. Ist mir nie in den Sinn gekommen.»

«Mrs. Woo hat viele Uniformen geschneidert – zu viele, um sich im Einzelnen daran zu erinnern. Aber vermutlich hat sie die Empfangsbestätigungen verwahrt, wenn nicht sogar Buch geführt. Und was passiert? Ihr Geschäft geht in Flammen auf.»

Blair fragte sich, ob Sarah fähig wäre, einen Mord zu begehen. «Harry, das ist ziemlich weit hergeholt.»

«Wieso? Alle haben sofort angenommen, dass es Archie Ingram war.»

Blair senkte seine tiefe Baritonstimme und sagte bedächtig: «Also, ich weiß nicht. Es ist möglich. Aber wozu ihn umbringen? Sie wird seinen Besitz am Ende sowieso erben, das meiste jedenfalls.»

«Er ist ein zäher Vogel und sehr anspruchsvoll. Sie steht in der Blüte ihres Lebens. H. Vane zu Diensten zu sein, wenn du mir den Ausdruck verzeihst, könnte allmählich an Glanz verlieren.»

Sein Gesicht lief rot an. Mrs. Murphy rutschte vorsichtig von der Haube des Porsche. Sie wanderte zum Traktor hinüber, Pewter und Tucker schlossen sich ihr an. Harry stieg vom Traktor.

«Nett, nicht?»

«Wunderschön. Wenn ich zwischen deinem Porsche und deinem John Deere wählen müsste, wäre das eine der schwersten Entscheidungen meines Lebens.» Sie lachte, lehnte sich an das riesige Hinterrad. «Ich denke, ich spreche am besten mit Coop.»

«Tu das nicht», sagte er allzu schnell.

«Warum nicht?»

«Weil du nicht einfach so mir nichts, dir nichts jemandes Namen beschmutzen kannst.»

«Sie beschmutzt ihren Namen nicht», sagte Mrs. Murphy. *«Sie äußert nur einen Gedanken. Coop ist taktvoll.»*

«Daran habe ich nicht gedacht.»

«Mutter, du beschmutzt ihren Namen nicht. Und du hast Recht!», maunzte Pewter.

Harry hob die Katze hoch und lud sie sich auf die Schulter. «Psst.»

«Lass mich runter.» Sie zappelte.

«Pewter, bleib, wo du bist. Sonst lenkst du sie noch ab. Menschen können sich nicht lange konzentrieren. Deshalb können sie auch keine Mäuse fangen.»

Pewter warf Mrs. Murphy einen unwilligen Blick zu, machte es sich aber doch auf Harrys Schulter bequem.

Tucker hob die Nase in die Luft. *«Blairs Körpertemperatur steigt. Er ist aufgeregt.»*

«Der andere Haken an deiner Theorie ist, wenn Sarah auf H. Vane geschossen hat, wer hat dann Tommy Van Allen umgebracht?», sagte Blair.

«Es ist nicht bewiesen, dass die beiden Morde zusammenhängen. Wir haben es alle nur angenommen. Es könnte sein, dass sie nichts miteinander zu tun haben.»

«Sie hängen zusammen. Wir wissen bloß nicht, wie.» Tucker vertrat resolut ihre Meinung.

Blair wurde rot. «Tja.»

«Was ist?»

«Endlich ist bei ihr der Groschen gefallen», bemerkte Pewter trocken.

«Oh.» Er verschränkte die Hände hinter dem Rücken. «Nichts. Sag mal, möchtest du dir meinen Traktor ausleihen? Du könntest deine Felder dreimal schneller eggen.» Er deutete auf eine Egge, deren runde Metallscheiben zur Mittelachse hin leicht einwärts geneigt waren.

Murphy bemerkte: *«Der hat aber plötzlich das Thema gewechselt.»*

Harry beäugte das riesige Gerät, das ihre Arbeitszeit enorm verkürzen würde. Als gute Farmerin eggte sie vor dem Pflügen. Sie eggte auch die Heuwiesen. Sie mussten nicht gepflügt werden, aber sie schwor darauf, den Boden vor dem Pflanzen gründlich zu bearbeiten. Wenn die Heuwiese erst angelegt war, wurde sie nur alle paar Jahre vertikutiert. Harry liebte die Farmarbeit, und es war ihr sehnlichster Wunsch, damit ihren Lebensunterhalt auskömmlich bestreiten zu können. Aber sie schaffte es bloß mit knapper Not.

«Die ist ja nagelneu.»

«Himmel, du kannst mit diesem Gerät besser umgehen als ich.»

«Ich sag dir was.» Harry fühlte sich besser, wenn sie sich revanchieren konnte. «Ich zeig dir, wie du den

Boden für das Maisfeld vorbereiten musst, das du auf deinem Schwemmland anlegen willst. Dann leih ich mir das Baby hier aus.» Sie beklopfte die feldgrüne Seite des eckigen, starken Traktors.

«Abgemacht.» Er streckte die Hand aus und zog sie sofort wieder zurück. «Verzeihung. Wo bleiben meine Manieren!»

«Ach, Blair, ich nehm es nicht so genau. Ich finde diese Umgangsformen überholt.» Gemeint war, dass ein Mann einer Frau nicht die Hand entgegenstrecken durfte, sondern warten musste, bis sie ihm ihre reichte.

Er grinste. «Big Mim würde mich umbringen.»

Harry bemerkte Archies Anhänger. «Zieht Archie jemals wieder aus?»

«Ja, heute.»

«Da bist du wohl erleichtert.»

«Archie ist ungewöhnlich beharrlich.»

«Hübsch ausgedrückt.» Harry lächelte, als sie auf ihren Transporter zuging. «Wo zieht er hin?»

«Tally Urquhart.»

«Wie bitte?»

«Sie lässt ihn in einem Nebengebäude wohnen, wenn er es instand setzt. Er sagt, er braucht eine sinnvolle Betätigung.»

«Mir ist bange.» Die Tigerkatze ging zu Harrys Transporter. *«Wir müssen sie dazu bringen, Coop anzurufen.»*

Dafür war es zu spät.

50

Sir H. Vane-Tempest nahm die eigenartig wächserne Beschaffenheit der Magnolien wahr, die er beiderseits seiner südlichen Zufahrt gepflanzt hatte. Die langen Schatten des Spätnachmittags vertieften die Farben und die melancholische Stimmung des ausklingenden Tages.

Ein Trupp Gärtner arbeitete hinter dem Haus.

Für gewöhnlich bereitete der Garten ihm Freude. Menschen bereiteten Vane-Tempest weniger Freude, da er alle Beziehungen als Machtkampf betrachtete, ein Kampf, den er gewinnen musste, um sich selber zu erhöhen. Er ordnete Menschen auf einer vertikalen Skala an. Die Familie Windsor, die Rothschilds und die von Thyssens mochten noch über ihm rangieren, aber er wähnte sich der Spitze sehr nahe. Für gewöhnlich versetzte ihn dieser Gedanke in Hochstimmung.

Nach der Lektüre von Tareqs Bericht war seine Stimmung merklich gesunken, um genau zu sein, in den Keller.

«Die Tage flossen in den Kelch der Zeit, und ich trank ihn leer», flüsterte er vor sich hin, dann machte er auf dem Absatz kehrt, um ins Haus zu gehen.

Er blieb stehen, drehte sich um und blickte noch einmal in den Garten. Er sah Sarah zwischen den Gärtnern herumspazieren. Ihre Schönheit war unsagbar erhaben, wie die Schönheit der samtigen Pfingstrosen. Sie war einfach da.

Er drehte sich abermals um und ging ins Haus. Er schritt über den Parkettboden durch den langen Flur, nahm kaum Notiz von dem Monet. Er trat in Sarahs Zimmer, öffnete ihren begehbaren Kleiderschrank, knipste das Licht an und schloss die Tür hinter sich.

Reihenweise Kaschmirpullover in durchsichtigen Plastikhüllen zeugten sowohl von ihrer Kaufsucht als auch ihrer Erkenntnis, dass sie nur so lange kostbar war, wie sie schön war.

Er trat zu den langen Reihen mit leinenen Kleidersäcken und zog systematisch alle Reißverschlüsse auf. Luxuriöse Abendroben in Smaragd, Saphir, Rubin, Silber, Weiß und Gold quollen seitlich aus den geöffneten Säcken. Er sah seine Frau in jedem dieser maßlos teuren Kleider vor sich.

Er fuhr mit der Hand über den Boden jedes Kleidersacks und ging dann zum nächsten über. Der letzte Sack in dem mit Zedernholz furnierten Schrank schaukelte leicht.

Er öffnete ihn. Der Reißverschluss surrte nach unten. Das glänzende pfirsichfarbene Kleid flatterte heraus. Er griff nach unten. Nichts.

Die Tür ging auf. «H., was tust du da?»

«Wo ist sie?»

«Was?» Sie bemerkte den Glanz auf seiner Stirn, das Glitzern in seinen Augen.

«Deine Uniform.»

«Was für eine Uniform?»

«Halte mich nicht zum Narren. Du hast dich verkleidet und auf mich geschossen. Archie hat nicht den Mumm dazu.»

«Ich habe nichts dergleichen getan.»

«Du lügst!» Er wollte sich auf sie stürzen, aber die Schrankkammer war sehr groß.

Sarah schlug die Tür zu, schloss ab und machte das Licht aus. Sie holte ihre nicht registrierte stumpfnasige .38er aus dem Nachttisch an ihrem Bett und warf sie in ihre Handtasche. Dann rannte sie wie von Sinnen zu ihrem Auto.

51

Harry bog gerade in ihre Zufahrt ein, als Sarah an ihr vorbeiflitzte, ohne zu winken; ihr Auto wischte verschwommen vorüber.

Harry hielt an ihrem Briefkasten und sah Sarah in Blairs Zufahrt einbiegen.

«Möchte wissen ...», sagte sie laut, schüttelte dann den Kopf. «Nee.»

Sarah brauste zum Haus, parkte neben dem Porsche und rannte zur Tür.

«Archie, Archie!»

Archie, der seinen Anhänger zu Tally gebracht hatte und gerade zurückgekommen war, staunte, als er Sarah durch die Tür stürmen sah, und er staunte noch mehr, als sie sich in seine Arme warf.

«Ich gehe in mein Büro.» Blair, der Archie geholfen hatte, packte seine Papiere in einen Karton und ging nach oben.

Sarah wartete, bis sie hörte, wie die Tür geschlossen wurde. «Er bringt mich um.»

«H.?»

«Archie, ich muss hier weg. Hilf mir!»

«Warum will er dich umbringen?»

«Weil ich versucht habe, ihn umzubringen.»

«Was!»

«In Oak Ridge, das *war* ich. Du hattest Recht. Ich habe mich als Soldat verkleidet, genau wie du gesagt hast. Die verdammten alten Gewehre – es ist ein Wunder, dass im Krieg jemand auch nur die Breitseite einer Scheune getroffen hat.»

Archie hielt sie auf Armeslänge von sich. «Sarah, du hast tatsächlich auf H. Vane geschossen?»

«Ich bedaure nur, dass ich ihn nicht erledigt habe.»

«Er weiß Bescheid?» Archie war verblüfft.

«Er glaubt es jedenfalls. Ich habe ihn überrascht, als er in meinem Schrank die Kleidersäcke durchwühlt hat – auf der Suche nach der Uniform, seine Augen sollen verdammt sein. Aber er wird sie nicht finden. Ich bin ja nicht blöd. Ich habe das Zeug verbrannt.»

«Dann hat er keinen Beweis?»

«Nein, aber was spielt das für eine Rolle? Er hat eine Stinkwut. Er bringt mich um, wenn er mich findet, und er ist so reich, dass er ungeschoren davonkommen wird. Leute wie er kommen immer davon.»

«Warum wolltest du ihn umbringen?», fragte Archie kühl.

«Weil ich diesen Fettsack keine Minute länger ertragen kann. Weil ich ihn hasse. Ich hasse seinen Anblick. Du hast nie dienen müssen, Archie, du verstehst das nicht.»

«Dafür wurdest du aber ziemlich gut bezahlt.»

Sie spürte, dass er auf Distanz ging, und sagte: «Ich konnte es dir nicht sagen. Du hättest versucht, mich davon abzuhalten. Solange er lebt, kann ich nicht bei dir sein. Und warum sollte ich mich an den Bettelstab bringen? Ich habe gearbeitet für das Geld. Wenn er uns zusammen erwischt, ist die Scheidung mit einem Schlag durch. Tür zu. Peng.»

«Ich verstehe.»

«Archie, hilf mir!» Sie schlang die Arme um ihn.

«Wo ist er jetzt?»

«In meinem Schrank eingeschlossen. Irgendwann wird er die Tür aufbrechen. Seine Schulter schmerzt noch, aber er ist stark. Du musst mich verstecken, bis ich weiß, was ich tun soll.»

«Herrgott, Sarah, hat deine Mutter dir nie beigebracht, dass man ‹erst wägen, dann wagen› soll?»

«In dem Fall hätte ich mich nie in dich verliebt.»

«Wenn ich das doch nur glauben könnte.» Er seufzte. Schöne Frauen fingen sich Männer ein wie Hunde Flöhe. Sie brauchten bloß einmal quer durch einen Raum zu gehen.

«Hast du Tommy erschossen? Sag mir diesmal die Wahrheit.»

«Nein. Ich habe Tommy einmal geliebt.» Sie sah ihm direkt in die Augen. «Er hat mich magisch angezogen. Es hat nicht lange gehalten, aber ich war so unglücklich mit H. Archie, kannst du das nicht verstehen?»

«Ich …»

«Er bringt mich um!»

«Ist ja gut. Ist ja gut.» Er strich ihr übers Haar.

Und wenn er sich auch noch so bemühte, er konnte nicht aufhören, sie zu lieben. Er küsste sie. «Es wird alles gut.» Er ging zum Fuß der Treppe. «Blair!»

Die Tür ging auf. «Ja?»

«Ich bringe Sarah zum Flughafen.»

Blair polterte die Treppe halb herunter. «Alles in Ordnung?»

«Nein», gestand Sarah unter Tränen. «Blair, ich erklär dir später alles. Jetzt muss ich erst mal hier weg.»

Archie schaffte sie in aller Eile in seinen Land Rover. Blair sah sie die Zufahrt entlangfahren. Hätte er sie länger beobachtet, dann hätte er gesehen, dass Archie von seiner Zufahrt aus nach rechts abbog, nicht nach links Richtung Flughafen.

52

Pewter zwängte sich unter den Kamelienstrauch. Sie war überzeugt, dass sich der Blauhäher dort hinhocken und sie nicht bemerken würde, weil sie sich ganz still verhielt.

Am besten jagte es sich am Morgen oder am Spätnachmittag. Kein Tier legt sich gern mit leerem Magen schlafen. Sie wusste, sie könnte den Blauhäher zu fassen kriegen. Sie hatte sich sogar die Mühe gemacht, Brotrinden auszustreuen, die sie aus dem Abfall gefischt hatte, als Harry ihr den Rücken zukehrte.

Pewter träumte von den verschiedenen Möglichkeiten, den Vogel ins Jenseits zu befördern. Ihre Lieblingsvariante war ein senkrechter Sprung in die Luft, wobei sie den Übeltäter mit ihren mächtigen Pranken packte, ihn auf die Erde zog und ihm in die Augen sah, bevor sie ihm das Genick brach.

«Wer zuletzt lacht, lacht am besten!», sagte sie bei sich und brachte ihr Schnurrmotörchen auf Touren.

Sie war bereit!

Pop.

Mrs. Murphy, die neben dem Stall auf dem Heuwagen saß, um Pewter nicht zu behindern, hörte es auch. Sie sah zu Harry hinüber, die, vom Anblick des neuen John Deere inspiriert, ihren Johnny Knatterton angeworfen hatte und die vorderen Äcker einsäte. Harry rollte dahin, die kleine Sämaschine war hinten an den Traktor angehängt.

«Pewter.»

Pewter gab keine Antwort.

Tucker, die unter dem Heuwagen halb eingeschlafen war, meldete sich. *«Was?»*

«Hast du das gehört?»

«Ja.»

«Das war nicht Johnny Knatterton.» Mrs. Murphy war beunruhigt.

Der alte Traktor machte *pop, pop, pop,* aber dieses *Pop* war knalliger.

Pop!

«Pewter, komm da unten raus. Wir müssen zu Blair.»

Pewter zog sich noch tiefer unter den Kamelienstrauch zurück. *Sie tut alles, um mir den Spaß zu verderben. Sie denkt, ich kann den Blauhäher nicht töten. Sie denkt, sie ist der getigerte Großwildjäger. Der werd ich's zeigen*, dachte sie bei sich.

Mrs. Murphy stieß sich vom Heuwagen ab und sprang zweieinhalb Meter tief, ohne mit einem harten Plumps zu landen. Tucker kroch unter dem Wagen hervor.

Pewter sah die beiden um die Wette über die Felder und zu Blairs Haus flitzen. Hin und her gerissen, murrte sie, wand sich dann aber langsam aus ihrem perfekten Versteck hervor.

«Fettwanst!», schrie der Blauhäher, der auf der Wetterfahne oben auf dem Stall gehockt hatte, und stieß über Pewters Kopf herab.

Sie sprang hoch, drehte sich in der Luft, verfehlte ihn aber. *«Verpiss dich, oder du bist tot»*, drohte sie, doch dann lief sie hinter Mrs. Murphy und Tucker her. Der Häher begleitete sie ein Stück im Sturzflug und kreischte vor Vergnügen. Mrs. Murphy drehte sich nicht nach Pewter um und wartete auch nicht auf sie.

Pewter schaltete in den fünften Gang, die Ohren angelegt, die Schnurrhaare flach am Gesicht, den Schwanz auf Bodenhöhe. Sie schwenkte nach rechts Richtung Bach, lief am Ufer entlang, fand eine seichte Stelle und rannte durchs Wasser. Keine Zeit, herumzutrödeln und einen anderen Weg zu suchen. Sie holte Mrs. Murphy und Tucker beim alten Friedhof auf dem Hügel ein. Die drei Tiere sausten zu Blairs Haus hinunter.

«Zu spät», sagte Mrs. Murphy.

Blair saß in seinem Auto, die Tür stand offen. Blut rann ihm über die Stirn bis hinunter auf den Ledersitz. Er war rechts hinübergesackt, der lange Oberkörper hinter dem Schalthebel, sein Kopf auf dem Beifahrersitz. Der Motor lief. Offenbar war auf ihn geschossen worden.

Tucker leckte ihm die Hand, aber Blair rührte sich nicht.

Sarah Vane-Tempests Auto stand vor der Scheune. Archie Ingrams Wagen war nicht mehr da.

Mrs. Murphy sprang auf Blairs Schoß. Pewter stieg behutsam auf der Fahrerseite ein. Der Wagen war im Leerlauf. Blairs linker Fuß stand auf der Kupplung, sein rechter Fuß hatte sich seitwärts verdreht.

«Wo ist er getroffen?» Tucker stellte sich auf die Hinterbeine.

«Das weiß ich nicht.»

«An den Beinen ist nichts.» Pewter schnupperte nach Blut. *«Wie sieht es mit seinem Kopf aus?»*

Mrs. Murphy legte ihre Nase an Blairs Nase. Sie schnupperte an seinen Lippen, legte eine Pfote an seine Unterlippe und zog diese herunter. *«Das Zahnfleisch ist weiß.»*

«Aber ist er am Kopf getroffen?»

«Da ist eine Menge Blut, aber ich kann nur seine linke Gesichtshälfte sehen.»

«Leg deine Nase an den Sitz. Sieh zu, ob du Blut oder Pulver riechen kannst», wies Tucker sie an.

Murphy legte eine Seite ihres Gesichts vorsichtig an den Sitz, ihr Auge war mit Blairs geschlossenem Auge auf gleicher Höhe. *«Blut sickert auf den Sitz. Muss auf der rechten Seite seines Kopfes sein»*, sagte sie. In Krisensituationen bewahrte sie immer einen kühlen Kopf. *«Pewter, setz dich auf seinen Schoß und lehn dich gegen die Hupe. Ich lecke ihn weiter ab.»*

Pewter, beide Pfoten auf der Hupe, legte ihr ganzes Gewicht darauf. Die Hupe ertönte.

«Wer soll das hören?» Tucker setzte sich hin. *«Archie ist nicht hier. Mom sitzt auf ihrem Traktor.»*

«Er ist schlimm dran.» Murphy leckte fortwährend Blairs Gesicht. *«Wir müssen schleunigst etwas unternehmen.»*

«Mal überlegen.» Pewter, jetzt neben Murphy, legte ihre Pfote auf Blairs Handgelenk. Sein Puls schlug ungleichmäßig.

«Wir könnten zu Harry zurücklaufen», sagte Pewter.

«Sie ist auf dem Traktor. Sie kann uns nicht hören. Womöglich bemerkt sie uns gar nicht. Wir müssen sie hierher holen.» Murphy untersuchte die Gangschaltung am Boden. *«Tucker, denkst du, was ich denke?»*

«Es ist seine einzige Chance», sagte der Hund ernst.

«Könnte mich mal jemand aufklären, wovon hier die Rede ist», verlangte die graue Katze aufgebracht.

«Wir werden dieses Vehikel fahren», erklärte Murphy resolut.

«Ihr seid wohl von allen guten Geistern verlassen!»

«Pewter, dann gehst du eben nach Hause», wies Murphy sie streng zurecht. *«Tucker, schieb ihn rüber.»*

Tucker stupste Blair mit ihren Vorderpfoten und ihrem Kopf an. Langsam sackte er noch ein Stückchen weiter zur Seite.

«Pewter, bist du nun dabei, oder steigst du aus?»

«Ich bin dabei. Was soll ich tun?»

«Wir müssen den ersten Gang reinkriegen.»

«Sein Fuß ist auf der Kupplung», sagte Pewter.

«Okay, Tucker, kannst du dich da unten dazwischenquetschen?»

«Ja.»

«Setz dich auf seinen Fuß, und Pewter und ich drücken den Schalthebel in den ersten Gang. Dann schiebst du langsam seinen Fuß von der Kupplung, und wir lenken.»

«Das wird nicht klappen, wir würgen bestimmt den Motor ab», sagte Tucker keuchend. *«Es geht nur, wenn ich Blairs Fuß von der Kupplung kriege und meinen aufs Gaspedal stelle. Zum Glück ist sein Fuß nicht auf dem Gaspedal.»*

«Wir müssen es beim ersten Versuch hinkriegen.» Murphy kletterte wieder auf Blairs Schoß. Pewter setzte sich auf den Beifahrersitz und tätschelte mit ihrer Pfote Blairs Gesicht.

Murphy wollte den Schalthebel von oben schieben, während Pewter von unten ziehen sollte.

«Fertig?», fragte Murphy.

«Ja», erwiderten die beiden anderen.

Die Katzen bekamen den Schalthebel in den ersten Gang. Das war der einfachste Teil. Der nächste Schritt war knifflig, denn wenn sie den Motor abwürgten, würden sie gleichzeitig den Zündschlüssel drehen und Gas geben müssen. Das trauten sie sich nicht zu.

«Tucker, es ist besser, wir schießen vorwärts, als dass wir ihn abwürgen», empfahl Murphy.

Pewter war unterdessen zu ihr auf den Fahrersitz gerutscht. Sie stellte sich auf die Hinterbeine und sah aus dem Fenster. Murphy saß auf Blairs Schoß, die Pfoten am unteren Rand des Lenkrads.

«Gott, hoffentlich ist dieser Wagen so zuverlässig, wie die Werbung immer behauptet.» Murphy schickte ein Stoßgebet für Blair zur Großen Katze im Himmel. *«Und los.»*

Tucker schob Blairs Fuß beiseite und drückte mit ihrer rechten Pfote das Gaspedal herunter. Das Auto ruckte vorwärts und stotterte.

«Mehr Gas.»

Tucker drückte jetzt mit beiden Füßen.

Der Wagen beschleunigte geschmeidig und erstaunlich schnell.

«Auf der Fahrbahn bleiben! Nicht so viel Gas!»

«Hilf mir», rief Murphy.

Pewter schlug die ausgefahrenen Krallen in das lederbezogene Lenkrad. Mit Mühe hielt sie den Wagen auf der kiesbestreuten Zufahrt. Schon bei der geringsten Bewegung schlugen die Räder ein. *«Tucker, nimm ein bisschen Gas weg»,* schrie Pewter.

«Versuch ich ja.» Tucker nahm ihr Gewicht von dem flachen Pedal. *«Jetzt haben wir es. Wir haben es.»*

«Was machen wir, wenn wir auf die gepflasterte Straße kommen?» Pewter zitterte vor Angst.

«Beten, dass uns kein Auto entgegenkommt, denn wenn wir anhalten, können wir nicht wieder starten.»

Mit geweiteten Augen und zitternden Pfoten lenkte Pewter unter Aufbietung aller Kräfte. Sie mochte zwar Angst haben, aber sie war weiß Gott kein Feigling.

Sie erreichten das Ende von Blairs langer Zufahrt. Rechts stand ihnen ein Wagen im Weg. Mit aller Kraft kurbelten die beiden Katzen das Lenkrad nach links. Die Autotür stand immer noch weit offen.

«Nicht zu viel! Nicht zu viel!», dirigierte Pewter.

«Mehr?» Tucker konnte überhaupt nichts sehen. Sie handelte buchstäblich in blindem Vertrauen.

«Nein, lass es genau so, wie es ist, Tucker. Du machst das großartig. Okay, okay, gleich kommt unsere Zufahrt. Noch ein Stück nach links. Nicht zu viel, es ist eine kurvenreiche Strecke.» Murphy sprach mit ruhiger Stimme.

«Langsam, langsam. O nein – da kommt ein Wagen!» Pewter stand das Fell zu Berge.

«Der sieht uns. Er wird uns nicht rammen, ohne sich selbst zu demolieren.»

Der Wagen schwenkte hupend um sie herum.

«Arschloch!», fauchte Murphy. *«Ja, okay, behalt jetzt die Straße im Blick, Pewts. Wir schaffen es.»* Der Wagen sackte auf dem Feldweg ein bisschen ein; die Steine waren längst zur Seite geschleudert, das passierte immer. Es ist Geldverschwendung, eine Zufahrt mit Steinen zu bestücken, aber wer kann sich schon Teersplitt leisten?

«Ich seh Mom!» Pewter weinte beinahe vor Erleichterung.

«Tucker, halt das Tempo. Wir müssen an ihrem Blickfeld vorbeirollen. Okay, okay, sie sieht uns. Pewter, drück auf die Hupe.»

Pewter drückte aus Leibeskräften auf die Hupe.

«Runter?»

«Ja.»

Tucker nahm ihr Gewicht vom Gaspedal. Das Auto kam ruckelnd zum Stehen. Harry hielt den Traktor an, sprang herunter und rannte los. Sie stürmte über ihr frisch eingesätes Feld.

«O mein Gott» war alles, was sie herausbrachte, als sie bei dem abgewürgten Turbo ankam. Sie legte den Leerlauf ein, ließ den Wagen an, griff sich das somit aktivierte Autotelefon und wählte die Notrufnummer 911.

«Crozet Not...» Diana Robb kam nicht dazu, ihren Satz zu beenden.

«Diana. Harry. Blair ist in meiner Einfahrt. Er ist

angeschossen. Alles ist voll Blut. Um Gottes willen, beeil dich!»

Sie ließ den Hörer fallen. Sie zitterte so sehr, dass Tucker, inzwischen draußen, ihr die Hände leckte. Dann fiel ihr ein, den Motor abzustellen. Sie brauchte das Telefon nicht mehr. Harry fühlte Blairs Puls, der erstaunlich kräftig war. Da sie Angst hatte, ihn zu bewegen, lief sie auf die Beifahrerseite und öffnete die Tür. Die beiden Katzen stiegen aus und sahen zu ihr hoch.

Nach wenigen Minuten hörten sie die Sirene. Der Rettungsdienst hielt hinter dem Porsche. Diana war als Erste bei Blair.

«Notaufnahme anrufen. Wir müssen ihn hier wegschaffen.»

«Kommt er durch?»

«Ich weiß nicht.» Diana hielt seinen Kopf. «Helft mir von der Beifahrerseite aus, ihn aufzurichten. Wir ziehen ihn auf der Fahrerseite raus.» Sie wandte sich an Harry. «Wie hat er es bloß bis hierher geschafft?»

«Wenn ich dir das erzähle, glaubst du mir sowieso nicht.»

Die Tiere sahen zu, mit feuchten Augen und hängenden Ohren.

Als Harry und Diana den Verletzten heraushoben, rollte Joe Farnham, Dianas Assistent, die Trage aus dem Krankenwagen.

Zu dritt legten sie Blair vorsichtig auf die Trage.

Joe fühlte Blairs Puls, während Diana den Kopf stabilisierte und die Wunde untersuchte.

«Ich kann keine Eintrittsstelle entdecken.» Sie betrachtete die blutige rechte Seite von Blairs Kopf.

Blair stöhnte.

«Lieber Gott, was kann ich tun, wie kann ich ihm helfen?», rief Harry, in Tränen aufgelöst.

«Atme ein paar Mal tief durch. Wir bringen ihn so schnell wir können in die Notaufnahme. Du wartest hier auf Rick. Ich ruf ihn auf dem Weg zum Krankenhaus an. Und Harry, den Wagen nicht berühren. Okay?»

«Okay.» Harry wischte die Tränen fort.

Joe hatte die Türen des Krankenwagens geschlossen und sprang auf den Fahrersitz. Diana stieg zu Blair nach hinten und machte die Tür hinter sich zu. Sie schalteten die Sirene ein und rasten über die Kiesstraße, während Harry versuchte, sich zu fassen.

«Bitte, lass Blair am Leben», winselte Tucker.

«Ich kann es einfach nicht glauben.» Harry fing wieder an zu weinen. Sie bückte sich und streichelte ihre Tiere. «Ihr seid Helden.»

«Wir konnten ihn doch nicht sterben lassen. Er hat eine Chance», sagte Murphy ernst.

Harry setzte sich ins Gras und wartete auf Sheriff Shaw.

53

Eine Menge Leute harrten im Krankenhausflur aus: Harry, Miranda, Big Mim, Little Mim, Herb Jones, Boom Boom, Sarah und H. Vane-Tempest, Susan und Ned, Market Shiflett, Jim Sanburne und Dr. Larry Johnson. Endlich trat Hayden McIntire, Larrys junger Partner, aus dem Operationssaal.

Alle standen auf.

«Er wird es schaffen.»

Ein allgemeiner Seufzer der Erleichterung lief durch die Gruppe, und die vor lauter Angst zurückgehaltenen Tränen flossen plötzlich voller Dankbarkeit.

«Dr. Chan ist gerade mit ihm fertig. Dass er durchkommen wird, steht fest.»

Larry eilte hinzu, sobald er die Neuigkeit vernommen hatte. Hayden zeigte ihm die Röntgenaufnahmen.

«Im Bereich der Verletzung ist eine Schwellung zu sehen. Das Gehirn ist unversehrt. Zum Glück hat ihm die Kugel nicht den Schädel zerschmettert. Sie hat einen tiefen Knick hinterlassen.» Hayden deutete auf die Röntgenaufnahme. «Hier, wo die Kugel den Schädel gestreift hat. Wie ein Knick in einem Blatt Papier, der ein kleines bisschen eingerissen ist.»

«Gott sei Dank.» Larry schloss eine Sekunde lang die Augen.

«Wir können keine Prognose stellen, bis die Schwellung abklingt. Er dürfte vollständig genesen. Er ist jung, stark, gesund, aber eine Schwellung an dieser Stelle ist das Letzte, was man sich wünscht. Zeit und Rehabilitation werden es weisen.»

Später ging Larry mit Hayden in den Wachraum, um Blair zu sehen.

«Lässt sich sagen, was passiert ist?», fragte er.

«Ja. Nach Lage der Wunde denke ich, dass er sich von seinem Angreifer abgewandt hat.»

«Den Schuss hat er also nicht vorausgesehen?» Larry rieb sich mit dem Handteller die Stirn.

«Nein. Er hatte ihm den Rücken zugekehrt.»

«Irgendwelche Anzeichen eines Kampfes?» Larry sah auf den kräftigen schlafenden Mann hinunter, der an lauter Schläuchen hing.

«Nein. Keine Spur.»

54

Als Blair das Bewusstsein wiedererlangte, warteten Rick und Cynthia schon auf ihn.

Hayden gab ihnen nur fünf Minuten, weil Blairs Zustand noch kritisch war.

«Haben Sie gesehen, wer auf Sie geschossen hat?» Rick beugte sich über Blairs Bett.

Blair antwortete nicht, er konnte kaum etwas sehen. Er hatte die heftigsten Kopfschmerzen, die man sich vorstellen konnte.

«Archie?», flüsterte Rick dem verletzten Mann zu.

«Nein», flüsterte Blair, dann verlor er wieder das Bewusstsein.

55

Hoch stand die Sonne über Mittelvirginia. Jedes Blatt, eine Braut in Frühlingsgrün, lächelte in das strahlende Nachmittagslicht. Die orangeroten Blüten der Klettertrompeten öffneten sich. Hummeln erschienen in ganzen Bataillonen. Bienen summten, aber in verminderter Zahl, da sie durch eine tödliche Milbe dezimiert worden waren.

Harry, die wie betäubt war, seitdem man auf ihren Freund geschossen hatte, arbeitete schwer, doch ihre Gedanken kehrten immer wieder zum gestrigen Tag zurück, zu den Katzen, die das Auto lenkten, und zu Tucker im Fußraum. Sie wusste, dass ein Tier erkennt, wenn ein anderes Tier verletzt ist und Schmerzen hat. Das Bemerkenswerte war, dass sie den blutenden Mann zu ihr gebracht hatten. Sie hatten ihn direkt vor sie hingerollt.

Jedes Mal, wenn sie Murphy und Pewter vor sich sah, beide mit den Pfoten am Lenkrad, überkam sie das große Zittern.

Harry, die im Einklang mit der Natur lebte, war erfahrener als viele andere Menschen. Nun sah sie sich mit dem ganzen Ausmaß ihres Unwissens konfrontiert. Sie hatte ihren tierischen Freundinnen menschliche Züge zugeschrieben. Das war eine Beleidigung. Indem sie ihrer wahren Natur menschliche Charakterzüge überstülpte, war ihr das Einmalige an ihrer Art entgangen. Es war durchaus möglich, dass Mrs. Murphy, Pewter und Tucker auf einer anderen Bewusstseinsebene operierten als sie.

Es war auch möglich, dass die Intelligenz der Tiere größer, jedoch nach menschlichen Maßstäben nicht messbar war.

Harry verharrte voller Demut vor dem Leben mit seinen unzähligen Gesichtern.

56

Im Westen erhellte ein Flammenmeer den Himmel. Die Frühlingssonne sank in scharlachrotem Glanz. Wie entfacht loderte der Himmel in Rot und Gold.

Cynthia ließ die dramatische Stimmung auf sich wirken, während sie ihren Dienstrevolver überprüfte. Rick, den Mund zu einem geraden Strich gepresst, fuhr vorsichtig die Straße entlang, die zu Tally Urquharts Scheune führte, wo Tommy Van Allens Flugzeug abgestellt war.

Rick hatte sich bei Miss Tally erkundigt, ob sie Archie gesehen hätte. Sie sagte, er habe in ihrem Haus so lange ein Zimmer gemietet, bis er unten am Feldweg ein altes aus Stein errichtetes Farmarbeiterhaus instand gesetzt haben würde.

Auf Cynthias Frage, wie sie miteinander auskämen, hatte Tally kurz angebunden erwidert: «Ich brauche jemand, mit dem ich mich streiten kann.»

Rick wies sie an, zu Hause zu bleiben. Sie sagte, sie habe Archies weißen Land Rover vor einer Weile zu dem Farmhaus fahren sehen. Vor zehn Minuten habe sie noch ein Auto gehört, sei aber nicht rechtzeitig bis zum Fenster gekommen. Sie sei jedoch sicher, dass das andere Auto sich auf dem Hinweg befand, nicht auf dem Rückweg.

Rick war kaum aus ihrer Haustür, als Tally Mim anrief.

«Chef, sollen wir auf Verstärkung warten?»

«Keine Zeit. Gott, wie ich diese Geschichten hasse.» Wie alle Polizeibeamten wusste Rick, dass häusliche Gewalt die irrationalsten Ausbrüche zeitigte. Dagegen war bewaffneter Raubüberfall ein Kinderspiel.

Nachdem er auf dem alten Feldweg Richtung Scheune gebraust war, stellte Rick in einer Kurve außer Sichtweite des Scheunentors den Motor ab. Rick und Cynthia stiegen aus, zogen ihre Waffen und gingen langsam auf die alte Scheune zu, die sie noch nicht sehen konnten. Bevor sie um die Kurve bogen, hörten sie einen Fluch, zwei Schüsse und einen Schrei. Sie rannten los, doch mit routinierter Vorsicht.

Als die beiden Beamten sich dem Scheunentor näherten, sahen sie Sir H. Vane-Tempest über Archie Ingram gebeugt. Sarah klammerte sich an ihren Mann.

«Halt! Keine Bewegung!», kommandierte Rick.

Vane-Tempest drehte sich um, eine .357er in der rechten Hand.

«Lassen Sie die Waffe fallen», befahl Rick, und Vane-Tempest warf sie auf die Erde.

Rick hielt seine Pistole auf den Engländer gerichtet, während Cynthia zu Archie lief. Sie drückte ihren Zeigefinger an seinen Hals.

«Tot.»

«Er hat versucht, mich umzubringen, nachdem er meine Frau entführt hat», sagte Vane-Tempest ruhig. Sarah stand schluchzend zwischen ihrem Ehemann und ihrem Geliebten.

«Haben Sie etwas zu sagen?» Cynthia stand auf und sah Sarah an.

«Sarah, du hast das Recht zu schweigen», sagte Vane-Tempest eindringlich. «Du hast Schreckliches durchgemacht. Atme tief durch. Du bist jetzt in Sicherheit.»

«Wirklich?» Sie barg das Gesicht in den Händen.

«Legen Sie die Hände auf den Rücken, Sir.»

«Rick, ich habe ihn in Notwehr getötet. Sie begehen einen Fehler.»

«Das mag sein, aber vorerst lege ich Ihnen Handschellen an.» Rick ließ die Stahlmanschetten rasch zuschnappen.

«Fesseln Sie ihn nicht. Er hatte keine andere Wahl.» Sarah wischte sich die Augen. «Archie hat mich aus unserem Haus entführt, nachdem er H. in meinem Kleiderschrank eingesperrt hatte.»

«Weshalb hat er das getan?» Rick steckte seine Pistole ins Holster.

«Weil ich eine Affäre mit ihm hatte. Er wollte mit mir dem Sonnenuntergang entgegenfahren.» Sie merkte nicht, welche Ironie angesichts des herrlichen Sonnenuntergangs in ihren Worten lag.

«Wussten Sie davon?» Cynthia richtete diese Frage an den gefesselten Sir H. Vane-Tempest.

«Ja.»

«Oh, H., es tut mir Leid. Es tut mir so Leid. Ich ahnte doch nicht, dass er versuchen würde, dich umzubringen.»

Sarah ging zu ihrem Mann und schlang die Arme um seinen Hals.

«Ich bin ein alter Mann. Du bist eine junge, schöne Frau. Vielleicht eine der schönsten Frauen auf dieser Erde», flüsterte er.

Ein weiterer Streifenwagen traf gleichzeitig mit dem Crozet-Rettungsdienst ein. Dies war ein arbeitsreicher Tag für Diana Robb.

Rick gab seinen Beamten mit einer Geste zu verstehen, sie sollten behutsam vorgehen, dann fasste er H. Vane-Tempest am Arm. «Wir fahren ins Präsidium.»

«Kann ich meinen Anwalt anrufen?»

«Wenn wir dort sind.»

«Muss ich diese Dinger tragen?»

«Ja, bis wir auf der Wache sind. Kommen Sie, bevor die verfluchten Fernsehteams hier draußen eintrudeln.» Das machte dem alten Herrn Beine.

Sarah rutschte neben ihren Mann auf den Rücksitz. Sie drehte sich nicht ein einziges Mal nach Archie um, der ausgestreckt auf der Erde lag, Sarahs stumpfnasige .38er in der rechten Hand.

57

Mim und ihre Tante sahen den letzten davonfahrenden Polizeiautos nach.

«Wollen wir hingehen?», fragte Mim.

«Nicht im Dunkeln. Warten wir bis morgen.» Tally sah den flackernden roten und blauen Lichtern nach. «Mimsy, bleib heute Nacht hier, bitte.»

«Natürlich.»

58

Die Nachricht von Archies Tod verbreitete sich wie ein Lauffeuer.

Susan Tucker stürmte durch die Küchentür, um es Harry zu erzählen, die es schon am Telefon von Mrs. Hogendobber gehört hatte, die es von Mim wusste, die es von Rick Shaw gehört hatte.

«Ich kann nicht glauben, dass Archie Sarah gekidnappt hat.» Harry lag am einen Ende des Sofas, Susan hatte sich am anderen Ende ausgestreckt. Die Katzen hatten es sich auf der Rückenlehne bequem gemacht. Tucker lag zusammengekuschelt auf dem Ohrensessel daneben.

«Hat er aber», erklärte Susan trocken.

«Quatsch», sagte Pewter.

«Sex schließt die Gehirne der Menschen kurz.» Tucker war mit Susan einer Meinung. *«Aber warum hätte Archie Blair erschießen wollen?»*

«Ihr Auto war bei Blair geparkt, als wir ihn fanden», sagte Mrs. Murphy.

«Und was hat sie bei Blair gewollt?» Pewter streckte ihr Hinterbein von sich, um es zu putzen.

«Pewter, mach das später. Ich mag das Lecken nicht hören, wenn ich mich unterhalte», befahl Harry.

«Zimperliese», beschwerte sich Pewter, zog aber ihr Hinterbein wieder ein.

«Alle Mädels gehen zu Blair», sagte Tucker.

«Archie war auch bei Blair. Er hat Sarah nicht gekidnappt», sagte Murphy.

«Blair wird es wissen. Wenn er wieder klar im Kopf ist und es ihm besser geht.» Pewter überlegte, wer es sonst noch wissen könnte.

«Archie wollte gerade ausziehen», fuhr Mrs. Murphy fort. *«Sie ist zu ihm gekommen. Archie hat sie nicht gekidnappt.»*

«Er kann sich nicht mehr verteidigen», bemerkte Tucker weise.

Murphy legte sich hin. *«Ein vergeudetes Leben, das von Archie.»*

«H. ist gegen Kaution draußen.» Susan legte die Hände hinter den Kopf. «Was Wunder.»

«War Sarah verletzt?»

«Nein. Sie sagt, Archie hat sie gekidnappt. Er wollte mit ihr zusammenleben. Er wollte mit ihr durchbrennen. Er wollte ihr nichts tun.»

«Was denkst du?», fragte Harry.

«Ich weiß nicht, was ich denken soll. Ich bin froh, dass es vorbei ist.»

«Ist es das? Wir wissen noch immer nicht, wer Tommy Van Allen getötet hat.»

«Sarah hat Rick Shaw erzählt, Archie hätte ihr gestanden, dass er Tommy wegen eines fehlgeschlagenen Drogendeals getötet hat.»

«Das glaube ich nicht», sagte Harry.

«Er war es nicht», widersprach auch Murphy.

«Psst. Du hast genug gegessen.»

«Sarah hat auf H. Vane geschossen. Ich weiß nicht, wer Tommy Van Allen getötet hat, aber sie hat auf H. geschossen.» Murphy blieb bei ihrer Behauptung.

«Sie hat eine Vermutung ...», lautete Harrys Kommentar zu Murphys Zwischenruf.

«Und die sind meistens zutreffend», sagte Tucker.

«Danke.» Murphy legte den Kopf auf ihre Pfoten. *«Wir sollten unbedingt morgen zu Tally rübergehen. Gleich bei Tagesanbruch.»*

«Warum so früh?», stöhnte Pewter.

«Bevor die Menschen anfangen, da rumzukriechen. Die Leichenschänder werden auftauchen, ob Tally sie dort haben will oder nicht.»

«Unheimlich. Die Menschen fürchten den Tod, aber sie können sich nicht von ihm fern halten», bemerkte Pewter.

59

Eine graue Linie erhellte den östlichen Horizont. Mrs. Murphy, Pewter und Tucker waren bereits auf dem Kamm oberhalb von Rose Hill.

Als sie in die fruchtbare Ebene hinunterstürmten, schob sich der goldene Rand der Sonne über den Horizont, und wie die Speichen eines Rades griffen goldene Strahlen in den leuchtenden Himmel.

Als die Tiere die Scheune und die Steingebäude erreichten, sahen sie zu ihrer Überraschung, dass Mim und Tally bereits dort waren.

Wo Archie gefallen war, bildete eine dunkelbraune Blutlache einen Fleck auf der Lehmstraße. Big Mim und Tally standen schweigend im Rund der Gebäude. Als Mim schließlich sprach, sagte sie nichts über den Mord. Die Frauen kannten sich zu gut, als dass Tally sich darüber gewundert hätte.

«Warum lässt du mich die Gebäude nicht renovieren?»

«Ich habe keine Verwendung für sie», erwiderte Tally.

«Du könntest sie vermieten. Ein bisschen Geld verdienen. Immerhin wolltest du Archie ja eins vermieten.» Mim lächelte plötzlich, als Mrs. Murphy und Pewter zu ihr kamen. «Sieh an, wen haben wir denn hier.» Tucker schnupperte am Blut herum, bis Murphy sie streng ermahnte.

«Ihr legt ja wirklich weite Wege zurück.» Mim tätschelte die Köpfe der Katzen.

«Ich sage, lass das Ganze verfallen.» Tally stieß mit ihrem Stock auf die Erde.

«Das ist doch albern.»

«Muss ich mir von dir sagen lassen, was albern ist? Ich habe dich schon gekannt, als du noch in den Windeln lagst.»

«Vielleicht kommt einmal der Tag, an dem du Rose Hill verkaufen willst. Du musst die Gebäude erhalten. Ich kann dies alles reparieren. Ich habe gute Leute.»

«Ich weiß nicht.» Sie hielt inne und blickte zum Himmel. Die Farben wechselten von Gold zu Rosa und wieder zu Gold, und die Sonne überflutete die Welt mit Licht. «Verrückt.»

«Hmm?»

Sie zeigte mit ihrem Stock auf die Blutlache.

«Ja. Jetzt ist alles vorbei.»

«Für Archie jedenfalls. Verdammter Idiot. Wir sind hier im Süden. Man nimmt einem anderen Mann nicht die Frau weg, ohne mit Vergeltung zu rechnen.»

«Und deswegen hält uns der Rest des Landes für unzivilisiert. Wir gehen in die Luft. Unter der Manierentünche sind wir Tiere.»

«Bist du ein Tier, meine Liebe?» Tally hob eine silbergraue Augenbraue.

«Ja. Wenn man mich herausfordert, werde ich zum Tier. Warum soll ich mir was vormachen?»

«Die Frage ist, was fordert die Menschen heraus? Liebe? Geld? Prestige? Besitz? Ich weiß es nicht. Mir scheint, wofür Menschen töten und sterben, das sind Petitessen.»

«Du bist alt. Du bist vergesslich.»

Tally drehte sich blitzschnell zu Mim hin, den Stock über dem Kopf. «Hol dich der Teufel.»

«Leidenschaft, Tante Tally. Siehst du, du hast sie noch in dir.»

Tally nahm den Stock herunter und lachte. «Du bist schlau. Ich vergesse manchmal, wie schlau du bist.»

Mim lenkte von dem Kompliment ab. «Kommen wir wieder zur Sache.»

«Wenn es sein muss», lautete die mürrische Antwort.

«Erster Punkt. Lass mich meine Leute hierher bringen und die Scheune ausräumen. Ich lasse hier alles so wiederherstellen, wie es in meiner Kindheit war. Wie gerne habe ich hier gespielt. Und die Tanzveranstaltungen in der Scheune! Mutter hat bunt gemusterte Baumwollkleider getragen, und Daddy hat gelacht und gelacht. Was waren das für Zeiten, bevor – bevor sich alles so verändert hat.»

«Veränderung gehört zum Leben. Manchmal ist es gut und manchmal nicht. Meistens ist es beides. Eine Veränderung kann schlecht für mich sein, aber gut für den Menschen ein paar Häuser weiter.»

«Vielleicht kann ich sie dazu kriegen, sich den Koffer anzugucken.» Tucker wackelte mit dem schwanzlosen Hinterteil, als Mim ihr zuzwinkerte.

«Du kannst es versuchen.» Pewter zuckte die Achseln.

Tucker stürmte ins Dickicht und bellte wie eine Irre.

«Was hat sie wohl da drin?», wunderte sich Mim.

«Traktorfriedhof. Ratten oder Mäuse.»

Die beiden Frauen nahmen die Diskussion über die Gebäude wieder auf, doch Tucker bellte weiter.

«Ich gehe nachsehen. Vielleicht hat sie sich verletzt.» Mim schob sich zwischen den knospenden Sträuchern durch, die zum Teil mit widerwärtigen Dornen bestückt waren. Sie hörte den kleinen Hund unter dem Chevy.

Mim, die auf dem Land aufgewachsen war, zögerte. Sie mochte sich nicht hinhocken und sich unmittelbar einem zähnefletschenden Fuchs oder einem anderen Höhlengeschöpf gegenübersehen. Aber Tuckers flehendes Gebell gewann die Oberhand über ihre instinktive Vorsicht. Sie kniete sich hin und sah Tucker mit Inbrunst im Lehm graben, sodass der Dreck nur so hochflog.

«Guck mal!» Tucker zog an einer Ecke des Koffers.

Mim packte die vorstehende Kante. Sie zog den Koffer zu sich hin. Sobald sie ihn an sich genommen hatte, verstummte Tucker.

«War es das, was du wolltest?» Mim sah ihr in die schönen braunen Augen.

«Mach auf.»

Mim ließ den Deckel aufschnappen. «O Gott», stöhnte sie und wich zurück.

«Was machst du da drin?!»

«Tucker hat einen alten Koffer ausgegraben, mit einem winzigen Skelett und Resten von einem Häubchen und einem Kleid aus Spitze.» Sie machte den Koffer zu und kämpfte sich durchs Laubwerk zurück, dicht gefolgt von Tucker.

«Ich will das nicht sehen.» Geisterhafte Blässe überzog Tallys Gesicht. «Bring das zurück, Marilyn.»

«Das kann ich nicht. Ich muss das Skelett Rick Shaw übergeben. Das Kind wurde ermordet. Warum hätte man es sonst in einen Koffer gestopft?» Mim sah, dass Tally sich an die Brust griff und taumelte. «Tante Tally.» Sie ließ den Koffer fallen, aus dem das Skelett herauspurzelte, und stützte ihre Tante.

«O nein.» Tally sah die Kinderknochen.

Mrs. Murphy und Pewter sahen schweigend zu. Tucker setzte sich zu dem Skelett.

«Bring es zurück», sagte Tally schluchzend.

Mim sank mit der alten Dame auf die Knie. Hellsichtig fragte sie: «Was weißt du über das Kind?»

«Es ist meins!» Tally schluchzte so heftig, dass Mrs. Murphy dachte, ihr altes Herz würde brechen.

«Hat Onkel Jamie deswegen Biddy Minor erschossen?»

«Ja. Ich wollte sterben. Ich habe Biddy Minor geliebt. Ich habe ihn geliebt wie keinen anderen Mann auf Erden, und er hat mich auch geliebt.»

Mim legte die Arme um ihre Tante und fragte leise: «Hast du dein Baby getötet?»

«Nein, nein, das hätte ich nie gekonnt.»

«Hat Biddy es getan?»

«Nein.»

«Wer dann?»

«Daddy. Er hat mir die Kleine aus den Armen gerissen und sie erstickt.»

Mim schauderte. «Das tut mir so Leid.»

«Man hat mir die Schwangerschaft kaum angesehen. Momma hat es vermutet, aber ich habe das Blaue vom Himmel gelogen.»

«Was hat Biddy getan?»

«Daddy hat gesagt, wenn Biddy einen Fuß auf sein Grundstück setzte, würde er ihn umbringen – ein verheirateter Mann, der mit einem jungen Ding tändelt – so hat er mich genannt, ein junges Ding. Aber oh, ich habe Biddy Minor geliebt, und ich habe einen Weg gefunden, ihm eine Nachricht zukommen zu lassen. Veenie – weißt du noch, unser Hausmädchen? Sie war noch in der Sklaverei geboren, so alt war sie – Veenie erzählte ihm, dass ich das Baby zur Welt gebracht und dass Dad es getötet hatte. Ich wollte das Baby. Es war alles, was ich je von Biddy haben würde. Er konnte sich nicht scheiden lassen. Das ging damals nicht.»

«Ja, das weiß ich noch.»

«Und Daddy wollte mich standesgemäß verheiraten. Wenn jemand von dem unehelichen Kind gewusst hätte, wäre er mich nicht mal mehr an den Milchmann losgeworden.»

«Ich verstehe.» Mim stand auf und wischte sich die Knie sauber. Sie half Tally auf. Sobald Tally auf den Beinen war, ging sie mit zögernden Schritten zu dem Skelett. Sie kniete sich hin. Tucker winselte.

Tally sah Tucker an. «Sie war das allerliebste kleine Mädchen, mit roten Locken, genau wie meine, als ich klein war.» Sie berührte die Hand. «Und ich werde nie vergessen, wie sie ihre winzigen Fingerchen um meinen Finger geschlossen hat. Sie war mein lebendiges Andenken an Biddy.» Tally stützte den Kopf in die Hände und schluchzte.

Mim, deren Augen ebenfalls feucht waren, kniete sich hin, las die Knochen auf und legte sie zurück in den Koffer.

«Ich glaubte, Daddy hätte sie beerdigt, aber eines Abends war er betrunken und sagte, er hätte sie in einen Koffer gestopft und zum Gerümpel geworfen. Ich dachte daran, sie zu suchen, aber ich konnte es nicht, verstehst du, Mimsy, ich konnte es nicht.»

«Du warst noch ein Mädchen und hattest dein Leben nicht in der Hand. Wie kam es, dass Jamie Biddy erschoss?»

«Als Biddy erfuhr, was Daddy dem Baby angetan hatte, kam er hierher, um ihn zu töten. Ich sagte Jamie, dass ich ihm vertraute, und ich dachte, er liebte mich. So wild er war, Jamie konnte man vertrauen. Doch sobald Biddy einen Fuß auf unser Land gesetzt hatte, tötete ihn Jamie, weil er wusste, dass Biddy Daddy umbringen würde für das, was er getan hatte. Und ich glaube, im Grunde seines Herzens dachte Jamie, er würde mich schützen. Er wusste, dass ich Biddy wieder nachlaufen und unser aller Leben ruinieren würde. Ich habe Jamie nie gehasst für das, was er getan hat, aber Daddy habe ich gehasst. Ich habe Daddy für den Rest seines Lebens gehasst, und ich hasse ihn noch heute.» Sie berührte ein Stück rosa Band an dem Häubchen und bat flehentlich:

«Übergib sie nicht dem Sheriff.»

«Nein. Wir begraben sie bei der Familie auf dem Hügel. Sie ist eine von uns. Ob jemand davon weiß oder nicht.» Mim schloss den Koffer, als enthielte er die kostbarsten Gegenstände der Welt, dann half sie Tally auf, und sie gingen langsam zurück zu Mims Bentley.

Tucker ging zu den Katzen. *«Arme Tally.»*

«Das ist, wie wenn ein Kater junge Kätzchen tötet», sagte Pewter.

«Der alte Urquhart ist sicher in dem Glauben gestorben, das Richtige getan zu haben.» Tucker sah zu, wie Mim

ihrer Tante die Tür aufhielt und den Koffer auf ihren Schoß stellte.

«Die Menschen rechtfertigen alles. Ob sie nun einen töten oder Millionen. Sie finden immer einen Grund, warum das rechtens ist.» Pewter hatte das letzte Wort.

60

An einem herrlichen Nachmittag in der darauf folgenden Woche erteilte Sarah ihren Gärtnern Anweisungen. H. Vane-Tempest, in einem Rollkragenpullover aus einer Kaschmir-Leinen-Mischung, arbeitete in seinem Nebenbüro, das er nur bei schönem Wetter benutzte und das in einer verglasten Veranda untergebracht war. An besonders schönen Tagen konnte er sämtliche Türen öffnen, die über die gesamte Breite des Raumes verliefen.

Er hielt nicht viel von der üblichen Arbeitswoche. Er tat, was er wollte, wann immer er es wollte, und er erwartete, dass seine Hilfskräfte anwesend waren. Die Erfüllung seiner Ansprüche bezahlte er sehr gut.

Ihm gegenüber saß Howard Fenton und ordnete blau gebundene Aktenordner, zwölf an der Zahl. Sein Assistent, ein Jurist frisch von der Yale University, prüfte jedes einzelne Dokument noch einmal genau nach.

Mit einem Füllfederhalter, dem einzig adäquaten

Schreibgerät, unterschrieb Vane-Tempest die letzte Akte.

Hinter ihm standen seine beiden Sekretäre, deren Aufgabe heute darin bestand, die Dokumente als Zeugen zu unterschreiben.

Howard sah die beiden Männer an – Vane-Tempest beschäftigte keine Sekretärinnen, nur Sekretäre, die dazu noch mehrere Sprachen beherrschen mussten.

«Ist der Betreffende im vollen Besitz seiner geistigen Kräfte?»

«Ja», erwiderten sie gleichzeitig.

«Hat er dieses Dokument freiwillig und ohne Zwang unterzeichnet?»

«Ja.»

Vane-Tempest zog eine Augenbraue hoch. «Brauchen Sie meine Blutgruppe?»

Howard erwiderte humorlos: «Nicht nötig, Sir.»

«Weiter.» Vane-Tempest streckte die Hand aus. Seine ultraflache Uhr war halb verdeckt von seiner Manschette.

Der junge Jurist von der Yale University reichte ihm ein weiteres Dokument. Es hatte einen beigefarbenen Deckel, der es von den anderen unterschied.

«Hmm.» Vane-Tempest las rasch. Für einen Laien kannte er sich recht gut aus mit juristischen Sachverhalten. Durch Jahrzehnte als Geschäftsmann und Grundstücksmakler sowie eine strapaziöse Scheidung hatte er sich die Grundlagen angeeignet: Hau die anderen übers Ohr, bevor sie dich übers Ohr hauen.

In diesem Augenblick war er nicht daran interessiert, jemanden zu übervorteilen. Er erging sich in einem großzügigen Akt.

«Ich denke, Sie werden es genau so vorfinden, wie Sie es diktiert haben, Sir …»

«Ich weiß, Howard, aber nur ein verdammter Idiot unterschreibt einen Vertrag, ohne ihn zu lesen, selbst wenn er ihn diktiert hat. Wenn Sie sich langweilen», – seine Stimme wurde säuerlich, und das mit Recht, denn er zahlte seiner Anwaltskanzlei einen Vorschuss von einer Million Dollar –, «können Sie mit meiner schönen Frau in ihrem schönen Garten spazieren gehen.»

«Ich langweile mich nicht.»

«Freut mich sehr, das zu hören.» Er las weiter, und nach zehn Minuten unterzeichnete er die Dokumente mit beigefarbenem Deckel, wiederum zwölf Exemplare.

Die schwarze Tinte, ihrer kräftigen Tönung wegen eigens aus Italien eingeflogen, glänzte auf der letzten Seite des letzten Dokuments. Vane-Tempest blies auf das Blatt.

Der junge Assistent warf wiederholt einen verstohlenen Blick auf Sarah, die im üppigen Licht noch atemberaubender aussah. *So was kann man also mit Geld kaufen*, dachte er bei sich.

«Soll ich Mr. Bainbridge die Teotan-Papiere eigenhändig überbringen?»

«Ja. Wie Sie wissen, liegt Mr. Bainbridge im Krankenhaus. Überanstrengen Sie ihn nicht.»

«Ich glaube, trotz seiner Verletzungen wird dies seine Lebensgeister wecken.»

«Das will ich hoffen, Howard. Üble Sache. Die Polizei wird den Verbrecher nicht finden. Tut sie ja nie. Ihr Amerikaner hegt eine merkwürdige Missachtung für Strafe und Abschreckung.»

«Sir?» Howard stand auf, als sein Mandant sich erhob.

«Wenn ihr sie erwischt, lasst ihr sie auf Bewährung frei oder setzt die Strafe aus. Wenn sie im Gefängnis sind, trainieren sie mit Hanteln oder sehen fern. Teufelsinsel, Herrgott, schickt sie auf die Teufelsinsel. Ihr werdet sehen, wie eure Kriminalitätsraten in den Keller gehen.»

«Ganz Ihrer Meinung.» Und das war sein Ernst.

«Dann fort mit Ihnen.» Vane-Tempest lächelte freundlich, als Sekretär Nummer eins die beiden Anwälte zur Eingangstür geleitete.

Er verschränkte die Hände hinter dem Rücken. Sein Sommerflieder, ein spät blühender Strauch – aber in diesem Jahr blühte ja alles spät –, war voller Schmetterlinge.

Er trat ins Freie, und er fühlte sich so wohl wie schon lange nicht mehr. Er legte seinen Arm um Sarahs Schultern und führte sie zu der weitläufigen gepflegten Rasenfläche, dem Krocketfeld, das nach Norden lag. Den Blick nach Westen, den schönsten Blick auf die Berge, ließ er wohlweislich unverstellt. Hier ging der Rasen in eine Heuwiese über.

«Frühling. Endlich. Unwiderruflich.»

«Ja.»

«Ich habe auf meinen Anteil und folglich auf deinen Anteil an Teotan verzichtet», teilte Vane-Tempest seiner Frau mit.

«Was?» Die Bestürzung stand ihr ins Gesicht geschrieben.

Er hob die Hand. «Geduld. Lass mich ausreden. Ich habe das Unternehmen auf Blair übertragen, und er war einverstanden. Er muss nur die Dokumente unterzeichnen, die ich vorbereitet habe, und Teotan mitsamt meiner Einlage gehört ihm. Er hat sich bereit erklärt, mich nicht zu verklagen. Ich habe mich entschuldigt, weil ich meine Eifersucht an ihm ausgelassen habe. Er hat sich für seine ‹unmoralische Eskapade› entschuldigt. Mit genau diesen Worten.»

«Und wo bleibe ich?»

«Ich dachte, wir könnten zusammen ein Geschäft aufmachen. Nur wir zwei. Wonach steht dir der Sinn?»

Sie wandte ihren Blick dem Garten zu und erwiderte mit einem Anflug von Entschlossenheit und Erregung: «Einen Gartenbaubetrieb. Einen Großhandel für die Belieferung von Landschaftsarchitekten.»

«Interessant. Ich dachte, du würdest dir eine Boutique oder ein Theater aussuchen.»

«Gartenbau. Das ist gesünder.» Sie strahlte ihn an.

«Da hast du Recht.»

«H., warum trennst du dich von Teotan? Es gibt andere Möglichkeiten, um Blair Bainbridge zu bestechen.»

«Der Mann muss nicht bestochen werden. Er erinnert sich kaum an den Nachmittag. Das ist bei Kopfverletzungen nicht ungewöhnlich, habe ich mir sagen lassen. Nennen wir es einfach Absicherung … falls die Erinnerung eines schönen Tages doch noch zurückkommt. Außerdem fände ich es unklug von uns, mit deinem verflossenen Liebhaber Geschäfte zu machen. Ich fand mich ziemlich schlau, Blair und Tommy so eng an mich zu binden. Ich weiß, sie hatten keine Ahnung, und ich hatte reichlich Zeit, sie unter die Lupe zu nehmen. Archie allerdings war eine komplett unangenehme Überraschung.» Er sagte nicht, dass er auf Blair durch ihre Antwort auf Archies Vorwürfe während ihres Treffens in Archies Büro gekommen war. Ihr Tonfall hatte es ihm verraten.

Unvermittelt sagte sie: «Ich habe dich gehasst, H. Du hast mich fallen lassen.»

«Wie hast du bloß all die Eiertänze auf die Reihe gekriegt? Verzeihung, kleiner Scherz von mir.» Er hatte ihre Worte vernommen, es jedoch für geboten gehalten, das Thema zu wechseln.

«Ich war schon immer gut im Organisieren.» Sie unterdrückte ein Lachen.

«Hast du einen von ihnen geliebt?»

«Nein. Blair ist süß, aber letztlich zu fade. Und das war eine ganz kurze Affäre, H. Zwei Wochen.»

«Tommy Van Allen?»

«Ein Strohfeuer. Das war schon am Abklingen, bevor er starb.» Sie biss sich auf die Unterlippe und drehte sich zu ihrem Mann um. «Ich habe dich gehasst, und ich wollte dir wehtun. Wechsle nicht das Thema. Ich wollte dir wehtun, Henry, du hast mir wehgetan.»

H. Vane-Tempest konnte jede Nachricht aushalten, und sei sie noch so schlecht, solange sie sich um ihn drehte. «Es ist dir gelungen.»

«Es tut mir unendlich Leid.»

«Nein, das tut es nicht. Aber du wirst dich zusammenreißen und wir werden einen erfolgreichen Gartenbaubetrieb auf die Beine stellen. Und ich schlage vor, dass du Mrs. Woo jede Menge Aufträge gibst als Entschädigung für den vielen Ärger, den du ihr eingebrockt hast.» Da Sarah nichts sagte, fuhr er fort: «Du wirst dich zusammenreißen, Sarah, weil ich soeben mein Testament geändert habe. Wenn mein Tod in irgendeiner Weise verdächtig ist, erbst du nichts. Nichts. Ist das klar?»

«Mir ist klar, dass du ein langes, gesundes Leben haben wirst.» Sie küsste ihn auf die Wange.

«Es war verwegen von dir, zu versuchen, mich umzubringen. Ich habe dich unterschätzt. Das kommt nicht wieder vor.»

«Du hast Tommy Van Allen getötet, nicht?»

Er zuckte die Achseln. «Ich bezweifle, dass Rick Shaw dieses Verbrechen je aufklären wird.»

«Henry, ich kenne dich ...»

«Tommy Van Allen war ein impulsiver Dummkopf. Er hatte genug Kokain im Blut, das hätte für drei Menschen gereicht. Der Rest war Verschleierung.» Er unterließ es zu erwähnen, dass er selbst das Kokain in Tommys Adern gespritzt hatte. An Kokain war in diesem wohlhabenden Land lächerlich leicht heranzukommen.

Sarah steckte den Daumen in das Taillenband ihres Wickelrocks. «Ich finde, mit Teotan ist Blair sehr großzügig entschädigt.» Sie hielt inne. «Glaubst du, der Bezirk wird das Brunnenwasser kaufen?»

«Ja. Ich glaube, Blair wird ein reicher Mann. Keine Unsummen, aber immerhin ein Polster.»

Sarah lachte, weil alles unter zehn Millionen Dollar in der Welt ihres Mannes als «Polster» durchging.

Er küsste sie flüchtig auf den Mund. «Ich werde fünfzehn Kilo abnehmen. Ich habe mich gehen lassen.» Er behielt für sich, dass er sich täglich eine Dosis Testosteron verabreichen würde. Über manche Dinge sollte man besser schweigen.

Was Tommys Fliegerjacke in Herb Jones' Transporter und die Handschellen in Archies Lieferwagen anging – Letztere hatte man zu seinem Bedauern nicht mal gefunden –, so war dies purem Übermut entsprungen. Es war aufregend, zu beobachten, wie alle um einen herum aus der Fassung gerieten.

Sarahs schwarzer Jaguar auf Blair Bainbridges Grundstück bereitete der Polizei dennoch weiterhin Kopfzerbrechen. Doch Vane-Tempest hatte es dank seiner zynischen Menschenkenntnis nach ganz oben geschafft. Wenn die Polizei eine Lösung parat hatte, die von der Öffentlichkeit akzeptiert wurde, was war da schon ein einziges überzähliges Teil, das nicht ins Puzzle passte? Sie hatten nichts gegen ihn oder Sarah in der Hand.

Er wusste, dass Sarah bei Tommy im Flugzeug gewesen war. Er war mitten in der Nacht aufgestanden, hatte Tommy unter dem Vorwand einer dringenden Teotan-Angelegenheit angerufen und sich mit ihm bei der Lebensmittelfabrik getroffen, ihn erschossen und mit Kokain voll gepumpt. Alles in allem hatte das fünfzehn Minuten gedauert. Er war gegen drei Uhr zu Hause im Bett gewesen, und niemand hatte etwas gemerkt. Kokain und eine Schließfachmarke in Tommys Wagen zu deponieren war ein Kinderspiel gewesen. Auch das Fälschen der Geschäftsbücher war leicht gewesen. Er hatte die Zahlen in seinen Computer eingegeben, ausgedruckt und in einen ledernen Hefter gesteckt.

Er hatte keine Angst vor Sarah. Diese Episode, wie er es nannte, regte nur seinen Appetit auf sie an. Er sah sie jetzt als das, was sie war. Eine Raubkatze. Genau wie er.

61

Harry und Miranda saßen an Blairs Bett. Beide hatten ihn zwei-, dreimal täglich im Krankenhaus besucht.

«Kehrt irgendeine Erinnerung zurück?», erkundigte sich Miranda höflich.

«Nein», erwiderte er aufrichtig. «Aber der Doktor sagt, dass mir die eine oder andere Kleinigkeit vielleicht wieder einfallen wird. Es kann aber genauso gut sein, dass ich mich nie mehr erinnern werde. Das Letzte, was ich noch weiß – es ist so läppisch –, ist, dass ich ein Auto in die Zufahrt kommen hörte. Ich habe die Hintertür aufgemacht und bin gestolpert. Ein schlichter Fehltritt. Das ist alles, was ich noch weiß.»

«Du musst es leid sein, dass alle dich danach fragen.» Harry lächelte. «Du siehst gut aus.»

«Es geht mir auch ganz gut. Die Schwellung ist abgeklungen. Der Doktor möchte, dass ich noch ein paar Tage warte, um ganz sicher zu gehen. Ich sage dir, was mich zum Wahnsinn treibt.» Er deutete auf seine Kopfbandagen. «Meine Kopfhaut juckt wie Giftsumach. Und ich kann mich nicht kratzen.»

«Das ist ein Zeichen der Heilung.» Miranda tätschelte seine Hand. «Sie werden im Nu wieder ganz gesund sein. Danke, Jesus.» Sie schloss in innigem Gebet die Augen.

«Ja. Ich habe großes Glück gehabt.» Blairs Augen trübten sich. «Gott sei Dank, dass es dich gibt, Harry.»

«Mir hast du schon genug gedankt.» Harry lächelte liebevoll.

«Und Mrs. Murphy, Pewter und Tucker.» Blair strahlte übers ganze Gesicht.

«Ja.» Harry hatte weder ihm noch sonst jemandem

das ganze Ausmaß ihrer Tat geschildert. Sie wusste, dass ihr niemand glauben würde.

«Vielleicht ist es besser, sich nicht zu erinnern. Sie und Archie waren Freunde.» Miranda glaubte, Archie sei der Angreifer gewesen.

«Ich weiß es einfach nicht, Miranda. Ich weiß nicht, ob es besser ist, es zu wissen oder nicht zu wissen, und ich kann eh nichts daran ändern. Ich bin bloß froh, am Leben zu sein.» Er brach ab, weil seine Augen sich mit Tränen füllten, und Harrys und Mirandas ebenso.

62

Miranda fuhr sich mit der Hand ans Gesicht. «Es ist mir zuwider, von Drogenhandel zu hören. Ich konnte Tommy so gut leiden.»

Cynthia, eine Sonnenbrille mit geschliffenen Gläsern auf der Nase, fuhr mit ihrer Geschichte fort. «Er muss das Zeug mit einem Privatflugzeug in Florida oder von näher gelegenen Flugplätzen abgeholt und hierher gebracht haben. Sie wissen, dass Tommy regelmäßig Übungsflüge veranstaltet hat? Das waren keine Übungsflüge.»

«Gute Arbeit», beglückwünschte sie Miranda.

«Wir haben die Unterlagen. Das ist der eigentliche Durchbruch. Wir haben in Tommys Porsche Kokain und eine Schließfachmarke vom Busbahnhof gefunden. Darauf sind wir zum Busbahnhof gegangen, haben das Schließfach geöffnet, und da waren die Rechnungsbücher.»

«Was soll man davon halten?» Tucker beobachtete die Leute, die am Postamt vorüberfuhren. Der Frühling schlug alle in seinen Bann. Die Menschen lächelten.

Es wurmte Cynthia, dass Blair sich nicht daran erinnern konnte, wer auf ihn geschossen hatte. Man hatte die Kugel nicht gefunden – die Handschrift eines umsichtigen Mörders. Sie wusste, der Fall war noch nicht abgeschlossen, und sie verdächtigte H. Vane-Tempest. Aber welchen Verdacht sie auch haben mochte, ein Verdacht war kein Beweis, und Blairs Ärzte bestätigten, dass ihm die Stunden, die dem Schuss vorausgingen, «verloren gegangen» sein könnten. Sie seufzte. «Wie geht es Blair heute?»

«Er hat wieder etwas Farbe im Gesicht.» Mrs. Hogendobber bot Cynthia ein Plätzchen an, nachdem sie Pewter vom Tisch gescheucht hatte.

Allerdings zu spät, denn Pewter hielt schon das nächste Plätzchen fest im Maul. Sie kaute ein Stückchen, dann riss sie den Rest mit den Krallen auseinander. *«So werde ich es mit dem Blauhäher machen.»*

«Träum schön weiter.» Murphy hörte sich die Einzelheiten ungerührt an.

«Ungläubiger Thomas», gurrte Pewter, die sich gerade fabelhaft fühlte, weil es ihr gelungen war, ein Plätzchen zu stibitzen.

«Wir haben Glück gehabt.» Murphy hüpfte vom Schalter und rieb sich an der schneeweißen Brust des Corgi. Sie liebte den Hund von Herzen, auch wenn sie das niemals laut sagen würde.

«Wir haben Blair gerettet.» Tucker leckte Murphys Ohr.

«Ja.» Sie rieb ihre Wange an Tuckers Wange.

Big Mim, Little Mim, Herb und Tally kamen herein. Cynthia sagte nichts von dem Fund der Drogenunterlagen, weil Big Mim es schon wusste. Wenn Rick Shaw sie nicht in der Sekunde anrief, in der er etwas erfuhr, machte sie ihm das Leben schwer. Zum Ausgleich dafür spendete sie reichlich für zahlreiche Polizei- und Benefizveranstaltungen.

«Wir sind alle erleichtert, dank Ihnen.» Miranda schüttelte Cynthia die Hand.

«Ich habe wirklich kein Lob verdient.»

«Sie sind zu bescheiden. Stundenlang Leute verhören, Ortsbegehungen machen, über Beweismitteln brüten – niemand sieht, wie viel Arbeit das ist.» Mim lächelte.

Tally sagte abrupt: «Diesen Samstag um drei sind Sie bei mir auf dem alten Friedhof zu einer Beerdigung eingeladen.»

«O nein! Wer ist …» Miranda eilte hinzu, um Tally zu trösten, die Schweigen gebietend die Hand hob.

«Das erkläre ich bei der Beerdigung. Reverend Herb wird den Gottesdienst abhalten, und anschließend werde ich mit Hilfe meiner Nichte Erfrischungen reichen und Ihnen erzählen, wer gestorben ist und warum. Ich werde nicht mehr lange leben. Ich muss Ihnen sagen ...» Sie hielt inne und stützte sich auf den Schalter. «Ich muss Ihnen sagen, wie alles an einem haften bleibt. Die Vergangenheit, meine ich. Die Vergangenheit lebt durch uns. Selbst wenn kein Mensch mehr ein Geschichtsbuch liest, selbst wenn ganze Völker sich der Unwissenheit verschreiben, bewegt die Vergangenheit uns wie der Mond die Gezeiten. Bitte kommen Sie.»

«Natürlich kommen wir.» Mirandas Stimme, voll warmen Mitgefühls, brachte Tally beinahe zum Weinen.

«Ich werde da sein. Danke, dass Sie mich eingeladen haben», sagte Harry.

«Alle Wetter!» Pewter war verblüfft.

Als die Gruppe einschließlich Cynthia gegangen war, sortierten Harry und Miranda die Post und fegten dann den Boden.

«Warum hat Tally mich wohl zu der Beerdigung eingeladen?», fragte Harry.

«Ich glaube, es hat etwas mit Ihnen zu tun.»

«Mit mir?»

«Mit Ihren Vorfahren. Es gab Gerüchte über Tally und Ihren Urgroßvater. Ich war zu jung, um dem Beachtung zu schenken. Aber es gab Gerüchte. Das war vor meiner Zeit. Mutter hat sich daran erinnert.»

«Samstag werden wir es wohl erfahren.»

«‹Wisset, dass ihr nicht mit vergänglichem Silber oder Gold erlöst seid von eurem eitlen Wandel nach väterlicher Weise, sondern mit dem teuren Blut Christi als eines unschuldigen und unbefleckten Lammes.›» Sie stellte den Besen zurück in die Besenkammer. «Erlösung. Ich nehme an, was immer sie uns erzählen wird, am Samstag geht es um Erlösung.»

«Welches Kapitel, welcher Vers?»

«Erster Brief des Petrus, erstes Kapitel, achtzehnter und neunzehnter Vers.»

«Sie verblüffen mich.»

«Zu meiner Zeit haben wir es auswendig gelernt. Das bleibt hängen.»

Harry hob Murphy hoch und küsste sie auf den Kopf. Sie dachte daran, wie die Tiere den Porsche gefahren hatten, und wusste, dass sie es niemandem erzählen konnte.

«Miranda, glauben Sie wirklich, dass Menschen erlöst werden können? Dass ein Mörder erlöst werden kann?»

«Gewiss glaube ich das, sofern er Christus als seinen Retter anerkennt.»

«Wie steht es mit Murphy, Tucker und Pewter, obwohl sie eine kleine Diebin ist?» Sie lächelte.

«Diebe sind die einzigen Menschen, denen ein Platz im Paradies garantiert ist. Bedenken Sie, es war ein Dieb, der mit Christus gekreuzigt wurde und der ihn als Sohn Gottes anerkannte, und Jesus verhieß ihm das ewige Leben.»

«Das lässt hoffen für Pewter.»

Vor ein paar Jahren hätte sich Miranda über dieses Gespräch, über die Vorstellung, dass Tiere eine unsterbliche Seele und ein Seelenleben haben, empört … doch seit sie mit ihnen arbeitete und sie beobachtete, hatte sie ihre Meinung geändert. Nicht lauthals. Nicht so sehr, dass es anderen auffallen könnte. «Es gibt eine Erlösung für Pewter. Gott liebt alle seine Geschöpfe, und ich glaube, dass wir im Himmel wieder vereint sein werden.» Sie hielt inne, und dann folgte ein überraschendes Bekenntnis: «Harry, manchmal denke ich, dass die Tiere Gott näher stehen als wir.»

«Blauhäher nicht», verkündete Pewter, die sich nicht für theologische Dispute interessierte.

«Das denke ich auch.» Harry sah sich um. «Das bleibt unter uns, Kollegin.»

Miranda legte ihre Hand auf Harrys Schulter. «Ich kenne Sie, seit Sie auf der Welt sind, Mary Minor. Und ich weiß, Sie haben Ihre Zweifel. Ihr Glaube gerät ins Wanken. Aber er ist da. Ihre Mutter und Ihr Vater haben Ihnen einen felsenfesten Glauben vermacht. Wenn Sie ihn brauchen, ist er da.»

«Das hoffe ich.»

«In Zeiten der Not …» Miranda brach ab. «Hoffen wir, dass Sie selten in Nöte geraten. Ich sehe sie als Prüfungen, Gottes Prüfungen. Blair wird geprüft. Er braucht uns. Er ist körperlich verletzt und moralisch versehrt.»

«Little Mim wird ihm zur Seite stehen.»

«Wir müssen alle zu ihm halten.» Sie sah auf die alte Bahnhofsuhr an der Wand. «Oje, ich muss mich sputen.»

Harry lachte, als Miranda aus dem Postamt huschte. Ihre altmodischen Ausdrücke entzückten Harry. Sie ließ die Papierrouleaus herunter und überprüfte das Schloss an der Schiebetür, die den Bürobereich des Postamts abtrennte, dann ging sie zum Hintereingang, versenkte die Hartplastikplatte der Tierpforte in den Metallschlitz und sicherte sie mit einem Stahlzapfen. Zuletzt machte sie die Hintertür auf. «Kommt, Kinder.»

Drei pelzige Hinterteile tollten in den Spätnachmittag hinaus, als Harry den Hintereingang des Postamts abschloss.

Sie öffnete die Tür des blauen Ford Transporters und hob Tucker hinein. Pewter und Mrs. Murphy waren schon auf die Sitzbank gesprungen.

Harry drehte den Zündschlüssel herum. Der Anlasser klickte, dann startete der Motor. Sie ließ ihn ein paar Minuten leer laufen. Es hatte keinen Sinn, das alte Mädchen anzutreiben.

Sobald der Motor surrte, trat sie die Kupplung und griff nach dem langen schwarzen Schalthebel am Boden.

Mrs. Murphy rückte herüber und setzte sich auf ihren Schoß.

«Möchtest du fahren?», fragte Harry sie und Pewter lachte.

«Ich fahre nur Porsche.» Mrs. Murphy kicherte.

Liebe Leserinnen und Leser,

Katzen werden die Welt erobern! Na ja, wenn nicht die Welt, dann das Internet. Ich habe jetzt meinen eigenen Bereich auf Moms Website. Unsere Adresse lautet:

www.ritamaebrown.com

Es ist nicht nötig, mich als euer Hochwohlgeborenes Streifenwesen anzureden. Ein schlichtes «Miss Pie» genügt.

Viele von euch fragen, ob Harry und Fair wieder zusammenkommen. In meinem nächsten Krimi trifft Harry Vorbereitungen für ihr zwanzigjähriges Highschool-Jubiläum. Das ruft allerlei Erinnerungsfetzen an Fair wach, aber Menschen neigen nun mal zu Nostalgie.

Katzen haben kein zwanzigjähriges Highschool-Jubiläum. Wir sind zu eitel.

Einige von euch sind in Crozet, Virginia, gewesen. Ihr habt festgestellt, dass das dortige Postamt nicht exakt dem entspricht, das ich in meinen Büchern beschreibe. Das kommt daher, dass ich das Aussehen des Postamts von Crozet mit dem des Postamts von Whitehall kombiniert habe. Künstlerische Freiheit. Davon abgesehen sieht Crozet ziemlich exakt so aus wie Crozet. Die Figuren sind meine eigenen Geschöpfe.

Ich habe gestern sieben Feldmäuse ins Jenseits befördert. Das müsst ihr mir erst mal nachmachen!

In tiefer Zuneigung, eure

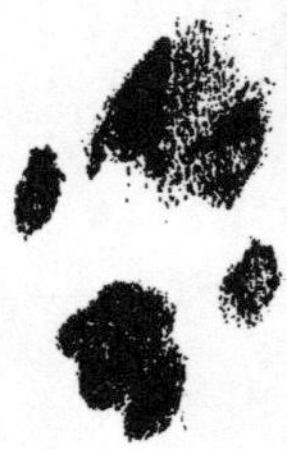

Sneaky Pie